DAS GEHEIMNIS VON RENNES-LE-CHÂTEAU

Das Buch:
Rennes-le-Château kommt nicht zur Ruhe. Nachdem die
Gendarmerie erfolglos versucht hat, den Mord an Abbé
Gelis im Jahr 1897 in Coustaussa aufzuklären, finden
wenige Jahre danach erneute Einbrüche in der Region
statt. Zunächst verlaufen sie glimpflich, dann geschieht
ein erneuter Mord. Das Opfer ist ein junger Abbé, der
sich gerade in Rennes-les-Bains aufhält und die Einbrecher auf frischer Tat ertappt. Für Abbé Bérenger Sauniere, den Geistlichen von Rennes-le-Château ist die Bluttat
nur Nebensache und er widmet sich weiter seinen Studi-
en auf der Suche nach neuen Geheimnissen. Nach langen
Jahren der Abwesenheit kehrt Abbé Boudet, sein konge-
nialer Partner, wenn es darum geht, Intrigen zu schmie-
den, wieder nach Rennes-les-Bains zurück. Boudet zeigt
sich amtsmüde und ein junger Geistlicher übernimmt
seine Pfarrstelle. Danach überschlagen sich einmal mehr
die Ereignisse.

Der Autor:
Helmut Herrmann, geb. 1956 in Nürnberg, schreibt seit
einigen Jahren Kurzgeschichten und Romane. Besonders
hat es ihm dabei sein Lieblingsurlaubsziel Südfrankreich
angetan. Der Autor legt mit seinem neuen Buch einen
Fortsetzungsroman seines Erstlings „Der Fluch von Rennes-le-Château" vor.

Helmut Herrmann

DAS GEHEIMNIS VON RENNES-LE-CHÂTEAU

Historischer Kriminalroman

**Bibliografische Informationen
der Deutschen Nationalbibliothek:**
Die Deutsche Nationalbibliothek verzeichnet
diese Publikation in der Deutschen Nationalbibliografie;
detaillierte bibliografische Daten sind im Internet über
www.dnb.de abrufbar.

TWENTYSIX - Der Self-Publishing-Verlag
Eine Kooperation zwischen der Verlagsgruppe
Random House und BoD - Books on Demand

Covergestaltung:
Timo Hollenfels
coveredbydesign.wordpress.com
Bildrechte:
Dreamstime Stockfoto-ID: 54672262 Mariano Moriconi
Shutterstock Stockfoto-ID: 75835654 Shukaylova Zinaida
Dreamstime Stockfoto-ID: 87262341 Samuel Areny
Dreamstime Stockfoto-ID: 17902507 Razvan Ionut Dragomirescu
Dreamstime Stockfoto-ID: 42683505 Nomadsoul1
Dreamstime Stockfoto-ID: 18570399 Choradzin3d

Herstellung und Verlag:
BoD - Books on Demand GmbH, Norderstedt

ISBN:978-3-7407-4432-8

PROLOG

Die Zeit drängte. Schon fast zu lange hatten sie das gesamte Dorf abgesucht, mit negativem Ergebnis. Es war wie verhext. Ihre finanziellen Möglichkeiten neigten sich dem Ende zu und wenn überhaupt, dann musste es in diesen Tagen geschehen. Es war die allerletzte Chance für sie, nicht mit leeren Händen zurückfahren zu müssen. Ihre Nerven lagen blank und ließen ein dramatisches Ende erahnen.

Als sie nahe daran waren, ihre Suche aufzugeben, erhielten sie von einem Einheimischen den alles entscheidenden Tipp. Sie sollten sich am Nordhang des Tour Magdala einfinden. Nach einem festgelegten Stand der Sonne würde dort eine spezielle Darstellung im Fels erkennbar sein. Sie würden staunen, denn es entstünde ein Bildnis von einer Gruppe, die aus fünf Personen besteht. Es sei das Abbild der Heiligen Familie des Jesus von Nazareth.

Sie verbrachten den ganzen Tag an der Stelle und waren vor Staunen wie gelähmt, als plötzlich das Bild wie aus dem Nichts im gleißenden Schein der Sonne vor ihnen erschien. Dankbar fielen sie wie die Hirten an der Geburtsstätte Jesu auf die Knie und wussten nun genau, wo sie zu suchen hatten. Bereits am nächsten Tag sollte es losgehen.

Einmal mehr waren die Voraussetzungen allerdings nicht die besten, denn schwere dunkle Regenwolken, begleitet von heftigem Wind, pressten ununterbrochen dicht an dicht gedrängte dicke Tropfen aus ihren Bäuchen. Es schien, als wollten sie mit aller ihnen zur Verfügung stehenden Macht das Vorhaben der Männer im letzten Moment zu Fall bringen. Sie tauchten das Dorf in ein fahles unwirkliches Licht und verwandelten es in ein Inferno gespenstisch wirkender Gebäude, als sich die Forscher durch die dichte Wand aus kaltem abweisendem Wasser ihrem Ziel näherten. Kein weiterer Besucher hatte sich um diese Jahreszeit nach Rennes-le-Château verirrt. Nur jene vier Männer waren mit dem einen Ziel vor Augen in das mystische Dorf gekommen. Wären sie als Wissenschaftler nicht von der Vorstellung besessen gewesen, unter allen Umständen ihre Forschung zu einem glücklichen Ende zu bringen, hätten sie schon längst aus purer Angst ihr Vorhaben endgültig begraben.

Hin und her gerissen zwischen düsterer Vorahnung und gespannter Erwartung kämpften sie sich langsam und vorsichtig in Richtung des Tour Magdala voran, der ihnen drohend und warnend wie ein erhobener Zeigefinger aus vergangenen Zeiten immer näherkam.

Der Regen peitschte ihnen ins Gesicht und die Steinplatten, auf denen sie mit ihrer Regenkleidung und den Gummistiefeln mehr entlang rutschten als sicher ausschritten, glänzten düster und gefährlich, als hätte man einen Eimer mit Bohnerwachs darüber ausgeschüttet. Der heftige Wind, der ihnen aus westlicher Richtung unangenehm in die Flanke blies, erschwerte ihr Vorhaben umso mehr. Es schien, als hätten sich alle Elemente an diesem Tag gegen sie verschworen.

Verbissen und mit vor Anstrengung verzerrten Gesichtern hielten sie sich an dem mitgeführten, mit Rollen versehenen Gerät fest, das von einer Plane notdürftig bedeckt war.

Der kurze Weg zum Turm erschien ihnen augenblicklich wie eine Ewigkeit. Sein Eingang wirkte wie ein Höllenschlund, der ihnen mit aufgerissenem Maul entgegen grinste, bereit, sie beim Betreten sofort zu verschlingen.

Endlich hatten sie die Eingangstür hinter sich geschlossen. Draußen dröhnte der Regen orgiastisch laut und unheimlich im Zusammenklang mit dem Heulen der orkanartigen Böen um die Mauern des Tour Magdala.

Ihre Friesennerze ließen sie einfach auf den Boden fallen, fast so, als wollten sie nackt in eine Badewanne steigen. Man hatte keinerlei Handtuch zum Abtrocknen des geheimnisvollen Apparates mitgeführt, deshalb blieb ihnen nur die Hoffnung, dass er von der Nässe einigermaßen verschont geblieben sei.

Sie hatten tatsächlich Glück, die Plane hatte gehalten, wovon sie anfangs nur zögerlich überzeugt gewesen waren.

Vorsichtig und zugleich ängstlich sahen sie sich in der Halle um. Die elektrische Beleuchtung brannte auf Sparflamme, was bewirkte, dass der gesamte Saal durch die äußeren Verhältnisse bedrohlich und unheimlich auf sie wirkte, fast so, als würde aus einer der Nischen urplötzlich die dunkle Gestalt ihres vor hundert Jahren verstorbenen Besitzers hervortreten und sie daran hindern, sein Allerheiligstes zu erkunden. Seine Anwesenheit schien auch nach langer Zeit allgegenwärtig zu sein.

Die angsteinflößende Atmosphäre schüchterte einen normalen Besucher mehr ein, als dass sie ihn neugierig alle ausgestellten Gegenstände bewundern ließ. Nicht so die Wissenschaftler. Bei ihnen waren Neugier und Forscherdrang stärker als die Angst.

„Wo sollen wir anfangen?" Mills blickte zu Martinez, der unaufgeregt ein Blatt Papier mit mehreren, von Koordinaten bestückten Feldern aus einer schwarzen Mappe zog, die er unter seinem Hemd vor dem Regen verborgen gehalten hatte.

Auf den ersten Blick hatte es Ähnlichkeit mit einem Schachbrett. „Eigentlich ist es egal, aber ich denke, es wäre am einfachsten, wenn wir von links oben nach rechts unten vorgehen, in etwa so, als würde man eine Nachricht schreiben."

„Gut, dann lasst uns mal sehen, ob uns der Brief etwas zu verraten hat", sagte Roger Mills.

Dann brachten sie das mitgeführte Gerät, es handelte sich um einen Röntgenapparat, in die richtige Position, schlossen ihn an eine Steckdose an und fuhren ihn hoch, was einige Zeit in Anspruch nahm.

Erleichtert stellten sie fest, dass er offenbar keinen Schaden durch die Nässe des Regens erlitten hatte, alles schien einwandfrei zu arbeiten.

Dazwischen fiel ihr Blick auf eine der Nischen, in der sich eine nach oben führende Wendeltreppe befand. Merkwürdigerweise kam es ihnen so vor, als würde sich im Schein des Lichts, das von oben herabfiel, irgendetwas bewegen. Waren es nur die Stufen selbst oder war es ein Schatten, der langsam herunterglitt?

Ein eiskalter Luftzug streifte sie aus dieser Richtung und löste bei Mills und Angelo kurzzeitig ein bedrohliches Gänsehautgefühl aus.

„Eugene, gehen Sie mit Jim nach oben. Es kommt mir vor, als würde uns jemand beobachten." Gustavo Martinez war der Leiter der Expedition und es war seine nüchterne Art, klare Anweisungen zu erteilen.

Auch wenn es Eugene Eubanks und Jim M. Angelo nicht geheuer vorkam und sie inzwischen massive Angst bekommen hatten, mussten sie wohl oder übel tun, was er von ihnen verlangte.

Äußerst vorsichtig und angespannt erklommen sie zögerlich Stufe für Stufe. Die Wendeltreppe strahlte keinerlei Vertrauen auf sie aus. Sie erinnerte an eine urzeitliche schlafende Echse, auf deren Rücken man sich sachte bewegte, um sie keinesfalls zu wecken. Der Angstschweiß trat ihnen aus allen Poren und je näher sie dem oberen Stockwerk kamen, desto mehr flackerte dort das Licht. Es kam ihnen vor, als würde eine Fackel die elektrische Beleuchtung ersetzen.

Eine stickige Luft empfing sie und raubte ihnen auf bedrückende Art den Atem. Als sie sich daran gewöhnt hatten, bestaunten sie die vielen Folianten und Bücher, die auf großen Regalen an der Wand standen.

Auf einem Sekretär lag ein dickes aufgeschlagenes Buch. Wäre es nicht mit einer feinen Staubschicht überzogen gewesen, hätte man meinen können, es wäre von seinem Besitzer erst vor wenigen Minuten dort hingelegt worden, obwohl er schon längst verstorben war.

Sie hatten das Reich des Priesters betreten. Hier hatte Bérenger Saunière, der damalige Geistliche von Rennes-le-Château, einen Großteil seiner Lebenszeit verbracht. Eine defekte Deckenleuchte, die wie verrückt vor sich hin flackerte, verstärkte den Eindruck, dass sein Geist immer noch anwesend zu sein schien. Dazu wanderten und tanzten Schatten wie nächtliche Spukgestalten an den Wänden entlang, ganz so, als würden sie einen gespenstischen Tanz aufführen. Dabei waren es nur verschiedene Gegenstände und keine Geister, die das Szenario erschufen, aber die beiden Wissenschaftler wurden trotzdem von einer unerklärlichen Angst erfasst.

Eubanks fasste sich endlich ein Herz und schraubte die defekte Birne aus der Fassung, um dem Spuk ein Ende zu bereiten.

Von unten hörten sie Mills Stimme. „Was ist, wollt Ihr da oben übernachten?"

Eiligst stolperten sie wieder nach unten und schilderten ihren Kollegen, was sie entdeckt hatten.

„Dafür haben wir später Zeit", meinte Martinez kurz angebunden. „Jetzt gibt es wichtigere Dinge."

Mehrere Stunden vergingen, in deren Verlauf man durchwegs damit beschäftigt war, den Röntgenapparat umzusetzen. Jedoch, die Hoffnung, den bewussten Gegenstand im Boden des Turms zu finden wurde immer geringer.

Inzwischen hatten sich die Regenwolken draußen größtenteils verzogen und es bahnten sich erste zaghafte Sonnenstrahlen ihren Weg ins Innere des Turmes.

„Verdammt nochmal, das kann doch nicht sein", fauchte Mills ungeduldig. „Unsere Informationsquelle war doch absolut zuverlässig. Es muss, es muss, es muss doch direkt unter uns sein."

Martinez ermahnte ihn zur Geduld, tröstete ihn gleichzeitig, wenn es nicht mit dem Röntgenapparat klappen würde, dann hätte man ja immer noch die Sonde. Notfalls würden sie den gesamten Suchvorgang mehrere Male wiederholen, solange, bis sich endlich der ersehnte Erfolg einstellen würde.

Die Spannung stieg ins Unerträgliche und wiederum wurden sie das Gefühl nicht los, dass sie die ganze Zeit über jemand oder etwas beobachten könnte. Aber da war nichts, sie mussten sich getäuscht haben.

Draußen war es heller geworden und im Raum bildete sich eine Art feiner Nebel, der den unheimlichen Eindruck noch verstärkte. Schuld daran war die Feuchtigkeit, die offenbar durch verborgene Ritzen ins Innere gedrungen war.

Wiederum fiel ihr Blick auf die Wendeltreppe und mit Befremden stellten sie fest, dass es oben erneut zu flackern begann.

„Ich dachte, Ihr hättet die kaputte Birne da oben herausgeschraubt." Martinez hatte sich Eubanks zugewandt.

„Das ist richtig. Ich habe sie auf einen Schreibtisch gelegt. Es … es müsste eigentlich völlig dunkel sein." Nervös knetete Eubanks seine Hände und es bildeten sich Schweißperlen auf seiner Stirn. Er versuchte, sich einzureden, dass es nur auf die langsam ansteigende Wärme im Raum zurückzuführen sei.

„Dann habt Ihr eben irgendetwas übersehen." Martinez wurde langsam wütend.

„Du willst jetzt aber nicht von mir verlangen, dass ich nochmals nach oben steige, oder? Keine zehn Pferde bringen mich da mehr hin!" Er sagte es mit einer verzweifelten Bestimmtheit.

„Verdammt, dann bleib meinetwegen hier", entgegnete der Expeditionsleiter resigniert.

Jim M. Angelo wollte nach anfänglichem Zögern zeigen, dass er kein Hasenfuß wie sein Kollege sei und erklärte sich bereit, nachzusehen.

Als er oben ankam, fiel sein Bick auf die Deckenlampe, die zu allem Übel auch noch wie von einer mysteriösen Kraft angestoßen hin und her schwenkte. Was ihm dann den Rest gab, war, dass die Glühbirne wieder wie vorher in ihrer Fassung steckte.

Für ihn stand endgültig fest, dass es hier oben spukte. Nacktes Entsetzen befiel ihn augenblicklich und er stolperte, so schnell er konnte, die Treppe hinunter.

Plötzlich ließ Mills wie aus dem Nichts einen Schrei los. „Da … da ist es! Seht Ihr es?"

Wie gebannt starrten alle auf den Bildschirm des Röntgenapparats und erkannten die dunklen Umrisse eines großen Gegenstandes.

Kurz darauf folgte hektische Betriebsamkeit. „Mills und Eubanks, Ihr geht zum Auto und holt die Sonde. Bringt außerdem die Bohrausrüstung mit." Martinez' Anweisungen waren klar und bestimmt, aber seine Stimme drohte vor Aufregung fast zu versagen.

Zwar versuchte man, sich zu beeilen, aber da es inzwischen immer dunkler geworden war und alle Vier darin übereinstimmten, dass man sich aus einem unbestimmten Gefühl heraus keinesfalls nach Einbruch der Dunkelheit hier aufhalten wolle, verschoben sie weitere Vorhaben auf den nächsten Morgen. Irgendetwas ging hier vor sich, aber sie hatten keine Erklärung dafür, was es sein könnte.

Am darauffolgenden Tag war dieses Gefühl wieder verschwunden und man kam zügig voran. Das Wetter war ihnen freundlicher gesonnen als gestern und auch das Flackern in Saunières Bibliothek hatte aufgehört.

Beste Voraussetzungen also, um einen weiteren Versuch zu unternehmen.

Gegen Mittag war es soweit: Man hatte die Stelle freigelegt und die Sonde konnte hinuntergelassen werden. Als sie in Höhe des bewussten Gegenstandes ankam, strahlten alle vor Freude.

„Messieurs, voila, unter uns befindet sich tatsächlich Saunières Geheimnis!" Martinez umarmte jeden Einzelnen von ihnen und man gratulierte sich gegenseitig mit Schulterklopfen zu der sensationellen Entdeckung.

Zu diesem Zeitpunkt ahnten sie allerdings nicht, dass man ihnen wenig später von allerhöchster Stelle verbot, jemals über ihren Fund zu reden, geschweige denn, weitere Grabungen dort durchzuführen.

Der Gegenstand, es handelte sich um einen großen Kasten aus Metall, am ehesten vergleichbar mit der Form eines Sarges, liegt deshalb bis zum heutigen Tag immer noch dort unten.

Saunières Turm wurde wieder zur Besichtigung freigegeben. Die Stelle, an der man fündig geworden war, wurde fein säuberlich ausgebessert. Nichts deutet mehr darauf hin, was für ein geheimnisvoller Fund unter dem Tour Magdala bis zum heutigen Tag aufbewahrt wird.

KAPITEL 1

Antoine Gelis, der Abbé von Coustaussa war tot. Man hatte ihn auf brutale Art und Weise erschlagen, ausgesprochen hingerichtet.

Er war ein friedliebender Pfarrer, der eigentlich nur in Rente gehen und noch einige Jahre in Ruhe verbringen wollte. Allerdings nicht mehr in Coustaussa, sondern in einem kleinen Ort in der Nähe von Carcassonne.

Alles war so rätselhaft. Kurz nach seinem Tod kam die Gendarmerie, um in Coustaussa, aber auch in den umliegenden Ortschaften, Nachforschungen anzustellen.

Nicht einmal das Motiv für den Mord war klar, denn Gelis hatte, im ganzen Haus verteilt, schätzungsweise 13 000 Francs aufbewahrt, die jedoch unberührt blieben.

Der oder die Täter mussten offensichtlich nach etwas Anderem gesucht haben, denn in Gelis Büro waren sämtliche Papiere durchwühlt vorgefunden worden.

Was noch wichtiger erschien, war, dass der arme Priester seinen Mörder gekannt haben musste. Es gab nämlich keinerlei Anhaltspunkte, dass jemand gewaltsam in die Presbyterei eingedrungen sein könnte. Vielmehr musste ihn der sonst als sehr misstrauisch verschrieene Pfarrer freiwillig hereingelassen haben. Hatte er also seinen Mörder gekannt? Es wäre denkbar. Man soll ihn in der Nacht des 1. November 1897 in der Zeit zwischen vier und fünf Uhr erschlagen haben.

Zusätzlich gab es noch Spekulationen über die Tatwaffe, sie reichten von einem schweren Holzprügel über eine Axt bis hin zu einer Feuerzange, mit der man ihm 14 Wunden an Kopf und Hals zugefügt hatte. Tage und Monate suchte man nach dem Mörder, aber es kam immer nur zu kurzzeitigen Festnahmen und schon bald musste man alle Verdächtigen wieder laufen lassen.

Dabei war der Kreis aller infrage kommenden Personen nicht einmal besonders groß. Da existierte zum Beispiel Gelis Verwandtschaft, bestehend aus Ernest Seiten, dem Neffen des Priesters und Marie Malot, Gelis Nichte und deren Mann Joseph Pagés. Sie kannten Gelis und hätten durchaus die Möglichkeit gehabt, von ihm in seine Wohnung hereingelassen zu werden.

Aber warum sollte es ausgerechnet in der Mordnacht geschehen sein? Zwar arrestierte man später tatsächlich Ernest Seiten, musste ihn aber mangels Beweisen wieder laufenlassen.

Dann gab es auch noch seine Priesterkollegen, mit denen er in einem freundschaftlichen Verhältnis stand. Dazu zählten die beiden Geistlichen Bérenger Saunière und Henri Boudet. Von allen Dreien existierte das Gerücht, dass sie ein furchtbares Geheimnis hüteten. Offensichtlich war es für sie so gefährlich, dass Gelis es sogar mit ins Grab nahm. Die Vermutung lag nahe, dass es im Zusammenhang mit dessen Ermordung stehen könnte.

Die Gendarmerie tappte zu diesem Zeitpunk im Dunkeln und stellte daraufhin aufgrund fehlender Ergebnisse ihre Ermittlungen ein.

Bei der Beerdigung versammelte sich eine illustre Schar von Gästen an Gelis Grab, darunter auch der Untersuchungsrichter, wahrscheinlich mit der Absicht, bei seinem Besuch selbst etwas herausfinden zu können. Es war kalt an jenem Morgen. Das Wetter blieb durch einen steten Wechsel zwischen bewölkt und heiter genauso rätselhaft wie die gesamte Atmosphäre, die sich über dem Friedhof ausbreitete.

Der Einzige, der bei diesem Ereignis fehlte, war Abbé Henri Boudet aus Rennes-les-Bains. Er weilte bei einer Kur, da sein angeschlagener Gesundheitszustand es angeblich erforderlich machte. Damals wusste allerdings noch niemand, dass sich seine Abwesenheit wunderlicherweise über mehrere Jahre bis ins neue Jahrhundert hinein erstrecken würde. Seltsam auch, dass er genau bis zum Tag, an dem Gelis starb, noch in seiner Pfarrei weilte.

Hundert Jahre später fand man erst eine mögliche Erklärung dafür, als man sich den Fall noch einmal vornahm und herausfand, dass anscheinend die beiden Geistlichen aus Rennes-le-Chateau und Rennes-les-Bains etwas mit Gelis Tod zu tun haben mussten. Denn das Geheimnis, das sie hüteten, wollte Gelis an seinen Arbeitgeber in Rom weiter verraten. Es war naheliegend, dass ihm dabei Saunière und Boudet zuvorkamen und es gerade noch verhindern konnten. Dabei soll es nicht nur um Geld allein gegangen sein, sondern auch um die Macht der katholischen Kirche, die infrage gestellt worden wäre.

KAPITEL 2

Rennes-le-Château wäre eines von vielen Dörfern geblieben, hätte es nicht einen Pfarrer gehabt, der später über mindestens ein Jahrhundert hinweg dort einen bleibenden Eindruck hinterlassen sollte – Abbé Bérenger Saunière, der Mann, der bereits zu Lebzeiten in dieser Gegend zur Legende geworden war. Saunière war reich, unvorstellbar reich und hatte als angesehener Bürger, der des Öfteren nach Paris reiste, auch eine Geliebte – seine Haushälterin Marie Dénarnaud.

Da es in bestimmten Kirchenkreisen üblich war, eine Kurtisane zu haben, leistete sich auch der Priester von Rennes-le-Château etwas Ähnliches und hatte dabei kein schlechtes Gewissen.

Aber sein materieller Besitz, dessen Herkunft bis heute ungeklärt bleibt, war für ihn nur nebensächlich. Davon ließ er die Kirche renovieren, außerdem eine Villa als Pfarrhaus und einen Bibliotheksturm errichten. Aber das alles war nur angenehmes Beiwerk für den vor allem wissenschaftlich nimmermüden Priester. Was seine ihn stetig vorantreibende Unruhe ausmachte, war eine ganz andere Sache. Bei den Renovierungsarbeiten an seiner Kirche, die er Maria Magdalena widmete, fand er geheimnisvolle Dokumente aus einer vergangenen Zeit, deren Inhalt ihm zunächst vollkommen unklar blieb. Erst später fand er mit seinen beiden Kollegen Abbé Gelis aus Coustaussa und Abbé Boudet aus Rennes-les-Bains heraus, welch brisanten Inhalt diese Papiere hatten.

Saunière verbrachte immer mehr Zeit mit seinen Studien im Bibliotheksturm. Häufig holte er dazu die bereits erwähnten Dokumente zu sich und versank stundenlang darin. Hätte ihn Marie nicht jedes Mal zum Essen in die Villa Bethania holen müssen, so wäre es durchaus im Bereich des Möglichen gelegen, dass er eines Tages verhungert wäre. Ein Skelett an einem Schreibtisch, gebeugt über wertvolle Dokumente, eine überaus skurrile Szene. Seine Haushälterin liebte ihn nach wie vor, obwohl er sie aufgrund der permanent gefährlichen Atmosphäre im Dorf lieber in Lyon bei ihrer Verwandtschaft gesehen hätte, aber sie ließ sich nicht darauf ein, wollte hierbleiben. Ihr Platz sei bei ihm, ihrem geliebten Bérenger, meinte sie.

Saunière hatte einfach Angst nach alledem, was mit Gelis passiert war und bekniete sie inständig, seinem Rat zu folgen, jedoch vergeblich. So zog er jedes Mal resigniert ab und gab es nach mehreren Versuchen auf, ihr in dieser Hinsicht etwas vorzuschreiben.

Da gab es aber noch eine andere Sache, die ihn nicht zur Ruhe kommen ließ. Er wartete auf den Besuch von Elias Bot, seinem persönlichen Architekten. Er hatte Großes vor, wollte, dass man später ehrfurchtsvoll von Rennes-le-Château als „seinem Dorf" sprechen würde. Er selbst aber sah sich nach wie vor nur als „bescheidenen Diener Gottes", auch wenn Außenstehende ihn angesichts dieser Vorhaben vielleicht als größenwahnsinnigen Spinner bezeichnet hätten. Allerdings waren die Anschaffung eines modernen Autos, die Asphaltierung der Ortsstraße und der Bau eines weiteren Turmes noch harmlos. Vielmehr gab es Spekulationen über den ebenfalls geplanten Bau eines Festungswalls um Rennes-le-Château, was vermuten ließ, dass er dort etwas äußerst Wertvolles aufbewahren und vor dem Zugriff Unbefugter beschützen wollte. Um was also konnte es sich handeln? Sein Gold konnte es nicht sein, dies befand sich nicht in Rennes-le-Château, sondern auf irgendeiner Bank. Waren es vielleicht Bérengers Dokumente, die er ebenfalls wie einen Schatz hütete? Oder etwas noch viel Geheimnisvolleres?

„Bérenger, schaff dir endlich einen Safe an." Marie hatte ihm gerade nach dem Tod Gelis immer wieder damit in den Ohren gelegen, obwohl dieser sogar einen besessen hatte. Genützt hatte es ihm jedoch nichts. Die Schlüssel dazu hatten die Mörder innerhalb kürzester Zeit gefunden.

Abbé Saunière verfolgte bald nach der Mordnacht seine Studien weiter, obwohl er noch vor wenigen Tagen erfahren hatte, dass man den armen Abbé Gelis wie einen Hund zu Tode geprügelt hatte. Übermorgen stand die Beerdigung des Abbés von Coustaussa an. Ursprünglich wollte er nicht viel Zeit dafür aufwenden, eine kurze Predigt am Grab musste genügen. Das, obwohl er wusste, dass viele Leute nicht nur aus Gelis Dorf, sondern von überallher kommen würden. Sogar die Lokalpresse habe sich angesagt, hatte er erfahren. Aber diese war für ihn ein von der Regierung gesteuertes republikanisches

„Pack", wie er sie verächtlich nannte, und er wusste genau, wer sie informiert hatte. Es war Eugene Caclar, der Bürgermeister von Rennes-le-Château, der sich wahrscheinlich unauffällig als neutraler und neugieriger Beobachter unters Volk mischen würde. Caclar gab sich den Anschein, er hätte Gelis allenfalls nur vom Sehen her gekannt, wenn dieser ab und zu zu Besuch in Saunières Gemeinde weilte.

Bérenger fragte sich, ob Caclar möglicherweise etwas mit dem Mord zu tun haben könnte, aber es kam ihm gleich darauf wieder als unwahrscheinlich vor, oder vielleicht doch nicht?

Gerade, als er darüber nachdachte, klopfte es unten an der Eingangstür zum Tour Magdala. Dann öffnete sie sich leicht ächzend, wobei ihm einfiel, dass er sie mal wieder mit etwas Öl versehen müsste.

„Abbé Saunière?", drang eine fragende Stimme nach oben, die er sofort erkannte. Es war Elias Bot.

„Kommen Sie herauf, Elias. Ich bin in der Bibliothek." Der Architekt quälte sich, da er nicht mehr der Jüngste war, langsam und behäbig die Stufen herauf, die wendeltreppenartig nach oben führten. Als er endlich bei Saunière angelangt war, hielt er sich zunächst leicht außer Atem im Türrahmen fest.

„Sie müssen mir versprechen, dass Sie den nächsten Turm, den ich bauen soll, nicht als ständigen Aufenthaltsort wählen", stöhnte er ihm vor.

Bérenger war darüber leicht amüsiert und grinste. „Mal sehen, was sich machen lässt. Obgleich, ich, wie gesagt nichts versprechen kann." Er wartete, bis sich Bot wieder einigermaßen erholt hatte.

„Aber nehmen Sie doch inzwischen schon auf dem Sofa Platz. Ich muss hier nur noch schnell etwas aufräumen. Außerdem bitte ich, die Unordnung zu verzeihen, aber Sie kennen mich ja. Ich würde mir die gesamte Welt der Wissenschaft am liebsten immer gleichzeitig erschließen, wenn es möglich wäre."

Er sagte es mit einer gewissen Unschuldsmiene. Es führte dazu, dass Elias Bot ohne Umschweife zur Sache kam, denn der Auftrag, den Bérenger ihm erteilt hatte, ging fast in die selbe Richtung.

„Dass Ihr Dorf eine ordentliche Straße benötigt, steht außer Frage. Dass Sie eine Friedhofskapelle errichten lassen wollen, finde ich ebenfalls vernünftig. Den Angehörigen der Verstorbenen soll schließlich Gelegenheit gegeben werden, ihre Toten zu ehren und für sie zu beten. Aber eine riesige Steinmauer um Rennes-le-Château und in der Dorfmitte auch noch eine Art Tempel mit weithin aus der Landschaft herausragenden Säulen, da bleibt mir schier die Luft weg! Saunière, ist das wirklich Ihr Ernst? Haben Sie denn keine Angst, dass Sie sich lächerlich machen könnten?"

Für einen kurzen Moment konnte man dem Abbé von Rennes-le-Château ansehen, dass ihm das gar nicht sonderlich behagte, was sein langjähriger Freund ihm da vorwarf. Trotzdem blieb er beherrscht und antwortete: „Ach Elias, der Zweck heiligt die Mittel und es bleibt mir nichts Anderes übrig, als so zu handeln. Nur wenige wissen, was der eigentliche Grund dafür ist. Würden sie es erfahren, käme Rennes-le-Château bis in alle Ewigkeit nie mehr zur Ruhe."

Bot verkniff sich ein spontanes „Amen" nach der Rede Bérengers. Dennoch meinte er den Grund für Saunières

Vorhaben zu kennen und sprach ihn vorsichtig und leise aus, dies, obwohl es im Dorf und seinen Nachbarorten vermutlich schon jeder Zweite wusste.

„Sind diese Dokumente, die wir damals bei der Renovierung Ihrer Kirche gefunden haben, tatsächlich so wertvoll, dass man sie wie ein Heiligtum aufbewahren muss? Hätte nicht die Anschaffung eines Tresors gereicht? Ich meine, für mich ist es zwar umso besser, dass ich einen Großauftrag dadurch habe, aber bei allem gesunden Menschenverstand, finde ich es schon etwas übertrieben."

Wie ein Blitz aus heiterem Himmel stand der Priester von seinem Schreibtisch auf und schlug mit der flachen Hand auf dessen Platte. „Es geht nicht um die Dokumente", herrschte er ihn an. „Was sich hier im oder besser gesagt unter dem Dorf verbirgt, ist das größte Geheimnis des christlichen Abendlandes. Würde es entdeckt werden, wären wir alle hier nicht mehr unseres Lebens sicher. Deswegen kann und will ich es Ihnen auch nicht verraten. Dieses Bündel muss ich ganz alleine tragen und nur ganz wenige sind darin eingeweiht. Glauben Sie mir, aus Sicherheitsgründen soll es auch so bleiben."

Bot war völlig durcheinander, unterließ es jedoch, weitere Bemerkungen loszulassen, geschweige denn, Fragen zu stellen.

„Gut, gut", stotterte er. „Ihr Wunsch ist mir Befehl. Haben Sie schon irgendwelche Pläne parat, aus denen Ihre Vorstellungen ersichtlich sind?"

Bérenger nickte, öffnete die oberste Schublade seines Schreibtisches und entrollte ein großes Blatt Papier. Darauf waren der zweite Bibliotheksturm und der Entwurf der Friedhofskapelle abgebildet. Den größten Platz nahm aber die Festungsmauer ein, die das Dorf umschloss. Irgendwie erinnerte es an einen Ausschnitt aus einem Comicheft, das mehrere Jahrzehnte später weltberühmt werden und dessen Handlung in der Bretagne spielen sollte. Es waren aber auch ziemlich konkrete Maße darin angegeben, was Höhe und Breite betraf. Elias fasste sich nachdenklich ans Kinn. „Nun, wir müssen natürlich unbedingt vorher eine Begehung der einzelnen Orte vornehmen. Vorerst möchte ich Sie bitten, mir diesen Plan zu geben, damit ich ihn zuhause gründlich studieren kann."

„Das habe ich erwartet, deshalb habe ich noch eine Kopie davon angefertigt, die können Sie gerne haben."

Mit diesen Worten griff er abermals in seinen Schreibtisch und gab ihm das besagte Schriftstück. „Wann höre ich wieder von Ihnen?", wollte er wissen.

„Nun, sagen wir in vier Wochen, diese Zeit müsste reichen. Wie gesagt, dann machen wir auch unsere Begehung. Häufig findet sich ja vor Ort noch so manche Schwierigkeit, die es zu überwinden gilt. Au revoir."

Der Baumeister stand an der obersten Schwelle der Wendeltreppe und blickte wenig vertrauensvoll in den gähnenden Abgrund. Dann seufzte er, bekreuzigte sich und tastete sich vorsichtig in die Tiefe. Als Berenger von oben vernahm, wie unten die Türe ins Schloss fiel, wandte er sich erneut seinen Studien zu. Insgeheim freute er sich aber riesig über sein Vorhaben. Von jetzt an konnte ihm die Zeit gar nicht schnell genug vergehen.

KAPITEL 3

Wie immer wurden sie von der Dorfbevölkerung misstrauisch beäugt, als sie nach Rennes-le-Château kamen. Sie, das waren die beiden Gendarmen aus Couiza, die von den Kollegen aus Toulouse den Auftrag erhalten hatten, im Mordfall Gelis zu ermitteln. Man hielt es nämlich nicht für angebracht, eine ordentliche Untersuchung anzustellen. Es hieß, nur wenn man hier im Razés nicht weiterkäme, solle man Verstärkung aus der Großstadt anfordern.

Die beiden Gendarmen Jacques Durac und Pierre Montagne waren nun die serpentinenreiche Straße nach Rennes-le-Château in einer annehmbaren Zeit mit der Kalesche heraufgefahren.

Als Marie Dènarnaud sie vor der Villa Bethania vorfahren hörte, sah sie sich schon wieder in Alarmstimmung versetzt.

Sicher wollen sie wieder zu Bérenger. Ich lasse ihn am besten gleich holen, dachte sie sich. Sie wollte schon zum Hinterausgang der Villa, der zum Garten führte, um Felix zu beauftragen, dass er den Herrn des Hauses holen solle, da klopfte es auch schon an der Eingangstüre des Pfarrhauses.

Ohne eine Aufforderung zum Eintreten abzuwarten, standen die beiden Ermittler im Flur. „Hallo, ist jemand zuhause?"

„Ich bin hier in der Küche", antwortete sie, dabei leicht verunsichert klingend.

„Bonjour, Mademoiselle."

Marie verkniff sich eine Bemerkung wie ‚Sie schon wieder', sondern wollte höflich bleiben, auch wenn sie nicht ganz davon überzeugt war, wie sie sich den Beiden gegenüber tatsächlich verhalten solle.

Die Polizisten waren schon zweimal hier zu Gast gewesen und stellten immer wieder dieselben Fragen. Da konnte man schon leicht genervt sein, aber sie zwang sich, darüber hinwegzusehen.

„Nehmen Sie inzwischen in der Küche Platz. Ich stehe Ihnen gleich zur Verfügung", erklang Maries Stimme aus dem hinteren Teil des Hauses. „Ich möchte nur einem der Dienstboten bescheid sagen, dass er den Abbé holen soll."

„Nein, lassen Sie, vielleicht brauchen wir den Hausherrn ja gar nicht. Wir sind heute eigentlich wegen Ihnen gekommen."

Sie zuckte zusammen und wurde sogleich nervös. Kurze Zeit später kam sie herein.

„N'jour", entgegnete sie wenig erfreut mit zusammengebissenen Zähnen. Es fiel ihr schwer, ruhig zu bleiben. „Möchten sie etwas trinken, ein Glas Wasser oder einen Kaffee?"

„Nein danke, es dauert auch nicht lange. Wir haben nur noch ein paar Fragen."

Klar, wegen was sollten sie sonst gekommen sein, dachte sie sich, brachte aber trotzdem nur ein kurzes „Bitte" über die Lippen.

„Wie Sie sich vorstellen können, geht es weiter um den Mord an Abbé Gelis." Durac zog ein beschriebenes Blatt Papier aus einer mitgebrachten Aktenmappe und begann darin zu lesen. Er suchte eine bestimmte Stelle und als er sie gefunden hatte, deutete er mit dem rechten Zeigefinger darauf. „Ah, hier haben wir es. Mademoiselle, Sie haben bei der letzten Befragung behauptet, dass sich Abbé Sauniere, ihr Arbeitgeber, in der Nacht vom 31. Oktober auf den 1.November 1897 in der Villa Bethania befunden und dort geschlafen hätte. Ist das richtig?"

Marie nickte nur.

„Wann ist er zu Bett gegangen, können Sie sich daran erinnern?" Marie dachte kurz nach. „Normalerweise pflege ich nicht auf die Uhr zu sehen, aber wir gehen hier zeitig ins Bett. Ich denke, es dürfte so gegen 22 Uhr gewesen sein."

„Sie haben beim letzten Mal erwähnt, dass Abbé Sauniere meistens in seinem Bibliotheksturm nächtigen würde. Ist das richtig?"

„Das stimmt."

„Wir möchten nicht indiskret erscheinen, aber was hat ihn dazu veranlasst, ausgerechnet in der bewussten Nacht in der Villa zu schlafen? Gab es einen besonderen Grund?"

Marie schluckte und begann zu schwitzen. Worauf wollen die hinaus, dachte sie bei sich. Eine kurze Pause folgte, in der sie die forschenden Blicke der Gendarmen auf sich spürte. Jetzt nur nichts falsch machen, lautete die Devise für sie.

„Ich denke, es steht ihm doch frei, wo er übernachten will, oder muss man da zuerst die Polizei fragen?"

Durac wurde langsam ungeduldig. So eine freche Antwort hatte er nicht erwartet. „Sie haben meine Frage anscheinend nicht richtig verstanden, deshalb noch mal: Welchen Grund hatte er, gerade in dieser Nacht im Pfarrhaus zu bleiben? Nun…?“ Er trommelte mit den Fingern auf der Tischplatte.

„Er … er hatte keinen besonderen Grund, es war einfach … aus einer Laune heraus.“

„Soso, er hatte also gute Laune und zeigte sie Ihnen auch, richtig?“ Montagne war amüsiert.

Was sollte diese blöde Frage? Marie wurde langsam sauer. „Ja, wenn Sie das so sagen, dann muss es wohl auch so gewesen sein.“

Die nächste Frage traf sie allerdings wie ein Schlag und sie merkte, wie sich eine unsichtbare Schlinge um ihren Hals immer mehr zusammenzog. „Wo übernachtet der Abbè für gewöhnlich, wenn er hier im Haus schläft?“

„Oben im ersten Stock.“

„Aha, wie viele Schlafgelegenheiten gibt es hier im Haus? Eine, zwei?“

Marie, die bisher immer noch stand, musste sich jetzt irgendwo festhalten, denn sie merkte, wie ihr schwindelig wurde. „Es gibt … es ist …“, wollte sie entgegnen, aber ihr versagte die Stimme.

Pierre Montagne, dem Älteren der Beiden kümmerte dies nur wenig und er hielt es nun vor Ungeduld nicht mehr aus. Augenblicklich schlug er mit der Faust auf den Tisch, dass Marie zusammenzuckte:

„Nun, ich will es Ihnen sagen, wie es war. Abbé Sauniere hatte sich bewusst dafür entschieden, in dieser Nacht hierzubleiben. Und warum wohl war das so? Ganz einfach, weil er ein Verhältnis mit Ihnen hat.“ Er klang wieder etwas milder. „Verstehen Sie uns nicht falsch, Mademoiselle Dènarnaud. Sie sind jung und hübsch und der Abbé Saunière ist schließlich auch nur ein Mann. Da ist dies doch naheliegend, oder etwa nicht?"

Wäre Bérenger jetzt hier gewesen, hätte er garantiert alles abgestritten, dachte sie. Dennoch fiel ihr nichts Besseres ein, als in dieser Situation zu schweigen. Wie auch immer, nur weil er in dieser Nacht bei ihr schlief, konnten sie ihm keinen Mord anhängen. Wie sollte das gehen?

Sie hatte sich wieder einigermaßen im Griff. „Warum wollen Sie solche intimen Sachen von mir wissen? Ich brauche Ihnen diese Frage nicht zu beantworten, das wissen Sie ganz genau."

Durac warf nun alle Diskretion über Bord. „Nun, es könnte ja sein, dass der Abbé Sie gezwungen hat, ihm ein Alibi auf diese Art und Weise zu verschaffen. So etwas käme nicht das erste Mal vor. Was glauben Sie, was wir da schon alles erlebt haben."

Das brachte das Fass zum Überlaufen. Marie kochte jetzt innerlich vor Wut. Dass sie ein Verhältnis mit Saunière hatte, war ganz alleine ihre Sache. Außerdem konnte sie ins Bett steigen, mit wem sie wollte, das ging niemandem etwas an, auch nicht die Gendarmerie. „Wenn Sie keine weiteren Fragen mehr haben, dann gehen Sie jetzt bitte."

Sie versuchte, beherrscht zu bleiben, was ihr jedoch nur schwer gelang.

Montagne blickte fragend zu seinem Kollegen, der aber winkte nur ab. Für heute hatten sie genug erfahren, es gab auch viel zu besprechen. „Ich kann Ihnen versichern, dies wird ganz bestimmt nicht unser letzter Besuch hier sein.

Wir werden nicht lockerlassen, bis wir die ganze Wahrheit erfahren haben. Stellen Sie sich darauf ein. Bis dahin Au revoir, Mademoiselle."

Als sie verschwunden waren, brach Marie endgültig zusammen. Sie ließ sich auf einem Stuhl nieder und begann hemmungslos zu weinen. Auf was hatte sich Bèrenger da nur eingelassen, es war entsetzlich. Sie war bisher völlig ahnungslos gewesen, was diese Nacht betraf, in der er sie so geliebt hatte wie schon lange nicht mehr. Sollte dies alles wirklich nur ein Vorwand gewesen sein, um sich ein Alibi zu verschaffen? Aber trotzdem, er konnte nichts mit dem Tod von Gelis zu tun haben, oder vielleicht doch? Sie musste es unbedingt herausfinden, so bald wie möglich würde sie ihn zur Rede stellen.

KAPITEL 4

Während Marie sich in ihrem Kummer erging, weilte der Herr des Hauses immer noch im Tour Magdala, um sich seinen Studien zu widmen. Es war für ihn eine Art Verdrängung zu allem Unangenehmen, was noch vor kurzer Zeit geschehen war. Denn eigentlich hätte er sich als reuiger Sünder in seinem Gewissen vor Gott bekennen müssen, der für den verstorbenen Abbé von Coustaussa beten sollte. Aber er war wie besessen von seinen Dokumenten und sah es als unverzeihlichen Frevel an, dass sich jemand erdreistet hatte, Anspruch darauf zu erheben und sie für sich zu behalten.

Und nicht nur das, Gelis wollte zu allem Übel damit den gemeinsamen Arbeitgeber erpressen. Wie anders hätte man sonst das Problem lösen können, als gewaltsam von ihm die Herausgabe der Schriftstücke zu erzwingen? Bérengers Unrechtsbewusstsein ging mehr und mehr verloren. Möglicherweise war es auch der unheilvolle Einfluss von Asmodis, dem Dämon, von dem er mindestens eine Statue hatte anfertigen und aufstellen lassen. Er erinnerte sich noch genau, wie befremdet man ihn angesehen hatte, als er dazu den Auftrag erteilte. Ein Pfarrer verehrt den Teufel hieß es damals, aber er ließ sich nicht davon abbringen. Er wusste genau, was er tat.

Er zog seine Taschenuhr heraus und wunderte sich. Der Nachmittag hatte begonnen und kein Mensch holte ihn zum Essen. Er hatte zwar keinen besonderen Hunger, aber eine Kleinigkeit durfte es schon sein. Deshalb beschloss er, sich zur Villa zu begeben und nach Marie zu sehen. Irgendetwas stimmte nicht, das sagte ihm sein Gefühl.

Als er den Flur des Hauses betrat, empfing ihn Totenstille. Was ist passiert, dachte er. Vorsichtig ging er in die Küche, dann sah er sie mit dem Rücken zu ihm gekehrt am Tisch sitzen. Sie hatte die Hände vor ihrem Gesicht und schluchzte leise.

„Marie, was ist passiert? Nun rede doch."

Augenblicklich drehte sie sich zu ihm um. „Du bist an allem schuld." Es klang so vorwurfsvoll, dass er erschrocken einen Schritt nach hinten tat.

„Was, an was, bitte schön, soll ich denn schuld sein?"

„Du weißt ganz genau, wovon ich rede."

„Nein, weiß ich nicht. Kläre mich bitte auf."

„Tu doch nicht so." Es folgte eine Pause. „Aber gut, ich will es dir verraten." Dann erzählte sie ihm alles, was sich noch vor wenigen Minuten in der Villa Bethania ereignet hatte. Aufgrund der schrecklichen Vermutung, die sie durch dieses Gespräch bekommen hatte, wollte sie endlich die Wahrheit von ihm wissen. „Bérenger, ich möchte jetzt eine ehrliche Antwort von dir: Hast du mich tatsächlich benutzt, so wie die beiden Polizisten es vermuten? Hast du wirklich nur deshalb mit mir geschlafen, um dir ein Alibi zu verschaffen? Das wäre das Niederträchtigste, was es gibt."

Er wurde kreidebleich im Gesicht, war vollkommen sprachlos und bekam einen heftigen Schweißausbruch. Eine zufriedenstellende Antwort musste her. Krampfhaft überlegte er, während ihn Marie mit durchdringendem Blick weiter anstarrte. Aber was er herausbrachte, überzeugte nicht einmal ihn selbst. „Du … du weißt, dass ich dich liebe und ich … ich habe über meinen Studien im Turm vollständig verdrängt, dass ich dort die ganze Zeit so entsetzlich einsam gewesen war. Irgendwann … irgendwann bekam ich eben das Bedürfnis, mit dir … mit dir …, Herrgott, du weißt schon .... Ich bin eben auch nur ein Mann! Dass in dieser Nacht zufälligerweise Gelis ermordet wurde, davon wusste ich nichts."

Was er sich in diesem Moment sparte, war, es ihr noch zu schwören. Das hätte sein Gewissen doppelt in Teufels Küche gebracht. Er wollte sich zwingen, ihr ins Gesicht zu sehen, es gelang ihm aber nicht. Dass dies ihr Misstrauen noch mehr förderte, wurde ihm unweigerlich klar. Deshalb ging er zum Angriff über. „Du denkst doch hoffentlich nicht, dass ich etwas mit dem Mord an dem armen Gelis zu tun haben könnte. Du musst mir glauben, dass es auch in meinem Interesse liegt, die Mörder schnell zu fassen und zur Strecke zu bringen. Aber warum sollte ausgerechnet ich gewollt haben, dass man Gelis umbringt? Nenn mir einen triftigen Grund dafür."

Sie erinnerte sich an die letzten Wochen vor Gelis Tod. Bérenger war nach seiner Rückkehr aus Lyon verstärkt mürrischer geworden, und das, obwohl er diese wertvollen Bücher erworben hatte. Seiner Behauptung zufolge sollten sie mit der Existenz seiner Dokumente in Zusammenhang stehen.

Sie machte sich ernsthafte Vorwürfe, denn alles hatte wahrscheinlich damit zu tun, dass sie seine geliebten Papiere Boudet während seiner Abwesenheit ausgehändigt hatte. Dieser wollte sie doch nur deshalb zu Gelis nach Coustaussa bringen, weil man in Rennes-le-Château nicht mehr für deren Sicherheit garantieren konnte. Zu allem Übel kam hinzu, dass Gelis die Dokumente nicht mehr herausgeben wollte. Sie erinnerte sich, dass Bérenger darüber ungeheuer wütend war, als sie ihm dies erzählt hatte. Ihr lief es heute noch eiskalt den Rücken hinunter, als sie dabei ein wildes, fast dämonisches Flackern in seinen Augen verfolgen konnte. Sollte sie ihm einen Mord zutrauen, oder zumindest eine Mitwisserschaft? Sie war hin- und hergerissen, gab ihm schließlich die Antwort, die er in diesem Moment von ihr hören wollte. „Vielleicht hast du recht, eigentlich sollte ich dir so etwas gar nicht unterstellen. Entschuldige."

Er holte tief Luft und ging mit auf dem Rücken zusammengefalteten Händen auf und ab. Dann blieb er vor dem Fenster stehen und sah hinaus. Es herrschte weiterhin eine angespannte Atmosphäre.

„Sie suchen nach einem Motiv für den Mord. Vielleicht war es nur eine familiäre Auseinandersetzung, wer weiß? Von Gelis selbst, Gott habe ihn selig, erfuhr ich vor ein paar Wochen, dass er zu seinem Neffen nicht gerade ein rosiges Verhältnis hatte. Aber das geht uns nichts an, das müssen diese Polizisten selbst herausfinden."

Marie hatte sich wieder beruhigt. „Da weisst du mehr als ich. Aber ich finde, man sollte niemandem etwas unterstellen, solange nichts bewiesen ist."

„So scheint es wohl zu sein. Dennoch finde ich es nicht in Ordnung, dass man mich verdächtigt, nur weil ich eine der wenigen Vertrauenspersonen von Gelis war." Zusätzlich gab es, das hatte er über Umwege erfahren, eine Tatsache, die ihm mehr zu schaffen machte: Man hatte am Tatort ein Zigarettenpapier von der Marke gefunden, die er selbst rauchte und der oder die Mörder hinterließen darauf eine Botschaft, es waren zwei Worte: „Viva Angelina!" Aus diesem Grund musste er deshalb aufpassen, dass er sich Marie gegenüber nicht in Widersprüche verstrickte. Obwohl er nicht am Tatort anwesend war, konnte man ihm einen Strick daraus drehen.

Er wandte sich zu ihr um. „Gibt es sonst etwas, was du loswerden willst?" Sie schüttelte den Kopf und machte sich wieder daran, das Mittagessen zuzubereiten. Währenddessen ging er zur Hintertüre der Villa hinaus in den Park und ließ sich seufzend auf einer nahestehenden Bank nieder. Wie konnte er nur so skrupellos lügen, fragte er sich und erschrak vor sich selbst. „Asmodis, was hast du mir angetan!", flüsterte er entsetzt.

KAPITEL 5

Jacques Durac und Pierre Montagne waren nicht sogleich zurückgefahren und hatten beschlossen, sich etwas in Rennes-le-Château umzusehen. Hierzu war ihnen nicht entgangen, dass gerade das Gemeindehaus, die Villa Bethania, das mit Abstand modernste Bauwerk des Dorfes war. Wie viele Millionen Francs musste dessen Bau verschlungen haben? Aber nicht nur dies, über Saunières Turm staunten sie ebenso. Als sie bis zum Dorfplatz vorgedrungen waren, ließen sie sich auf einer Bank nieder.

„Ich frage mich, woher dieser Pfarrer das viele Geld hat, dass er derlei Bauten errichten lassen konnte. Weiß man darüber etwas?" Montagne war neu in dieser Gegend und hatte diese zum erstenmal gesehen.

Sein Kollege Durac dagegen war ein Einheimischer, der in Montazels, dem Dorf, aus dem auch Saunière stammte, aufgewachsen war. Der Reichtum Saunières war seit mehreren Jahren eine Legende. Es gab zahlreiche Spekulationen, woher er stammen könnte. Aber kein Mensch wusste dazu Konkretes. „Glaub mir, das haben sogar wir auf der Gendarmerie bis jetzt nicht herausgefunden", meinte er scherzhaft. „Vielleicht macht gerade das den Abbé von Rennes-le-Château so verdächtig. Es wäre beileibe nicht das erstemal, dass jemand, der viel Geld hat, noch mehr haben will.“

Durac widersprach ihm: „Ich darf dich daran erinnern, dass man bei diesem Abbé Gelis eine Menge Geld gefunden hat, das der Mörder verschmähte, weil er es nicht hatte mitgehen lassen. Und genau das ist das Rätselhafte an der ganzen Angelegenheit.“

Montagne erhob sich und ging zu einer Brüstung, von der man einen herrlichen Ausblick auf die Corbières genießen konnte. An diesem Tag lohnte es sich ganz besonders, da man nicht nur auf den Pic de Bugarach, dem höchsten Berg in dieser Gegend, sondern auch bis zu den Pyrenäen blicken konnte. Felsriesen mit schneebedeckten Gipfeln glänzten in der Mittagssonne. Sie vermittelten ihrem Betrachter trotz ihrer gewaltigen Höhe und des ewigen Eises etwas Entspannendes und Beruhigendes.

Gerne hätte er diesen Ausblick noch länger genossen, als er von hinten die Stimme seines Kollegen hörte, der ihm vorschlug, irgendwo etwas zu essen. Er hätte ziemlichen Hunger.

Sie beschlossen, die Hauptstraße ein Stück hinunter zu spazieren, vorbei an Natursteinhäusern, die sich in der Mittagssonne mit Wärme aufluden, bis sie ein Restaurant mit traditionellen Spezialitäten auf der Mittagskarte fanden, das zur Einkehr lud.

Nachdem sie ihre Bestellung aufgegeben hatten und ihre Getränke, selbstverständlich mit einem Wein aus der Gegend, vor ihnen standen, lehnten sie sich entspannt zurück. „Ach ja, das Landleben hat schon etwas. Was mich betrifft, ich möchte jedenfalls nicht mehr in die Stadt zurück, auch wenn es für dich manchmal etwas langweilig erscheinen würde, wie du mir kürzlich verraten hast. In einer Stadt wie Toulouse zu arbeiten, wäre ein Alptraum für mich. Hier in diesen Dörfern kommt man viel schneller mit den Dorfbewohnern ins Gespräch und vor allem in unserem Mordfall ist es eminent wichtig. Aber das wirst du bald feststellen, Pierre", meinte Durac.

„Wie lange ist dieser Saunière eigentlich schon Priester in diesem Dorf, weiß man das?"

„Etwa 12 Jahre", entgegnete die Bedienung, die im Moment das Besteck vor die Beiden hinlegte. „Entschuldigung, dass ich mich einmische, Messieurs."

„Oh, kein Problem, Mademoiselle", sagte Durac. „Ich denke, das könnte hinkommen. und man erzählt, dass sich die Dorfkirche damals in einem erbarmungswürdigen Zustand befunden haben soll, als dieser Abbé sein Amt in der Pfarrei angetreten hat. Er sei aber ziemlich schnell zu Geld gekommen und ließ sie renovieren. Heute steht sie in neuem Glanz im Dorf. Übrigens, das Innenleben des Gebäudes müsstest du mal sehen. Du würdest ganz schön staunen."

„Ich verstehe nicht ganz…"

„Ich weiß, du gehst nicht gern in die Kirche, aber so etwas wie hier in Rennes-le-Château hast du bestimmt noch nie gesehen. Es fiel mir damals auf, als ich bei der Taufe des Sohnes meiner Schwester, die hier im Ort wohnt, zugegen war. Das dürfte ungefähr vor zwei Jahren gewesen sein, als die Kirche frisch renoviert war."

„Erzähl, was war daran so ungewöhnlich?" Montagne war neugierig geworden.

„Nun, das fängt damit an, dass am Eingang die Skulptur eines Teufels steht, der das Weihwasserbecken auf dem Kopf trägt und endet mit zwei Jesuskindern, die Maria und Josef in den Armen halten."

„Der doppelte Jesus", lachte Montagne amüsiert, „Dieser Pfarrer ist ein ganz schöner Witzbold."

„Ich sehe schon, du scheinst mir kein richtiger Christ zu sein, wenn du dich darüber lustig machst."

„Warum auch? Die meisten von diesen Pfaffen sind bekanntlich eingefleischte Monarchisten und schauen darauf, dass sie ihr Scherflein ins Trockene bringen. Sie predigen Wasser und trinken heimlich Wein. Und manche sind auch noch stinkreich. Das beste Beispiel haben wir hier vor Ort."

„Du kannst sagen, was du willst. Dieser Abbé veranstaltet immerhin ein paar Mal im Jahr Bankette für die gesamte Dorfbevölkerung. Das soll ihm erstmal einer nachmachen."

„So – dann kannst du ihm ja auch unsere Rechnung bezahlen lassen." Beide lachten. „Du bist und bleibst unverbesserlich. Aber ich denke, das bringt auch unser Beruf mit sich", fügte Durac abschließend hinzu. Die Beiden waren pappsatt und froh, noch etwas Bewegung zu bekommen, als sie bei ihrer Kalesche eintrafen.

Anschließend fuhren sie bei herrlichem Herbstwetter durch den buntbelaubten Wald hinunter nach Couiza. Bei einem Nachmittagskaffee trugen sie die Fakten zusammen, die sie bis jetzt über den Mord zusammengetragen hatten. Es war alles ziemlich dürftig. Zwar gab es einige Verdächtige, aber die wenigen konkreten Hinweise ließen wenig Spielraum zu.

Durac konstatierte, dass man auf der Stelle trat. „Fangen wir nochmal von vorne an. Da sind zum einen die beiden Kollegen von diesem Priester, zu denen er offensichtlich ein gewisses Vertrauensverhältnis aufgebaut hatte. Sie halfen sich gegenseitig aus, wenn der eine oder andere krank oder abwesend war. Was auffällt, ist, dass dieser Gelis nicht arm war, denn laut vorliegendem Bericht der Spurensicherung soll er stattliche 13 000 Francs zum Tatzeitpunkt in seinem Haus aufbewahrt haben. Sein Priestergehalt war eigentlich viel zu kärglich, als dass man davon eine solche Summe hätte zusammensparen können. Oder siehst du das anders?"

Montagne nickte. „Wir sollten nochmal seiner Verwandtschaft auf den Zahn fühlen, ob sie wissen, woher das Geld stammt."

„Richtig, vielleicht ist ja sein Reichtum der Schlüssel zum Mord."

Auf den nächsten Gedanken kamen sie gemeinsam. „Was ist denn mit diesem anderen Abbè? Wie heißt er nochmal?" Montagne begann zu blättern. „Moment, das haben wir gleich … Ah, hier steht es: Abbé Henri Boudet aus Rennes-les-Bains. Er soll mit Sauniere richtig gut befreundet sein und über ihn haben unsere Kollegen einiges Seltsames herausgefunden. Aber das nur am Rande. Vielmehr ist auffällig, dass er einen Tag vor dem Mord an Gelis mit unbekanntem Zicl abgereist ist."

Durac war äußerst erstaunt. „Was soll das heißen? Bedeutet das, dass man ihn nicht weiter überprüft hat? Weiß man denn nicht, wo er sich augenblicklich aufhält? Das gibt's doch nicht! Was ist das für eine Schlamperei!" Er war wütend geworden. Die Erfolglosigkeit in dieser Mordsache und das damit verbundene ständige Umherfahren zwischen den Dörfern zehrte an seinen Nerven.

Er fuhr fort: „Wir wissen also nicht einmal, ob er ein Alibi hat. Ist es das?" Montagne brachte ein kleinlautes

„Ja“ heraus. Es herrschte bedrückendes Schweigen, während Durac versuchte, sich wieder zu beruhigen. Die Entspannung der Situation folgte jedoch erst, als die Tür aufging und ein junger Kollege beim Eintreten verkündete, dass es Neuigkeiten gäbe.

KAPITEL 6

Eine halbe Stunde später saßen der Abbè von Rennes-le-Château und seine Haushälterin schweigend am Essenstisch in der Küche. Marie hatte auf die Schnelle das wenige Gemüse, das noch vom Markt in Couiza übriggeblieben war, geschnipselt und es zu einem Eintopf verkocht. Dazu tranken sie schwarzen Tee.

Draußen war es in der Sonne zwar noch angenehm warm, wechselte man aber in den Schatten, war schon eine empfindliche Kälte zu spüren. Der Winter rückte unaufhaltsam näher und auch in Südfrankreich spürte man bereits einen merklichen Temperaturunterschied zum Sommer. Die Gipfel der nahegelegenen Pyrenäen waren um diese Jahreszeit inzwischen mit Schnee bedeckt.

In der Küche der Villa Bethania herrschte eine bedrückende Atmosphäre. Wenig Tageslicht drang herein, obwohl es erst Mittag war. Bérenger hing düsteren Gedanken nach und die Tasse wärmenden Tees, die vor ihm stand, konnte ihn nur wenig aufheitern. Innerlich aufgewühlt, versuchte er, langsam zu seiner bisher krampfhaft beibehaltenen Ruhe zurückzukehren. Er musste an den Brief denken, den ihm Boudet vor Gelis Ermordung hatte zukommen lassen. Es handelte sich um das ultimative Beweisstück zu einem Mordkomplott und könnte ihn für viele Jahre ins Gefängnis bringen, wenn es Unbefugten in die Hände fallen sollte.

„Ich Esel", dachte er sich, während er seinen Teller auslöffelte, „warum lege ich mir nicht endlich einen Tresor zu, schon alleine wegen dieses Briefes?" Langsam begann es wieder in ihm zu brodeln, gleichzeitig wollte er sich Marie gegenüber nichts anmerken lassen.

Marie war ebenfalls in Gedanken versunken. Dann rutschte ihr eine Frage heraus, die sie ihm in all den Jahren, wo sie sich schon kannten, noch nie gestellt hatte. Sie hatte es bisher als selbstverständlich angesehen, aber nach allem, was vorgefallen war, flammten starke Zweifel in ihr auf. „Bérenger, sag, liebst du mich überhaupt noch? Ich habe immer mehr den Eindruck, dass du mich nur noch als Mittel zum Zweck ansiehst. Ich komme mir von dir so ausgenutzt vor."

Anstatt ihr zu antworten, sah er nur ins Leere und drehte ihr nach endlos langen Minuten den Kopf zu. Seine Antwort kam gänzlich anders als erwartet. „Was willst du von mir hören? Ich bin Pfarrer dieses Dorfes und habe mich an bestimmte Regeln zu halten. Womit ich nicht behaupten will, dass ich nichts für dich empfinde. Aber es ist zu viel in der letzten Zeit passiert und meine Gefühle sind völlig durcheinandergeraten, seitdem ich … Ach, ich muss schleunigst nach Rennes-les-Bains. Dort wartet man schon auf mich. Wir reden ein anderes Mal darüber. Verzeih mir bitte, ich habe zu tun."

Er stand auf, ohne ausgetrunken zu haben, und begab sich zur Haustür. Marie dagegen saß da wie ein begossener Pudel. Ihr war klargeworden, dass er nur mit ihr geschlafen hatte, um sich ein Alibi für eine Mitwisserschaft im Mordfall Gelis zu verschaffen. Das Schlimmste für sie war allerdings, dass sie mit niemandem darüber reden konnte. Vor ein paar Jahren war es noch anders, da gab es eine beste Freundin, die jedoch an einer schweren Krankheit gestorben war. Sie kam sich völlig hilflos und allein gelassen vor, eine Welt brach in ihr zusammen.

Sauniere suchte zunächst nach Felix, den er ein weiteres Mal dabei ertappte, wie er auf einer Bank eingeschlafen war, die sich an der Straße befand, die zu seinem Turm führte. Mit festem Griff packte er ihn an der rechten Schulter und rüttelte ihn, dass ihm seine Mütze ins Gesicht rutschte. „Wach auf, du Faulpelz. Muss man denn hier alles selber machen?" Seine schlechte Laune hielt an und so war er nahe daran, dem armen Kerl obendrein eine Ohrfeige zu verpassen. Bérenger war ein Hitzkopf und konnte manchmal ziemlich grob werden, wenn etwas nicht nach seinen Vorstellungen verlief. Besonders am Anfang seiner Amtszeit im Dorf hatte er sich die eine oder andere Prügelei mit jungen Burschen geliefert, bei der er zugegebenermaßen nicht schlecht ausgesehen hatte. Mit der Zeit hatte er sich auf diese Art gehörigen Respekt verschafft.

Saunière befahl dem jungen Gemeindehelfer, er solle schleunigst die Kalesche holen, er benötige sie, um damit zum Nachbarort zu fahren. Dann rannte er, mehrere Stufen auf einmal nehmend, die Wendeltreppe seines Bibliotheksturmes hoch, um alle nötigen Unterlagen für die Predigt, die er am Morgen ausgearbeitet hatte, zusammen zu packen. Seine schwarze Aktentasche nahm er dabei ebenfalls mit. Wenig später preschte er los.

Marie war voller Selbstzweifel. Was sollte sie tun, so fragte sie sich. Da war immer noch diese schreckliche Sache mit den Dokumenten. Unter normalen Umständen müssten sie sich nach wie vor in Coustaussa im Safe des Pfarrhauses befinden. Es sei denn, man hatte diesen gewaltsam geöffnet und sie daraus entwendet. Dagegen sprach allerdings, dass Bérenger bisher erstaunlich ruhig geblieben war. So wie sie ihn kannte, hätte er eigentlich in Panik deswegen verfallen müssen, denn es konnte sein, dass man diese Papiere entwendet hatte und sie dann unwiederbringlich verloren wären. Sie konnte sich sein Verhalten einfach nicht erklären.

Da kam ihr ein schrecklicher Verdacht. Genau am Morgen nach dem schrecklichen Ereignis war ihr Bérengers schwarze Aktentasche aufgefallen, die im Flur der Villa stand, ganz so, als wäre sie noch nie woanders gewesen. Ihr fiel dazu ein, dass sie am Vortag dort saubergemacht hatte, jedoch die Mappe nicht bemerkte. Sie hätte schwören können, dass sie sich zu diesem Zeitpunkt noch nicht dort befunden hätte. Was war das für ein Spiel, das er da spielte? Vor allem, was befand sich in dieser Tasche?

Plötzlich fiel es ihr wie Schuppen von den Augen. War es möglich, dass…? Ein entsetzlicher Gedanke schoß ihr durch den Kopf, der gleichzeitig ihre Neugier erwachen ließ. Für sie stand fest, dass sie der Sache unbedingt auf den Grund gehen musste. Komme, was da wolle.

KAPITEL 7

Eine neue Spur hatte sich ergeben. Etwas, was sie bisher überhaupt noch nicht in Betracht gezogen hatten. Sie hatten zwar mehrere Einwohner von Coustaussa befragt, ob Gelis mit irgendjemandem vielleicht Streit gehabt haben könnte, aber jeder verneinte und lobte den armen friedliebenden Abbé.

Dass dies trotzdem nicht so war, erfuhren sie einige Zeit später aus erster Hand. Denn Folgendes war geschehen: Bei Gelis Beerdigung waren etliche Honoratioren aus den Nachbargemeinden anwesend. Unter anderem handelte es sich nicht nur um Geistliche, sondern auch verschiedene Bürgermeister und Gemeindevorsteher erwiesen ihm die letzte Ehre. Dazu gehörte auch Eugene Caclar, der Maire von Rennes-le-Chateau. Genau diesen wollten auch einige Gemeindemitglieder aus Cousaussa wiedererkannt haben. Angeblich sei nämlich er es gewesen, der noch einen Tag vor dem Mord Gelis aufgesucht und einen heftigen Streit mit ihm gehabt haben soll. Dies habe dazu geführt, dass er dem armen Mann sogar an die Kehle gegangen sei. Den Grund hierfür konnte man nicht nennen, aber die Auseinandersetzung soll von einer derartigen Heftigkeit gewesen sein, dass man sie bis auf die Straße hinaus gehört und Gelis am Schluss sogar um Hilfe gerufen haben soll.

Montagne und Durac hatten sich diese Neuigkeit mit einer gewissen Zufriedenheit von einem Kollegen angehört. Eine weitere Spur tat sich auf, der sie sogleich ohne zu zögern nachgehen wollten.

„Worauf warten wir noch", hatte Durac gemeint und beide bestiegen eiligst ihr „Dienstfahrzeug", das abfahrbereit vor der Präfektur stand.

„Dieser Caclar wird uns Einiges erklären müssen. Vor allem interessiert mich, um was es bei dieser Auseinandersetzung ging. Seit Tagen zerbreche ich mir den Kopf darüber. Ich habe das Gefühl, dass wir jetzt entscheidend vorankommen könnten. Meinst du nicht auch?" Montagne war voller Euphorie und machte einen entspannten Eindruck.

„Möglicherweise. Vor allem könnten wir damit den Kollegen aus Toulouse zuvorkommen, denn die stehen schon in den Startlöchern, um uns die Butter vom Brot zu nehmen, wenn wir keine Erfolge vorweisen können. Wir brauchen diese Stadtfräcke nicht, jetzt nicht und in Zukunft sowieso nicht."

Durac trieb das Zugpferd an. Es stand für sie außer Frage, dass sie so schnell wie möglich nach Rennes-le-Château gelangen mussten. Man fragte sich durch bis zum Rathaus und war sich sicher, dass Caclar in seiner Amtsstube bestimmt anwesend wäre.

Das besagte Gebäude war unschwer zu finden, sie brauchten bloß der Hauptstraße folgen, die gänzlich ungeteert eine Menge Staub aufwirbelte, als sie darüberfuhren. Bérenger Saunière, der wohlhabende Geistliche von

Rennes-le-Château, hatte zwar vor, die Straße teeren zu lassen, aber dazu musste er erst eine passende Straßenbaufirma finden, was sich in dieser Gegend nicht gerade als einfach erwies.

Ganz am oberen Ende der Straße lag ein freier Platz, der von einer Mauerbrüstung umgeben war, von dem aus man einen herrlichen Ausblick auf das Umland genießen konnte. Sie stellten ihre Kalesche ab und suchten das Rathaus auf. Es handelte sich um ein größeres Wohnhaus mit zwei Flaggen auf dem Dach und einem Stadtwappen über der Eingangstür, wie es bei den meisten Rathäusern bis heute noch üblich ist.

Kurz darauf fanden sie sich in einer kleinen Eingangshalle wieder, die keine große Auswahl an Amtszimmern zuließ. Sie klopften an der erstbesten Türe und vernahmen eine männliche Stimme, die ein fast unhörbares „Herein" von sich gab.

Vor ihnen saß ein untersetzter Mann in mittleren Jahren mit einer Halbglatze und einem darum rankenden Kranz wirr abstehender rötlicher Haare. Als er von seinem Schreibtisch zu ihnen aufblickte, konnten sie seinem seinem Gesicht entnehmen, dass er nicht besonders erfreut über ihren Besuch war.

„Was wünschen Sie?" Der Ton seiner Stimme klang ziemlich unfreundlich und sollte wahrscheinlich einzig dem Zweck dienen, die beiden Besucher möglichst schnell wieder hinauszukomplimentieren. Durac räusperte sich kurz. „Wir hätten gern einen Monsieur Caclar gesprochen. Bringen Sie uns bitte zu ihm."

„Er sitzt bereits vor ihnen. Also würden Sie mir bitte verraten, was Sie hierherführt. Zeit ist nämlich Geld, müssen Sie wissen und ich habe weder von dem Einen noch von dem Anderen genügend. Also?"

Was für ein arroganter Knochen, dachte sich Montagne, der sich allerdings nicht irritieren ließ. Nachdem er sich und seinen Kollegen vorgestellt hatte, kam er gleich zur Sache. „Wir kommen wegen dieser Mordsache in Coustaussa und hätten ein paar Fragen an Sie."

Caclar zuckte merklich zusammen, als man ihn damit konfrontierte. Dennoch war er bemüht, sich gleichgültig zu geben: „Ich habe davon gehört, in der Tat."

„Sie gefallen mir, schließlich sollen Sie auch auf der Beerdigung des Abbés gewesen sein. Also tun Sie nicht so." Montagne war in Rage geraten.

„Na und, was glauben Sie, auf wie viel Beerdigungen ich vertreten sein muss. Da kann ich mir keinesfalls jeden Namen merken. Nochmals: Was wollen sie von mir?"

Durac, der sich bisher mehr zurückgehalten hatte als sein Kollege, wurde jetzt ebenso sauer. Trotzdem versuchte er, sich zu beherrschen. „Wie gut kannten Sie Abbé Gelis? Man hat uns erzählt, dass man Sie am Vorabend des Mordes beobachtet hat, wie Sie ihn besucht haben sollen." Er hatte bewirkt, dass der Fisch, seiner Meinung nach, fast am Haken zappelte. Genüsslich verschränkte Durac seine Arme vor seinem nicht gerade kleinen Bauch.

„Äh, kann schon sein, dass ich…"

„Wie kann schon sein? Haben sie oder haben Sie nicht …?"

„Ja, von mir aus, wenn man mich schon gesehen hat, dann muss es wohl auch stimmen."

„Na also, geht doch", Montagne wurde immer ungeduldiger. „Was wollten Sie von ihm? Überlegen sie sich genau, was Sie uns sagen. Man hat beobachtet, dass Sie einen ziemlichen Streit mit ihm hatten, in dessen Verlauf Sie ihm sogar an den Kragen gegangen sein sollen."

Merde, dachte sich Caclar. Was soll ich denen jetzt sagen?

Durac versuchte, die Schlinge noch etwas zuzuziehen. „Wir sind ganz Ohr, Monsieur."

„Es … es ging um ein Stück Land, das der Pfarrei in Coustaussa gehört. Wenn ich es für unsere Gemeinde erwerben könnte, dann würde ich darauf eine Schule für Rennes-le-Château bauen lassen. Aber dieser … dieser Sturkopf wollte nicht verkaufen. Alles habe ich probiert, aber es war nichts zu machen."

„Ach, und da haben Sie sich gedacht, nehme ich einfach den nächstbesten Gegenstand und schlage ihm damit den Schädel ein. Schließlich tue ich es für einen guten Zweck. Stimmt doch, oder?" Caclar wurde tiefrot im Gesicht und stand kurz vor dem Explodieren. Er begann zu schreien. „Sind sie verrückt! Wie kommen sie darauf, dass ich ihn deswegen gleich umbringe? Das ist eine infame Unterstellung, das … das lasse ich mir nicht bieten."

Er schnappte nach Luft wie ein Karpfen auf dem Trockenen. Die Partie war inzwischen ausgeglichen, wobei alle ihre Argumente in unterschiedlicher Lautstärke ins Feld führten. Nach einer Minute intensiven Schweigens, in der jeder von ihnen krampfhaft überlegte, ob er das Gespräch überhaupt noch weiterführen solle, war es Caclar, der endgültig genug hatte. „Gibt es sonst noch was? Wenn nicht, dann darf ich Sie bitten, mein Büro zu verlassen."

„Das wäre es zunächst. aber machen Sie sich darauf gefasst, dass wir wiederkommen werden. Au revoir, Monsieur", resümierte Montagne. Sie mussten einsehen, dass sie fürs Erste nicht weiterkamen. Man würde wohl noch weitere Dorfbewohner von Coustaussa befragen müssen. Vor allem nahmen sie ihm nicht ab, dass es sich bei dem Streit „nur" um ein kleines Stück Land gehandelt haben solle. Irgendetwas Anderes steckte dahinter und sie würden es auf jeden Fall noch in den nächsten Tagen herausfinden. Schweigend bestiegen sie ihre Kutsche und fuhren wieder nach Couiza zurück.

KAPITEL 8

Saunière hatte sich verspätet, als er in Rennes-les-Bains
eintraf. Das Dorf schien vordergründig mit seinen engen
Gassen größer als Rennes-le-Château zu sein, von der
Einwohnerzahl her war es jedoch kleiner. Die Kirche,
rein äußerlich wesentlich unscheinbarer als diejenige des
Nachbardorfes, stand in der Ortsmitte.

Er war aufgrund der Eile gänzlich unvorbereitet und
musste in der Sakristei erst alles Nötige für den Gottesdienst zusammensuchen. Noch dazu ärgerte es ihn heimlich, dass sich Boudet so einfach aus dem Staub gemacht
hatte. Zwar hatte er Bérenger kurz vor der Mordnacht
in Coustaussa in einem verschwörerischen Brief davon
unterrichtet, dass er für längere Zeit verschwinden und
den Dorfbewohnern gegenüber angeben würde, er müsse wegen seines angeschlagenen Gesundheitszustandes
unbedingt eine längere Kur antreten, aber das machte es
für Saunière nicht einfacher. Wie lange noch würde sein
Alibi halten und es am Ende herauskommen, dass er der
eigentliche Auftraggeber der Bluttat war?

Sein Gewissen zerrte ihn ständig hin und her zwischen
Reue und Gleichgültigkeit. Die ersten schlaflosen Nächte

hatte er hinter sich und man erkannte es an den schwarzen Ringen unter seinen Augen. Er wirkte fahrig und nervös, konnte keinem Menschen beim Reden in die Augen sehen. Wie hatte es nur soweit kommen können? Diese verfluchten Dokumente, dachte er sich immer öfters. Andererseits war er ihnen auf ewig verfallen, wie einem Dämon.

Vor allem Marie, dieses sensible Geschöpf, sein einziger verbliebener Halt, hatte ihn mehr als ein Mal davor gewarnt. Sie hatte ihn noch vor wenigen Wochen bekniet, die Papiere nach Paris zum Priesterseminar zu schaffen, dass man sie für immer dort verwahren solle.

Entrüstet hatte er sie angeschrien: „Bist du verrückt? Niemals werde ich sie diesen Heuchlern aushändigen. Sie wissen, dass darin die Wahrheit steht und dass unser Arbeitgeber großes Unrecht an den Anhängern des wahren Glaubens begangen hat. Diese Mörder im Vatikan bekommen meine Dokumente nur über meine Leiche." Und jetzt war er zum Mörder geworden.

„Hochwürden Sauniere", eine Stimme, die hinter ihm zu vernehmen war, riss ihn jäh aus seinen Gedanken. Als er sich umdrehte, stand Alfonse, Boudets langjähriger Messdiener, Koch und Gärtner hinter ihm. „Entschuldige, ich … ich war in Gedanken vertieft", versuchte er, ihm freundlich zu antworten. „Was gibt es?"

Alfonse wies ihn darauf hin, dass es an der Zeit für den Gottesdienst sei. Zwar hätten sich nur zehn ältere Zuhörer in der Kirche eingefunden, aber sie seien schon leicht ungeduldig, da der Abbé Boudet immer pünktlich zu beginnen pflegte.

Bérenger antwortete, gleich soweit zu sein, er solle schon mal vorausgehen.

Als Alfonse wieder aus der Sakristei verschwunden war, schnaufte er ein paar Mal tief durch, so, als wolle er einfach alles, was ihn belastete, hinwegblasen. Für einen kurzen Moment gelang es ihm auch, aber spätestens, als er vor seinen Zuhörern stand, war es wieder vorbei. Als er die Arme hob, um Ruhe einkehren zu lassen, merkte er erst, wie schwer sie geworden waren. Dennoch musste er seine Pflicht erfüllen, deshalb sang man zunächst ein Lied, wo man Gott für seine Güte den Menschen gegenüber lobte. Dann schleppte er sich schweren Schrittes auf die Kanzel und versuchte krampfhaft, diejenigen Gebote in seiner Predigt auszuklammern, die ihm augenblicklich zusetzten und gegen die er so drastisch verstoßen hatte. Irgendwie schaffte er es dann, das Ganze einigermaßen durchzuziehen, und war heilfroh, als der Gottesdienst vorbei war. „Was bist du nur für ein armseliger Wicht", sagte er hinterher zu sich selbst.

Beim Umziehen in der Sakristei bat ihn Alfonse noch, Boudets Büro aufzusuchen, um sich um die Post und einige weitere Formalitäten zu kümmern. Außerdem musste er noch zwei Krankenbesuche absolvieren. Es gab nicht viele Kranke im Dorf, aber es existierte immer ein Pflichtprogramm, auch wenn er nur vertretungsmäßig hier agierte. Schon einige Male hatte er Alfonse versprochen, dass es nicht lange dauern würde, bis Boudet wieder zurückkäme. Aber er wusste, dass es nicht stimmte, weil der Abbé von Rennes-les-Bains noch mehr Schuld auf sich geladen hatte als er. Wer weiß, vielleicht würde Boudet überhaupt nicht mehr zurückkehren. Dann allerdings müsste man einen Nachfolger suchen. Damit verbunden würde man ihm wieder Fragen stellen und vielleicht aus Carcassonne einen Spion schicken.

Schließlich musste es an höherer Stelle sehr fragwürdig erscheinen, dass ein Pfarrer über Nacht verschwunden war. Er ertappte sich dabei, wie er wieder zu grübeln anfing. Weil er hoffte, sich etwas davon ablenken zu können, konzentrierte er sich nun auf die geplanten Besuche.

Zwei Stunden später trat er die Heimfahrt nach Rennes-le-Château an, mitunter keineswegs erleichtert von seinen Problemen. Als er die Villa Bethania betrat, suchte er nach Marie. Er fand sie im Garten, wo sie mit Antoine zusammen die Wege vom Laub befreite. „Wie ist es verlaufen, weiß man bereits, wann Boudet wieder zurückkommt?", wollte sie von ihm wissen und als sie sah, dass sich seine Stirn bei dieser Frage in tiefe Falten zog, ergänzte sie: „Man kann dir doch nicht zumuten, dass du dauernd seine Vertretung übernehmen sollst."

„Ich weiß gar nichts, man muss einfach abwarten. Vielleicht dauert es ja nicht mehr lange."

Er fügte hinzu, dass er sich für ein paar Stunden in seinen Turm zurückziehen würde, sie brauche mit dem Essen nicht auf ihn zu warten, weil er sowieso keinen großen Hunger verspüre. Schon wollte er sich davonmachen, als sie ihm hinterherrief, dass es Neuigkeiten wegen des Mordes an Gelis geben würde. Bérenger drehte sich schlagartig um und kam zurück: „Was für Neuigkeiten?", meinte er gespannt.

„Heute Nachmittag waren die beiden Gendarmen wieder hier, allerdings nicht bei uns, sondern, man höre und staune, bei … Caclar." Das habe man sich im Dorf erzählt, meinte sie. „Was?!" Bérenger war völlig perplex. „Was um alles in der Welt hat er mit dieser Sache zu tun?"

„Das frage ich mich auch. Ich kann mir, ehrlich gesagt, keinen Reim darauf machen. Aber …“

„Was aber …?“

Marie zuckte mit den Schultern. „Nun, man erzählt sich, dass er just am Vortag des Mordes in Coustaussa gewesen sei und dort einen heftigen Streit mit Abbé Gelis vom Zaun gebrochen haben soll.“

Es wurde immer kurioser. Saunière hatte Caclar zwar noch nie besonders gemocht, nicht nur alleine wegen seiner politischen Einstellung, sondern auch, weil er ihn immer wieder bezüglich der Dokumente genervt hatte. Er wollte sie ebenfalls für sich in Anspruch nehmen und hatte schon oft damit gedroht, deren Besitz gerichtlich zu erstreiten, da er der Meinung war, dass alles, was auf dem Grund und Boden der Gemeinde gefunden würde, automatisch an ihn, den Bürgermeister fallen müsse. Aber Bérenger hatte sich bisher immer erfolgreich dagegen verwahrt. Dass ausgerechnet Caclar Gelis umbringen sollte, erschien ihm aber dann doch dem Reich der Fantasie entsprungen zu sein. Dazu hätte Caclar wissen müssen, dass sich die Dokumente bei Gelis im Safe befanden. Noch als er diesen Gedanken im Kopf durchspielte, kam ihm ein schrecklicher Verdacht.

Marie hatte ihn die ganze Zeit über nicht aus den Augen gelassen und der Zufall wollte es, dass sie genau in diesem Moment auf denselben Gedanken kam wie er.

Er sah sie forschend an. „Sag mir, es kann doch nicht sein, dass er dich und Boudet dabei beobachtet hat, wie du die Papiere übergeben hast. Oder vielleicht doch?“

„Du hast recht, leider müssen wir es in Betracht ziehen“, stimmte ihm Marie kleinlaut zu. „Aber dazu muss er Boudet gefolgt sein oder hat jemand auf ihn angesetzt, der ihm hinterher spioniert hat. Mein Gott, Bérenger, was habe ich da angerichtet? Bin ich etwa dadurch mitschuldig an diesem Mord?" Sie schlug ihre Hände vors Gesicht und kämpfte mit den Tränen. Es war zuviel für sie.

„Du dummes Frauenzimmer!", herrschte er sie an. „Warum musstet ihr das auf offener Straße geschehen, wo euch jeder beobachten konnte?" Er ballte die Fäuste und knirschte mit den Zähnen, als er an Boudet dachte, dem er soviel Dummheit nicht zugetraut hatte.

Es musste die logische Erklärung für die Auseinandersetzung zwischen Caclar mit Gelis sein. Er hatte die Gelegenheit genutzt und von ihm die Herausgabe der Dokumente verlangt. Gelis hatte sie ihm daraufhin verweigert. Und weil man wenige Verdächtige fand, rückte deshalb Caclar in den Fokus der Ermittler.

Bérenger beruhigte sich langsam wieder, es war schließlich alles nochmal gut ausgegangen, vor allem für ihn und Boudet. Solange die Gendarmerie diese Spur verfolgte, ließ man ihn dafür in Ruhe. Er entschuldigte sich bei ihr und versuchte, sie in den Arm zu nehmen, sie ließ es aber nicht zu.

Stattdessen schrie sie ihn an. „Du und deine verfluchten Dokumente! Hat dich Asmodis so in seine Gewalt gebracht, dass du nicht mehr weißt, was du tust?"

Sie ließ ihn stehen und flüchtete in die Villa. Antoine, der zufällig vorbeigekommen war und das Ganze beobachtete, starrte ihn an wie ein Mondkalb.

„Was glotzt du so blöde? Mach dich gefälligst an deine Arbeit", brüllte Bérenger ihn an. Im gleichen Augenblick tat es ihm wieder leid und er entschuldigte sich kleinlaut bei ihm. Dann stapfte er durch den Hinterausgang des Parks zum Tour Magdala.

KAPITEL 9

Durac und Montagne tappten trotz einiger anfänglicher Erfolge erneut im Dunkeln, denn nichts Brauchbares hatte sich dadurch ergeben. Erschwerend kam hinzu, dass sie regelmäßig Telegramme aus Toulouse erhielten, wo man sie mit den Ermittlungen unter Druck setzte und Ergebnisse sehen wollte. Durac schimpfte laut vor sich hin, als er wiederum eine dieser kurzgefassten Anfragen in den Händen hielt.

„Ich mag diese Stadtfräcke nicht, Sie sind überhebliche Besserwisser und meinen, wir könnten unsere Fälle nicht selber lösen. Dabei sind sie auch nicht gescheiter als wir. Im Gegenteil, wir kommen viel besser mit den Einwohnern ins Gespräch, weil wir von hier stammen." Sein Kollege stimmte ihm stumm zu und ließ theatralisch einen tiefen Seufzer vom Stapel.

„Lass uns nochmal mit den Anwohnern des Pfarrhauses in Coustaussa reden, Jacques. Vielleicht fällt ihnen das eine oder andere Detail ein. Jede winzige Kleinigkeit kann wichtig sein."

„Weil du gerade davon sprichst, da existiert immer noch das ominöse Zigarettenpapier, das am Tatort gefunden wurde. Wir kommen damit einfach nicht weiter. Immerhin ist es eine seltene Marke, die man in dieser Gegend nicht so oft raucht und deshalb nicht überall zu haben ist. Dazu noch dieser rätselhafte Spruch, wie hieß er noch? Könnte er möglicherweise eine verschlüsselte Botschaft sein?"

„Lass mich überlegen, ich sehe nochmal in der Akte nach." Montagne begann zu blättern, dann deutete er mit seinem rechten Zeigefinger auf die entsprechende Stelle.

„Ah, hier steht es: Viva Angelina. Was für ein komischer Spruch."

„Es leben die Engel!"

„Von welchen Engeln redest du?" Montagne verstand überhaupt nichts mehr.

Durac schüttelte den Kopf: „Nein, du Blödmann. Viva Angelina ist lateinisch und bedeutet ‚Es leben die Engel'!

„Du willst damit sagen, dass es nur jemand geschrieben haben kann, der der lateinischen Sprache mächtig ist oder zumindest ein paar Brocken kennt. Interessanter Gedanke."

„Und was folgern wir daraus? Dass möglicherweise ein studierter Mensch an der Ermordung beteiligt gewesen sein muss, oder liege ich da falsch?"

„Richtig, und wenn wir jetzt resümieren, dann gibt es eigentlich nur Geistliche oder Ärzte, auf die diese Kriterien zutreffen."

„Wie ist es mit diesem Bürgermeister von Rennes-le-Chateau, den wir so in die Zange genommen haben. Dieser … dieser Caclar."

„Ich bin mir nicht sicher, ob er überhaupt einen akademischen Grad besitzt. Außerdem, warum sollte er ausgerechnet diese beiden Worte auf Zigarettenpapier schreiben? Ich meine, man hinterläßt im Normalfall keine Spuren am Tatort." Durac stimmte ihm zu.

„Ergo suchen wir nach einem Raucher und Akademiker, der mit dem Abbé befreundet sein musste. Sonst hätte der ihn ja nicht freiwillig in sein Haus eintreten lassen. Der Bürgermeister von Rennes-le-Château scheidet deswegen schon alleine wegen des heftigen Streits mit ihm aus."

„Es kann durchaus sein, dass der Mörder Gelis absichtlich provozieren wollte, weil er sich vor ihm eine Zigarette anzündete. Gelis war nämlich nach allem, was wir wissen, ein glühender Verfechter des Nichtrauchens."

Durac blieb skeptisch. „Die Frage ist eben, wann er das getan hat, vor oder nach dem Mord."

„Das werden wir wohl nicht so schnell herausfinden können, es sei denn, wir schnappen ihn uns bald. Aber vielleicht ist das auch gar nicht so wichtig."

Wenig später verließen sie ihr Büro, um nach Coustaussa aufzubrechen und dort die Anwohner zu befragen. Strahlendes Herbstwetter erwartete sie und sie genossen es, sich während der Fahrt von der Sonne wärmen zu lassen. Ein Ausflug um diese Zeit in der Region, auch wenn er dienstlich war, hatte durchaus etwas für sich.

Als sie die Serpentinen hinter sich gelassen hatten, näherten sie sich der Ortseinfahrt von Coustaussa und nahmen Kurs auf die dortige Kirche. Sie fuhren sie auf einer engen Straße, an deren Seiten sich ärmliche und einfach gebaute Natursteinhäuser in Reih und Glied postiert hatten. Coustaussa war ein armes Dorf, in dem sich die Einwohner mit dem wenigen zufrieden gaben, das sie ihr Eigentum nannten. Die einzige Sehenswürdigkeit bildete eine Burgruine, die genauso alt wie das Dorf war. Von der Ferne aus betrachtet erinnerte sie an Stonehenge, nur noch einige senkrechte und waagrechte Pfeiler waren davon übriggeblieben.

Die beiden Beamten gehörten am Morgen nach der Mordnacht mit zu den Ersten, die den in einer Blutlache am Boden liegenden Abbé Gelis erblickt hatten. Sie hatten gehofft, dass diejenigen, die vor ihnen dort ankamen, nichts verändert hätten. Denn es war eminent wichtig, keine Spuren zu verwischen oder gar etwas zu beschädigen.

Durac und Montagne hatten die Akte mit den Tatortskizzen mitgebracht, die im Pfarrhaus angefertigt wurden. In der Akte wurde aufgeführt, dass man den Abbé mit genau dreizehn Schlägen wie einen Hund durchgeprügelt haben musste, allerdings waren nur drei davon tödlich. Das hatte die Obduktion ergeben. Eine sadistische Tat, die offensichtlich den oder die Täter im Übermaß erregt haben musste, sonst wäre man nicht mit solcher Brutalität vorgegangen. Warum gerade dreizehn Schläge? Hatte das etwas zu bedeuten?

Die beiden Gendarmen hatten die Akte eingehend studiert, konnten aber nur Vermutungen anstellen, da sie nicht einmal wussten, ob es überhaupt eine besondere Bedeutung hatte.

Dann das nächste Rätsel: Warum geschah die Tat ausgerechnet in der Nacht vom 31. Oktober auf Allerheiligen, ein religiöser Hintergrund etwa? Sie hatten auf der Herfahrt noch einmal alles durchgesprochen, auch aus dem bestimmten Grund, um auf keinen Fall ein noch so winziges Detail zu übersehen.

Bevor sie mit der Befragung begannen, suchten sie nochmals die Wohnung des Priesters auf. Dort breitete Durac die mitgebrachten Unterlagen auf dem Küchentisch aus. Dann animierte er seinen Kollegen, sich auf den Boden zu legen und die Position des Ermordeten einzunehmen.

Montagne tat dies widerwillig, ihm war gar nicht wohl bei der Vorstellung, dass hier noch vor einigen Tagen der Tote gelegen hatte. Das linke Bein war ausgestreckt und das rechte kam abgeknickt darunter zu liegen.

An was erinnerte diese Stellung Durac? Er überlegte und überlegte, währenddessen sich Montagne beschwerte, dass er, falls er noch länger so liegen müsse, einen Wadenkrampf bekäme. Durac dachte weiter nach und war sich nicht klar darüber, was er davon halten sollte. Einerseits hatte diese Position eine bestimmte Symbolik, andererseits konnte es auch nur blanker Zufall gewesen sein.

Der Anblick war Durac nicht gänzlich unbekannt. Irgendwo hatte er so etwas schon einmal gesehen, erinnerte er sich.

Montagne beschwerte sich inzwischen massiv über seine unbequeme Lage. „Ich bin doch keine Spielfigur, die man drehen und wenden kann, wie es einem gefällt", meckerte er.

„Aber natürlich, das ist es", schrie Durac.

Montagne erschrak und verstand jetzt gar nichts mehr. Er hob den Kopf vom Boden, um seinen Partner blöd anzuglotzen.

„Kann ich jetzt vielleicht…?", meinte er. Durac hatte ein Einsehen und erlaubte ihm, wieder aufzustehen. Dann verriet er, was ihm eingefallen war.

Montagne hörte es sich an, blieb jedoch trotz der anfänglichen Euphorie seines Kollegen skeptisch. „Fragt sich nur, ob uns das weiterhelfen könnte“, erwiderte er zweifelnd.

„Vielleicht war es ein Ritualmord und wurde von irgendwelchen Verschwörern durchgeführt. Wir müssen herausfinden, ob Gelis möglicherweise Verbindungen zu einer Geheimorganisation pflegte. Vielleicht bringt uns das näher an den Mörder.“

„Wenn du meinst. Aber wo sollen wir anfangen zu suchen?“

„Ich denke, dass solche Geheimbünde, falls der Pfarrer von Coustaussa einem angehört haben sollte, verdeckt operieren und von der Öffentlichkeit völlig unerkannt bleiben.“ Aus Duracs Stimme sprach eine gewisse Zuversicht, auch wenn er nicht wusste, wie sie weiter vorgehen sollten. Es würde sich ergeben, dachte er. Man braucht nur etwas mehr Geduld. Ob man ihnen diese auch entgegen bringen würde …?

„Vielleicht handelt es sich um eine verschlüsselte Botschaft, die der Mörder hinterlassen wollte“, kombinierte Montagne.

„Falls es sich um eine Szene aus einem Tarotspiel handeln sollte, könnte ich meine Frau konsultieren. Sie spielt es öfters mit zwei Freundinnen. Vielleicht kann sie mir die dazugehörige Bedeutung erklären.“

„Vor allem wissen wir auch gar nicht, ob es tatsächlich etwas mit einem geheimen Ritual zu tun hat. Ich muss zugeben, auffällig ist die besondere Lage der Leiche schon. Zum Glück hat man sie bei der Untersuchung des Tatortes genau aufgezeichnet.“

„Streng genommen ist es das Einzige, was wir im Augenblick an Anhaltspunkten haben. Wir dürfen aber nicht Gefahr laufen, uns jetzt zu sehr darauf zu versteifen." Durac klang unsicher, als er das erwähnte. War es nur ein Strohhalm, an den er sich klammerte?

Egal, sie blieben bei ihrem Entschluss, nochmals routinemäßige Befragungen durchzuführen. Bevor sie damit starteten, beeilte sich Montagne, zu ergänzen, man könne aus der Position des toten Gelis schließen, dass der oder die Mörder offensichtlich Respekt vor ihm gehabt haben mussten, auch über den Tod hinaus. Man hätte sich sonst nicht die Zeit genommen, seine gefalteten Hände auf seinen Oberkörper zu legen.

Als sie gingen, schlossen sie die Türe des Pfarrhauses. Unmittelbar gegenüber wohnte Monsieur Simon Georget. Soeben wollten sie das Gartentor öffnen, um an der Haustüre zu klopfen, als mit rasanter Geschwindigkeit ein riesiger Hund um die Hausecke auf sie zugaloppierte und wütend nach ihnen schnappen wollte. Sie konnten sich gerade auf die Straße retten, da öffnete sein Besitzer, aufgeschreckt durch den Lärm, den sein Liebling verursacht hatte, hastig die Haustüre. Geistesgegenwärtig packte er den bellenden und zähnefletschenden Hund an seinem Halsband.

„Ruhig Bruno, beruhige dich, mein Guter", redete er auf das Tier ein. Dann nahm er erst die beiden Polizisten wahr.

„Entschuldigen Sie, Messieurs, aber der gute Bruno ist manchmal etwas temperamentvoll. Vor allem auf den Briefträger hat er es abgesehen und trug schon manches Mal einen Fetzen von dessen Hose in seinem Maul. Ansonsten ist er aber ein lieber Kerl und Sie dürfen ihn sogar streicheln, wenn er merkt, dass Sie keine bösen Absichten hegen. Aber verraten Sie mir, was Sie zu mir führt."

Monsieur Georget war im Dorf sehr beliebt, weil er für alle, die er im Dorf kannte, ein offenes Ohr hatte. Das erleichterte es für die beiden Ermittler, ihre nötigen Informationen zu bekommen.

Zwar stand Durac und vor allem Montagne noch immer der Schreck ins Gesicht geschrieben, trotzdem wagte sich Durac aus seiner Deckung. „Verzeihen Sie die Störung, Monsieur, aber wir kommen wegen Abbé Gelis. Um es kurz zu machen, wir treten mit unseren Ermittlungen weiterhin auf der Stelle. Aber vielleicht können Sie uns helfen, ein paar Mosaikteilchen zu finden, was die Aufklärung des Mordes angeht."

„Kein Problem, stellen Sie nur Ihre Fragen. Ich möchte ebenfalls, dass dieser Verbrecher möglichst schnell hinter Schloss und Riegel kommt. Einen solchen Tod, wie ihn unser Pfarrer erlitten hat, verdient keiner."

Monsieur Georget erzählte ihnen alles, was ihm einfiel und was seiner Meinung nach relevant sein könnte. Ausführlich brachte er dabei zur Sprache, was er in der Mordnacht beobachten konnte und das klang äußerst interessant.

„Gegen 3 Uhr in der Nacht bin ich wie üblich aufgewacht. Sie müssen wissen, ich kann schon lange nicht mehr durchschlafen und liege um diese Zeit immer wie gerädert im Bett. Also stand ich auf und trat ans Fenster. Da sah ich, wie zwei dunkle Gestalten in einiger Entfernung davonrannten."

„Konnten Sie erkennen, ob sie aus dem Pfarrhaus kamen?"

„Schwer zu sagen, sie befanden sich auf Höhe der Eingangstüre. Aber ich habe keine Ahnung, woher sie kamen.“

„Können Sie sie beschreiben?“

„Leider konnte ich sie nur von hinten sehen. Sie waren von unterschiedlicher Statur, der Eine war groß und schlank, der Andere etwas kleiner, aber kräftig gebaut. Als sie verschwunden waren, hörte ich kurz danach das Rasseln einer Kalesche. Wohin sie verschwunden sind, kann ich leider nicht sagen.“

„Tja, das ist besser als nichts. Es kann zum Beispiel bedeuten, dass sie nicht aus dem Dorf stammen“, entgegnete Montagne.

Dann wandte er sich an seinen Kollegen. „Hast du noch eine Frage?“

„Ja. Monsieur Georget, haben Sie zufällig beobachtet, dass der Abbé in der letzten Zeit Besuch von Unbekannten bekommen hat?“

Georget dachte angestrent nach.

„Doch da gibt es tatsächlich jemanden, der ihn besucht hatte. Lassen Sie mich überlegen, das müsste etwa drei Tage vor seiner Ermordung gewesen sein. Es waren zwei Männer, die wie Priester gekleidet waren, jetzt weiß ich es wieder. Der Abbé muss sie erwartet haben, weil er vor seiner Haustüre auf und ab ging. Er schien mir sehr nervös zu sein.“

Die beiden Gendarmen wurden hellhörig. Also doch noch ein wichtiges Detail, das eventuell Licht ins Dunkel bringen könnte.

„Sie sagen, es waren Geistliche. Stammten sie von hier, beziehungsweise haben Sie sie erkannt? Sie könnten vielleicht aus den umliegenden Dörfern gewesen sein. Denken Sie bitte genau nach.“ Montagnes und Duracs

Hoffnung wurde aber jäh zerstört, als er antwortete, er kenne sie nicht und habe sie zum ersten Mal überhaupt in dieser Gegend gesehen. Jeden anderen Priester hätte er sofort erkannt, vor allem Abbé Saunière und Abbé Boudet, die Gelis oft besuchten und die von ihm immer auch wie enge Freunde empfangen worden seien. Aber diese beiden Pfarrer seien ihm gänzlich fremd.

„Haben Sie vielleicht mitbekommen, um was es bei deren Unterhaltung ging?" Durac versuchte, nachzuhaken.

„Nein, leider nicht, dazu waren sie zu weit entfernt von mir."

„Eine letzte Frage noch", meldete sich Montagne zu Wort. „Hatten sie zufälligerweise dieselbe Figur wie diese beiden Männer, die Sie in der Mordnacht beobachtet haben?" Georget verneinte und war sich sicher, dass es ausgeschlossen werden könne.

Die Polizisten verabschiedeten sich von dem freundlichen Nachbarn, nicht ohne Bruno nochmals ein paar Streicheleinheiten zukommen zu lassen, der sie, inzwischen friedlich gestimmt, die ganze Zeit über mit treuen Augen anhimmelte.

Die Befragung der anderen Nachbarn verlief ohne weitere neue Erkenntnisse, immerhin dauerte sie zwei Stunden. In dieser Zeit wurde es langsam dunkel und sie setzten sich hinterher fröstelnd auf den Kutschbock. Bei der Heimfahrt fassten sie den Entschluss, es für heute gut sein zu lassen und den wohlverdienten Feierabend zu genießen.

KAPITEL 10

Gähnende Dunkelheit empfing ihn, als er den Höhleneingang betrat. Obwohl er schon mehrere Male hier war, bekam er erneut ein mulmiges Gefühl. Er wollte sich keinesfalls lange aufhalten, das sagte ihm sein Instinkt, denn es schien ein verfluchter Ort zu sein. Rasch griff er nach einer der Fackeln, die in der Halterung an der Wand steckte. Er zündete ein Streichholz an und kurze Zeit später loderte eine grellgelbe Flamme auf, die den Gang der Höhle in ein gespenstisches Licht tauchte. Sein Weg führte ihn abwärts. Geisterhafte Schatten tanzten an der Wand entlang, die Luft war bedrückend und stickig. Die Asmodisstatuen, die er damals in einem Abstand von etwa zehn Metern aufgestellt hatte, schienen ihn höhnisch anzugrinsen, fast so, als würden sie eine Verschwörung gegen ihn im Schilde führen. Obwohl sie nur aus Holz waren, schienen sie ein teuflisches Innenleben zu besitzen.

„So weit bin ich gekommen", murmelte er vor sich hin. „Wegen eines verfluchten Schatzes bete ich den Teufel höchstpersönlich an und lasse mich von ihm zu einem Mordkomplott verführen. Bérenger, was ist nur aus dir geworden." Er schüttelte den Kopf und schlich voll innerer Unruhe ängstlich weiter.

Ein beachtliches Stück musste er noch hinter sich bringen, bis es endlich an einer Wegbiegung heller wurde. Aber es war kein Tageslicht, das ihn empfing, sondern der Glanz des Goldes, der die gesamte Halle ausfüllte.

Eigentlich wollte er nicht mehr hierher, aber die Pläne, die er für sein Dorf hatte, begannen schon jetzt, mehr Geld als vorgesehen zu verschlingen. Er würde es doch nur für einen guten Zweck tun, redete er sich ein. Dennoch merkte er längst nicht mehr, wie ihn der Sog des Abwärtsstrudels erfasste. Nur kurz war ihm bewusstgeworden, wie unfreundlich er sich in der letzten Zeit gegenüber Marie verhalten hatte. Sie litt heimlich darunter, aber es gelang ihm immer weniger, seine Unbeherrschtheit in den Griff zu bekommen.

„Ach was", redete er sich ein, „wenn hier alles fertig gebaut ist, dann wird es uns Beiden wieder bessergehen. Man wird in Südfrankreich mit Ehrfurcht von Rennes-le-Château und seinem Abbé sprechen. Das ehemals mächtige Rhedae wird aus seinen Ruinen wie Phönix aus der Asche hervorsteigen und eine Bedeutung als Mekka für das Christentum erlangen." Ein irres Lachen entfuhr ihm dazu, war es schon das Gelächter eines Wahnsinnigen?

„Trotzdem solltest du immer bedenken, dass dir dieser Schatz nicht gehört und ich dir nur ausnahmsweise erlaubt habe, etwas davon zu nehmen, Priesterlein." Eine dröhnende Stimme hallte zwischen den Wänden der Höhle wider, kreiste ihn ein, gleichsam wie eine Fessel, die man um ihn schlang. War sie reell oder nur in seinem Kopf? Wie aus dem Nichts war sie erklungen und sie ließ ihn vor Angst aus allen Poren schwitzen.

Er war ihm wiedererschienen und, noch ehe Bérenger sich umdrehen konnte, stand das dämonische Wesen mit seiner Teufelsfratze erneut vor ihm: Asmodis, der biblische Baumeister des Tempels des Königs Salomon, Wächter aller Schätze auf dieser Welt. Jeden, der ihnen verfallen war, hatte er zu biblischen Zeiten mit einem Fluch belegt, der mit dem Tod endete. Er war der Herr der Begierde und Bérenger hatte ihn damals durch Zufall wiedererweckt. Wie der Teufel versuchte, Jesus in der Wüste zu verführen, so hatte es auch Asmodis mit Bérenger getan und hatte Erfolg.

Der Pfarrer von Rennes-le-Château rang hörbar nach Luft, als er ihm gegenüberstand.

„Du weißt, dass ich sparsam damit umgegangen bin. Immerhin habe ich mir nur einen geringen Teil genommen“, versuchte der Abbé, sich zu rechtfertigen.

Asmodis lachte furchterregend: „Was für eine armselige Entschuldigung!“ Er äffte ihn nach. „Nein, sprach der Mensch, ich habe mir nur einen Bruchteil aller Schätze dieser Welt genommen, leider ist dabei einiges kaputtgegangen, ein Kollateralschaden sozusagen, aber das muss man eben in Kauf nehmen. Ach, ihr Menschen widert mich an. Ihr seid keinen Deut besser als euer Gott, den ihr so inbrünstig anbetet. Euere Gebote sind nur noch dazu da, dass ihr sie ignoriert.“

Dann starrte er mit seinen stechenden blauen Augen Bérenger ins Gesicht, wie eine Brillenschlange, die ihr Opfer hypnotisiert, bevor sie ihm den Todesstoß versetzt.

„Aber nur zu, tu dir keinen Zwang an. Das Eine bedenke aber dabei: Alles hat seinen Preis.“

„Was verlangst du von mir? Genügt es dir nicht, dass ich eine Statue von dir in meiner Kirche, also an einem heiligen Ort, habe aufstellen lassen? Was glaubst du, was ich mir deswegen alles anhören musste. Dazu kommen all die anderen ungewöhnlichen Dinge, die sich dort befinden. Sie lassen für einen Laien einen höchst zweifelhaften Schluss auf die Auslegung der Bibel zu." Berenger war forscher geworden.

„Ich darf dich daran erinnern, dass du der Auftraggeber eines Mordes gewesen bist und dass du damit gegen mindestens eines euerer Gebote verstoßen hast. Menschen wie du kommen normalerweise nach ihrem Tod auf direktem Weg zu uns in die Hölle. Auch wenn du noch soviel davon bereust und Buße tust, so haftet diese Schuld weiter an dir bis zu deinem Lebensende. Aber man wird dir an höherer Stelle trotzdem vergeben, weil du dein Leben lang deinem Gott gedient und immer nach der einzigen Wahrheit gesucht hast. Ich will sie nicht aussprechen, aber sie ist eng mit euerem ‚Gottessohn‘ verbunden. Zu lange hat man bisher Lügen über ihn verbreitet. Aber jetzt zu meiner Forderung: Gib mir deine Seele und du kannst dir unbegrenzt von meinem Gold nehmen. Aber nicht nur das. Wenn du darauf eingehst, werde ich dir ein Angebot machen, dass du nicht ablehnen kannst."

Saunière erschrak augenblicklich, als er den Teufel so reden hörte. Aber die Neugier trieb ihn voran. „Wie lautet dein Angebot?"

„Ich werde dir helfen, die Wahrheit über Jesus Christus vollständig aufzudecken, nicht mehr und nicht weniger. Sie soll nicht länger ein großes Geheimnis bleiben."

Bérenger war hin und hergerissen. Würde er darauf nicht eingehen, würden seine Träume von einem Moment auf den anderen wie eine Seifenblase zerplatzen. Andererseits musste er an die Dokumente denken, die ihm nur in Rennes-le-Château sicher zu sein schienen. Deshalb musste auch dieser ganze Aufwand mit dem Bau einer riesigen Mauer um den Ort betrieben werden. In ihrem Innersten wollte er ein Heiligtum errichten, in dem er sie aufbewahren würde. Für immer sollten sie jedem Zugriff durch die Außenwelt entzogen sein. Jetzt bekam er auch noch eine andere Sache auf dem goldenen Tablett serviert, die ihn von jeher umtrieb.

Er selbst war sich nichts mehr wert. Einzig um die Wahrheit ging es noch.

„Ich habe wohl keine Bedenkzeit mehr, oder?"

Der Dämon nickte nur ernst.

„Dann gib mir wenigstens die Möglichkeit, den Zeitpunkt meines Todes selbst zu bestimmen." Er blickte Asmodis zaghaft an, dieser jedoch bedeutete ihm mit einer einladenden Handbewegung, fortzufahren.

„Alle meine Bauvorhaben werden wahrscheinlich noch 20 Jahre in Anspruch nehmen, wenn alles nach Plan verläuft. Deshalb schlage ich den 22. Januar 1917 als meinen Todestag vor." Die Zahl 22 hatte schon immer eine wichtige Rolle in seinem Leben gespielt, sie trat auf geheimnisvolle Weise bei vielem in Erscheinung, was er plante oder durchführte. Der Monat Januar sollte ihm nicht mehr die Möglichkeit geben, das Erwachen des Frühlings und aller damit verbundenen Pracht der Natur und Schönheit seines Dorfes zu erleben. Bis dahin hatte er genug Möglichkeit, sich auf seine „lange Reise" vorzubereiten, wie er es dann gegenüber Marie ausdrücken würde.

Asmodis dachte kurz nach, dann nickte er mit seinem schrecklichen Kopf. „Nimm dir, was du brauchst. Aber ich werde nichts vergessen und nehme dich zu gegebener

Zeit beim Wort." Kaum hatte er es ausgesprochen, war er auch wieder verschwunden.

Sauniere wäre über sich erschrocken, hätte er sich im Schein der Fackel sehen können. Jegliche Farbe war aus seinem Gesicht gewichen. Er fasste sich ans Herz und schnappte nach Luft. „Um Gotteswillen, was habe ich nur getan!", schrie er flehend. Dann wurde es dunkel um ihn.

Irgendwann später wachte er schweißgebadet auf. Aber was war passiert? Statt auf dem Boden der Höhle lag er auf dem Sofa seiner Bibliothek im Tour Magdala. Langsam dämmerte es ihm – ein schrecklicher Alptraum hatte ihn im Schlaf heimgesucht.

KAPITEL 11

Die Jahrhundertwende stand bevor und der Mord an Gelis gehörte inzwischen der Vergangenheit an. Zu einer Aufklärung kam es nie mehr, da man alle Verdächtigen wieder laufen lassen musste.

So auch der Neffe von Gelis, Ernest Seiten, der als Erster den Leichnam fand und am 13. April 1898 verhaftet und eingesperrt wurde. Man musste ihn am 2. August desselben Jahres wieder aus der Haft entlassen. Sowohl die Gendarmerie in Couiza, als auch die Präfektur in Toulouse, konnten kein konkretes Ergebnis auf den Tisch legen.

Die Ermittlungen wurden eingestellt, was nicht dazu verhalf, das Gewissen des Pfarrers von Rennes-le-Chateau, Abbé Bérenger Saunière, zu beruhigen. Im Gegenteil, jener schreckliche Traum von damals blieb ihm die ganzen Jahre über in Erinnerung. Er war rast- und ruhelos geworden und reiste viel umher, zum Beispiel nach Paris oder Lyon.

Wenn er Marie erzählte, dass er vorhabe, in die Seinemetropole aufzubrechen, machte sie ihm jedes Mal eine furchtbare Szene. Sie wusste genau, wen er dort treffen werde. Damit verbunden, fragte sie sich manches Mal, ob sie ihn überhaupt noch liebte. Er würde sie sowieso bei jeder Gelegenheit mit Emma Calvé betrügen. „Wahrscheinlich bedient sie den Herrn besser im Bett als ich", dachte sie in ihrer rasenden Eifersucht. Es fraß an ihr wie ein Krebsgeschwür, denn Bérenger hatte damit nicht nur sie, sondern auch sich selbst ins Unglück gestürzt. Beide redeten nur noch das Nötigste miteinander, es schien, als ob ein tiefer Keil zwischen sie getrieben worden wäre, der es nicht zuließ, dass man versöhnlich aufeinander zugehen könnte.

Es änderte sich nichts. Sauniere verkroch sich weiterhin in seinem Turm, Marie ging oft außer Haus, wo sie sich im Dorf um die Probleme anderer Menschen kümmerte. Das tat sie aus reiner Verdrängung. Ihren Haushalt vernachlässigte sie dabei häufig und Bérenger fand nicht selten zum Abendbrot einen ungedeckten Tisch vor. Er traute sich nicht, ihr deswegen Vorwürfe zu machen. Schon lange wusste er, dass er selbst daran schuld war. Lieber zog er es vor, hungrig in seinen Turm zurückzukehren.

Bei seinen Parisbesuchen traf er regelmäßig Dr. Gerard Encausse, einen der führenden Esoteriker, in diversen Kreisen besser bekannt unter dem Namen „Papus". Im Hauptberuf Mediziner, gründete er in seiner geringen Freizeit den sogenannten Martinistenorden, ursprünglich eine Art Geheimorganisation, vergleichbar mit den Rosenkreuzern. Leider verkam der Bund der Martinisten nach und nach zum esoterischen Zirkel. Man hatte wenig Zulauf und Saunière war einer der wenigen, die mit ihnen sympathisierten.

Papus und Saunière wurden dicke Freunde und vor allem Bérenger profitierte davon, weil er mit ihm über alles reden konnte. Bekanntlich war sein Freund aus früheren

Tagen, Abbé Henri Boudet aus Rennes-les-Bains, seit dem Mord an Gelis verschwunden. Es hieß immer noch, er sei sehr krank.

Meistens wohnte Berenger während seiner Aufenthalte in der französischen Hauptstadt bei Papus, der eine Villa etwas außerhalb davon besaß. Nächtelang diskutierten sie dort und es war durchaus anzunehmen, dass Bérenger ihm dabei die Herkunft seines Reichtums verriet.

Encausse kannte Bérengers Dokumente und versuchte, ihm bei der Entschlüsselung zu helfen.

Wollten sie sich zerstreuen, besuchten sie die Oper und bei dieser Gelegenheit lernte der Dorfpfarrer aus Rennes-le-Château die eigentliche Attraktion persönlich kennen. Es handelte sich um die Opernsängerin Emma Calvé, die nicht nur mit ihrer fantastischen Stimme zu überzeugen wusste, sondern sie war auch eine sehr attraktive Frau. Bérenger war hingerissen von ihr und sie fand ebenso Gefallen an ihm. Daraus entwickelte sich eine leidenschaftliche Affäre zwischen den Beiden, von der die arme Marie in Saunières Heimatdorf nichts erfahren durfte. Aber wie eifersüchtige Frauen eben sind, kam sie dennoch im Laufe der Zeit dahinter. Sie titulierte die Calvé fortan mit Bezeichnungen wie „Hure" oder „Flittchen", was ihren Liebhaber dagegen kaltließ. Frech log er ihr jedes Mal ins Gesicht, Marie tue ihr Unrecht und es sei nichts zwischen ihnen vorgefallen.

In Paris verkehrte er öfters im Priesterseminar von Saint-Sulpice, etwas außerhalb der Großstadt gelegen. Man kannte ihn bereits, denn vor mehreren Jahren war er dort mit einer Aktenmappe voller geheimnisvoller Papiere, die er in seiner Kirche in einem westgotischen Pfeiler gefunden hatte, aufgekreuzt. Zu der Gruppe von Geistlichen gehörten zu jener Zeit die intelligentesten Köpfe der katholischen Kirche. Sie hatten damals den Auftrag, hauptsächlich das Neue Testament auf eventuelle Ungereimtheiten zu untersuchen. Man wurde bei mehreren Passagen fündig und meldete es an allerhöchster Stelle, was dazu führte, dass man das Seminar umgehend auflöste und allen Beteiligten ein Schweigegelübde dazu abnahm.

Als Saunière mit seinen Papieren zu ihnen stieß, begutachtete man sie. Angesichts ihres brisanten Inhalts konfiszierte man sie jedoch nicht, sondern schickte ihn damit umgehend wieder nach Hause. Allerdings blieb er wegen des Inhaltes der Dokumente gänzlich im Ungewissen.

So kam es, dass Saunière mit seinen Kollegen aus Coustaussa und Rennes-les-Bains versuchte, sie zu entschlüsseln, was ihnen aber nicht vollständig gelang. Womit man wieder bei Papus landete, der sich ebenfalls daran versuchte und keine neuen Einsichten dazu gewinnen konnte. Aber die beiden Männer brauchten diese Art der Beschäftigung und die damit einhergehende Geheimniskrämerei machte ihnen umso mehr Spaß.

So verging die Zeit, bis Berenger eines Tages in neue Schwierigkeiten geraten sollte. Das Unheil brach über ihn herein in Form eines neuen Bischofs in Carcassonne, Monsignore Paul-Félix Beuvain de Beausejour, dem Nachfolger von Monsignore Félix Arsene Billard, dem Saunière auf dem Friedhof von Rennes-le-Chateau einen Gedenkstein errichten ließ.

Es war einer dieser glühend heißen Tage im August des Jahres 1902, genauer gesagt ein Freitag. Rennes-le-Château hatte nach wie vor unter der brütenden Hitze zu leiden und schon am Morgen zeigte sich keine einzige

76

Wolke am Himmel. Mensch und Tier suchten Schutz vor der Sonne. In den Natursteinhäusern war es noch annehmbar kühl und so saß Saunière am Küchentisch in der Villa Bethania und frühstückte gedankenversunken. Vor ihm standen eine Tasse heißen Kaffees und zwei Gläser Marmelade, deren Inhalt er auf ein paar Weißbrotscheiben verteilte. Marie war zu früher Stunde in den Park der Villa gegangen, um sich in der Morgensonne der Blumenpflege hinzugeben.

Wie jeden Tag hatte man sich vorher gegenseitig angeschwiegen, eine richtige Beziehung zwischen den Beiden existierte im Augenblick nicht mehr und es war auch keine Besserung des Verhältnisses in Sicht. Berenger ging im Geiste seine Pläne für den heutigen Tag durch und überlegte, was er davon aufgrund der anhaltenden Hitze aus seinem Programm streichen konnte. Auch er wollte nur das Nötigste erledigen. In der letzten Zeit hatten ihm die hohen Temperaturen ziemlich zugesetzt und er hatte einige Male einen leichten Schmerz in der Brustgegend verspürt, jedoch nichts weiter darauf gegeben.

Im April des besagten Jahres war er 50 Jahre alt geworden und hatte zwei große Feste veranstaltet. Zuerst feierte er mit seinen Freunden aus Paris, die fast vollständig erschienen waren. Es gab eine Menge vorher zu organisieren, da er nicht von ihnen verlangen konnte, dass sie wieder in der Nacht abreisen sollten. Zum Glück besaß das Pfarrhaus genügend Zimmer, wo er sie unterbringen konnte. Sehr zum Leidwesen Maries, die darüber nicht sonderlich begeistert war, befand sich doch unter den illustren Gästen auch ihre Erzrivalin Emma Calvé. Beide gifteten sich ständig an und es wäre zu Handgreiflichkeiten zwischen den beiden Frauen gekommen, wenn Bérenger nicht beherzt dazwischen gegangen wäre und das schlimmste gerade verhindern konnte. Dennoch kamen alle Teilnehmer auf ihre Kosten, obwohl Marie ihm später vorwarf, es habe sich nur um einen Haufen gieriger Schmarotzer gehandelt. Bérenger wischte diesen Einwand kurzerhand vom Tisch und ließ sie einfach stehen. Noch Wochen danach war ihre Laune auf dem Nullpunkt, was so weit ging, dass sie ihm erklärte, sie würde für unbestimmte Zeit zu ihrem Bruder nach Lyon reisen, weil dieser sie dringend benötige. Tatsächlich ging es ihm und seiner Familie nicht besonders gut, sowohl in gesundheitlicher als auch in materieller Hinsicht.

Saunière hielt danach ein Geburtstagsbankett für alle Dorfbewohner ab, was Maries Laune kurzzeitig etwas besserte. So reich Bérenger war, blieb er dennoch immer auf dem Boden der Wirklichkeit. Alleine seine Bauvorhaben, die sich gewaltig verzögert hatten, lagen ihm im Magen, weil er häufig Studienreisen durchführte und deshalb sein Geld dafür ausgab. „Aufgeschoben ist nicht aufgehoben", pflegte er zu sagen. Es fragte sich nur, wie lange dieser Aufschub dauern würde.

Maries Abreise stand bevor und deshalb wollte sie im Garten noch einiges in Ordnung bringen. Bérenger genoß gerade seine zweite Tasse Kaffee, als es an der Tür der Villa lautstark klopfte. Ohne eine besondere Aufforderung zum Eintreten abzuwarten stand Francoise Riquet, der Postbote, vor ihm. Der Briefträger und Bérenger kannten sich von klein auf, denn sie waren in Montazels in der Nähe von Couiza zusammen zur Schule gegangen.

Bérenger begrüßte ihn und fragte, was er heute für ihn hätte. Er überreichte ihm einen Brief, der mit einem

Dienstsiegel versehen war. Es handelte sich um Post aus dem Bistum Carcassonne, höchstpersönlich vom dortigen Bischof unterzeichnet. Sein Inhalt war äußerst unerfreulicher Natur und Bèrenger stand kurz vor dem Explodieren.

Vielleicht sollte ich mich nicht so aufregen, mein Herz macht sich wieder bemerkbar, kein Wunder bei dieser Hitze, dachte er sich.

Francois war aufgefallen, dass mit ihm etwas nicht stimmte. „Verzeih mir meine Neugier, Bérenger, aber ist es etwas Unangenehmes?"

Bérenger blickte ihn an. „Das kann man wohl sagen, aber keine Angst, bis jetzt habe ich noch jedes Problem lösen können."

„Na, dann ist ja alles in Ordnung. Grüß Marie von mir, ich muss jetzt weiter. Einen schönen Tag noch." Damit war er wieder verschwunden.

Berenger seufzte. „Briefträger müsste man sein, da hätte man garantiert weniger Sorgen", konstatierte er nüchtern.

Dann las er erneut Satz für Satz des Schreibens. Darin befahl ihm der neue Bischof von Carcassonne, aus Bérengers Sicht ein unangenehmer Zeitgenosse, bei dem er vor ein paar Wochen vorstellig geworden war, ausführlich Rechenschaft darüber abzulegen, woher sein Reichtum stamme. Ihm sei davon vor längerer Zeit zu Ohren gekommen und es schicke sich nicht für einen Pfarrer vom Land, Geld zu besitzen, dessen Herkunft gänzlich ungeklärt sei. Wenn er schon über so viel Kapital verfüge, dann solle er wenigstens einen Teil davon für soziale Zwecke ausgeben oder der Diözese zur Verfügung stellen. Er erwarte von ihm eine Erklärung innerhalb der

Frist von einer Woche. Diese wolle er persönlich von ihm hören und deshalb bestelle er ihn nach Carcassonne ein.

Ein schweres Gewitter braute sich über seinem Kopf zusammen und ihm war klar, dass es weitere schlaflose Nächte für ihn bedeuten würde. Seine Gefühle schwankten zwischen Selbstsicherheit und Zweifeln. Ihm war klar, je näher der Tag seiner Abreise nach Carcassonne rücken werde, desto unsicherer würde er werden. Und dazu dieser kurze stechende Schmerz in seiner Brust. Zwar waren die Anfälle weniger geworden, aber ganz verschwunden waren sie noch nicht. Marie hatte er schweren Herzens davon unterrichten müssen, nachdem er sie nicht mehr vor ihr verbergen konnte. Sie konnte ihn dazu überreden, den Arzt in Couiza aufzusuchen. Der Docteur klopfte ihn auf Herz und Nieren ab und diagnostizierte eine leichte Überarbeitung bei ihm. Er empfahl, Bérenger solle sich schonen, wenn er das Ganze nicht noch verschlimmern wollte. Immerhin sei sein Herz nicht mehr das eines Zwanzigjährigen.

Aber Berenger nickte nur zustimmend und ließ ihn reden. Kaum hatte er die Praxis verlassen, war er wieder der Alte. Er schimpfte wie eh und je, meckerte obendrein, wie sich der Arzt das vorstellen würde. Schließlich müsse er Boudet noch länger vertreten, weil kein Geld aus Carcassonne floss, um die dortige Pfarrstelle wieder zu besetzen.

Diesen Punkt wollte er bei seinem Treffen mit dem Bischof auch ansprechen. Er nahm sich vor, sich nichts von diesem Bürokraten gefallen zu lassen und lieber gleich zum Gegenangriff überzugehen. „Ich bin da schon mit ganz anderen unangenehmen Zeitgenossen fertig geworden", schimpfte er.

Spontan fiel ihm sein Lieblingsfeind Caclar, der Bürgermeister seines Dorfes, ein. Er wunderte sich, dass er schon länger nichts mehr von ihm gehört hatte. Sonst war er doch mindestens einmal im Monat in der Villa Bethania aufgekreuzt und ihm in den Ohren wegen der Dokumente gelegen.

Andererseits hatte Saunière damals erfahren, dass man Caclar kurzzeitig mit dem Mord an Gelis in Verbindung gebracht hatte, was den Bürgermeister jedoch nicht davon abhielt, nach einer bestimmten Zeit, in der sich alle Gemüter beruhigt hatten, erneute Anstrengungen zu unternehmen, um in den Besitz der Dokumente zu gelangen.

Eine Stunde später saß er beim Mittagessen und eröffnete Marie, dass er am nächsten Tag nach Carcassonne fahren werde. Während er vor sich hin kaute, überlegte er sich eine wirkungsvolle Strategie, wie er seinem Bischof bei ihrer Zusammenkunft gleich den Wind aus den Segeln nehmen könne. Keinesfalls wolle er auch nur ein Wort über die Herkunft seines Reichtums verraten, das ginge niemandem etwas an. Der einzige Kompromiss, zu dem er sich durchringen könnte, wäre, einen Teil seines Vermögens für soziale Projekte in der Gemeinde zur Verfügung zu stellen.

Hole ich mir eben wieder Nachschub in der Höhle im Wald, auch auf die Gefahr hin, dass mir der Teufel erneut begegnet. Ich habe nichts mehr zu verlieren und ein gutes Werk tue ich damit außerdem, dachte er sich.

Marie sah ihm an, dass er etwas auszubrüten schien. Als sie ihn danach fragte, erhielt sie aber eine abweisende Antwort, weil er nicht darüber sprechen wollte. Heimlich ärgerte er sich, dass man vor diesem Frauenzimmer wirklich nichts verbergen konnte.

„Wenn du aus Carcassonne wieder zurückgekehrt bist, werde ich nach Lyon aufbrechen. Du weißt, dass es Barthelmy und seiner Familie nicht besonders gutgeht. Sie brauchen meine Unterstützung und ich habe sie ihnen zugesagt. Geht das in Ordnung für dich?“

„Ja, ja, lass mich nur allein in meinem Unglück.“

Er zuckte theatralisch mit den Schultern. „Wenn es sich nicht vermeiden lässt. Ich werde hier schon zurechtkommen. Was das Essen angeht, so wird man mich auch in Rennes-les-Bains durchfüttern können. Für alles Andere musst du dir eben jemanden suchen, der dich vertritt, solange du nicht da bist.“

„Das werden wir später noch besprechen. Was willst du mitnehmen nach Carcassonne?“

Damit war man zur Tagesordnung übergegangen. Eigentlich hasste er derlei Banalitäten, aber Frauen dachten diesbezüglich einfach praktischer. Dennoch verschwand er nicht sofort in seinem Turm, sondern nutzte das schöne Sommerwetter, um etwas im Dorf spazieren zu gehen und dort nach dem Rechten zu sehen. Er hatte ein schlechtes Gewissen gegenüber seinen Schäflein, weil er sich einbildete, er hätte sie in der letzten Zeit vernachlässigt. Es konnte nichts schaden, sich bei den Leuten sehen zu lassen, dachte er. Schließlich war er ihr Abbé und das wollte er auch bleiben. Aber es sollte ganz anders für ihn kommen.

KAPITEL 12

Er war schon in aller Frühe von Montazels aus mit der Bahn gestartet. Eine gemütliche Fahrt erwartete ihn, deren Dauer keineswegs mit der schnelllebigen Zeit heutzutage verglichen werden kann.

Bérenger beschloss am Ankunftsort, keine Droschke zu nehmen und seinen Arbeitgeber per pedes aufzusuchen. Gekleidet war er schlicht in seinem schwarzen Habit, der ihn unschwer als Priester auswies. Deswegen grüßte ihn jeder freundlich, der ihm begegnete, und wünschte dem Hochwürden einen guten Tag.

Er überquerte den Canal und begab sich in die Unterstadt zur Cathedrale Saint-Michel de Carcassonne, wo der für die Region oberste Kirchenhirte residierte. Erst 1801 wurde der aus dem 13. Jahrhundert stammende Sakralbau zur Kathedrale erhoben und seit 1840 war sie offizieller Bischoffssitz. Einige Jahre später jedoch richtete ein Brand so verheerende Schäden an der Bausubstanz an, dass man nahezu 20 Jahre mit deren Beseitigung beschäftigt war. Als Bérenger sie besuchte, erstrahlte sie gerade in neuem Glanz und es waren keinerlei Brandspuren mehr zu erkennen.

„Will er jetzt noch von mir, dass ich im Nachhinein den Wiederaufbau des Gebäudes mitfinanziere?", fragte er sich leise, als er an dem Bauwerk vorbeikam. Möglich war es. Andererseits bewunderte er respektvoll die mittelalterliche Baukunst in Carcassonne, von der es jede Menge zu entdecken gab.

Er musste sich durchfragen, bis man ihm den richtigen Weg zum Bischof wies. Zwar war er vor mehreren Jahren schon einmal mit seinen Dokumenten hier zugegen gewesen, aber damals befand sich das Arbeitszimmer des Vorgängers Monsignore Billard an einer anderen Stelle. Zu Bérengers Leidwesen war sein alter Vorgesetzter vor einem Jahr verstorben und so bekam er es nun mit Monsignore Beuvain de Beauséjpour, einem gänzlich anderen Charakter, zu tun.

Saunière nahm sich vor, selbstbewusst aufzutreten, jedoch wollte es ihm aufgrund seiner inneren Unruhe nicht so recht gelingen. „Er kann mir gar nichts", versuchte er sich krampfhaft einzureden.

Endlich landete er im Vorzimmer, wo sich der Sekretarius befand. Er nannte ihm seinen Namen und dass der Bischof ihn erwarte. Der Bedienstete, ein hochgewachsener hagerer Mensch mit einem Vogelgesicht in der Art eines Geiers, gab ihm zu verstehen, er möge kurz warten und bot ihm nicht einmal einen Stuhl an.

Durch diese Überheblichkeit stieg bei Bérenger eine leichte Wut hoch, jedoch dachte er an sein Herz und beruhigte sich wieder.

Damals war man wesentlich freundlicher zu ihm gewesen. Der Bischof, Monsignore Billard, war ein leutseliger und für alles aufgeschlossener Mann, der Bérenger wie seinen Sohn behandelte und ihm sogar eine Zigarre anbot. Leider konnte er ihm zu diesem Zeitpunkt nicht bei der Entschlüsselung seiner Dokumente weiterhelfen, sodass er ihn nach Paris zu einem Priesterseminar schicken musste. Andererseits hatte ihn Monsignore Billard auch ein paar Mal in Rennes-le-Château besucht und sich auf Anhieb im ganzen Dorf beliebt gemacht, da er sich für alles und Jeden Zeit nahm und sich mit den Bewohnern prächtig verstand. Man konnte sagen, er war eine Seele von Mensch und ein Gönner Saunières. Aber diese Zeiten waren vorbei und Bérenger trauerte ihnen lange nach. Zumal er augenblicklich nicht wusste, was ihn erwarten würde. Er hatte darüberhinaus keine Ahnung, was für ein Mensch der neue Bischof sei.

Ein paar Minuten später war es soweit. Eine schwere dunkle Eichenholztür öffnete sich und der Sekretarius kam zum Vorschein. Mit einer Hand winkte er ihm, er in das Büro des Bischofs einzutreten. Saunières neuer Vorgesetzter saß an einem großen schwarzen Eichentisch und blätterte in einer Akte. Er schien darin vertieft zu sein und Bèrenger musste sich lautstark räuspern, um sich bemerkbar zu machen. Beauséjour blickte von seinem Schreibtisch auf. Er war ein kleiner älterer Mann mit grauem, vollem Haar. Sein Gesicht wurde von einem gepflegten Vollbart umrahmt und auf seiner Nase saß ein Monokel, das ihm eine respektvolle Würde verlieh.

Der Bischof erhob sich von seinem Stuhl, umrundete seinen Schreibtisch und kam vor Sauniere mit auf dem Rücken gekreuzten Händen zum Stehen.

„Gelobt sei Jesus Christus…", kam Saunières mechanischer Gruß.

„In Ewigkeit, Amen", erwiderte Beauséjour. Dann hielt er ihm die Hand mit dem Bischofsring hin, damit

Bèrenger diesen küssen konnte. Es folgte kurzes Schweigen, bis der Monsignore die Stille durchbrach.

„Sie wissen, warum Sie hier sind?"

Was für eine blöde Frage, dachte sich der Abbé, wollte aber höflich bleiben. „Ich habe Ihr Schreiben erhalten, wenn Sie das meinen."

Beauséjour räusperte sich. „Rennes-le-Château, so heißt doch Ihr Dorf, nicht wahr, soll über einige Gebäude verfügen, die, nun sagen wir, für ihre Gegend sehr ungewöhnlich sind. Jedenfalls soll man sie schon von weitem sehen können und sie können sich nicht gerade zwischen all den Natursteinhäusern verstecken." Er klang leicht amüsiert, aber Bérenger blieb misstrauisch.

„Wenn Sie so wollen …"

„Im Einzelnen soll es sich vor allem das Pfarrhaus handeln, wobei jener Begriff sicher etwas untertrieben scheint. Eine Villa, so habe ich mir sagen lassen, soll es sein. Ein Gebäude, das zusätzlich über zwei Stockwerke verfügt. Wie um alles in der Welt kamen Sie auf eine solche Idee? Hätte nicht ein zweckmäßig und bescheiden eingerichtetes Haus neben Ihrer Kirche gereicht? Apropos Kirche: Sie soll über einige seltsame Dinge in ihrem Inneren verfügen. Im Einzelnen zum Beispiel eine Teufelsfigur am Eingang. Ich muss Sie wohl nicht daran erinnern, dass eine Kirche eigentlich ein geweihtes Gebäude ist und eine solche Statue dort nichts verloren hat."

Saunière wollte ihn unterbrechen, aber der Bischof drohte mit erhobenem Zeigefinger wie ein Lehrer seinen Schülern. Er nahm sich das Recht des Älteren heraus.

Bérenger merkte, dass es an der Zeit wäre, eine Erklärung abzugeben. „Ich habe diese Villa für meine Gemeinde errichten lassen, um ihnen etwas zu geben, was in der Region einzigartig ist. Jeder in unserem Dorf kann es bezeugen, dass dahinter kein Eigennutz steckt. Es ist ein offenes Haus, das Gott zur Ehre gereicht, und jeder kann dorthin kommen, wie es ihm beliebt. Ein paarmal im Jahr veranstalte ich für alle ein Fest, wo sie sich an Speis und Trank laben können. Ich tue es im tiefsten christlichen Sinn und um Gott zu ehren. Es gibt deshalb keinen Grund, es infrage zu stellen, Monsignore." Seine Stimme gewann ihre alte Bestimmtheit zurück.

„Und ihre Kirche? Man hat mir zugetragen, vieles, was sich darin befindet, sei sehr ungewöhnlich und grenze fast an Häresie."

„Ich kann Ihre Frage nicht nachvollziehen. Meine Kirche unterscheidet sich nicht von anderen Gotteshäusern. Die Statue des Asmodis zum Beispiel habe ich deswegen aufstellen lassen, weil dieser altbiblische Dämon einen Schatz bewacht, nämlich das Gebäude selbst. Zudem trägt er das Weihwasserbecken auf seinem Rücken und ist dadurch in seiner Macht beschränkt."

„Eine sehr eigenwillige Interpretation. Aber noch etwas Anderes: Das war doch bestimmt nicht billig, oder?"

„Ich verhehle es nicht, dass es mich eine Summe Geldes gekostet hat. Aber ich habe es gerne ausgegeben."

Beauséjour fuhr unbeirrt fort und kam endlich auf den Punkt. „Dass ein Gottesmann wie Sie an seine Gemeinde denkt, ehrt Sie. Problematischer wird es, wenn er nicht erklären will, woher er diese finanziellen Mittel hat. Genau deswegen habe ich Sie hergebeten. Ich möchte von Ihnen ohne Umschweife wissen, wie Sie zu dem vielen Geld gekommen sind. Nach all dem, was Sie mir gerade erzählt haben, sind Sie vermögender Mann. Als Diener des Herrn sollte Ihnen eigentlich bewusst sein, dass weniger meistens mehr ist, wenn Sie verstehen, was ich meine. Also, ich höre …"

Beauséjour ließ nicht locker und er wurde vor Neugier immer ungeduldiger.

Bérenger holte tief Luft und dachte kurz nach. Das Ganze kam ihm wie eine Schachpartie vor, bei der keiner der Kontrahenten von seiner Strategie abweichen wollte.

Der Bischof tigerte nervös vor ihm auf und ab, blickte ihn dabei aus den Augenwinkeln an und forderte ihn mit einer aufmunternden Geste auf, endlich zu antworten.

Da fasste sich Saunière ein Herz. „Ich bedauere, aber darüber kann und will ich keine Auskunft geben." Fast hätte er noch Luthers Zitat „Hier stehe ich und kann nicht anders" erwähnt, aber er ließ es bleiben. Es schickte sich nicht, die Worte eines Reformators von der „Gegenseite" für sich zu nutzen. Trotzdem hatte er es geschafft, seinem Vorgesetzten die Zornesröte ins Gesicht zu treiben.

„Ich sehe also, Sie haben keinerlei Vertrauen in Ihren Arbeitgeber. Sehr interessant. Ihnen ist bewusst, dass das ernsthafte Konsequenzen für Sie haben kann?"

Saunière nickte stumm.

„Ihnen dürfte klargeworden sein, dass in dieser Angelegenheit nicht das letzte Wort gesprochen ist. Ich frage Sie nochmals: Wollen Sie es mir verraten oder nicht?"

Bérenger blieb standhaft. Selbstverständlich ahnte er, was auf ihn zukommen könnte, aber lieber wollte er sterben, als nur ein Wort auszuplaudern. Es gab nach wie vor nur zwei Personen, die davon wussten und so sollte es bleiben. „Nein, Monsignore", war seine kurze Antwort. Ihm kam sein Alptraum in den Sinn, der ihn regelmäßig heimsuchte. Er hatte einen Pakt mit dem Teufel geschlossen und wollte deshalb niemand anderen mehr mit hineinziehen.

Beauséjour zog die Stirn in Falten. „Na gut, dann werden Sie von mir keine´weitere schriftliche Aufforderung mehr erhalten. Ich beauftrage meinen Sekretär noch heute, ein Protokoll über dieses Gespräch anzufertigen und es an die übergeordnete Stelle weiterzuleiten. Was dann mit Ihnen geschieht, liegt nicht mehr in meiner Macht. Es wird nicht besonders angenehm für Sie sein, das kann ich Ihnen jetzt schon versprechen.“

„Wenn es Gottes Wille ist“, war Saunières ironische Antwort darauf.

Bérenger verneigte sich und verließ das Arbeitszimmer. Draußen an der frischen Luft angekommen, überkam ihn das Bedürfnis nach ein paar Gläsern Rotwein, um den Ärger kräftig hinunterzuspülen.

Er begab sich in das nächste Gasthaus, wo man ihm beim Eintreten neugierig entgegensah. Er ignorierte es und verkroch sich in eine Nische, wo er ungestört war. Plötzlich stieg der ganze Ärger der letzten Stunde in ihm hoch, wobei ihm gleichzeitig alle möglichen Arten von Konsequenzen durch den Kopf gingen. Über allem stand seine Sturheit in dieser Sache. Es ging niemandem was an, woher sein Reichtum stammte, das leierte er gebetsmühlenhaft für sich herunter. Auf seine beiden Mitwisser konnte er sich verlassen. Boudet war sowieso für längere Zeit verschwunden und Bérenger wusste auch warum. Wer weiß, vielleicht würde er nie mehr nach Rennes-les-Bains zurückkehren. Zu viel Schuld hatte er auf sich geladen, eine Schuld, die er mit Saunière teilte. Mit dem schrecklichen Wissen darüber musste er in Zukunft alleine zurechtkommen. Könnte er doch alles rückgängig machen.

Der Alptraum von Asmodis tat sein Übriges. Dann gab es noch Marie, die seine Entdeckung des Schatzes von Anfang an mitbekommen hatte. Er hatte ihr von der Falltür im Boden seiner Kirche erzählt, die zu einem Geheimgang führte, der weit verzweigt wie ein Flussdelta in die Corbières mündete. Irgendwo da draußen im Hügelland befand sich die Schatzkammer und kurz danach hatte er Marie dort mit   hingenommen. Sie zogen zur Tarnung mit riesigen Weidenkörben durchs Dorf, wenn sie sich einmal wieder „bedienen" wollten. Als sie zurückkamen, waren ihre Körbe mit Steinen gefüllt und jeder im Dorf wunderte sich. Was die Bewohner jedoch nicht wussten, war, dass das Gold unter den Steinen versteckt lag. So brachten sie es sicher und unbemerkt nach Hause.

Bérenger dachte nach, was jetzt mit ihm passieren könnte, möglicherweise würde man ihn vom Dienst suspendieren oder unbefristet beurlauben, wer weiß? Aber war es ihm das wert? Mitnichten war er auf sein kärgliches Gehalt als Abbé angewiesen. Vielmehr liebte er seinen Beruf, auch wenn es nicht immer so aussah. Aber dafür konnte er nichts, es war eben seine Art. Er war der einzige Gebildete und sie allesamt Bauerntölpel, die er gerne oder gerade deswegen mochte. Als Pfarrer hatte es oberste Priorität, sich um seine Schäflein zu kümmern und das tat er zweihundertprozentig. Kein Bischof der Welt konnte ihm deswegen einen Vorwurf machen.

Da kam ihm die rettende Idee. Sie war sein nächster Schachzug in diesem Spiel und zugleich die geniale Lösung für kommende Probleme: Er würde sein gesamtes Vermögen einer bestimmten Person übertragen, ob sie es wollte oder nicht. Zwar würde sie aus allen Wolken fallen, da gab er sich keiner Illusion hin, aber kein Bischof der Welt konnte ihm dann noch einen Vorwurf machen. Im Gegenteil: Er würde dann sogar im besten christlichen Sinne handeln.

Er freute sich diebisch über sich, wie gerissen er doch war. Das muss unbedingt gefeiert werden, dachte er sich. Flugs bestellte er sich zwei Gläser Rotwein, was endgültig verhinderte, dass er noch heute nach Hause fahren konnte. Nachdem er bezahlt hatte, machte er sich auf die Suche nach einer Pension. Marie konnte bis morgen warten. Auf einen Tag hin oder her kam es auch nicht mehr an.

KAPITEL 13

Bérenger befand sich in Carcassonne und hatte Marie ein
weiteres Mal allein in Rennes-le-Château zurückgelassen. „Immer noch besser als in Paris bei seinen Esoterik-
freunden", dachte sie laut. Aber dass er ihr nicht verraten
hatte, warum er nach Carcassonne fuhr, das wurmte sie
ziemlich. Und nicht nur das, sie ahnte, dass es etwas Unangenehmes sein musste. Das hatte sie ihm angesehen.
Außerdem war ihr nicht entgangen, dass er einen Brief
mit einem Dienstsiegel in den Händen gehalten hatte, der
eigentlich nur vom Bischof stammen konnte. Ihre Neugier war erwacht, sie wollte das bewusste Schreiben unbedingt finden. Zuerst nahm sie an, dass er den Brief vielleicht in der Villa habe liegen lassen, fand ihn aber nicht.

Keine fünf Minuten später erklomm sie die Treppenstufen des Tour Magdala und entdeckte das Schriftstück
auf einem Sekretär liegend. Hastig überflog sie die Zeilen, dann schlug sie die Hand vor den Mund, um einen
gequälten Aufschrei zu unterdrücken. Es ging darin sozusagen ans Eingemachte und sie erahnte unschwer, welche
Konsequenzen es für sie Beide haben könnte. Denn so
wie sie ihn kannte, weigerte er sich bestimmt, nur eine

Silbe über die Herkunft seines Geldes zu verlieren. Andererseits hatte stets befürchtet, dass es irgendwann soweit kommen würde und man nachzufragen begänne.

Monsignore Billard, der väterliche Gönner Bérengers veranstaltete zu Lebzeiten kein großes Theater deswegen, ihm war wichtig, dass alles in seinen Gemeinden im Razès seine Ordnung hatte. Und Saunieres Dorf war in dieser Hinsicht vorbildlich. Es war Billard ganz recht, dass er Rennes-le-Château nie materiell unterstützen musste, weil Bérenger alle Planungen weitestgehend autark betrieb.

Aber jetzt dieser neue Bischof! Marie ahnte, dass da einiges auf ihren Bérenger zukommen könne. Die Schlinge zog sich immer enger zusammen. Zuerst dieser unselige Mord an Gelis vor ein paar Jahren, dann Boudets Verschwinden seit längerer Zeit und nun zu allem Übel noch der Ärger wegen Bérengers Vermögen.

Sie brauchte dringend Abstand. Da kam es ihr gerade recht, dass Barthelmy sie gebeten hatte, nach Lyon zu kommen. Er hatte ihr vorgejammert, dass er weder ein noch aus wisse. Die halbe Familie wäre krank und finanziell ginge es ihnen schlecht.

„Im Grunde ist es egal, wo ich Trübsal blase, ob es hier ist oder in Lyon. Vielleicht kommen mir dort neue Ideen, wie ich Bérenger helfen kann. Ich bin überzeugt, dass wir dadurch wieder besser zueinander finden könnten", redete sie sich halblaut ein.

Den heutigen Tag wollte sie jedenfalls nutzen, um eine Vertretung im Ort zu finden, die sich während ihrer Abwesenheit um ihren Haushalt kümmern könnte. Sie eilte zurück zur Villa und fast wäre sie mit Caclar, dem Bürgermeister des Dorfes zusammengestoßen, als dieser gerade das Rathaus verließ.

„Ah, Mademoiselle Dénarnaud. Es geht mich zwar nichts an, aber warum haben Sie es so eilig? Hat Abbé Sauniére wohl ein wichtiges Telegramm aufzugeben? Man sieht ihn ja immer seltener in unserer Gemeinde. Ich habe erfahren, dass er momentan mehr in Rennes-les-Bains weilen soll als hier. Hat er schon wieder was von dessen Pfarrer, wie hieß er doch gleich … ach ja, Boudet … hat er schon wieder etwas von ihm gehört? Man erzählt sich hinter vorgehaltener Hand, der arme Mann sei sehr krank. Vor allem seit dem unseligen Mord an diesem Abbé von Coustaussa soll er verschwunden sein. Sehr verdächtig, sehr verdächtig, finden sie nicht? Weiß Abbé Saunire vielleicht etwas darüber, was er damals nicht der Polizei mitgeteilt hat?“ Caclar hatte all die Jahre über in sich hineingefressen, dass man ihn damals verdächtigte. Und nicht nur das, es hatte ihn mehrere Wählerstimmen gekostet, wo er doch so an diesem Posten klebte.

Von Bekannten aus Coustaussa hatte er gehört, dass Gelis Safe zum Zeitpunkt des Mordes leer gewesen sein soll, der Inhalt war vollständig verschwunden. Sehr seltsam das Ganze, dachte er. Anscheinend konnte man dem sauberen Monsieur Saunière nichts nachweisen. Und doch musste er etwas damit zu tun haben und wer weiß, vielleicht hatte er die Papiere wieder an sich genommen.

Nachdem er sie derart überfallen hatte, versuchte Marie, ihn möglichst schnell loszuwerden. „Entschuldigen Sie, Monsieur Maire, aber ich habe es sehr eilig. Ich muss noch ein paar Besuche im Dorf machen. Wenn Sie mich also bitte vorbeilassen würden ...“ Sie versuchte sanft, ihn auf die Seite zu drängen, was bewirkte, dass er erst recht neugierig wurde.

„Verstehe, wenn unser Abbé nicht da ist, dann müssen Sie seine Aufgaben erfüllen. Stimmts?"

Marie wurde langsam sauer. „Ich denke, das geht Sie gar nichts an, Monsieur, was ich vorhabe. Und jetzt halten Sie mich nicht länger auf."

Sie zwängte sich am stattlichen Bauch des Gemeindevorstehers vorbei.

„Ich bekomme schon noch heraus, was hier im Pfarrhaus an Geheimnissen vor der Öffentlichkeit verborgen wird. Darauf können Sie sich verlassen." Caclar war wütend geworden. „Diese überhebliche Kirchenbrut! Aber warte, die sollen mich noch kennenlernen", schimpfte er leise vor sich hin und stapfte davon.

Marie überlegte auf ihrem Weg durchs Dorf, wen sie als Erstes fragen könnte. Da fiel ihr die junge Constance Couturier ein, die ihr ab und zu bei der Wäsche geholfen hatte. Sie war für ihr jugendliches Alter ein aufgewecktes Frauenzimmer, das tüchtig zupacken konnte. Sie wäre bestimmt bereit, für Marie auf unbestimmte Zeit den Pfarrhaushalt zu führen. Vor allem eine Sache war ihr wichtig, nämlich, dass sich Constance trotz ihrer Attraktivität nichts aus reiferen Männern zu machen schien. Über dieses Thema hatten sie sich oft genug unterhalten. Constance war keine Träumerin wie die anderen jungen Dinger im Dorf und stand mit beiden Beinen fest auf dem Boden der Tatsachen. Marie hatte nichts zu befürchten, auch im Hinblick auf ihren Bérenger.

Sie lief die Dorfstraße hinunter in die Rue Maronière, wo Constance wohnte. Unterwegs musste sie erneut an diesen Widerling von Caclar denken. Jedes Mal, wenn er ihr über den Weg lief, wurde sie den Eindruck nicht los, dass er stets etwas gegen Saunière im Schilde führen könnte. Sie musste Bérenger unbedingt warnen, wenn er aus Carcassonne zurück wäre. Wenn sich dieser Sturkopf doch endlich einen Safe für die Dokumente anschaffen würde, dachte sie. Es war die einzige vernünftige Lösung und Bérenger hatte es all die Jahre über nicht für nötig gehalten, sich ein solches Behältnis zuzulegen.

Überhaupt kam ihr das Ganze äußerst seltsam vor, denn als Gelis ermordet wurde, war sie der Meinung, dass sich Bérengers Papiere noch im Pfarrhaus in Coustaussa befänden. Es war eine Zeit der Verunsicherung, denn man wusste nicht, ob Gelis Mörder dessen Tresor gefunden hatten oder nicht. Die Gendarmerie schwieg sich darüber aus und Saunière saß damals wie auf Kohlen.

Marie hatte sich einige Zeit später gewundert, dass die Papiere auf einmal wieder in der Kirche an ihrem angestammten Platz aufgetaucht waren. Sie war durch Zufall darauf gekommen, nachdem sie in der Kirche Reinigungsarbeiten durchführte. Neugierig hatte sie Bérengers Geheimversteck im westgotischen Pfeiler der Kirche geöffnet und mit Erstaunen festgestellt, dass sie sich dort wieder befanden, ganz so, als wären sie nie fortgewesen. Gleichzeitig keimte ein furchtbarer Verdacht in ihr auf, den sie in sich hineinfraß und mit niemandem darüber redete, vor allem nicht mit dem Eigentümer der Dokumente.

Seit dieser Zeit herrschte angespannte Stimmung zwischen ihnen. Und jetzt dieser Brief von ihrem Bruder, der sie auf den Boden der Tatsachen hzurückgeholt hatte. Für ihre Reise nach Lyon galt es, alles vorzubereiten.

Wenige Minuten später stand sie am Gartentor der Familie Couturier. Man hatte sie vom Fenster aus beobachtet und Constances Mutter öffnete die Haustüre. Marie wurde freundlich begrüßt und auf einen Kaffee hereingebeten. Die beiden Frauen hatten ein bescheidenes Anwesen mit einer kleinen Landwirtschaft, bestehend aus ein paar Schafen und Ziegen. Madame Coutourier trug mit verschiedenen Näharbeiten für die Dorfbewohner zum Familieneinkommen bei und Constance half öfters, die sie großzügig dafür bezahlte. Ihr Vater hatte sich vor Jahren aus dem Staub gemacht und seine Familie alleine zurückgelassen.

Über die Jahre hinweg hatten sich die drei miteinander angefreundet und so tauschte man auch diesmal zuerst den neuesten Dorftratsch aus, wobei Marie nichts von ihrer Begegnung mit Caclar erzählte.

Dass Sauniere im Besitz geheimnisvoller Dokumente war, wusste offiziell niemand im Dorf und so sollte es auch bleiben. Es reichte, dass man sich hinter seinem Rücken über seinen plötzlichen Reichtum Gedanken machte. Einige hatten sogar versucht, ihm bei seinen Ausflügen in die nähere Umgebung hinterher zu spionieren, jedoch mit bescheidenem Erfolg.

Constance und ihre Mutter waren sofort einverstanden mit Maries Vorschlag und man kam überein, dass sie sich alle Zeit der Welt in Lyon nehmen solle, die sie benötige. Die Villa Bethania mit ihrem Park sei in Maries Abwesenheit in den besten Händen. Die drei Frauen unterhielten sich noch lange und es wurde bereits dunkel, als Marie sich auf den Heimweg machte.

KAPITEL 14

Eugene Caclar hatte es die ganze Zeit über verdrängt.
Jetzt, als ihm die Dénarnaud über den Weg gelaufen war,
und das kam äußerst selten vor, wurde er schlagartig wieder an das mysteriöse Geheimnis seines Dorfes erinnert.

Was ist eigentlich aus den Dokumenten geworden, so
fragte er sich, als er in seine Amtsstube im Rathaus von
Rennes-le-Château zurückgekehrt war. Anscheinend hatte man den Safe des Pfarrers von Coustaussa nach dessen
Ermordung vollständig geleert und genauso wahrscheinlich war es, dass die Täter den Inhalt samt den Papieren
mitgenommen hatten. Etwas anderes kam nicht infrage.
Andererseits waren sie für einen gewöhnlichen Einbrecher nutzlos, da nur ein Experte etwas damit anfangen
konnte. „Denk nach", feuerte er sich an. „Lass dir gefälligst etwas einfallen."

Vielleicht sollte er mit den Erben des Abbés von
Coustaussa Kontakt aufnehmen, ob ihnen darüber etwas
bekannt wäre. Aber er verwarf den Gedanken sogleich,
weil er sich nicht verdächtig machen wollte. Man würde
sich wundern, warum ausgerechnet der Bürgermeister
von Rennes-le-Château ein spezielles Interesse am Inhalt

des Safes von Gelis hätte. Außerdem wusste er offiziell nichts vom Vorhandensein eines Tresors.

Er fluchte vor sich hin, eine Idee wollte sich nicht einstellen. Seine Gier ließ nicht nach und trieb ihn als einzige Konsequenz dazu, sich auf illegalem Weg die nötigen Informationen zu beschaffen. Dazu brauchte er jemand, de bereit wäre, dies für ihn zu übernehmen. Zum Glück kannte er diese Person, es handelte sich um Thierry, den Gemeindediener, einem Menschen, der zwar über keine herausragende Geistesgabe verfügte, jedoch gegen entsprechende Bezahlung zu jeder Schandtat bereit war.

Er hatte Caclar viel zu verdanken, denn er war seit früher Jugend ein Nichtsnutz, der manch krumme Dinger gedreht hatte. Hätte ihm Caclar damals nicht in Anwandlung eines sozialen Mitgefühls aus der Patsche geholfen, wer weiß, wo er heute wäre. Außerdem wusste er von ihm, dass er manchmal in nicht gerade Vertrauen erweckenden Kreisen verkehrte. Thierry musste diese Aufgabe für ihn erledigen, es war beschlossene Sache.

Erneut verließ der Gemeindepräsident das Rathaus, um nach seinem Mitarbeiter zu suchen. Er stöberte ihn in der Nähe von Saunières Turm auf, wo er gerade eine Bank reparierte, die durch die feuchte Witterung des Winters arg in Mitleidenschaft gezogen worden war. Es gab viel Instandsetzungsarbeiten, da das öffentliche Eigentum ziemlich alt und marode war. Große finanzielle Sprünge konnte sich die Gemeindeverwaltung nicht erlauben. Ein zusätzlicher Grund für Caclar, um in den Besitz der Dokumente zu gelangen. Sie könnten die Attraktivität seiner Gemeinde steigern und damit den Tourismus nachhaltig ankurbeln. Aber dazu musste er erst einmal in deren Besitz gelangen.

„Komm mit ins Rathaus, ich muss mit dir reden“, befahl Caclar ihm in einem nicht unfreundlichen Ton.

„Aber, ich bin hier noch nicht fertig, Monsieur, es dauert noch eine Viertelstunde.“

„Papperlapapp, das hat Zeit, es eilt.“ Widerwillig folgte er Caclar in sein Büro.

„Also, wo fange ich am besten an?“, meinte der Gemeindevorsteher. „Zuerst musst du mir versprechen, dass du das, worüber ich jetzt mit dir rede, keinem Anderen erzählst. Kann ich mich auf dich verlassen?“

Thierry glotzte nur blöde ob dieser Geheimniskrämerei seines Chefs und stimmte ihm zögernd zu.

„Gut, du musst für mich einen Auftrag erledigen, der absolute Verschwiegenheit erfordert und …“, er räusperte sich, „… sagen wir, nicht gerade legal ist.“

„Ich mache keine krummen Dinger mehr, das wissen Sie.“

„Blödsinn! Was du tust, bestimme ich. Du weißt, dass ich dich vor der Gosse gerettet habe und wenn das Ganze schieflaufen sollte, stehe ich hinter dir. Mein Wort darauf. Außerdem tust du es nicht für mich, sondern zum Wohl der Gemeinde.“

Das hatte gesessen, es war der Trumpf, den Caclar jetzt geschickt aus dem Ärmel zog, um ihn letztendlich zu überzeugen.

Thierry stimmte zwar zögerlich zu, aber da ihm Caclar genau erläuterte, um was es ging und noch einmal betonte, dass es für die Sanierung des Dorfes von äußerster Wichtigkeit sei, erklärte er sich bereit, zumal ihm zusätzlich eine finanzielle Belohnung winkte. Caclar trug ihm auf, sich noch einen Komplizen zu suchen, der ihn bei seinen Nachforschungen unterstützen könnte. Ein beschönigendes Wort für Einbruch, das Caclar bewusst vermied, in den Mund zu nehmen. Aber Thierry war nicht dumm und wusste genau, was er meinte.

Der Bürgermeister war zu allem entschlossen, die Ungewissheit nagte an ihm. Wenn Thierry jemand gefunden hätte, sollte er sich umgehend bei ihm melden. Er wusste, dass der Kerl über die nötigen Beziehungen zur Unterwelt verfügen würde. Zufrieden rieb er sich die Hände und wandte sich seinen Tagesgeschäften zu.

Da erinnerte er sich an eine seltsame Begebenheit, die sich vor einigen Jahren zutrug. Damals war ein Fremder wie aus dem nichts bei ihm aufgetaucht, der sich ihm als Adeliger vorstellte. Kurioserweise brachte er sich mit dem Adelsgeschlecht der Blanchefort in Verbindung, eine Familie, die von hier unten stammte und deren Ursprünge auf Hunderte von Jahren zurückgingen. Eine verfallene Burg und ein Schloß, das in Rennes-le-Château erbaut wurde, befanden sich in ihrem Besitz. Die Burg stand in der Nähe des Ortes und wurde von Bertrand de Blanchefort im 12. Jahrhundert erbaut. An sich nichts Ungewöhnliches, was aber interessant erschien, war, dass Blanchefort der sechste Großmeister des Ordens der Tempelritter war. Unweit von der Burg, auf dem Col du Bézu, befand sich nämlich ein Stützpunkt der erwähnten Ritter. Später, im 13. Jahrhundert, bildete er den Ausgangspunkt für einen mörderischen Kreuzzug gegen die Katharer.

Die letzte Nachfahrin der Blanchefort war die Marquise Marie d'Hautpoul de Blanchefort, die in ihrem Schloss in Rennes-le-Château wohnte und am 17. Januar 1781 verstarb. Dadurch verschwand eines der einflussreichsten Adelsgeschlechter Südfrankreichs für immer.

Bis dieser seltsame Mensch in Caclars Büro auftauchte und behauptete, er wäre ein legitimer Nachfahre der Blancheforts. Der Bürgermeister konnte sich nicht mehr an dessen Vornamen erinnern. Er hatte auch Zweifel, ob der Kerl ihm die Wahrheit verraten hatte. Sein fragwürdiges Erscheinungsbild ließ nicht zwangsläufig auf eine höhere Abstammung schließen und seine abgetragenen Kleidungsstücke verstärkten dessen Eindruck um so mehr. Zwar gab er sich Mühe, sich gewählt auszudrücken, so als habe er es vorher einstudiert, aber es blieben zu viele Fragen offen.

Seine Absicht erschien damals umso klarer, denn er versuchte, Caclar über Saunières Dokumente auszufragen.

Wie zum Teufel hatte er davon erfahren, fragte sich der Maire. Egal, er hatte jedenfalls versucht, deren Existenz vehement abzustreiten. Der Pseudoadelige blieb allerdings bei seiner Behauptung, diese Schriftstücke müssten sich in der Umgegend des Dorfes befinden, und er werde es herausfinden.

Sollte er doch ein Nachfahre der Marie d'Hautpoul sein, fragte sich der Gemeindepräsident. Wie auch immer, Caclar konnte keine unliebsame Konkurrenz brauchen und es war ihm zu diesem Zeitpunkt gelungen, den Kerl nach einer guten Stunde wieder abzuwimmeln.

Die Geschichte war trotzdem nicht beendet, im Gegenteil, es ging erst richtig los. Kurz darauf beklagten sich mehrere Pfarrer aus den umliegenden Gemeinden, allen voran Abbé Boudet aus Rennes-les-Bains, dass man bei ihnen am hellichten Tag eingebrochen habe. Es sollte auch der Anlass sein, die Einbrüche mit dem Mord an Abbé Gelis in Coustaussa in Verbindung zu bringen. Man wollte sie auch in der Mordnacht beobachtet haben, wie sie um das Pfarrhaus von Coustaussa geschlichen wären. Allerdings fehlte den Gendarmen jede Spur von ihnen.

Die Einbrüche hatten danach schlagartig aufgehört. Caclar kam für sich zu dem Entschluß, dass ihr Auftraggeber nur dieser angebliche Blanchefort sein konnte. Das hätte er eigentlich auch alles der Polizei verraten müssen, wären da nicht die Dokumente gewesen, von denen er wusste, dass sie sich im Safe des Abbé Gelis befunden hatten. Hätte die Gendarmerie davon erfahren, dann wären sie als Beweismittel unter Verschluss gekommen und damit seinem Zugriff vollständig entzogen worden.

Aber nun fand er, dass genug Gras über die Sache gewachsen und es an der Zeit sei, einen erneuten Versuch zu unternehmen, um ihrer habhaft zu werden. Denn wären sie erst einmal in seinem Besitz, dann könne ihn Saunière gernhaben. Er dürfte sie dann wie jeder Andere nur noch in einer fest verschlossenen Glasvitrine bewundern.

„Schließlich sind sie auf Gemeindeboden aufgetaucht, also gehören sie auch rechtmäßig der Gemeinde beziehungsweise mir, Punkt", meckerte er und lehnte sich in seinem Stuhl zurück. Die Zeit würde für ihn arbeiten, da war er sich sicher. Danach widmete er sich wieder seinen Amtsgeschäften.

Allerdings hielt seine Freude nicht lange vor, als sein Blick auf die rechte Seite seines Tisches fiel. Dort lag ein ordentlicher Stapel unbezahlter Rechnungen. Es ärgerte ihn, dass Saunière der Einzige war, der im Dorf mehr Geld besaß.

Er dachte nach. Vielleicht sollte er sein Verhalten gegenüber bestimmten Personen im Dorf ändern. Er hatte es bisher verstanden, die Menschen für seine Zwecke zu manipulieren. „Mit Zuckerbrot und Peitsche" war seine

Devise und er konnte durchaus auch anders, wenn es um die Durchsetzung seiner Ziele ging.

Er beschloss, seine Strategie zu ändern. Aber wie sie aussehen sollte, wusste er im Augenblick auch noch nicht. Vielleicht würde ihm ja in den nächsten Tagen noch etwas einfallen.

KAPITEL 15

Als Bérenger aus Carcassonne zurückgekehrt war, hatte er Marie von seiner Audienz beim Bischof erzählt und auch, dass er ihm den Grund seines Reichtums nicht verraten hatte. Äußerst beunruhigt war sie zwei Tage später nach Lyon aufgebrochen und hätte ihrem Bruder fast schon abgesagt. Saunière hatte sie bekniet, dorthin zu fahren, er käme schon alleine zurecht, meinte er.

Bis zu jenem Tag, als er aus Rennes-les-Bains zurückkehrte und einen weiteren Brief aus Carcassonne mit offiziellem Dienstsiegel vorfand. Hastig riss er ihn auf und las ihn. Der Bischof hatte seine Drohung wahr werden lassen. Bérenger wurde mit sofortiger Wirkung vom Dienst beurlaubt, ein beschönigendes Wort für seine Suspendierung. Ein paar Mal las er die Zeilen, während es in seinem Kopf zu arbeiten begann. Sollte er sich kampflos ergeben oder sollte er einfach abwarten?

Noch am selben Abend wollte er sich in seinem Turm intensive Gedanken darüber machen. Im Moment allerdings galt es, die Abendmesse abzuhalten. Das war er seinen Schäfchen in der Gemeinde schuldig. Seiner Ersatzhaushälterin gegenüber, Constance, gab er sich nach außen hin freundlich und zugleich beherrscht wie bisher. Das arme Ding konnte schließlich nichts dafür, er schickte sie inzwischen häufig früher nach Hause und versicherte ihr auf mehrmalige Nachfrage ihrerseits, dass er alleine zurechtkäme.

Der Rest des Tages lief routiniert ab und so nahm Bérenger gegen 20 Uhr den Brief und seine schwarze Aktentasche, die er stets bei sich führte und verzog sich in seinen Turm. Da traf ihn wie aus heiterem Himmel ein erneuter Stich in der Brust, zwar nicht besonders ausgeprägt aber er genügte doch, dass er sich auf seinem Sofa in der Bibliothek niederlassen musste, Maries Kräutertee wäre jetzt genau das Richtige für mich, dachte er sich.

Nach ein paar Minuten ging es ihm wieder besser. Er stand auf und legte den Brief auf den Schreibtisch. Dann kreuzte er die Hände auf dem Rücken und begann auf und ab zu wandern. Was konnte er tun, überlegte er. Einfach weiterzumachen wie bisher wäre das Beste und würde niemandem auffallen. Schließlich hatte er eine christliche Pflicht zu erfüllen. Wer sollte sonst die Gottesdienste abhalten und Hausbesuche bei Kranken durchführen?

„Die Suspension kann nicht von Dauer sein, keinesfalls", sagte er halblaut zu sich selbst. Ihm war bewusst, dass aus dem Brief des Bischofs auch ein gewisser Neid auf ihn, einem kleinen Landpfarrer, sprach.

„Erwartet er jetzt von mir ernsthaft, dass ich mich jeden Tag brav auf eine Bank setze und den Kindern im Dorf beim Spielen zusehe? Ich habe weiß Gott Wichtigeres zu erledigen, wovon der Schnösel nicht die geringste Ahnung hat. Ha, wenn der nur ansatzweise wüsste, mit was ich mich momentan befasse." Er redete sich in Rage.

Am liebsten hätte er irgendetwas vor lauter Wut auf den Boden geprellt.

Vor allem beim Studium seiner Dokumente war er vorangekommen und er war sich sicher, sie enthielten eine verborgene Wahrheit. Das hatte er ganz alleine ohne die Hilfe seiner beiden Kollegen aus Coustaussa und Rennes-les-Bains herausgefunden.

Er wusste, dass er ein Fass ohne Boden vor sich hatte und nur er konnte auf dessen Grund vordringen.

Stundenlang tigerte er auf und ab, dabei gar nicht bemerkend, wie ein neuer Morgen still und heimlich angebrochen war. Keinerlei Müdigkeit hatte er dabei verspürt und so verließ er früh den Turm, um sich in die Villa zum Frühstücken zu begeben. Wenigstens daran dachte er, aber auch nur, weil sein Magen knurrte und ihm schon schwindelig geworden war.

Constance hatte am Vorabend alles hergerichtet, deshalb brauchte er nur den Herd in Gang setzen, der kurz darauf in der Küche eine wohlige Wärme verbreitete.

Selbstredend konnte er von Constance nicht verlangen, dass sie um diese nachtschlafende Zeit, es war gegen 6 Uhr, bereits in der Küche stand und sein Frühstück zubereitete.

Ach ja, wie es Marie wohl in Lyon erging, überlegte er. Hoffentlich konnte sie ihrem Bruder unter die Arme greifen. Andererseits bekam er in diesem Augenblick einen kurzen Anflug von Sehnsucht nach ihr. Er vermisste sie bereits, obwohl erst drei Wochen vergangen waren. Trotzdem konnte er nicht abstreiten, dass sie ihm fehlte. Gleichzeitig bekam er Gewissensbisse, ob er sich in letzter Zeit nicht zu abweisend ihr gegenüber verhalten hatte. Wenn er überhaupt einem Menschen vertrauen und sich hundertprozentig auf ihn verlassen konnte, dann war sie es. Wie sollte er sich ihr gegenüber verhalten, wenn sie wieder zurückkommt? Wie sollte er ihr beibringen, dass es ihm leidtat, was in den letzten Monaten vorgefallen war? Nur einer konnte ihm noch einen Rat geben, Henri Boudet, der Abbé von Rennes-les-Bains, aber der war spurlos von der Bildfläche verschwunden. Bérenger haderte mit sich und fühlte sich von Gott und der Welt verlassen. Gerade jetzt hätte er jemanden gebraucht, der ihn moralisch unterstützte.

„Ach, was soll diese Trübsalblaserei? Ich habe meine Aufgaben zu erledigen, auch wenn sie mir dieser blasierte Wicht von Beauséjour wegnehmen will. Ich habe alleine gegenüber Gott und den Menschen eine Verpflichtung. Basta!", dachte er sich.

Er packte alles zusammen, was er als Priester brauchte und war im Begriff aufzubrechen, als es an der Eingangstüre der Villa klopfte und Francois, der Briefträger vor ihm stand.

„Salut, Bérenger", grüßte er ihn. „Wieder mal Post für dich und wie es scheint, von deinem Arbeitgeber. Hoffentlich nichts Unangenehmes."

„Ach weißt du, mein Guter, mich kann so leicht nichts mehr erschüttern." Saunière lachte bitter.

Francois sah ihn fragend an.

„Weißt du, das ist eine lange Geschichte. Ich erzähle sie dir gerne beeim nächsten Mal. Mich musst du jetzt leider entschuldigen, denn ich habe nicht mehr viel Zeit. Du weißt ja, dass ich im Augenblick auf zwei Hochzeiten tanzen muss."

„Ja, man hat es mir erzählt, dass du zwischen zwei Dörfern hin und her pendelst. Gib mir bitte dabei auf deine Gesundheit acht. Du weißt, dass wir beide nicht mehr die Jüngsten sind", entgegnete der Postbote scherzhaft.

„Vielen Dank für deine Besorgnis, mein Freund, aber es geht mir gut."

„Na, dann ist alles bestens. Also, ich muss weiter. Grüß mir bitte Marie und pass auf dich auf. Au revoir."

Damit war er auch schon wieder verschwunden und Bèrenger freute sich, dass wenigstens der gute Francois besorgt um ihn war.

„Was will er denn jetzt wieder, der soll mich endlich in Ruhe lassen", schimpfte er leise, während er den Brief des Bischofs öffnete. Was er zu lesen bekam, gefiel ihm absolut nicht. Man eröffnete ihm nämlich, dass während seiner Suspendierung ein anderer Pfarrer für seine Vertretung eingesetzt würde, ein Abbé Noel Leclerc. Saunière forderte man auf, ihn mit allen zur Verfügung stehenden Kräften zu unterstützen, da er noch sehr jung sei. Man ließ Saunière aber auch die Option offen, dass er es in der Hand habe, seine Suspendierung aufzuheben. Dazu müsse er nur mit dem Ordinariat bezüglich der Herkunft und Aufklärung seines Vermögens zusammenarbeiten.

„Ihr könnt mich alle mal", war sein lauter Kommentar. Dann begab er sich zum Stall hinterm Haus und machte seine Kalesche samt Pferd reisefertig. Rennes-les-Bains wartete auf ihn.

KAPITEL 16

Man hatte ihn Carcassonne umgehend gehandelt, denn
schon gegen Mittag tauchte im Dorf eine schwarz gekleidete Gestalt auf, die einen verbraucht aussehenden
Koffer mit sich führte. Als sie die Kirche erblickte, hielt
sie direkt darauf zu. Der neue Abbé wunderte sich allerdings sehr, dass eine pompöse Villa unmittelbar neben
der Kirche aufragte. Trotzdem musste es sich seiner Meinung nach um das Pfarrhaus handeln, denn man hatte
ihm von Saunières Reichtum erzählt. Er klopfte, bekam
aber keine Antwort. Als er vorsichtig die Türklinke her-
unterdrücken wollte, stellte er fest, dass die Eingangstür
verschlossen war.

Der neue Geistliche kam direkt aus dem Priesterseminar in der Nähe von Toulouse, ein Frischling sozusagen.
Dementsprechend war auch sein Alter: Kaum einmal 25
Jahre und was die Organisation einer Gemeinde anging,
völlig unerfahren. Umso mehr hatte er keine Ahnung, auf
was er sich da eingelassen hatte. Außerdem, wo steckte
der Kollege nur, den er vertreten sollte?

Abbé Noel Leclerc war sein Name, ein junger Mann
mit dichtem schwarzem Kraushaar und schlanker Figur.

Ursprünglich stammte er aus der Bretagne, an Südfrankreich würde er sich erst gewöhnen müssen. Hier tickten die Uhren anders, speziell auf dem Land, obwohl sein vorheriges Priesterseminar außerhalb der Großstadt lag. Da hatte er zwar schon etwas Dorfluft schnuppern können, aber Rennes-le-Château schien ihm dennoch etwas gänzlich Anderes zu sein.

Er kam sich ziemlich verloren vor. Aus den Augenwinkeln heraus spürte er die verborgenen und neugierigen Blicke hinter den Gardinen der Natursteinhäuser des Dorfes.

Kein Mensch war auf der Straße, keine Kinder spielten und Hunde, die normalerweise auf der Hauptstraße umherstreunten, sah man auch nicht. Deshalb beschloss er, die Hauptstraße weiter hoch zu wandern und sich am Aussichtspunkt in die Corbieres auf einer Bank niederzulassen. Dort wollte er sich Gedanken machen über manches, was auf ihn zukommen könnte. Auf der Herfahrt im Zug hatte er die ganze Zeit gegrübelt, warum man ausgerechnet ihn in diese gottverlassene Gegend schickte, konnte sich jedoch keinen rechten Reim darauf machen. Oder war es vielleicht, weil er sich besonders mit seinem Fleiß in der Schule hervorgetan hatte? Er wusste es nicht. Er wunderte sich sehr über diese Art Belohnung. Leicht resigniert wollte er sich überraschen lassen, er konnte es sowieso nicht mehr ändern. Abwarten und Tee trinken, wie man so schön sagte.

Er kämpfte gegen die Müdigkeit, die sich durch die Reise bei ihm eingestellt hatte. Auf der Stelle hätte er einschlafen können, sodass sein Kopf beim Einnicken immer wieder nach vorne fiel. Eine lustige Szene, die die wenigen Menschen, die ihm über den Weg liefen, ziemlich amüsierte.

Er befand sich nun gegenüber vom Rathaus und so ließ es sich nicht vermeiden, dass plötzlich dessen Türe aufging und ein in einen altmodischen Zweireiher gekleideter dicklicher Mensch mit hochrotem schwitzendem Kopf ins Freie trat.

Das scheint mir der Bürgermeister zu sein, dachte er. Vielleicht sollte ich ihn nach dem Verbleib meines Kollegen fragen.

Caclar hatte den Abbé ebenfalls erspäht und steuerte zielstrebig auf ihn zu. Es kam ihm merkwürdig vor, dass unvermittelt ein junger Priester hier auftauchte. Was es damit auf sich hatte, wollte er unbedingt herausfinden. Koste es, was es wolle.

Leclerc hatte sich inzwischen aus seiner Sitzposition erhoben. Besser so, dachte er, sonst schlafe ich noch ein und würde ein denkbar schlechtes Bild von mir an meinem ersten Arbeitstag abgeben. Dann stand man sich gegenüber, wobei der Bürgermeister zu ihm hinaufblicken musste, was ihm ganz und gar nicht gefiel.

„Wer sind Sie und was tun Sie hier?“, fragte ihn Caclar forsch ohne ihn überhaupt zu grüßen. Er war es gewohnt, mit der Tür ins Haus zu fallen. Das schüchterte alle Fremden ein und gab ihm einen nicht unwesentlichen Vorsprung, den er weidlich auszunützen pflegte.

So hatte er auch jetzt Erfolg und dadurch sein Ziel erreicht, denn Leclerc entgegnete schüchtern: „Bonjour Monsieur, ich … ich bin der neue Pfarrer des Dorfes und soll Abbé Saunière vertreten. Können Sie mir vielleicht sagen, wo er sich im Augenblick aufhalten könnte?“

Saunière vertreten? Warum denn das? Das muss ich unbedingt herausfinden, dachte sich Caclar.

„Langsam, langsam, junger Freund. Zuerst einmal bin ich der Bürgermeister dieses Ortes und mein Name ist Caclar. Wenn Sie so liebenswürdig wären, mir den ihrigen zu verraten."

„Entschuldigung, ich heiße Noel Leclerc."

„Schon besser und warum müssen Sie Abbé Sauniere vertreten? Ist er krank oder hat er etwas ausgefressen, dass man ihn aus ihrem Verein hinausgeschmissen hat? Ich kenne ihn gut und traue ihm alles zu. Also reden sie schon, Mann." Sein Temperament ging wie immer mit ihm durch und er warf damit seine Manieren über Bord. So war er eben – hemdsärmelig und direkt. Andererseits liebten die Einwohner von Rennes-le-Château diesen Ton an ihm und deshalb wurde er auch immer wieder gewählt, vielleicht auch, weil er sowieso keinen Gegenkandidaten hatte.

Abbé Leclerc war schlau genug, Caclar nicht den wahren Grund für seine Anwesenheit zu verraten. „Abbé Sauniere ist immer noch ein Mann unserer Kirche und man schmeißt so schnell niemanden einfach hinaus. Man hat als Pfarrer rund um die Uhr seine Pflicht gegenüber Gott und den Menschen zu verrichten. Vielmehr hat mein Kollege beim Bischof um Unterstützung in seiner Amtsausübung nachgefragt, da er ja im Augenblick zwei Gemeinden gleichzeitig zu versorgen hat. Vielleicht habe ich mich mit dem Wort ‚vertreten' etwas ungeschickt ausgedrückt, denn eigentlich soll ich ihm zur Hand gehen", stellte er klar.

Caclar jedoch befand sich weiterhin im Angriffsmodus. „So, so. Der Herr fühlt sich überlastet. Ich dachte immer, Ihr monarchistischen Pfaffen führt ein lockeres Leben, haltet einmal am Tag euere Ansprache in der Kirche und das wars dann. Da reißt sich doch keiner von euch ein Bein aus. Im Gegenteil, am anstrengendsten für ihn ist wahrscheinlich seine junge Haushälterin, aber die werden Sie bestimmt noch kennenlernen. Sie ist übrigens sehr attraktiv und wahrscheinlich im selben Alter wie Sie. Also passen Sie auf."

Leclercs Gesichtsröte nahm schlagartig zu. Gott, welche Prüfungen kommen da auf mich zu? Zu dumm auch, im Priesterseminar haben wir nichts über den Umgang mit Frauen gelernt. Oh Herr, gib mir Kraft, betete er still für sich.

Caclar war es nicht entgangen und deshalb wollte er ihn weiter provozieren, einfach, weil es ihm Spaß machte. „Die junge Constance, so erzählt man sich, ist noch nicht liiert." Er grinste dabei unverschämt über das ganze Gesicht.

Der Abbé hatte endgültig genug und wollte ihn unbedingt wieder loswerden. „Also, wollen Sie mir jetzt verraten, wann mein Kollege oder seine Haushälterin wieder da sind."

Caclar schüttelte den Kopf, dass die Schweißtropfen zur Seite spritzten. Als er aber die Straße hinuntersah, hellte sich sein Gesichtsausdruck auf, denn in diesem Moment sah er Constance, wie sie die Straße herauf zur Villa marschierte.

„Es scheint, dass Sie Glück haben, Hochwürden. Da kommt nämlich gerade Saunières Bedienstete. Sagen Sie selbst, ist das nicht ein lieblicher Anblick?" Er deutete mit seinem Wurstfinger auf sie und ehe er noch etwas hinzusetzen konnte, stürmte der junge Abbé los.

„Na, das kann ja lustig werden", dachte sich Caclar und sah ihm hinterher. „Wo nur dieser verflixte Thierry steckt", murmelte er und ging seines Wegs.

„Mademoiselle, Mademoiselle!"

Constance blieb stehen und sah sich um. Nochmals „Mademoiselle" – jetzt konnte sie ihn sehen. Ein Mann, gekleidet wie ein Priester näherte sich ihr und blieb vor ihr stehen.

„Verzeihen Sie, ich suche Abbé Bérenger Saunière. Man hat mich an Sie verwiesen."

Sie musterte ihn abschätzend von unten nach oben. Er schien ihr wenig älter zu sein als sie selbst. So jung und schon Pfarrer, dachte sie sich. Obwohl, wenn ich es mir recht überlege, sieht er eigentlich ziemlich gut aus. Was für eine Verschwendung.

„Wer will das wissen?", fragte sie ihn keck.

„Oh, Entschuldigung." Er wurde wieder rot. „Mein Name ist Noel Leclerc. Ich soll hier den ortsansässigen Abbé vertre … äh unterstützen." Er hatte schnell gelernt. Die Leute sahen es wahrscheinlich nicht so gern, wenn ein fremder Pfarrer das Ruder im Dorf übernehmen wollte.

„Und mit wem habe ich das Vergnügen?" Dabei lächelte er sie freundlich an.

„Constance Couturier, ich unterstütze ebenfalls Abbé Saunière, allerdings nur als seine Haushälterin. Sie wusste nicht, warum, aber der junge Mann gefiel ihr von Minute zu Minute besser.

Schade, dass er ein Abbé ist, dachte sie. Aber reiß dich zusammen.

Sie standen sich verlegen gegenüber. Jedem fehlten die Worte, denn urplötzlich war ein bisher noch nie gekanntes Gefühl zwischen ihnen entstanden.

Endlich durchbrach der junge Pfarrer das Schweigen. „Also ich … ich würde jetzt gerne weiter nach dem Abbé suchen, wenn es Ihnen recht ist. Ist er vielleicht zuhause?"

Sie bedeutete ihm mit einem neckischen Augenaufschlag, er solle ihr folgen. Ihm wurde heiß und kalt zugleich, so etwas hatte er noch nie erlebt. Auf was für eine Prüfung stellte ihn da sein Herrgott? Er musste sich beherrschen, nur nicht schwach werden. Oh Gott!

Beide wollten gleichzeitig durch die Tür der Villa, so durcheinander waren sie. Mit einer zaghaften Handbewegung ließ er ihr den Vortritt.

Es war kühl in der Stube. Saunière hatte zwar am Morgen etwas Holz im Herd nachgelegt, ehe er nach Rennes-les-Bains aufbrach, aber das Feuer war fast ausgegangen. Noel rieb sich die Hände und fragte sie, ob er ihr beim Anschüren behilflich sein dürfe. Sie lehnte dankend ab.

„Tja, also wie schon erwähnt, ich würde gerne den Abbé sprechen. Können sie mir sagen, wo ich ihn finden kann? Ist er hier im Dorf unterwegs?", fragte er sie mit unvermindert hochrotem Kopf. Sie klärte ihn auf, dass Saunière diesen Vormittag in Rennes-les-Bains weilen und erst am Nachmittag zurückkommen würde. Leclerc müsse solange mit ihr vorliebnehmen. Aber sie wolle ihm einstweilen den Schlüssel für die Kirche aushändigen. Dann könne er sich dort umsehen. Ob er denn schon gefrühstückt habe, meinte sie. Wenn er wolle, würde sie ihm ein ordentliches Frühstück zubereiten. Dann sehe die Welt schon wieder anders aus. Leclerc war unter der Bedingung einverstanden, dass sie ihm Gesellschaft leisten solle. Wenig später saßen sie sich am Tisch gegenüber, als hätten sie noch nie etwas anderes getan. Sie schmachteten sich an, wobei sich der Abbé wunderte, was bloß in ihn gefahren sei.

Constance dagegen bedauerte es innerlich, dass es in ihrem Dorf nicht mehr solch gebildete junge Leute gab wie ihn. Sie unterhielten sich über das Wetter und die herrliche Landschaft. Leclerc staunte über das Innere des feudalen Gebäudes, in dem er jetzt frühstückte.

Als er fertig war, strich er sich zufrieden über seinen nichtvorhandenen Bauch. Im Priesterseminar hatte man ihm Enthaltung und die Absage an weltliche Dinge gelehrt. Dass diese aber draußen im wirklichen Leben so verführerisch wären, konnte er nicht ahnen und dementsprechend unbeholfen ging er an die ganze Sache heran.

Von Sauniere waren ganz andere Gerüchte im Umlauf. Der galt als Lebemann, trotz dem, dass er ein Geistlicher war. Aber das war seine Sache und er musste das selbst mit seinem Gewissen gegenüber Gott vereinbaren. Andererseits konnte Noel ihn in diesem Moment sogar verstehen.

Constance deckte den Tisch ab und stellte alles neben das Spülbecken in der Nähe des Herdes.

„Ich würde mir jetzt gerne die Kirche ansehen, wenn es recht ist. Möchten Sie mich dabei begleiten?"

„Wenn sie meinen. Ich kenne mich da zwar nicht so gut aus, weil ich nur einmal in der Woche zum Gottesdienst gehe, aber ich folge Ihnen gerne."

„Was meinen Sie mit ‚auskennen'?", fragte Noel befremdet.

„Damit meine ich die Bedeutung der dortigen Gegenstände. Aber lassen Sie sich überraschen."

Sie sprach in Rätseln. Er verkniff es sich jedoch, weiter nachzufragen.

Sie ging vor ihm und er war nach wie vor in ihrem Bann. Diese wiegende Hüfte, dieses kokette Lächeln und ihr Augenaufschlag von vorhin – Constance spielte ihre sämtlichen weiblichen Reize aus. Wer konnte da widerstehen? Noel jedenfalls nicht.

Dann sperrte sie die Kirchentüre auf und gab ihm mit einer graziösen Handbewegung den Vortritt.

Zaghaft zwängte er sich an ihr vorbei und … erschrak. Was er da zu sehen bekam, hätte er nicht im Traum erwartet. Aus der Dunkelheit blickten ihm höhnisch zwei eiskalte blaue Augen entgegen. Je weiter sie die Türe öffneten, desto mehr Helligkeit drang herein und vor ihm stand auf der linken Seite dieses seltsame Wesen, unzweifelhaft ein Teufel, mit einem Weihwasserbecken auf dem Genick. Es hatte den Mund bizarr geöffnet, so als wolle es sagen: „Sieh dich vor, wenn dir dein Leben lieb ist."

„Aber … aber … aber was ist das?" Dahingeschmolzen wie Schokolade in der Sonne schien sein Mut. Vor Constance stand nur noch ein eingesunkenes Häuflein Elend, das mit sich kämpfte, um Haltung zu bewahren.

„Abbé Sauniere hat uns erklärt, dass wir keine Angst vor ihm zu haben brauchen, es sei lediglich eine Statue, die auch in einigen anderen Kirchen in Frankreich vorkommen würde. Er hat uns auch verraten, wie dieses Fabelwesen heißt, aber ich kann mir seinen Namen nicht merken. Wenn Sie Näheres erfahren wollen, müssen Sie ihn selbst fragen. Mir ist nur bekannt, dass diese Figur schon lange hier stehen soll. Mit der Zeit gewöhnt man sich daran."

„Das lässt ja Einiges erwarten", sagte der Priester mehr zu sich selbst und ging an den Holzbänken vorbei nach hinten, wobei ihm der Schreck in den Gliedern saß. Sein Blick wanderte langsam nach oben, wo er weitere Holzfiguren erkannte, die ihm etwas vertrauter vorkamen. Sie stellten Josef und Maria dar mit ... das nächste Rätsel war aufgetaucht: Beide hielten jeweils ein Kind im Arm, was für Leclerc an Frevel grenzte. Er fand es schlichtweg ungeheuerlich und nahm sich vor, mit seinem Kollegen unbedingt darüber zu reden.

Dann fiel sein Blick auf Constance, die am Eingang stand. Sie hob nur entschuldigend ihre entzückenden Schultern. Um Gotteswillen, wo war er hier hineingeraten, dachte er sich. Schließlich war er davon ausgegangen, dass es sich bei dem Dorf und seiner Kirche um etwas ganz Normales handeln würde und dann so etwas! Ein Pfarrer, der Ketzerei und Gotteslästerung betrieb, als wäre es die selbstverständlichste Sache. Wer weiß, was der von der Kanzel predigte?

Es fiel ihm wie Schuppen von den Augen, warum man den Abbé suspendiert hatte. Beauséjour hatte zwar kein Wort über Saunières Kuriositäten verloren, aber wahrscheinlich war er davon ausgegangen, dass sich diese ihm von selbst erschließen würden, wenn er nach Rennes-le-Château käme. Sein Kollege konnte nur deswegen in Ungnade gefallen sein, daran bestand kein Zweifel mehr.

„Brauchen Sie mich noch?"

Er erschrak leicht, als ihn Constances sanfte Stimme aus seinen Gedanken riss. Sie lächelte ihn freundlich an. „Äh ... nein, Sie dürfen gehen. Ich komme darauf zurück, wenn ich Ihre Hilfe benötige, danke." Trotzdem ließ er sie nur ungern ziehen. Noch immer stand er mit leicht wackeligen Knien da. Vorsichtig spähte er zu den anderen Figuren, an denen ihm Gott sei Dank, fürs Erste betrachtet, nichts Ungewöhnliches auffiel. Verschiedene Gemälde und auch eine Statue der Maria Magdalena waren zu erkennen. Dann wandte er sich dem Altar zu, wo ihn das nächste Wunderwerk erwartete. Es handelte sich um ein Schnitzwerk. Dargestellt war die weinende Magdalena, die in einer Höhle vor einem Kreuz kniete, das aus zwei Ästen bestand. Einer der Äste blühte, der andere war abgestorben. Darunter befand sich eine lateinische Inschrift, die er mit Interesse las. Erneut musste er den Kopf schütteln.

Es sollte noch eine Steigerung folgen, denn kurz darauf tat sich das nächste Rätsel auf: Vom Altar aus gesehen auf der rechten Seite war die Taufszene Jesu durch Johannes den Täufer dargestellt. Die Jesus-Figur stellte sich hierbei als nahezu identisches, wenn auch seitenverkehrtes Ebenbild der Dämonenfigur am Eingang dar. Ihm lief es abermals eiskalt den Rücken hinunter.

Was ist das für ein mysteriöser Ort? In einer Kirche sollte man sich doch wohlfühlen, aber das Gegenteil ist der Fall, dachte er. Im gleichen Moment kam ihm ein schrecklicher Verdacht. War dieser Pfarrer vielleicht ein Teufelsanbeter?

Nimm dich in Acht, wenn du ihn triffst, sagte ihm eine innere Stimme. Wer weiß, was er im Schilde führt?

Er ging zur vordersten Bank, kniete sich nieder und begann für die arme verlorene Seele zu beten. Nur Gott allein konnte ihm die nötige Kraft geben, um das hier unversehrt zu überstehen. Wäre die Eingangstüre nicht offen gestanden, wäre er in der stickigen Dunkelheit des Raumes vor Angst gestorben. Es drang wenig Licht durch die bemalten Fenster ins Innere und es herrschte eine seltsam bedrückende Atmosphäre.

Rasch erhob er sich und schickte sich an, das Gotteshaus zu verlassen. Als er den Eingang etwa zehn Schritte hinter sich gelassen hatte, drehte er sich nochmals um. Was er jedoch auf dem Torbogen las, gab ihm den Rest. Über dem Portal stand in Stein gemeißelt folgender Satz: „Terribilis est locus iste. Hic domus dei et porta Coelis – Dieser Ort ist schrecklich. Hier ist das Haus Gottes und das Tor zum Himmel." Er rang nach Luft und musste sich an der Mauer, die sich gegenüber dem Eingang befand, unvermittelt abstützen. Danach torkelte er wie benommen davon, die Straße hinauf, um sich am Aussichtsplatz auf einer freien Bank nieder zu lassen. Drei alte Männer, die auf der Nachbarbank saßen, schauten ihm verwundert zu. Aber keiner wollte ihn fragen, ob es ihm gut gehe. Und das, obwohl ihnen ein zweiter Abbé in Rennes-le-Château sehr suspekt vorkommen musste.

Es war um die Mittagszeit und Constance hatte das Essen fertiggekocht. Wer weiterhin fehlte, war der Herr des Hauses. Leclerc dagegen saß bereits am Küchentisch, aber ihm war der Appetit gründlich vergangen. Nicht einmal mehr für die hübsche Haushälterin hatte er einen Blick. Ständig grübelte er vor sich hin, ob er den Ort verlassen und nach Carcassonne zurückfahren solle. Auch wenn der Bischof es ihm befohlen hatte, Saunieres Amt zu übernehmen, übertraf das, was er gesehen hatte, seine schlimmsten Befürchtungen. Zwar hatte er eine verstockte und starrköpfige Gemeindeklientel erwartet mit einem Pfarrer, der sich mehr für Geld und Frauen interessierte. Aber Noel hatte sich geirrt, es empfing ihn eine Kirche, die nur darauf wartete, ihn mit weit aufgerissenem Maul verschlingen zu können, sobald man sie betrat. Es kam ihm vor, als spuke hier ein fürchterliches Geheimnis, das Geheimnis von Rennes-le-Château. Nur dessen Abbè wusste, was es damit auf sich hatte.

Leclerc wollte nochmals kurz Luft schnappen, um klarer im Kopf zu werden, und verließ die Villa. Gerade als er sich auf eine Bank an der Hauptstraße setzen wollte, erkannte er in der Ferne eine Kalesche auf ihn zukommen, mit einer schwarzgekleideten Gestalt auf dem Kutschbock. Saunière war zurück.

Leclerc war bewusst geworden, dass er nun keinen Rückzieher mehr machen konnte. Schweren Herzens erhob er sich und fühlte sich angesichts der zentnerschweren Last wie ein alter Mann.

KAPITEL 17

Während der Rückfahrt von Rennes-les-Bains machte Bérenger alles andere als einen frischen Eindruck. Er wollte unbedingt noch heute eine Depesche nach Carcassonne schicken, damit man möglichst schnell einen Nachfolger für Boudet bestimmen solle. So wie bisher konnte es nicht weitergehen. Zwar hatte er sich anfangs auf die Vertretung gefreut, aber die zahlreichen Krankenbesuche und das Erteilen von Sterbesakramenten verbunden mit späteren Beerdigungen gingen ihm langsam an die Substanz. Wenn es so weiter so ginge, bekäme er noch einen Herzinfarkt.

Andererseits war er froh, dass Marie noch nicht aus Lyon zurückgekehrt war. Sie hätte ihm sofort den Kopf gewaschen und ihn bearbeitet, er solle kürzertreten. Er musste ihr zuvorkommen, deshalb wollte er Nägel mit Köpfen machen. Ja, die gute Marie, wenn er ehrlich zu sich selbst war, dann vermisste er sie. Warum konnte nicht mehr alles so wie früher sein? Da hatte sie ihn bewundert und sah zu ihm auf. Inzwischen war sie ihm ebenbürtig und sein personifiziertes schlechtes Gewissen. Auch wenn sie bisher nichts mehr wegen des Mordes an Gelis verlautbaren ließ, wusste er dennoch anhand ihrer vorwurfsvollen Blicke, dass es nicht in Ordnung war, wie man mit dem Pfarrer von Coustaussa verfahren war. Boudet war schuld, er hatte ihn tief in diesen Schlamassel mit hineingezogen und jetzt kam er nicht mehr heraus.

Oft hatte er in all den Jahren mit seinem Gewissen gekämpft und mindestens tausend Mal überlegt, ob er sich nicht der Gendarmerie stellen solle. Streng genommen war er der Auftraggeber der Bluttat gewesen. Sich ständig selbst belügen zu müssen ging an die Substanz. Wahrscheinlich rührte daher seine Herzschwäche.

„Es ist nicht gut, wenn man alles in sich hinein frisst", redete er sich ein, während er vom Kutschbock aus versonnen in die herrliche Landschaft der Corbieres blickte.

„Ich muss mein Gewissen unbedingt erleichtern. Wenn ich Marie meinen gesamten Besitz überschreibe, mache ich wenigstens einen Anfang. Ich bin mir sicher, dass es ihr nicht gefallen wird, aber es wird mein Gewissen ungemein erleichtern." Derlei Selbstgespräche hatte er bisher öfters mit sich geführt und man konnte daran erkennen, wie es ihm zusetzte.

Inzwischen kam seine Pfarrei in Sichtweite. Das Dorf lag friedlich in der Mittagssonne und er freute sich auf ein gutes Essen. Es könnte ihn wenigstens etwas von seinen Grübeleien ablenken.

Als er die Hauptstraße bis zur Villa Bethania hochfuhr, konnte er verfolgen, wie ein in Schwarz gekleideter Mann auf sein Fuhrwerk zulief. Komisch, er sah genauso aus wie ein Kollege.

Da dämmerte es ihm: „Kann es etwa sein, dass es sich um meine Vertretung handelt, die man aus Carcassonne hierhergeschickt hat?" Bislang hatte er diesen Brief des Bischofs nur als Drohung verstanden, nicht als wirkliche Konsequenz. Nun wurde ihm klar, dass sein neuer Vorgesetzter, Monsignore Beauséjour, ein Mann der Tat zu sein schien; ganz im Gegensatz zu Monsignore Billard, dem er oft nachgetrauert hatte und der seiner Ansicht nach viel zu früh verschieden war. Jener war wie ein Vater zu ihm gewesen, der ihm viel nachsah.

Der Neue war ein anderes Kaliber. Mit dem würde er noch viel Vergnügen haben, überlegte er. Trotzdem fasste er den Entschluss, sich dem neuen Pfarrer gegenüber freundlich und kollegial zu benehmen. Denn im Moment konnte er jede Hilfe brauchen.

Er brachte seine Kalesche zum Stehen und sah seinen neuen Kollegen erwartungsvoll an. Da Saunière der Ältere war, erwartete er, dass der junge Mann ihn zuerst begrüßen und sich ihm vorstellen würde.

So war es auch. „Verzeihen Sie, Sie müssen Abbé Saunière sein. Habe ich recht?" Berenger nickte ernst.

„Mein Name ist Noel Leclerc, man schickt mich aus Carcassonne hierher."

„Und Sie sollen meine Pfarrei übernehmen, stimmts?"

„Wenn Sie so wollen, vorerst zumindest. Ich hoffe, Sie haben nichts dagegen", entgegnete der junge Geistliche schüchtern.

Bérenger brach in schallendes Gelächter aus: „Eine treffliche Bemerkung. Normalerweise hat man etwas dagegen, wenn sich jemand Anderes in die eigene berufliche Tätigkeit einmischt. Aber da Sie schon mal hier sind, mein Freund, muss ich sagen, dass Sie mir ausnahmsweise nicht ungelegen kommen. Deshalb seien Sie mir herzlich willkommen."

Abbé Leclerc fiel ein Stein vom Herzen, denn er wusste nicht, wie Saunière auf seine Vorstellung reagieren würde. Irgendwie hatte er trotzdem den Eindruck, dass Bérenger noch nicht mitbekommen hatte, um was es ging, nämlich, dass er sein Amt augenblicklich niederzulegen hatte. So lautete zumindest die Anordnung Beausejours. Außerdem war anzunehmen, dass der Abbé hierüber eine Benachrichtigung erhalten haben musste. Leclerc wollte unbedingt vermeiden, deshalb mit ihm eine Diskussion zu beginnen.

„Ihre Haushälterin hat mir bereits Ihre Kirche gezeigt. Ich muss gestehen, dass sie zugegebenermaßen sehr eigenwillig eingerichtet ist. Ich glaube, da gibt es Einiges an Erklärungsbedarf.“

„Gut beobachtet, aber so soll es auch bleiben. Ich denke, darüber können wir uns später ausführlich unterhalten, denn wir haben einen vollen Arbeitstag vor uns.“ Dann erzählte er ihm kurz von Abbé Boudet aus Rennes-les-Bains, den er schon die ganze Zeit über vertrat. Ursprünglich habe er angenommen, man werde endlich ein Einsehen haben und Leclerc als offiziellen Nachfolger des Pfarrers von Rennes-les-Bains hierherschicken. Deshalb könne er ab sofort den Gottesdienst im Nachbardorf übernehmen.

„Abbé Saunière, ich soll eigentlich Ihre Aufgabe übernehmen“, versuchte der junge Priester entrüstet zu widersprechen.

Bérenger winkte ab und meinte: „Ich weiß, ich weiß, aber so leicht stellt man mich nicht ins Abseits. Ich habe hier noch viel vor, müssen Sie wissen. Außerdem will ich Sie nicht gleich am ersten Tag überfordern.“

Er sprach in Rätseln und das schien ihm Spaß zu machen. Vor allem Marie konnte davon ein Lied singen. Was allerdings den Mord an Gelis betraf, da hatte er eine Grenze bei ihr überschritten, indem er sie im Ungewissen ließ. Es hatte für große Verstimmung bei ihr gesorgt und sie war mit diesem Ärger im Gepäck nach Lyon gefahren. Bérenger war jedoch zuversichtlich, dass sie sich wieder beruhigen würde.

Bei dem folgenden Mittagessen in der Villa Bethania musste der junge Priester alles von sich erzählen. Er begann damit, dass er in einem Ort in der Bretagne, in Longeville-sur-Mer geboren wurde. Er befindet sich zwischen La-Tranche-sur-Mer und Les Sable d'Olonne. Von seinem Dorf aus hatte er es nicht weit hinunter zum Strand gehabt. Noch heute habe er den herrlichen Duft der dortigen Pinienwälder in der Nase, diesen werde er für den Rest seines Lebens nie mehr vergessen. Als Jugendlicher hatte er es geliebt, im Meer zu schwimmen und sich der Weite des Atlantischen Ozeans hinzugeben. Seine Eltern waren strenggläubige Katholiken gewesen und da er einen großen Bruder hatte, der einmal das riesige Gehöft übernehmen sollte, schickte man ihn ins Priesterseminar. Dort sollte er zum Pfarrer ausgebildet werden und so war er nun hier gelandet. Es war seine erste offizielle Aufgabe, die er übernehmen sollte. Wiederum über Saunières Suspendierung zu reden, unterließ er vorsorglich. Er strebte eine friedliche Zusammenarbeit an, denn er hatte eingesehen, dass sein Kollege ein ganz besonderes Kaliber war, mit dem im Streitfall nicht gut Kirschen essen wäre.

Bérenger hingegen dachte sich seinen Teil. Allerdings war ihm nicht entgangen, dass der junge Bursche von

Constance sehr angetan war, da sie ihm zwischendurch den einen oder anderen scheuen Blick zu warf.

Das kann für mich von Vorteil sein, wenn diese beiden Turteltäubchen mit sich beschäftigt sind, dachte er bei sich.

„Ich denke, wir sollten nach dem Essen einen Plan mit einer genauen Aufgabenfestlegung für jeden von uns Beiden erstellen. So kommen wir uns nicht ins Gehege, was meinen Sie?", fragte er ihn.

„Das ist eine gute Idee. Dazu benötige ich allerdings einen Schreibtisch für mich, wo ich mich mit der Ausarbeitung der Predigten beschäftigen kann. Gibt es hier eine Möglichkeit?"

Selbstredend, dass ihn Saunière unter keinen Umständen in sein Allerheiligstes, den Tour Magdala, vordringen lassen wollte. Das ging ihn absolut nichts an, am Ende könnte er dort herumschnüffeln, überlegte Bérenger. Er würde ihm eine Kammer in der Villa im obersten Stock anbieten., wo er gleichzeitig schlafen könne, nahm er sich vor. Deshalb beauftragte er Felix, der zufälligerweise vorbeischaute, dass er ein Zimmer mit Constance herrichten und einen Sekretär organisieren solle. Hätte man keinen zur Verfügung, solle er noch heute zum Schreiner nach Couiza hinunterfahren, um dort einen anfertigen zu lassen. Es eile sehr.

Leclerc bedankte sich mehrmals bei Bèrenger wegen seiner Kooperationsbereitschaft und seines Entgegenkommens.

„Wenn Sie wollen, können sie morgen früh mit mir nach Rennes-les-Bains fahren, damit ich Ihnen alles erklären kann, was den Gottesdienst angeht. Ich gehe davon aus, dass Sie dieses Amt bereits in den nächsten

Tagen übernehmen können. Wäre das nicht ein guter Anfang?" Noel Leclerc war begeistert von dem Vorschlag.
Den restlichen Tag verbrachte man in der Kirche von
Rennes-le-Château, wo Bérenger allerdings nur auswei-
chend auf Noels Fragen zu den dortigen Merkwürdigkei-
ten einging. Noel unterließ es deswegen, weiter nachzufragen, was es damit auf sich hätte.

Leclerc zwang sich, an etwas Schöneres zu denken,
deshalb freute er sich, dass er wenigstens fürs Erste
Constance jeden Tag sehen durfte. Obwohl er sich seines
Gelübdes als katholischer Priester bewusst war, wollte
er sich wenigstens „Appetit" holen. Das war keine Sün-
de, die er beichten müsste. Alles schien ihm vorerst in
Ordnung zu sein und er war froh, dass man sich so gut
verstand.

Zwei Tage später jedoch sollte die idyllische Ruhe
durch ein unangenehmes Ereignis gestört werden.

KAPITEL 18

Es war dunkel geworden in Coustaussa. Da es Sommer war, schien die Sonne lange und ging erst spät am Abend unter. Hatte sich die Dunkelheit erst einmal ausgebreitet, konnte man wegen der spärlichen Straßenbeleuchtung nicht mehr weit sehen.

Oft war man dem Bürgermeister des Dorfes, Monsieur Matin, damit in den Ohren gelegen, nicht zuletzt aufgrund des schrecklichen Mordes im Jahre 1897, doch endlich für eine ausreichende Straßenbeleuchtung zu sorgen. Aber es gelang ihm, solch konstruktive Vorschläge mit Eleganz zu umschiffen, wohl wissend, dass es ihm sein Etat nicht erlauben würde, soviel Geld dafür aufzuwenden. Mancher Einwohner dachte sich deshalb, dass es nur eine Frage der Zeit wäre, bis wieder etwas Schreckliches passieren würde.

Man ging für gewöhnlich mit den Hühnern ins Bett und es wurde danach schlagartig totenstill im Dorf, kein Mensch war mehr unterwegs. So geschehen auch am 31. Juli des Jahres 1905, als die brütende Hitze des Tages nur langsam weichen wollte. Es war auch zu der Zeit, als ein junger Pfarrer im Nachbarort Rennes-le-Château dem

Abbé Saunière tatkräftig unter die Arme griff, vor allem, was die Vertretung des Pfarrers der Nachbargemeinde Rennes-les-Bains anbetraf.

Außerdem war der noch amtierende Abbé von Rennes-les-Bains, Henri Boudet, seit mehreren Jahren verschollen. Allgemeinen Gerüchten zufolge hieß es, er sei zur Kur gefahren. Das war aber bereits länger her und kein Mensch wusste inzwischen genau, wo er sich tatsächlich aufhielt. Obendrein verdächtigte ihn die Gendarmerie eine Zeit lang, er könnte etwas mit dem Mord an Abbé Gelis zu tun haben. Wenig später stellte man mangels Beweisen die Nachforschungen ein und so verlor sich seine Spur. Der Bischof in Carcassonne vermied es damals, dazu eindeutig Stellung zu beziehen.

Die Abendstille in Coustaussa war inzwischen allgegenwärtig geworden. Den Trubel einer Großstadt kannte man hier nicht. Die Dorfkirche ragte wie ein gespenstisches Monument in der Dunkelheit empor. Der Nachfolger des ermordeten Abbé Antoine Gelis war ein würdiger älterer Herr. Sein Name war Fabrice de la Vergne.

Er zog es im Normalfall vor, sich spätestens um 22 Uhr seinem wohlverdienten Schlaf hinzugeben. Dadurch bemerkte er nicht, wie zwei dunkel gekleidete Gestalten langsam und vorsichtig zum Pfarrhaus schlichen. Man konnte unschwer erraten, dass sie nichts Gutes im Schilde führten. Um völlig geräuschlos zu bleiben, verständigten sie sich mit knappen Gesten. Anders als damals, als man den armen Gelis brutal erschlagen hatte, tasteten sie sich ums Haus herum, wo sie nach kurzer Suche die hintere Eingangstür fanden. Dass sie zugeschlossen war, stellte für jene zwielichtigen Typen kein ernsthaftes Problem dar. Mit einem Dietrich öffneten sie sie und standen kurz danach im hinteren Teil des Gebäudes. Ursprünglich wollte man so leise wie möglich vorgehen, dumm nur, dass die Fußbodendielen bei jedem Schritt ein leises Ächzen von sich gaben.

„Verdammt noch mal", wurde es dem Einen der Beiden zu bunt, dann kehrte wieder Ruhe ein. Da es im Haus stockdunkel war, konnten sie sich nur in kleinen Schritten vorantasten, um nicht unsanft gegen herumstehende Gegenstände zu stoßen.

Als sie in den Eingangsbereich vordrangen, wo sich auf der rechten Seite das Arbeitszimmer des Abbés befand, konnten sie nicht verhindern, dass sich der Boden des Hauses erneut zu Wort meldete. Ab jetzt geschah alles wie im Zeitraffertempo. Sie hörten, wie sich oben eine Türe öffnete, wahrscheinlich die Schlafkammer de la Vergnes, und dass der Geistliche die Treppe herabgestiegen kam. Der Lärm hatte ihn ungewollt und sehr zum Leidwesen der Einbrecher geweckt. Die Beiden konnten sich gerade noch verstecken, als der Abbé im Vorraum erschien.

Vorsichtig sah er sich um. „Ist da wer?" Es folgte keine Antwort. „Hallo?" Erneut blieb es still. Er ging in sein Arbeitszimmer, wo sein Blick auf den Schreibtisch fiel. Alles schien auf den ersten Blick unverändert zu sein. Dann verließ er den Raum und wollte sich zur Küche begeben.

Im selben Moment hörte er ein Rascheln hinter sich, er hielt in der Bewegung inne. Als er sich umdrehen wollte, war es zu spät. Ein kräftiger Hieb auf den Hinterkopf traf ihn, er taumelte und dann wurde es ihm schwarz vor den Augen.

„Idiot, musste das sein?", blaffte Thierry seinen Kumpel an.

„Was sollte ich machen? Der hätte uns sonst entdeckt und bei der Gendarmerie verpfiffen", meinte Albert.

„Sowas Blödes", Thierry war stinksauer und schüttelte abermals den Kopf.

„Also, durchsuchen wir jetzt das Haus weiter oder nicht?"

„Natürlich, aber wir sollten uns beeilen. Wer weiß, wann der Pfaffe wieder zu sich kommt."

„Wir könnten ihn fesseln und knebeln. Was sucht dein Chef eigentlich? Du sprachst von ein paar merkwürdigen Dokumenten. Wo sollen die sich befinden?"

„Wenn überhaupt, dann liegen sie im Safe und der soll oben in der Schlafkammer stehen. Zum Fesseln und Knebeln haben wir keine Zeit, außerdem würde er uns erkennen", flüsterte Thierry.

„Aha, und wie sollen wir an den Inhalt des Tresors kommen? Wahrscheinlich ist er verschlossen."

„Dann müssen wir eben nach dem Schlüssel suchen, du Esel, und der kann bestimmt nicht weit sein."

Die beiden stiegen die Treppe hinauf und als sie oben angekommen waren, erspähten sie den Safe, der in einer Ecke stand.

„Du suchst unter dem Bett, ich übernehme den Wäscheschrank. Zum Glück stehen hier nicht viel Möbel herum", meinte Thierry.

Sie mussten nicht lange suchen, bis sie fündig wurden. Der neue Pfarrer von Coustaussa hatte nicht viel zu verbergen, sperrte aber den Geldschrank ab, obwohl sich darin nur wertlose Papiere und vor allem keine Wertsachen befanden.

Als er den Safe von seinem Vorgänger übernommen hatte, verteilte er die restlichen Barsachen, die er beinhaltete, an die Verwandtschaft des damaligen Geistlichen. Ansonsten gab es nichts weiter, was ihm wertvoll zu sein schien.

Abbé Fabrice De La Vergne war ein armer Landpfarrer. Barschaft besaß er nur wenig und bei ihm hatte es absolut nichts zu holen gegeben. Aber das interessierte die beiden Einbrecher wenig, schließlich hatten sie einen Auftrag. Die Zeit drängte und so konnten sie sich nicht lange mit ihrer Suche aufhalten, weil der Geistliche wahrscheinlich sehr bald zu sich kommen und um Hilfe rufen würde. Außerdem wollte man ihn keinesfalls umbringen.

„Versuchen wir es noch unten in seinem Büro und dann hauen wir ab", schlug Thierry vor, da sie im Safe nichts gefunden hatten. Vorher sahen die beiden noch kurz nach dem Abbé, der jedoch weiter bewusstlos blieb.

Auf dem Schreibtisch lag jede Menge Papier, das meiste davon waren Entwürfe für Predigten, dazwischen ein paar amtliche Sachen, unter anderem aus Carcassonne, aber sonst nichts von Bedeutung.

Sie hielten sich nicht mehr lange mit dem Durchwühlen auf und nahmen sich vor, das Haus durch die Hintertüre zu verlassen. Alles war gutgegangen und als sie draußen waren, trennten sie sich im Schutz der Dunkelheit.

Kurz danach kam Abbé de La Vergne benommen zu sich. Es dauerte eine halbe Stunde, bis er sich einigermaßen hochrappeln konnte. Dann schleppte er sich zu den Nachbarn, um sie aus dem Schlaf zu wecken.

Etwa zwanzig Meter von dieser Szenerie entfernt, hinter dem dicken Stamm einer Buche versteckt, regte sich plötzlich etwas. Ein dunkel gekleideter Mensch trat hinter dem Baum hervor, so lautlos wie ein Geist. Er hatte dort schon länger zugebracht und alles bisher Geschehene genauestens beobachtet. War es Zufall, dass er sich ausgerechnet dort aufgehalten hatte und was tat er zu nachtschlafender Zeit in diesem gottverlassenen Dorf, wo sich Fuchs und Hase eine gute Nacht wünschten?

„Offensichtlich muss ich woanders suchen. Ich sehe schon, ich muss Geduld haben, wenn ich endlich das bekommen möchte, was mir zusteht", raunte er und verschwand kurze Zeit später zu seiner Kalesche, die er hundert Meter vom Dorfeingang entfernt abgestellt hatte.

Als er sie bestieg, konnte er gerade noch hören, wie der Abbè schreiend auf die Straße lief. Der Reihe nach gingen die Lichter in der näheren Umgebung der Kirche an. Er aber beeilte sich, loszufahren.

KAPITEL 19

Die Zeit war vergangen und Abbé Noel Leclerc übte nun schon die dritte Woche in Folge sein Amt in in Rennes-les-Bains aus. Saunière blieb war unvermindert freundlich zu ihm gewesen und hatte langsam begonnen, ihn zu mögen.

„Soll er ruhig weiter seine Geheimnisse haben. Mir ist es egal", dachte sich Leclerc. Obwohl es ihn schon interessiert hätte, was sein älterer Amtskollege an geheimnisvollen Sachen in seinem Turm aufbewahrte. „Wenn in der Kirche schon solche merkwürdigen Dinge herumstehen, wer weiß, was sich dann alles in seinem Turm befindet", sagte er zu sich selbst. Bisher hatte Bérenger keinerlei Anstalten gemacht, ihn dorthin einzuladen, aber vielleicht würde das noch folgen.

Im Augenblick hatte er in Rennes-les-Bains gut zu tun. Sie hatten sich die Arbeit geteilt, Leclerc hatte das Priesteramt in der Nachbargemeinde vollständig übernommen und Saunière konnte sich weiter seiner angestammten Pfarrei widmen. Keiner im Dorf wusste zu diesem Zeitpunkt, dass Bérenger eigentlich suspendiert worden war und betrachtete es als völlig normal, dass es mittlerweile zwei Geistliche gab.

So hielt Bérenger regelmäßig seinen Gottesdienst und kümmerte sich rührend um jedes einzelne Gemeindemitglied, ganz so, als hätte es nie etwas anderes gegeben. Er war überaus zufrieden mit dieser Situation und es war in ihm eine innere Ruhe eingekehrt. Die Entlastung durch seinen Kollegen tat ihm sichtlich gut und er scherzte oft mit seiner jungen Übergangshaushälterin Constance, die immer wie eine Blume aufblühte, wenn Leclerc am Ende seines Arbeitstages die Villa zum gemeinsamen Abendessen betrat. Hernach ging jeder von ihnen seines Weges. Bérenger zog sich in seinen Turm zurück und Leclerc suchte seine Kammer auf, wo er in einem Buch las oder eine Predigt vorbereitete.

Es hätte ewig so weitergehen können, wäre da nicht die stille Sehnsucht Saunières nach seiner Marie gewesen. Er vermisste sie immer stärker und war froh, als er eines Tages ein Telegramm von ihr erhielt, dass sie in wenigen Tagen nach Rennes-le-Château zurückkehren würde. Als er ihren Brief las, hellte sich sein Gesichtsausdruck schlagartig auf und er hätte am liebsten einen Jubelschrei losgelassen, konnte sich aber noch beherrschen. Nachdem er kurz nachgedacht hatte, nahm er sich vor, sich in Zukunft wie früher gegenüber ihr zu verhalten. Er hatte eingesehen, dass er sich durch seine ewig schlechte Laune und seine Sorgen um seine geliebten Dokumente weit von ihr entfernt hatte. Das sollte nun anders werden.

Allerdings hielten seine Vorsätze nicht lange an. Zwei Tage später, Marie war bereits auf dem Herweg, erhielt er die Nachricht aus Coustaussa, dass man im dortigen

Pfarrhaus eingebrochen habe. Zum Glück habe Abbé de La Vergne diesen Angriff überlebt, die Gendarmerie habe aber die Ermittlungen aufgenommen, da die Einbrecher unerkannt entkommen konnten.

„Das darf doch nicht wahr sein, geht das schon wieder los", schimpfte er aufgewühlt. Zugleich kam ihm ein schlimmer Verdacht, was man vielleicht gesucht haben könnte. Für ihn stand fest, dass die Polizei das Ganze mit damals in Verbindung bringen würde. Bèrenger wollte keinen Ärger, er hatte es verdrängt, dass er sich damals schuldig gemacht hatte. Zu gerne hätte er in diesem Augenblick mit Boudet darüber gesprochen, der blieb allerdings nach wie vor unbekannten Aufenthaltes.

Seine Laune war im Keller und das merkte auch der junge Abbé, als er am Nachmittag ins Dorf zurückkam.

„Stimmt etwas nicht, Sie sehen so bedrückt aus." Er meinte es gut mit Bèrenger.

Der winkte nur ab und brummte: „Es geht schon."

„Ganz sicher?"

„Na ja, wie man`s nimmt. In Coustaussa, einer Nachbargemeinde, hat man eingebrochen, und zwar ausgerechnet im Pfarrhaus."

Leclerc durchfuhr ein furchtbarer Schreck: „Um Gottes willen, hoffentlich ist dem dortigen Abbé nichts passiert."

Dann erzählte ihm Bèrenger, dass man de La Vergne niedergeschlagen habe, aber man wisse nicht, was die Einbrecher dort gewollt hätten, weil alles unversehrt geblieben sei. Der Safe des Geistlichen sei zwar offen gestanden, man habe aber nichts daraus entfernt.

„Äußerst mysteriös", war Leclercs Antwort.

„Das kann man wohl sagen." Saunière meinte, man müsse damit rechnen, dass die Gendarmerie über kurz oder lang aufkreuzen könnte. Leclerc wunderte sich darüber und Bèrenger erzählte ihm von dem Vorfall im Jahr 1897. Der junge Priester war ziemlich schockiert und konnte es nicht glauben, jedoch bestätigte es ihm Constance ebenfalls, als man zusammen am Küchentisch saß.

„Aber warum bricht man gerade in einem Pfarrhaus ein? Es ist doch allgemein bekannt, dass nahezu alle Kirchengemeinden in der Gegend arm sind. Da gibt es doch nichts zu holen."

Für Sauniere stand fest, dass erhöhte Wachsamkeit das oberste Gebot der Stunde sei. Jedoch wollte er Leclerc damit nicht beunruhigen. Er ging davon aus, dass Noel nach wie vor keine Ahnung hatte, warum er, Bérenger, vom Dienst suspendiert worden war. Deswegen spielte er das Unschuldslamm, das keine Antworten auf die aufgeworfenen Fragen hatte.

Leclerc wurde immer nervöser. „Mein Gott, was rede ich da? Wir müssen doch annehmen, dass es in Rennes-les-Bains im Moment um einiges einfacher ist, dort einzubrechen als in den übrigen Pfarreien. Vielleicht sollte ich für einige Zeit dort übernachten."

Saunière kam dieser Entschluss zwar sehr entgegen, trotzdem wollte er weiteren Ärger mit seinem Vorgesetzten vermeiden, denn er hatte seine Gründe. Wenn sich nämlich die Nachricht verbreiten würde, dass Leclerc sich nur noch in Rennes-les-Bains aufhielte, dann gäbe dies massiven Ärger, überlegte er. Also musste er ihn wohl oder übel von seinem Vorhaben abbringen. „Sind Sie verrückt? Wollen Sie unbedingt den Helden spielen und sich der Gefahr aussetzen? Bleiben Sie um Gottes

Willen hier. Außerdem muss gar nicht feststehen, dass der oder die Verbrecher in den Nachbargemeinden auftauchen. Vielleicht hängt es nur mit Coustaussa selbst zusammen. Ich mache Ihnen den Vorschlag, erst einmal abzuwarten, was passiert. Möglicherweise war es nur eine einmalige Angelegenheit." Bérenger glaubte selbst nicht daran, was er da sagte. Aber er musste unbedingt versuchen, den jungen Geistlichen davon abzubringen, in Panik zu verfallen. Mit ruhiger Stimme redete er auf ihn ein und hatte Erfolg. Dafür erntete er dankbare Blicke von Constance, die sehr besorgt um Abbè Leclerc schien.

Ein wenig später trank er seinen Tee, den sie ihm hingestellt hatte. Auch das anfängliche Zittern war fast vollständig aus seinen Händen gewichen. Dann schickte ihn Bérenger an die frische Luft mit der Vorgabe, er solle noch einen ausgiebigen Spaziergang im Dorf unternehmen. Das wirke wahre Wunder und er komme ganz bestimmt auf andere Gedanken. Außerdem, so fügte er hinzu, könne er auf diese Art mit den Dorfbewohnern ins Gespräch kommen. Die würden sich bestimmt schon die ganze Zeit über fragen, was es mit dem neuen Priester auf sich habe.

„Gute Idee", meinte Leclerc und brach auf, wobei ihm Constance sehnsüchtig hinterherblickte, denn sie hätte ihn gerne begleitet. Sie nahm sich vor, ihn in den kommenden Tagen zu einem Waldspaziergang zu überreden.

KAPITEL 20

Ein neuer Morgen kündigte sich an und die Helligkeit
des Tages kehrte nur langsam nach Rennes-le-Château
zurück. Der Bürgermeister sperrte die Türe seines Hauses in der Rue de la Salasse zu, um sich zu seiner Amtsstube am Ende der Grand Rue zu begeben. Er war ein
eingefleischter Junggeselle, der nichts von Frauen wissen
wollte, denn sie waren ihm zu zickig und besaßen seiner Meinung nach zu wenig Bildung. Ein Mann in seiner
Position konnte schließlich etwas Anspruchsvolleres erwarten, als „nur ein Heimchen am Herd", dachte er. In
seinem Dorf konnte er lange danach suchen und so ließ
er es nach einer gewissen Zeit bleiben.

Um diese nachtschlafende Zeit waren schon einige
Bauern unterwegs, die sich um ihre Felder oder ihre Tie-
re kümmern mussten. Als sie ihm über den Weg liefen,
grüßten sie ihn höflich. Freundlich nickte er ihnen zu,
um sich bei ihnen beliebt zu machen. Es dauerte nämlich nicht mehr lange, bis eine erneute Wahl vor der Türe
stand. Caclar war nicht bei jedem beliebt, denn auch in
Rennes-le-Château war die ewig währende unterschwel-
lige Auseinandersetzung zwischen Monarchisten und

Republikanern allgegenwärtig. Trotzdem stimmten sowohl Freund als auch Feind meistens für ihn, weil es keinen Gegenkandidaten gab. Schließlich hatten die Dorfbewohner, ihrer Meinung nach, etwas Wichtigeres zu tun, als den lieben langen Tag im Rathaus gelangweilt in einem Sessel zu sitzen. Caclar konnte das nur recht sein, obwohl er ihre Meinung nicht teilte.

Der Einzige, mit dem er absolut nicht klarkam, war der Abbé seines Dorfes, ein hartnäckiger Anhänger der Monarchie, der keiner Auseinandersetzung mit ihm aus dem Weg ging.

Bevor Caclar sein Rathaus aufsuchte, ging er zur Mauerbrüstung am Dorfplatz und genoss von dort das herrliche Panorama der umliegenden Hügel und Dörfer. Um die höchste Erhebung, den Pic de Bugarach im Südosten von Rennes-le-Chateau, hingen noch Nebelschwaden, das ihm etwas Geheimnisvolles verlieh. Er nahm ein paar kräftige Atemzüge, dann fühlte er sich genügend erfrischt, um seine Amtsgeschäfte aufzunehmen. Vorher leerte er den Briefkasten des Rathauses, dessen Inhalt in der Regel aus Rechnungen und Briefen von Bürgern bestand. Nach Möglichkeit versuchte er, die Anliegen der Gemeindemitglieder vorzuziehen, die Rechnungen konnten seiner Ansicht nach liegen bleiben. Schließlich habe er auch länger auf die Erfüllung seiner Aufträge warten müssen.

Caclar las oft amüsiert die verschiedenen Schreiben seiner Mitbürger. Meist genügte es, wenn er persönlich bei ihnen vorbeikam und alle Klarheiten an Ort und Stelle beseitigte. Ab und zu gab es manche Streitigkeiten unter Nachbarn. Besonders in solchen Fällen war er als ein Mann gefordert, den man trotz seiner gelegentlichen cholerischen Anfälle respektierte und seine Ratschläge gerne beherzigte. Er verfügte über ein ordentliches Wissen und die freie Rede war seine große Stärke. Überzeugungskraft und selbstsicheres Auftreten flößten automatisch Respekt ein. Er hatte alle im Griff, außer ihn – Abbé Saunière, seinem Lieblingseind. Gegen ihn kam er einfach nicht an und das ärgerte ihn maßlos. Bérenger Saunière war für ihn ein ebenbürtiger Gegner, auch wenn Caclar es nie zugeben zugeben wollte.

Er war in seinem Büro eingetroffen und registrierte zufrieden, dass auf seinem Schreibtisch alles sauber und aufgeräumt war, ganz so, wie er ihn am Vorabend verlassen hatte. Kein Stäubchen lag auf der glatt polierten Oberfläche.

Es war kühl in seinem Amtszimmer. Obwohl es ein kleiner Holzofen existierte, verzichtete er häufig darauf, ihn zu benutzen. Caclar war ein Mensch, der leicht ins Schwitzen geriet, deshalb liebte er es lieber kühler. Als Choleriker wurde er schnell aufbrausend, dann bildete sich die Wärme bei ihm von selbst. Seine Besucher dagegen fröstelten und zogen ihre Jacken nicht aus.

Er griff nach der ersten Akte und wollte sie öffnen, als es leise an der Tür klopfte. Wer konnte das sein so früh am Morgen? Er war nicht sonderlich erfreut, als Thierry hereinkam. Caclar hatte zwar schon seit ein paar Tagen nichts mehr von ihm gehört, dennoch passte es ihm nicht, dass er ausgerechnet jetzt auftauchte.

„Monsieur …“

„Psst“, der Bürgermeister legte seinen dicken Zeigefinger theatralisch auf den Mund, stürzte zu den Fenstern und zog die Gardinen zu, sodass nur noch gedämpftes Licht hereindringen konnte.

„Du Dummkopf! Bist du verrückt, einfach ohne Vorankündigung hier aufzutauchen? Hat dich jemand gesehen?"

„Um diese Zeit?"

Caclar schüttelte den Kopf: „Papperlapapp, man kann nie vorsichtig genug sein. Du weißt, was auf dem Spiel steht. Also, wie konnte das in Coustaussa passieren?"

Thierry erzählte alles von Anfang an und dass man dort nichts gefunden hatte. Er beschwerte sich über diesen Hornochsen von Jean, der sich dazu hinreißen ließ, dem dortigen Abbé „eins über die Rübe zu ziehen." Er habe das keinesfalls gewollt.

„Ihr hattet Glück, der Geistliche scheint sich wieder erholt zu haben, was man so hört. Einen zweiten Mord wie damals können wir nicht gebrauchen. Schreibt euch das in Zukunft hinter die Ohren."

„Ich verstehe nicht … Heißt das etwa, wir sollen weitersuchen?"

„Du hast es erraten, irgendwo müssen diese verdammten Papiere doch sein. Sie können sich doch nicht in Luft aufgelöst haben."

„Vielleicht hat man sie weggeworfen oder sie befinden sich bei einem der Erben."

„Das glaube ich nicht, Saunière wird garantiert alles darangesetzt haben, um sie wiederzubeschaffen. Aber gerade, weil sie in Rennes-le-Château könnten, müssen wir um so besonnener vorgehen. Niemand soll gleich dahinterkommen, um was es geht"

Thierry verstand nun gar nichts mehr. „Was sollen wir Ihrer Meinung nach jetzt tun?"

„Ganz einfach, Wir müssen zuerst vom eigentlichen Ziel unserer Suche ablenken. Das heißt, ihr begeht vorher noch ein paar Einbrüche in den umliegenden Pfarrhäusern. Das ist unverdächtig, weil man meint, ihr sucht nach eventuellen Wertsachen und lenkt davon ab, dass ihr es auf Saunieres Dokumente abgesehen habt. Ganz zum Schluss brecht ihr dann ‚rein zufällig‘ auch in die Villa Bethania oder Saunières Turm ein. Hast du das kapiert?“

Thierrys Gehirn arbeitete auf Hochtouren. Ein Ablenkungsmanöver, was sollten sie denn suchen, wenn der Bürgermeister davon ausging, dass die Dokumente sowieso wieder hier im Dorf sind?

Na ja, der Patron wird schon wissen, was er will, dachte er sich. „Also, wie sollen wir jetzt vorgehen. Haben sie einen Plan?“

„Oh heilige Einfalt! Das habe ich dir doch soeben erklärt. Nehmt euch zuerst Rennes-les-Bains und die anderen Dörfer vor. Aber sucht nur immer in den Pfarrhäusern danach.“

„Wie sieht es mit der Bezahlung aus?“

Caclar hatte auf die Frage gewartet. „Ihr könnt meinetwegen alles mitnehmen, was euch wertvoll erscheint, ja, ihr müsst es sogar. Dann kommt niemand darauf, dass ihr nach etwas Anderem sucht. Geht das jetzt rein in deinen Kopf?“

„So ungefähr.“

Caclar rieb sich die Hände. „Das wird ein Spaß. Saunière wird Schweißausbrüche vor Angst bekommen.“ Ein genialer Einfall schoss ihm durch den Kopf. Er hoffte, dass Sauniere zu ihm käme, wenn er merkte, dass bei ihm nichts mehr sicher sei. In der Not könnte er ihn möglicherweise bitten, seine geliebten Dokumente in seinem Safe zu verstauen. Wenn es nicht anders ginge, müsse man sich eben mit seinem Feind verbünden. Selbstverständlich würde Caclar sie ihm später nicht mehr aushändigen, auch wenn er ihm verstärkt drohen würde.

Er bedeutete Thierry mit einer Handbewegung, er solle kurz warten. Dann spitzte er vorsichtig nach draußen, um nachzusehen, ob jemand auf der Straße war. Die Luft war rein und damit konnte Thierry ungesehen verschwinden. Mit einem Seufzer der Erleichterung ließ sich der Bürgermeister auf seinen bequemen Schreibtischsessel sinken.

Thierry wurde dennoch von jemandem beobachtet. Es handelte sich um demselben Unbekannten, der die Einbrecher schon seit einiger Zeit nicht mehr aus den Augen gelassen hatte. Er hatte genau mitbekommen, um was es hier ging und würde seine Chance noch bekommen - ganz bestimmt.

KAPITEL 21

Sauniere zog sich in seinen Tour Magdala zurück, was in der letzten Zeit nicht besonders oft vorkam. Es ärgerte ihn, dass er sich nicht ausgiebig mit seinen Studien befassen konnte, obwohl er seine Dokumente seit dem mysteriösen Einbruch in Coustaussa sogar in seiner Studierstuber aufbewahrte.

Einmal mehr kam er ins Grübeln, ob es nicht doch besser sei, sich einen Safe anzuschaffen. Dem stand entgegen, dass es nach Gelis Tod ruhiger geworden war und anscheinend niemand mehr danach gesucht hatte. Sollte das ganze Thema auf einmal wieder aktuell werden? Es konnte durchaus sein, dass es gewisse Subjekte gezielt auf den Inhalt von Gelis Tresor abgesehen hatten. Auf Anhieb fielen ihm einige Menschen ein, die liebend gern im Besitz seiner Papiere wären. Da gab es zum Beispiel Caclar. Er hatte ihn seit langer Zeit nicht mehr belästigt, aber seine Ansprüche auf den Besitz hatte er in Gedanken bestimmt noch nicht ad acta gelegt. Außerdem existierte noch eine weitere Person, die sich damals dafür interessiert hatte, dieser, wie hieß er doch gleich, ach ja, der angebliche Erbe der Blancheforts, den er bei einer

Studienreise nach Lyon kennengelernt hatte. Der Kerl erzählte ihm wirres Zeug, von wegen, dass er der letzte Nachkomme des Adelsgeschlechtes sei, das im Razés jahrhundertelang präsent gewesen war.

Bérenger wusste, dass die Blancheforts in der Vergangenheit die Eigentümer der Dokumente gewesen waren und die letzte Nachfahrin sie Abbé Bigou, dem Geistlichen von Rennes-le-Château, im 18. Jahrhundert, ausgehändigt hatte. Der Geistliche habe sie dann in der Dorfkirche versteckt. Gérard de Blanchefort behauptete deshalb Saunière gegenüber, er sei der rechtmäßige Besitzer und würde alles daransetzen, sie zu bekommen.

Bérenger nahm sich vor, ab sofort äußerst wachsam zu sein. Sollte er sich vielleicht eine Waffe zulegen? Unsinn, dachte er, Ich sollte vernünftig vorgehen und nicht versuchen, jedes Problem mit Gewalt zu lösen. Er nahm sich vor, mit Marie zu sprechen, wenn sie morgen zurückkäme. Überhaupt Marie, in welcher Laune sie wohl wäre? Sie wusste noch gar nicht, dass er suspendiert sei. Er selbst konnte damit leben und er hatte es weitestgehend ignoriert. Der junge Leclerc wagte es sowieso nicht, ihn nochmals auf die Illegitimität seines Handelns hinzuweisen. Im Gegenteil, man brauchte sich gegenseitig, um diese Riesenaufgabe bewältigen zu können.

Saunière verstand sowieso nicht, warum der Bischof ausgerechnet einen Frischling aus dem Priesterseminar nach Rennes-le-Chateau beordert hatte. Er musste doch damit rechnen, dass es deswegen Ärger geben würde und Bérenger sich weigern könnte, ihn zu akzeptieren. Oder wollte er ihn absichtlich provozieren? Der Bischof war nicht gut auf ihn zu sprechen, alleine aus dem Grund,

weil Sauniere über mehr finanzielle Mittel verfügte, als
das gesamte Bistum Carcassonne. Da konnten durchaus
Neidgefühle entstehen. Bérenger lebte keineswegs spar-
tanisch, vor allem in Hinsicht auf seine baulichen Planungen. Und dazu seine häufigen Studienreisen nach Paris
und Lyon. Nur er allein wusste, warum er dort hinreiste.

Er stand nachdenklich am Fenster und sah nach unten.
Plötzlich erkannte er, wie sich der alte Antoine unten
zur Eingangstüre des Turmes begab. Er bewunderte ihn
heimlich, dass er trotz seines gesegneten Alters von 82
Jahren immer noch so rüstig daherkam. Eigentlich wollte
er ihn längst in den Ruhestand schicken, aber das erforderte Fingerspitzengefühl, Antoine war in seinem Leben
nichts anderes gewohnt als zu arbeiten und konnte sich
auch nicht mehr daran erinnern, wie lange er schon in der
Gemeinde half. Er hatte all die Jahre über alleine gelebt,
verfügte über keine feste Unterkunft und schlief mal da,
mal dort. Marie hatte öfters versucht, ihn zu überreden,
ein Zimmer in der Villa Bethania zu beziehen, aber er
lehnte immer dankend ab. Essen konnte er entweder im
Pfarrhaus oder die Dorfbewohner luden ihn zu sich ein.

Der Alte klopfte an die Eingangstüre und Saunière bat
ihn, heraufzukommen, was ihm sogleich leidtat, denn
eigentlich hätte er ihm als der Jüngere von Beiden auf
der Treppe entgegenkommen müssen. Es erforderte der
Respekt vor dem Alter.

Antoine überreichte ihm einen Brief.

„Der ist gerade für Sie abgegeben worden, Hochwürden."

„Danke, mein Alter, lass dir von Constance etwas zu
essen geben und richte ihr aus, dass es heute Abend später werden kann. Sie soll das Essen vorkochen und kann
dann zu ihrer gewohnten Zeit nach Hause gehen. Ich

werde es mir dann warm machen. Abbé Leclerc soll sie sagen, dass er nicht auf mich zu warten braucht."

Als sich der Senior entfernt hatte, nahm er einen Brieföffner und öffnete den Brief. Anhand eines Dienstsiegels erkannte er unschwer, von wem er stammte. Während er Zeile für Zeile las, verdunkelte sich seine Miene zunehmend.

„Ist der Kerl denn jetzt total verrückt geworden!", war sein Kommentar. Er las das Schreiben ein zweites Mal. „Er will Krieg mit mir führen, aber diese Flausen werde ich ihm austreiben."

In dem Brief unterstellte ihm der Bischof, er würde Messen mit Rom abrechnen, die er nie gehalten hätte. Deshalb müsse Saunière mit einem ordentlichen Gerichtsverfahren wegen Betruges rechnen.

„So ein hirnverbrannter Blödsinn!" Er schrie dabei so laut, dass es bis auf die Straße hinunter drang und schlug mit der rechten Faust vor lauter Wut auf seinen Schreibtisch. Völlig außer sich drehte er mit auf dem Rücken gekreuzten Händen einige Runden in seiner Bibliothek.

Was sollte er tun, überlegte er krampfhaft. Würde es etwas nützen, wenn er nochmals nach Carcassonne fahren würde? Sollte er versuchen, erneut mit diesem arroganten Schnösel von Beausejour zu reden? Fest stand, den Vorwurf des Betruges konnte er keinesfalls auf sich sitzen lassen, so wahr er Bérenger Saunière hieß. Marie war seine Zeugin. Sie kannte ihn, seit er in Rennes-le-Château seinen Dienst angetreten hatte und nur sie wusste, woher sein Reichtum stammte. Auf alle Fälle war er nicht durch das betrügerische Abrechnen von Messen entstanden, das könne er auf die Bibel schwören. Sollte dieser Mensch doch denken, was er wollte. Er würde sein Geheimnis nicht einmal unter Folter verraten.

Aber was konnte er tun, um dem Kirchenobersten in Carcassonne das Gegenteil zu beweisen?

„Nichts als Probleme", schimpfte er wie ein Rohrspatz. Nebenbei bemerkt hätte es ihn interessiert, was wohl sein junger Amtskollege darüber denken würde, wenn er von der Sache erführe.

Da kam ihm schlagartig ein schrecklicher Verdacht: Sollte der Bischof ihn nach Rennes-le-Château geschickt haben, um Bérenger auszuspionieren? Spielte er mit verdeckten Karten? Bérenger appellierte an sich, ab sofort noch vorsichtiger zu sein.

Er atmete ein paar Mal tief ein und aus, dann setzte er sich. Vor ihm lag eine alte Chronik, die er unlängst bei einer Reise nach Lyon erworben hatte. Seither war sie zu seiner Lieblingslektüre geworden, denn darin hatte er den endgültigen Beweis für die Echtheit seiner Dokumente.

Es war das Wertvollste, was Bérenger besaß, wertvoller als sein gesamtes Vermögen. Wenn er an die Einbrüche dachte, die sich damals und heute ereignet hatten, dann wurde ihm flau im Magen. Alleine deswegen vermutete er, dass im Razès Individuen aufgetaucht waren, die wussten, dass es in der Gegend etwas äußerst Wertvolles zu holen gab. Offenbar aber war keinem bekannt, um was es sich handeln könnte. Das war Bérengers großer Vorteil.

Die einzige Ausnahme bildete Gérard de Blanchefort, der ihm in Lyon über den Weg gelufen war. Er wusste genau Bescheid darüber. Saunière hatte seit damals nichts mehr von ihm gehört, obwohl die Gendarmerie ihn zum Kreis der Verdächtigen zählte. Jedoch wurde man seiner nicht habhaft, weil er rechtzeitig untergetaucht war. Aber wer weiß, möglicherweise würde er eines Tages wieder in Rennes-le-Château aufkreuzen.

Aber er wollte sich im Augenblick nicht weiter den Kopf darüber zerbrechen. Gespannt wandte er sich seiner Chronik zu und vertiefte sich darin.

KAPITEL 22

Am nächsten Tag war Felix zeitig am Morgen nach Montazels zum dortigen Bahnhof gefahren, um Marie mit der Kalesche abzuholen. Dennoch musste er noch eine Stunde warten, bis der Zug aus Carcassonne eintraf. Auch damals gab es bereits Zugverspätungen.

Felix störte es nicht weiter und er vertrieb sich die Zeit mit einem kleinen Nickerchen auf dem Kutschbock. Dann war es endlich soweit, Marie stieg mit einem großen Koffer aus dem Zug und verließ das Bahnhofsgebäude. Nach kurzer Begrüßung fuhren sie die Serpentinen nach Rennes-le-Château hinauf. Selbstverständlich musste ihr Felix alles erzählen, was sich in der Zwischenzeit ereignet hatte. Dabei kam man auch auf den neuen Priesterkollegen zu sprechen.

War die Dénarnaud durch die Nachricht von Bérengers Suspendierung schon leicht schockiert, so sollte es noch viel schlimmer kommen, als sie von dem mysteriösen Einbruch in Coustaussa erfuhr. „Geht das schon wieder los", sprach sie leise zu sich selbst.

Felix verstand zuerst nicht, was sie damit meinte. Dann dämmerte es ihm und er versuchte, sie zu beruhigen. „Das

Eine muss ja nicht unbedingt mit dem Anderen zusammenhängen. Außerdem liegen dazwischen acht Jhre."

„Dein Wort in Gottes Ohr." Marie machte sich trotzdem Sorgen und sie wollte umgehend mit Bérenger reden, alleine schon, um herauszubekommen, ob er dieses Mal wieder etwas damit zu tun hatte. Schließlich kannte sie ihn zu gut.

„Herzlich Willkommen!", drang es aus der Villa. Wenig später lagen sich beide Frauen in den Armen. Trotzdem erschrak Constance leicht, denn Marie hatte tiefe Sorgenfalten um die Augen und war sichtlich abgemagert. Sie konnte daraus schließen, dass es ihrer Freundin nicht besonders gut in Lyon ergangen sein musste. Sie vermied es jedoch zunächst, sie nach ihrem Bruder und seiner Familie auszufragen. Das würde sich von selbst ergeben und bestimmt wollte die Dénarnaud nicht gleich am Anfang darüber reden.

Als man das Gepäck abgeladen hatte, begab man sich in die Küche, dem vertrauten Ort der Kommunikation, wo man sich über den neuesten Dorftratsch austauschte.

Beide saßen vor einer Tasse dampfenden heißen Kaffees und Constance blickte Marie neugierig an. Sie wartete darauf, dass Marie von selbst anfangen würde zu erzählen. Aber sie erkundigte sich zuerst nach Sauniére.

„Oh, er ist mal wieder in seinem geliebten Tour Magdala."

„Dort ist er gut aufgehoben", lachte die Dénarnaud. „Ach ja, noch etwas. Abbé Saunière ist … wie soll ich sagen, er ist vom Dienst suspendiert. So nennt man das, glaube ich."

„Ich weiß, Felix hat es mir bereits erzählt. Trotzdem frage ich mich, wie es das geben kann. Er hat sich doch nichts zu schulden kommen lassen." Dass es nicht stimmte, wusste sie zwar. Aber das war ein Geheimnis, das sie und Bérenger für sich behielten.

„Da musst du ihn schon selbst fragen. Jedenfalls hat man in Carcassonne eine Vertretung für ihn hergeschickt, ein junger Pfarrer namens Noel Leclerc. Er hilft Abbé Saunière bei der Bewältigung seiner vielen Aufgaben. Er ist sehr freundlich zu uns allen."

Dass sich das Bérenger so einfach gefallen ließ, war Marie neu. So wie sie ihn kannte, müsste er eigentlich stinksauer gewesen sein. Wahrscheinlich führte er etwas im Schilde, dazu kannte sie ihn zu gut. Sie würde es noch herausbekommen, schließlich hatte er ihr immer alles verraten. Aber alles zu seiner Zeit.

„Gibt es noch etwas, was ich wissen sollte?"

Constance dachte nach. „Leider wurde erneut eingebrochen. Aber keine Angst, nicht in unserem Dorf, sondern in Coustaussa und wieder einmal im dortigen Pfarrhaus."

Marie hatte es zwar von Felix schon erfahren, trotzdem stiegen erneut alle unangenehmen Erinnerungen in ihr hoch. Zuerst der unselige Mord an Gelis und dann ein neuer Einbruch, man hatte damals lange gerätselt, welches Motiv der oder die Täter gehabt haben könnten. Dazu Bérengers permanentes schlechtes Gewissen. Sie betete, dass er nicht erneut darin verstrickt war.

Es half nichts, sie musste zur Tagesordnung übergehen. „Gibt es sonst noch etwas Neues?" Es war eine letzte abschließende Frage.

„Ist das nicht genug?" Constance hörte sich leicht aufgelöst an.

Marie versuchte zu beschwichtigen, und begann von ihrem Aufenthalt in Lyon zu erzählen, was ebenfalls nicht besonders hoffnungsvoll klang. Bartelmy, ihr Bruder, müsse seinen kleinen Buchladen wahrscheinlich wieder aufgeben. Sie sei nur deswegen zu ihm gefahren, um seiner Familie zu helfen, solange er mit dem Aufbau seines Geschäftes eingespannt war. Es habe sich sehr schnell herausgestellt, dass es ihn finanziell auffressen würde, denn er konnte nicht genügend Kunden gewinnen. Schließlich habe er resigniert und sei dazu öfters schlechtgelaunt nach Hause gekommen. Gemeinsam mit ihrer Schwägerin hatten sie überlegt, was man sonst alles unternehmen könne, um sich finanziell zu verbessern, aber nichts brachte den gewünschten Erfolg.

Da sie immer länger in Lyon geweilt habe, habe sie langsam ein schlechtes Gewissen gegenüber Bérenger bekommen und eines Tages beschlossen, wieder abzureisen. Es war eine erschütternde Erfahrung, die sie durchgemacht hatte und Constance konnte sie gut verstehen.

Die junge Frau versuchte, sie aufzuheitern, und verriet ihr unter dem Siegel der Verschwiegenheit, dass es ihr der neue Abbé angetan habe. „Er ist so was von schüchtern", kicherte sie wie ein kleines Mädchen. „Komme ich nur etwas näher als einen halben Meter an ihn heran, wird er schlagartig rot im Gesicht. Stelle ich ihm eine Frage, kann er nur mit Mühe und Not verhindern, loszustottern."

Sie lachten herzhaft und Marie war neugierig auf ihn geworden.

Constance hatte es nicht eilig, nach Hause zu gehen, denn insgeheim hoffte sie, ihren Schwarm noch vorher zu treffen. Sie wurde nicht enttäuscht, denn kurz nach ihrer angeregten Unterhaltung mit Marie, vernahmen sie das Ächzen der Eingangstüre und ein junger Mann im Priesterrock kam herein.

„Oh, wir haben Besuch. Bonjour, Madame."

Marie stellte sich ihm vor und wandte sich ihrer Freundin zu. „Constance, du möchtest bestimmt bei uns noch zum Abendessen bleiben, habe ich recht?"

Die Angesprochene wurde schlagartig rot im Gesicht, wollte aber natürlich nicht ablehnen.

Alle drei halfen zusammen, das Essen vorzubreiten. Dabei suchte Constance bewusst die Nähe des jungen Mannes. Zuletzt suchte er krampfhaft nach einer Ausrede, um Abstand und damit klaren Kopf zu bekommen.

„Ich werde nochmal in der Kirche nach dem Rechten sehen. Es dauert auch nicht lange."

„Soll ich Sie begleiten, Hochwürden?" Constance ließ nicht locker.

Marie sah die Zeit gekommen, der Komödie ein Ende zu bereiten, obwohl sie wusste, dass sie es auf Dauer nicht würde verhindern können.

„Ich denke, Abbé Leclerc kommt ganz gut allein zurecht, oder?" Der Angesprochene nickte nur verlegen.

Du entkommst mir nicht. Ich kann warten, dachte sich Constance und wandte sich dem Essen auf dem gusseisernen Herd zu.

Eine Viertelstunde später war es soweit, man konnte von draußen das Rasseln einer Kutsche vernehmen und der Hausherr schneite herein. Als er Marie erkannte, ging er mit einem seligen Gesichtsausdruck und ausgebreiteten Armen auf sie zu. Eine langgehegte Sehnsucht keimte kurzzeitig in ihm auf, er hatte sich aber gleich wieder im Griff. Er wollte immer noch nicht zugeben, dass sie ihm gefehlt hatte.

Als man vereint am Essenstisch saß, bat Bérenger Constance, in den Keller zu gehen und zur Feier des Tages eine Flasche Rotwein heraufzuholen. Schließlich wollte man das Wiedersehen gebührend feiern. Dann sprach man nochmals über alle angefallenen Neuigkeiten.

Marie war die Erste, die zu erzählen begann. Sie schilderte, was ihrem Bruder und seiner Familie in Lyon widerfahren war und beklagte sich über ihre Machtlosigkeit gegenüber den aufgetauchten massiven Problemen. „Wir haben vereinbart, dass wir uns mindestens zweimal in der Woche telegrafieren, weil ich möchte, dass Bartelmy mich auf dem Laufenden hält. Wenn es nötig ist, werde ich innerhalb eines Tages nach Lyon fahren."

Sie sah flehend zu Bèrenger. Der seufzte hörbar und konnte nicht widersprechen.

„Tu, was du für nötig hältst", meinte er resigniert. Zwar hatte er sich gefreut, sie wieder ganz für sich alleine zu haben, aber so war es eben. Man musste sich zu einem gewissen Teil mit der Verwandtschaft arrangieren.

Dann war der junge Abbé an der Reihe, Fragen zu seinem bisherigen Leben zu beantworten. Allerdings stellte sich heraus, dass es wesentlich langweiliger verlaufen war als dasjenige seines älteren Kollegen. Er verriet, dass er in einem kleinen Dorf in der Bretagne aufgewachsen sei, in einem wohlbehüteten Elternhaus. Es sei seine freie Entscheidung gewesen, Priester zu werden. Aufgrund seiner Kindheit auf dem Lande komme er deshalb umso besser mit der Dorfbevölkerung klar. Er nehme an, dass man ihn inzwischen ins Herz geschlossen habe. Obwohl man sich wahrscheinlich weiter fragen werde, weshalb man ausgerechnet zwei Geistliche im Dorf brauche.

Es war das Stichwort für Bérenger, seinem Unmut erneut Luft zu bahnen. Er sah sich nach wie vor als Opfer, dem man in Carcassonne übel mitgespielt habe. Er schilderte, ungeachtet der Anwesenheit Leclercs, wie es ihm dort ergangen war und dass man keine Einigung erzielt hatte. Dennoch war er davon ausgegangen, dass damit die Sache für ihn erledigt sei. Umso mehr habe er sich dann gewundert, dass kurz darauf eine neuere Depesche aus Carcassonne folgte, in der man ihn mit sofortiger Wirkung aller seiner Kirchenämter enthoben habe. „Stellt euch vor, der Bischof erdreistet sich, mich kaltzustellen. Wer soll denn bitteschön Boudets Vertretung übernehmen? Leider ist der Herr ja immer noch nicht zurückgekommen.“

Leclerc hob zaghaft seinen Zeigefinger und wollte Einspruch erheben, aber Bérenger hatte sich derart in Rage geredet, dass er ihn nicht zu Wort kommen ließ. Trotzdem lobte er den jungen Mann und erwähnte, er finde es schön, dass man ihm wenigstens eine Unterstützung angedeihen ließ.

Er lebte unverdrossen in seiner Traumwelt, die ihm die Suspendierung nicht wahrnehmen ließ. Es lag auf der Hand: Beauséjour hatte ihm klar untersagt, Priestertätigkeiten bis auf weiteres auszuüben. Aber wer Saunière kannte, der wusste, dass er ein Mann der Tat war und Bewegungslosigkeit für ihn das Schlimmste darstellte, was ihm passieren konnte. Deswegen ignorierte er den Befehl seines Vorgesetzten und machte weiter, als wäre nichts gewesen. Davon konnte ihn auch sein junger Kollege nicht abbringen.

Als er seinen Vortrag beendet hatte, kam Marie auf den Einbruch in Coustassa zu sprechen, der überall Tagesgespräch war.

„Weiß man denn schon Näheres?", wollte sie wissen. Aber keiner am Tisch konnte ihr Genaueres sagen, nur, dass schon wieder Gendarmen unterwegs seien, um ausgiebige Befragungen in Coustaussa und den anderen Dörfern durchzuführen.

Bérenger vermutete, dass es nicht mehr lange dauern könnte bis man ihn wieder zum Kreis der Verdächtigen zählen würde. Genau wie vor einigen Jahren, nur mit dem Unterschied, dass kein Mord passiert sei. Noch kein Mord, darauf lag die Betonung.

„Ich habe genug Vermögen. Wieso sollte ich einen Einbruch begehen?"

Ohne erkennbaren Grund steigerte er sich in die Sache hinein und wurde wütend. „Sollen sie doch erst einmal die Bluttat an Gelis aufklären. Man weiß bis heute nicht, wer die Attentäter waren."

„Woher willst du wissen, dass es damals mehrere waren?"

Marie hatte ihn aus dem Konzept gebracht und das, obwohl er über die Angelegenheit Stillschweigen mit ihr vereinbart hatte. Sie erntete dafür einen bösen Blick von ihm. Er versuchte abzuwiegeln, indem er entgegnete, dass es doch in jeder Zeitung zu lesen gewesen sei.

Noel Leclerc hatte aufmerksam zugehört und wollte genau wissen, was damals vorgefallen sei. Als Saunière es ihm ausführlich erzählt hatte, war er entsetzt.

Ein Mord hier unten im Roussillon, so etwas hatte er nie und nimmer erwartet. Was es denn hier zum Stehlen gäbe, wollte er von Bérenger wissen. Der zuckte nur unschuldig mit den Schultern und behauptete, es auch nicht zu wissen. Erneut dachte Bérenger daran, dass er bis zum heutigen Tage immer noch keinen Tresor hatte. Warum auch, schließlich waren die Dokumente doch nach dem Mord weiterhin sicher in der Kirche verwahrt. Weder Caclar noch dieser Gérard de Blanchefort wussten davon und so sollte es auch bleiben.

KAPITEL 23

Gérard de Blanchefort war sehr überrascht, als er herausgefunden hatte, dass einer der Einbrecher aus Rennes-le-Château stammte. Er hatte genug mitbekommen, um ihn bei der Gendarmerie verpfeifen zu können. Auch als er das Rathaus verlassen hatte, verfolgte er ihn weiter. Ihm war klargeworden, dass der Kerl mit dem Bürgermeister unter einer Decke stecken musste.

Er erinnerte sich, dass er vor einigen Jahren, als er das erste Mal im Dorf auftauchte, mit dem Gemeindepräsidenten wegen der Dokumente gesprochen hatte. Mit ihm hatte er auch noch eine offene Rechnung zu begleichen. Caclar wollte ihm damals die Drecksarbeit machen lassen, denn Blanchefort sollte in Coustaussa einbrechen und ihm die Dokumente beschaffen. Obwohl er mit seinen beiden Spießgesellen erst eine Stunde nach dem Mord an Gelis am Tatort eingetroffen war, musste er untertauchen, sonst hätte man ihn kurzerhand festgenommen.

Er war danach nach Lyon zurückgekehrt und wohnte dort mehrere Jahre.

Seine finanziellen Mittel wurden in der Zwischenzeit immer knapper und sein neuer Adelstitel nützte ihm bis dahin auch nichts. Er musste sich etwas einfallen lassen, um daraus auf Dauer Kapital schlagen zu können. Deshalb brach er in seiner Heimatstadt alle Zelte ab und beschloss, in der Region um Rennes-le-Château erneut sein Glück zu versuchen. Er hatte es im Gefühl, dass er sich endlich seinem langersehnten Ziel nähern würde.

Die Papiere gab es wirklich, das stand für ihn fest. Und er war davon überzeugt, dass er sie finden würde.

Da es Abend geworden war, beschloss er, nach Couiza zurückzufahren, wo er ein bescheidenes Zimmer über einer Gastwirtschaft angemietet hatte. Er brauchte Zerstreuung, indem er sich ein bisschen frischmachen und ein gutes Abendessen zu sich nehmen würde.

Zwanzig Minuten später saß er in der Gaststube des Restaurants „Le jardin de Marie", wo er einen ausgehungerten Blick in die Speisekarte warf. Vorher jedoch hatte er seine Barschaft überprüft, die von Tag zu Tag zusammenschrumpfte. Große Sprünge konnte er sich nicht mehr erlauben und so nahm er das billigste Gericht, das er finden konnte.

Eigentlich wollte er nur etwas essen und dann todmüde ins Bett fallen, hätte er nicht ein interessantes Gespräch belauscht, das am Nachbartisch geführt wurde. Man redete über den bewussten Einbruch in Coustaussa und stellte Vermutungen an, was die Übeltäter gesucht haben könnten. Es war die Rede von bestimmten Dokumenten, die schon damals bei der Ermordung von Abbé Gelis eine Rolle gespielt haben sollen. Plötzlich wurde er hellhörig – man behauptete nämlich, die besagten Papiere würden sich eigentlich in Rennes-le-Château bei Abbé Saunière befinden.

Saunière – wo hatte er nur diesen Namen schon einmal gehört? Er grübelte und grübelte, aber die Erinnerung spielte ihm einen Streich.

Diese ganze Geschichte bestärkte ihn in seinem Entschluss, diesen Abbé Sauniére schon am nächsten Morgen aufzusuchen.

Am besten wäre es, wenn er den dortigen Gottesdienst besuchen würde, zumal er schon lange nicht mehr in der Kirche gewesen war. Das Schicksal hatte ihm eine bestimmte Karte zugespielt und er würde sie nützen, so wahr er Gérard de Blanchefort hieß.

Der nächste Tag kündigte sich mit lautem Vogelgezwitscher und einem wolkenlosen Himmel an, der sich bald in ein tiefes Blau wie aus dem Bilderbuch verwandelte. Bestes Wetter, um einen kleinen Ausflug aufs Land zu unternehmen, dachte sich Gérard.

Vorher wollte er aber ein üppiges Frühstück in seiner Herberge zu sich nehmen. Die Zeit dafür nahm er sich, bevor er nach Rennes-le-Château aufbrach.

Nachdem er gestärkt war, lieh er sich eine Kalesche und fuhr damit die serpentinenreiche Straße hinauf. Am Ortsrand parkte er sein Gefährt und schlenderte gemütlich ins Dorf. Von weitem hörte er das Läuten der Kirchenglocke. Deshalb beschleunigte er sein Tempo und stand schon bald vor der Kirchentüre.

Von innen vernahm er die Stimme des Abbés, die ihm seltsam vertraut vorkam. Dann fasste er sich ein Herz und zog die Tür auf, die einen leicht quietschenden Ton von sich gab.

Zwar war der Gottesdienst nur mäßig besucht, aber aller Augen schienen in diesem Augenblick auf ihn gerichtet zu sein.

Was er aber als erstes erblickte, war nicht der Pfarrer, sondern die Statue eines teuflisch grinsenden Wesens, das ihn aus kalt leuchtenden Augen anstarrte. Gérard erschrak, fasste sich unwillkürlich ans Herz und bekreuzigte sich. So etwas Seltsames hatte er noch nie in einer Kirche gesehen. Er musste ein paarmal kräftig schlucken, dann erst sah er den Abbé und seine Überraschung war groß. Diesen Mann hatte er schon einmal getroffen und langsam kam die Erinnerung zurück.

Sauniére war nicht minder überrascht, denn auch er hatte ihn erkannt. Zwar lag ihre letzte Begegnung einige Jahre zurück, aber beide wussten sofort, in welchem Zusammenhang sie stand.

Bérenger wollte sich dadurch nicht beirren lassen, vor allem durfte niemand seine momentane Unsicherheit bemerken. Hier und jetzt hatte er eine Aufgabe zu bewältigen und das war, seine Predigt zu halten. Nachher würde er diesen Menschen zur Rede stellen, denn er wüsste gerne, weshalb er hier aufgekreuzt sei.

Gérard fiel ein, wo er diesen Pfarrer getroffen hatte: Es war eines Abends im Oktober in seiner Heimatstadt Lyon, bei einer feuchtfröhlichen Unterredung in einer Gastwirtschaft. Nur an das genaue Jahr konnte er sich nicht mehr erinnern. Auf alle Fälle war es schon längere Zeit her und er hatte damals seinen Adelstitel frisch erworben.

Er dachte angestrengt nach, um was es bei diesem Gespräch ging. Handelte es sich nicht sogar um die gesuchten Dokumente? Zumindest bewahrheitete sich für ihn die alte Lebensweisheit, dass man sich immer zweimal im Leben trifft.

Langsam fiel es ihm ein. Man hatte nach dem Essen zusammengesessen und er erzählte dem Geistlichen von seinen Dokumenten. Dieser Abbé hatte jedoch behauptet, er wüsste nichts davon. Folglich hatte er ihn angelogen.

„Na warte Freundchen", dachte er sich. Nach dem Gottesdienst wollte er ihn sich vorknöpfen. Wenn ihm jemand Auskunft über die Papiere geben konnte, dann dieser verlogene Pfaffe.

Bis dahin wollte er sich ruhig verhalten und ihm bei seiner Predigt zuhören, ganz wie es sich für einen braven Christenmenschen gehörte.

Bezeichnenderweise ging es dabei um die menschliche Gier, eigentlich für die ärmliche Gegend ein nicht ganz passendes Thema. Vor allem nicht, wenn sich ein Pfarrer damit auseinandersetzte, der selbst wertvolle Schätze sein Eigen nannte.

Nach einer Dreiviertelstunde war der Gottesdienst beendet und Bérenger stellte sich an die Eingangstüre der Kirche, um seine Schäfchen mit Händeschütteln zu verabschieden.

So ließ es sich nicht vermeiden, dass sich ganz zum Schluss die beiden „alten Bekannten" gegenüberstanden.

Angriff ist die beste Verteidigung, dachte sich Bérenger und beschloss, ihm zuvorzukommen. „Ich kenne sie. Sie müssen Gérard de Blanchefort sein, den ich damals in Lyon getroffen habe, stimmt's? Ich befand mich auf Studienreise in Ihrer schönen Stadt und wir sind uns eines Abends begegnet. Erinnern Sie sich?"

„So ist es, Hochwürden. Ich habe mich damals noch darüber gewundert, dass ein Geistlicher wie sie in einem eher zweifelhaften Etablissement sein Abendessen zu sich nimmt."

Saunière versuchte, entspannt zu bleiben, obwohl er ahnte, worauf Gérard hinauswollte, schließlich war er nicht auf den Kopf gefallen. „Nun, so zweifelhaft war diese Lokalität nicht unbedingt. Außerdem habe ich dort ganz gut gegessen. Ich weiß noch, dass Sie so freundlich waren, mir Gesellschaft zu leisten und mir vom Erwerb Ihres Adelstitels erzählt haben. Ich hoffe für Sie, dass Sie ihn bisher zu Ihrer Zufriedenheit einsetzen konnten."

Kein Wort fiel darüber, dass Gérard damals vorhatte, in der Region um Rennes-le-Château nach den Dokumenten zu suchen. Sie schlichen wie zwei Katzen um den heißen Brei und vermieden es tunlichst, auf den Punkt zu kommen.

„Na ja, ich wohne und arbeitete bisher immer noch in Lyon. Sie erinnern sich bestimmt, dass ich hierherreisen wollte, um mir das Château meiner Vorfahren anzuschauen oder was davon übrig ist. Leider habe ich es bis heute nicht geschafft, aber nun kann ich es endlich nachholen."

„Darf ich daraus schließen, dass Sie das erste Mal hier sind?"

„Meine finanziellen Mittel haben es mir bislang leider nicht erlaubt, früher zu kommen. Aber ich werde den Besuch in den nächsten Tagen nachholen." Gérards Vorhaben war immer noch, ihn nach den Dokumenten zu fragen. Damals hatte Saunière steif und fest behauptet, nichts darüber zu wissen. Aber er war sich sicher, dass es der Abbé faustdick hinter den Ohren hatte. Er musste deshalb entsprechend vorsichtig vorgehen, wollte er nicht wieder mit leeren Händen dastehen.

„Ich empfehle Ihnen, unbedingt bei unserem Friedhof vorbeizuschauen. Dort finden sie, was Sie suchen, nämlich das Grab Ihrer letzten Vorfahrin, Marie de Nègre d`Ables Hautpoul, Marquise de Blanchefort. Aber was erzähle ich Ihnen, bestimmt haben Sie sich darüber bereits informiert. Vor allem auch, dass sie hier im 18. Jahrhundert gelebt hat. Sie ist mit Sicherheit die bekannteste Verstorbene in der Gegend. Unser Dorf hat ihr sehr viel zu verdanken.“

„Ich habe von ihr gelesen, vor allem, dass sie dem damaligen Pfarrer einige wertvolle Dinge vermacht haben soll.“ Behutsam griff Gérard das eigentliche Thema seines Besuchs auf. „Können sie mir vielleicht verraten, wo sich diese Sachen befinden? Damals hatten Sie zwar behauptet, nichts darüber zu wissen, aber vielleicht hat sich das ja in der Zwischenzeit geändert.“

Bérenger zuckte kurz zusammen, hatte sich aber im selben Moment wieder im Griff. „Ich bewundere Ihr Erinnerungsvermögen, Monsieur. Trotzdem muss ich mich fragen, was Sie damit meinen? Wenn es um bestimmte Barschaften gehen soll, dann muss ich Ihnen sagen, dass davon im Dorf nichts bekannt ist. Seit unserer letzten Zusammenkunft haben sich keine neuen Erkenntnisse ergeben.“ Der alte Fuchs wollte den lästigen Schnüffler möglichst schnell loswerden. Von ihm würde er nichts mehr erfahren. Da musste er schon …, hoffentlich war er nicht auf die Idee gekommen, mit seinem Erzfeind, dem Bürgermeister gemeinsame Sache zu machen. Saunière wusste, dass Blanchefort ihn angelogen hatte, weil man ihm damals erzählt hatte, dass er kurz vor dem Mord an Gelis Caclar in seinem Büro aufgesucht haben soll.

Gérard hatte keine Lust mehr, mit verdeckten Karten zu spielen. Zu wichtig war ihm die ganze Angelegenheit. „Ich denke, ich muss Ihrem Gedächtnis etwas auf die Sprünge helfen, Hochwürden. Ich meine damit die besagten Dokumente, die sich im Besitz meiner Familie befunden haben. Gerade Sie als Pfarrer sollten doch etwas darüber wissen. Meinen Sie nicht? Außerdem habe ich zusätzliche Erkundigungen eingeholt und herausgefunden, dass sie in den Besitz eines gewissen Abbé Bigou gelangt sein sollen. Meine Vorfahrin, die Sie bereits erwähnten, soll sie ihm kurz vor ihrem Tod ausgehändigt haben. Jetzt frage ich mich, wo sie dann abgeblieben sein könnten. Streng genommen müssten sie deshalb doch weiterhin im Besitz Ihrer Kirche sein. Ist es nicht so?“

Die Einschläge waren nähergekommen und Saunière fühlte sich in die Defensive gedrängt. Er wehrte sich wie ein verwundeter Löwe.

„Ich habe damals schon erwähnt, dass ich nichts Genaueres weiß. Von welchen Papieren reden Sie überhaupt?“ Er würde später Einiges zu beichten haben, aber das störte ihn nicht, seine Seele war sowieso schon belastet, wenn er an Gelis dachte.

„Was ihr tatsächlicher Inhalt ist, kann ich Ihnen nicht sagen. Fakt ist, dass sie sehr alt sein sollen, älter als Sie und ich zusammen. Es kommt mir sehr merkwürdig vor, dass in der Gegend niemand etwas weiß und das, obwohl die Geschichte in der Vergangenheit besonders hier sehr tiefe Spuren hinterlassen haben muss.“

„Das mag sein, aber es ist garantiert nichts von materiellem Wert zurückgeblieben. Das kann ich Ihnen versichern, denn ich habe mich eine Zeitlang mit der Historie von Rennes-le-Château sehr gründlich auseinandergesetzt. Kann ich Ihnen sonst irgendwie behilflich sein?“

„Im Augenblick nicht, aber Sie werden mich noch öfters in Ihrem Dorf sehen, das verspreche ich Ihnen. Ich werde die Wahrheit herausfinden. Ein Blanchefort gibt nicht so leicht auf. Au revoir, Monsieur.“

Bérenger holte tief Luft und sah ihm versonnen nach. Dann ließ er einmal mehr seinen Standardspruch der letzten Jahre vom Stapel: „Wenn das so weitergeht, muss ich mir wahrscheinlich noch einen Tresor zulegen."

KAPITEL 24

Unheil braute sich über dem Razès zusammen und das nicht nur, weil schlechtes Wetter von Spanien heraufzog. Hatte Bérenger Saunière bereits eine Art Warnung erhalten, so sollte sich es sich noch steigern. Als Nächstes traf es Rennes-les-Bains mit voller Wucht.

Der junge Abbé Leclerc freute sich wie jeden Morgen, ins Nachbardorf zu fahren, wo man erwartungsvoll seiner harrte.

Die alte Odette stand am Pfarrhaus, bereit, ihm den neuesten Dorftratsch zu erzählen. Sie war eine rüstige Seniorin, die in ihrem langen Leben manches erlebt hatte, sodass sie nichts mehr so leicht erschüttern konnte.

Leclerc hatte sich wie üblich verspätet, dennoch nahm er sich die Zeit und ließ sich von ihr alles berichten. Daraufhin schrieb er sich die Namen und Adressen aller Bewohner auf, bei denen er später vorbeischauen sollte.

Aber zuerst musste der Gottesdienst erledigt werden. In zehn Minuten sollte es losgehen und so hastete er in die Sakristei, um alles zusammenzutragen, was er benötigte. Einen offiziellen Mesner oder Ministranten gab es nicht, nur bei besonderen Gelegenheiten, zum Beispiel an den Feiertagen, erhielt er Unterstützung von den wenigen jungen Leuten aus dem Dorf. Im Normalfall war er jedoch auf sich alleine gestellt, so wie heute.

Er schaffte es gerade rechtzeitig, die Glocke zu läuten, dann erschienen auch schon die ersten Teilnehmer, ausschließlich alte Menschen.

Der Gottesdienst verlief bei weitem nicht so aufsehenerregend wie bei Abbé Saunière aus dem Nachbardorf, wenn dieser eine seiner berüchtigten Strafpredigten hielt.

Mittlerweile ereignete sich im Pfarrhaus weitaus Spektakuläreres. Am helllichten Tag waren zwei Subjekte am Werk, denen der Lärm, den sie veranstalteten, piepegal war. Sie gingen davon aus, dass in einem verschlafenen Nest wie Rennes-les-Bains während des Gottesdienstes niemand im Pfarrhaus anwesend wäre. Dass es nicht abgeschlossen war, erleichterte die ganze Sache für sie ungemein.

„Thierry, hast du eigentlich eine Ahnung, wie diese verdammten Papiere aussehen sollen?"

„Na ja, eben sehr alt, denke ich." Dem so Angesprochenen fiel ein, dass er sich vielleicht vorher von Caclar eine Beschreibung hätte geben lassen sollen. Er konnte nur darauf vertrauen, dass sie sich von dem anderen Papierkram, der herumlag, unterscheiden würden.

„Aber ich kann doch nicht besonders gut lesen. Wie soll ich sie da finden?"

„Hör auf zu quengeln, Albert, und such weiter."

Die Beiden waren so vertieft in ihre Beschäftigung, dass sie nicht bemerkten, wie sich der Gottesdienst dem Ende zuneigte. Spätestens jetzt hätten sie von der Bildfläche verschwinden müssen.

Noel Leclerc räumte alles wieder auf und verschloss die Kirchentüre. Dann zog er seine Taschenuhr aus der Soutane und stellte befriedigt fest, dass er noch genügend Zeit bis zur Rückfahrt nach Rennes-le-Château hatte. Keinesfalls wollte er sich das gute Mittagessen der Mademoiselle Dénarnaud entgehen lassen. Marie erwartete nämlich eine gewisse Pünktlichkeit von ihren Männern.

Als er gerade zum Pfarrhaus spazierte, konnte er von weitem erkennen, dass die Eingangstüre sperrangelweit offenstand. Von innen hörte er Stimmen, was ihm zunächst nicht verdächtig erschien. Vielleicht wartete jemand auf ihn, weil es etwas zu besprechen gab, dachte er sich. Möglicherweise ein wichtiger Besuch, wie zum Beispiel der Bürgermeister.

„Geh hin, dann wirst du es wissen", sagte er zu sich. Völlig ahnungslos strebte er auf die Eingangstüre zu.

„Hallo, ist da jemand?"

Schlagartig wurde es ruhig. „Komisch", dachte er. Seine Neugier war in Vorsicht übergegangen. Irgendetwas sagte ihm, dass hier etwas nicht stimmte. Als er den Flur erreicht hatte, rührte sich immer noch nichts.

„Hallo", wiederholte er unsicher. Er war ein ängstlicher Mensch, weil er nicht viel Selbstvertrauen besaß. Ein paar endlos lange Sekunden überlegte er, was er als nächstes tun sollte. Gleichzeitig war ihm bewusst, dass er in diesem Augenblick völlig auf sich gestellt war, denn es würde niemanden geben, den er zu Hilfe holen könnte. „Ach was, du bist ein Angsthase. Es wird sich alles aufklären, du wirst schon sehen", sagte er halblaut zu sich selbst. Andererseits, wenn ihn tatsächlich jemand sprechen wollte, dann hätte es die alte Odettte bestimmt bemerkt und ihn entsprechend vorher informiert.

„Oh Herr, steh mir bei", er fasste sich Mut und streckte seinen rechten Arm aus, um ganz vorsichtig die Tür einen Spalt weit zum Büro zu öffnen. Es war düster, weil die Helle des Tages noch nicht bis hierher vorgedrungen war. Das erschwerte seine Sicht und auf den ersten Blick konnte er niemanden erkennen, der sich darin aufhielt. Gleichzeitig drang ihm stickige Luft entgegen, die ihn tief durchatmen ließ. Er schickte ein Stoßgebet zum Himmel, dann drang er mit ein, zwei Schritten weiter vor.

Von jetzt an geschah alles in Sekundenschnelle, denn Noel bemerkte einen leichten Luftzug im Genick und drehte sich erschrocken um. Der junge Priester streckte seinen linken Arm reflexartig zu einer Abwehrbewegung nach oben und verhinderte dadurch im letzten Moment, dass man ihm eine schwere Holzfigur über den Schädel ziehen konnte. Trotzdem hatte sie seinen Arm getroffen und ein stechender Schmerz durchfuhr ihn jäh.

Sein Gegner strauchelte und stürzte auf ihn, was bewirkte, dass er ihn mit zu Boden riss. Mit den bloßen Händen griff er dem Abbé an die Gurgel und begann ihn zu würgen, als er auf ihm lag. Leclerc versuchte sich zu wehren, bekam aber keine Luft. Endlich gelang es ihm, ihn auf die Seite zu schieben und er wollte aufstehen. Da schrie der Kerl seinen Komplizen an, doch etwas zu unternehmen. Der aber stand nur da wie ein Ölgötze und glotzte blöd.

„Hilf mir, verdammter Idiot", brüllte Thierry.

Endlich erwachte Albert aus seiner Starre, griff nach einem metallenen Brieföffner auf Boudets Schreibtisch und stach mit voller Wucht auf den Abbé ein, der sich gerade hochgerappelt hattte. Albert hatte Leclercs Herz getroffen, was bewirkte, dass dieser seinen Mörder ungläubig ansah. Mit einem Röcheln stürzte er schließlich blutüberströmt zu Boden. Wenige Sekunden später lebte er nicht mehr.

„Los, raus hier", rief Thierry und rannte zur Tür. Albert dagegen blieb vor dem im Sterben liegenden Geistlichen stehen und rührte sich nicht vom Fleck.

„Komm jetzt endlich, du Idiot, und nimm den Brieföffner mit."

„Wieso den Brieföffner?"

Thierry resignierte angesichts solcher Begriffsstutzigkeit. „Das erkläre ich dir später und jetzt komm, verdammt nochmal." Trotzdem rannten sie nicht gleich kopflos nach draußen, sondern Thierry sah sich zuerst um, ob die Luft rein sei.

Sie hatten Glück und gelangten unerkannt ins Freie. Die wenigen Gottesdienstbesucher, die um diese Zeit unterwegs gewesen waren, hatten sich in alle Windrichtungen zerstreut. Es war Ruhe im Dorf eingekehrt und niemand befand sich auf der Straße.

Nach einer weiteren Stunde war es wiederum die alte Odette, die im Pfarrhaus mit dem Putzen beginnen wollte. Als sie den blutüberströmten Leichnam des jungen Priesters fand, brach sie in ein infernalisches Geheul aus und konnte sich lange nicht beruhigen. Danach war sie völlig entkräftet und man hatte sie einstweilen auf das Sofa im Wohnzimmer des Pfarrhauses gelegt, bis sich der Arzt um sie kümmern konnte. Sie war gerade noch mal an einem Herzinfarkt vorbeigeschrammt.

Das halbe Dorf hatte sich am Ort des Geschehens versammelt. Der Bürgermeister von Rennes-les-Bains, Monsieur Jacques Desnoyers, war einer der wenigen, die kühlen Kopf bewahrten und keinen ins Pfarrhaus hineinließen. Klugerweise wollte er verhindern, dass irgendwelche Spuren, die die Täter hinterlassen hatten, verwischt wurden, bis die Gendarmerie eintreffen würde.

Es dauerte geschlagene drei Stunden, bis Durac und Montagne am Tatort auftauchten. Beide ärgerten sich, dass sie zu allem Überfluss nicht nur einen Einbruch, sondern auch noch einen zweiten Mord aufzuklären bekamen. Kam man schon mit dem Bluttat an Gelis nicht weiter, so passierte das jetzige Ereignis zur absoluten Unzeit.

„Verrate mir bitte, was es in dieser armseligen Gegend so Geheimnisvolles gibt, dass man immer wieder Gewalttaten begeht. Ich meine, das kann doch kein Zufall sein, dass man einmal mehr in einem Pfarrhaus einbricht und obendrein noch einen Priester ersticht", stöhnte Durac.

„Du hast recht, vor einigen Jahren passierte es an genau derselben Stelle, allerdings ohne, dass jemand dabei zu Schaden kam."

„Vielleicht sollte man mit jemandem reden, der alle Geheimnisse hier kennt."

„Optimist! Wer soll das sein?" Montagne zuckte mit den Schultern, denn er war genauso ratlos wie sein Kollege. Es widerte sie an, dass ausgerechnet ein junger Mann, der noch das ganze Leben vor sich hatte, das Opfer einer sinnlosen Bluttat geworden war.

Ratlos standen sie vor dem am Boden liegenden Noel Leclerc. Alles war voller Blut, genau wie damals in Coustaussa. Nur hatte sich der Mord nachts ereignet und nicht am helllichten Tag. Zwei Kollegen listeten jedes Detail, das sie am Tatort gefunden hatten, akribisch auf. Auch die Lage der Leiche rekonstruierten sie auf einem Blatt Papier.

Draußen hatte sich eine erneute Menschentraube gebildet, die Neugier war zurückgekehrt und ließ den Mord zum Tagesgespräch werden. Bald würde auch die Presse davon Wind bekommen und unangenehme Fragen stellen. Gleichzeitig würde man zu Gelis Ermordung eine Parallele ziehen, da war man sich sicher.

Man startete damit, die Anwohner zu befragen, aber keiner konnte etwas Brauchbares dazu beitragen. Die Wenigen, die während der Tatzeit unterwegs waren, hatten sich vorher in der Kirche befunden und waren unmittelbar nach dem Gottesdienst nach Hause gegangen.

Dann war Odette an der Reihe und die beiden Gendarmen ließen sich von ihr nochmals genauestens schildern, wie sie den Leichnam gefunden hatte.

Für den Moment stand fest, dass die Bluttat nur mit der Suche nach etwas Bestimmtem zusammenhängen konnte. Leclerc musste seine Mörder beim Durchwühlen des Büros überrascht haben. Warum sollte man sonst einen Menschen ermorden, der zufälligerweise zur falschen Zeit am falschen Ort war? Die Frage, ob sich der Geistliche in der kurzen Zeit seines Wirkens Feinde gemacht haben könnte, beantwortete sich von selbst, da er offensichtlich nur zu Odette näheren Kontakt hatte.

Außerdem war bekannt, dass Leclerc aus Rennes-le-Château gekommen war und Abbé Saunière, die eigentliche Vertretung Boudets, nur aushilfsweise unterstützt hatte.

„Sauniére, Sauniére – da war doch etwas mit diesem Pfarrer. Hilf mir mal auf die Sprünge, Pierre", meinte Durac.

Montagne erinnerte sich. „Du hast recht. Wir haben ihn damals im Zusammenhang mit dem Mord in Coustaussa verhört und ihn für kurze Zeit als Mitwisser verdächtigt."

„Genau, seine Haushälterin gab ihm ein Alibi. Aber so ganz wurden wir den Verdacht nicht los, dass er etwas damit zu tun haben könnte."

„Eine seltsame Parallele zum jetzigen Fall", ergänzte Montagne.

Man beschloss, dem obskuren Abbé erneut auf den Zahn zu fühlen. Wehe, wenn er kein glaubhaftes Alibi hätte, dann würde man ihn sofort einkassieren.

Vorher suchte man noch nach Zeugen, die etwas beobachtet haben könnten. Es war wie verhext, niemand fand sich.

KAPITEL 25

Es war Waschtag im Pfarrhaus von Rennes-le-Château und Marie wartete auf Constance, die ihr versprochen hatte, sie zu unterstützen. Da der Herbst ins Land gezogen war und das Laub der Bäume golden schimmern ließ, musste man zeitig am Vormittag beginnen, um die letzten wärmenden Sonnenstrahlen auszunutzen.

Sie wartete am Hinterausgang der Villa Bethania, als Constance zu ihr stieß. An deren trauriger Miene konnte sie erkennen, dass etwas nicht stimmte.

"N'jour", grüßte Constance wortkarg.

„Was ist mit dir los, was hast du?" Marie war neugierig geworden.

Constance schluckte nur und winkte ab.

„So rede doch; Mädchen. Du weißt, dass du mir alles sagen kannst, weil es unter uns bleibt. Also, was ist los?"

Die zartbesaitete junge Frau brach augenblicklich in Tränen aus. „Ich … ich … habe etwas Schreckliches geträumt, Marie."

Sie sah sie fragend an.

„Ich habe geträumt, dass man den jungen Abbé umgebracht hat." Jetzt war es heraus und sie weinte wiederum.

Marie stellte ihren Korb mit der Schmutzwäsche, den sie zum Waschkessel tragen wollte, auf den Boden und legte ihr den Arm um die Schulter.

„Du brauchst keine Angst zu haben. Manchmal hat man eben solche seltsamen Träume, obwohl ich dir auch nicht erklären kann, warum das so ist. Jedenfalls musst du dir keine Sorgen machen, es wird schon nichts passiert sein. Außerdem, wer sollte ein Interesse daran haben, ihn zu töten? Es kennt ihn doch hier niemand näher außer Abbé Saunière und uns beiden."

„Darum geht es auch nicht. Man hat ihn ja nicht einfach so ermordet. Ich habe ihn im Traum mit zwei Männern kämpfen sehen. Aber um was es ging, weiß ich auch nicht."

Marie wurde neugierig. „Wo soll das gewesen sein? Konntest du vielleicht etwas erkennen?"

„Lass mich überlegen. Ich glaube, es war in einem Büro. Da stand ein Schreibtisch, soweit ich mich erinnere." Sie zitterte immer noch leicht.

„Du magst Noel sehr, habe ich recht?"
Constance wurde schlagartig rot im Gesicht. Sie brauchte nicht einmal zu nicken, Marie hatte sie auch so verstanden.

„Ich sage dir, das ist alles nicht so einfach. Schließlich ist er ein geistlicher Würdenträger und man weiß nicht, wie standhaft er gegenüber weiblichen Verführungskünsten ist. Glaub mir, du kannst dir eine Menge Ärger ersparen, wenn du auf weitere Annäherungsversuche verzichtest. Oder hast du bei ihm umgekehrt bemerkt, dass er ein Auge auf dich geworfen hat?" Marie sprach aus Erfahrung und wollte ihr keine falschen Hoffnungen machen.

„Na ja, er scheint mir sehr schüchtern zu sein und ich musste ihn erst aus der Reserve locken."

„Überleg es dir gut, was du tust. Wenn du merken solltest, dass er tatsächlich Interesse hat, dann lass ihn erst etwas zappeln."

Marie war es gelungen, ihre Freundin einigermaßen aufzuheitern. Dann machten sie sich endgültig an die Arbeit.

Sie waren den ganzen Vormittag beschäftigt und Marie musste sich beeilen, damit sie das Mittagessen für den Herrn des Hauses und seinen Kollegen auf den Tisch brachte.

Constance bot sich an, ihr bei der Zubereitung zu helfen. Zum Dank lud Marie sie ein, mit ihnen zu essen.

Kurz nach zwölf Uhr standen die Beiden in der Küche. Zu zweit ging es schneller und so waren sie nach einer halben Stunde fertig mit der Zubereitung, Bérengers Laune hielt sich allerdings in Grenzen, als er kam.

Fehlte nur noch Noel Leclerc und alle drei warteten ungeduldig auf seine Rückkehr. Constances Nervosität stieg, da sie an den schrecklichen Traum der vergangenen Nacht denken musste. Marie merkte, was in dem Moment in ihr vorging und legte ihr beruhigend die Hand auf den Arm. Constance konnte jedoch nicht aus ihrer Haut und seufzte hörbar. Auch Saunière war aufgefallen, dass etwas nicht stimmte.

„Ist alles in Ordnung, mein Kind?"

„Ich hoffe es, Hochwürden", erfolgte als unsichere Antwort.

„Ich verstehe nicht …"

„Es … es ist nichts. Ich … ich mache mir nur Sorgen wegen Abbé Leclerc."

„Du meinst, weil er noch nicht da ist. Nun, bestimmt ist er aufgehalten worden. In unserem Beruf weiß man das ja nie. Mach dir keine Sorgen. Ich bin mir sicher, dass er gleich zur Tür hereinkommen wird."

Und tatsächlich. Kaum, dass er es gesagt hatte, kam eine Kalesche vor der Villa zum Stehen. Man hörte Stimmen, dann klopfte es. Seltsam, hatte der Abbé Besuch mitgebracht?

Aber wer die Stube betrat, war nicht Leclerc, sondern die beiden Ermittler, die Bérenger vor einiger Zeit mit ihren neugierigen Fragen auf die Nerven gegangen waren. Was wollten denn die nun wieder?

Constance befiel sofort eine schreckliche Vorahnung, denn ein Besuch der Gendarmerie bedeutete nichts Gutes. Sollte etwa ihr Traum zur furchtbaren Realität geworden sein?

Bérenger war der Einzige, der sich keinen Reim darauf machen konnte. „Bonjour, Messieurs. Welch ungewöhnlicher Besuch um diese Stunde. Darf ich davon ausgehen, dass sie nicht gekommen sind, um mit uns zu essen? Klären Sie mich auf, was ich mir dieses Mal wieder zuschulden habe kommen lassen?" Er hatte es satt, den Prügelknaben zu spielen, das hörte man aus dem schneidenden Tofall, in dem er diese Bemerkung von sich gab.

„Es ist wegen Abbé Noel Leclerc. Wie wir erfahren haben, wohnt er bei Ihnen?" Jacques Durac fiel es schwer, dienstlich zu bleiben, angesichts der Tatsache, dass ihm der Magen krachte, als er das Essen auf dem Tisch stehen sah.

„Ja und? So etwas soll vorkommen, dass ein Abbé im Pfarrhaus wohnt, meinen sie nicht?"

„Das ist jetzt gar nicht so witzig, Hochwürden", entgegnete ihm Montagne. „Ihr Kollege ist, es tut uns leid, das sagen zu müssen, heute Morgen ermordet aufgefunden worden."

Constance ließ einen schrillen Schrei los, mit dem sie annähernd die auf dem Tisch stehenden Gläser zum Bersten gebracht hätte. Dann wurde sie ohnmächtig und sank auf ihrem Stuhl zusammen. Marie und Bérenger hingegen waren für kurze Zeit sprachlos. Dann hatte sich die Dénarnaud wieder im Griff und kümmerte sich um Constance.

Die beiden Gendarmen warteten geduldig, bis sich alle Anwesenden beruhigt hatten. Es an der Zeit, mit ihrer Befragung zu beginnen. Beim letzten Aufeinandertreffen hatte Bérenger bekanntlich keinen guten Eindruck hinterlassen. Man wurde den Verdacht nicht los, dass er mit dem damaligen Mord an Abbé Gelis in irgendeinem Zusammenhang stehen könnte. Und jetzt eine neue Bluttat, konnte das ein Zufall sein?

Was man bis jetzt laut der Aussage einiger Dorfbewohner von Rennes-les-Bains zusammengetragen hatte, war, dass Abbé Leclerc offensichtlich ein zufälliges Opfer geworden sein musste. Er hatte den oder die Täter bei einem Einbruch überrascht und sie brachten ihn kurzerhand um.

„Abbé Saunière, ich muss sie das fragen: Wie war Ihr Verhältnis zu ihm, hatten Sie Streit? Wo waren sie heute Vormittag?"

„Ganz schön viele Fragen auf einmal. Nun, da Sie mich ja immer automatisch verdächtigen, darf ich Ihnen verraten, dass mein Verhältnis zu ihm ausgezeichnet und ich froh war, dass er mir eine Menge Arbeit abgenommen hat. Wie sollte ich da mit ihm streiten und vor allem worüber? Heute Vormittag habe ich zuerst die morgendliche

Messe in unserem Dorf abgehalten, die leider nicht so gut besucht war, wie ich es mir vorgestellt hatte. Trotzdem reicht es für ein Alibi, denke ich. Anschließend habe ich mich auf den Weg gemacht, um Monsieur Melville Arsenault, einem kranken älteren Dorfbewohner, einen Besuch abzustatten. Genügt Ihnen das?"

Dass er dazwischen einen unangenehmen Besuch zwischen Tür und Angel empfangen hatte, verschwieg er ihnen wohlweislich. Wer weiß, was da noch auf ihn zukommen würde? Er traute dem zwielichtigen Gérard de Blanchefort einiges zu. Und wer weiß, vielleicht stand der Kerl sogar hinter der Bluttat, zuzutrauen wäre es ihm ohne allemal. Aber das behielt er für sich, denn möglicherweise konnte er Kapital für sich daraus schlagen.

Montagne und Durac mussten bald einsehen, dass sie wahrscheinlich eine falsche Spur verfolgten. im Augenblick nicht weiterkamen, Deshalb befragten sie ihn nun als möglichen Zeugen.

„Wann haben Sie Abbé Leclerc das letzte Mal gesehen?"

„Das müsste so gegen acht Uhr gewesen sein, als er hier noch beim Frühstück saß. Er meinte, dass er noch nicht wisse, wann er zurückkäme, aber spätestens zum Mittagessen. Dann fuhr er mit der Kalesche nach Rennes-les-Bains." Marie stand noch etwas unter Schock, als sie die Frage des Gendarmen beantwortete.

„Fiel Ihnen vielleicht etwas Ungewöhnliches auf?" Durac wusste zwar, dass Leclerc wahrscheinlich zum falschen Zeitpunkt am falschen Ort erschienen war, trotzdem wollte er einen absichtlichen Mord zunächst nicht ausschließen. Man musste jeder Spur nachgehen.

Doch weder Saunière noch Marie konnten den Polizisten weiterhelfen. Abschließend wollte man noch wissen, wie lange Abbé Leclerc hier schon tätig war.

„Ungefähr ein, zwei Monate." Bèrenger hatte ihnen bewusst verschwiegen, dass er suspendiert worden war und Leclerc von ihm als Vertreter stillschweigend geduldet wurde. Hätte er es ihnen verraten, so hätte sich augenblicklich ein neues Mordmotiv aufgetan, das die Beiden ohne zu zögern aufgegriffen hätten. Aber, was sie nicht wussten, machte sie nicht heiß, wie er sich sagte.

„Übrigens, warum müssen Sie eigentlich den Abbé von Rennes-les-Bains vertreten? Ist er in den Ruhestand gegangen oder gar verstorben?" Ein Detail, das Durac durchaus wichtig erschien.

Bérenger schluckte kurz, denn er konnte ihnen nicht auf die Nase binden, dass Boudet erst seit dem Mord an Gelis verschwunden war. Deshalb antwortete er, dass sein Priesterkollege seit längerem krank sei und sich zurzeit irgendwo zur Kur aufhalte. Die genaue Adresse könne er ihnen nicht nennen.

„Da haben Sie ja im Augenblick eine Menge zu tun und waren wahrscheinlich froh, von Abbé Leclerc tatkräftige Unterstützung zu bekommen."

„Wenn Sie so wollen."

Durac dachte scharf nach. „Ich weiß nicht, ob das hierhergehört, aber, wenn, wie Sie sagten, Abbé Boudet bereits seit einigen Jahren verschwunden ist und Ihrem Arbeitgeber erst jetzt einfällt, dass Sie Unterstützung benötigen, dann kommt mir das etwas seltsam vor."

Berenger war verunsichert. „Wie meinen sie das?"

„Ich denke, Sie sind doch bestimmt in den letzten Jahren öfters in Carcassonne vorstellig geworden, um Verstärkung anzufordern. Oder wollten Sie etwa gar nicht, dass man Ihnen hilft?"

Jetzt war es raus, Durac hatte annähernd ins Schwarze getroffen. So meinte er zumindest und sein zufriedener Blick sprach Bände. Er wusste, dass Bérenger nicht zum ersten Mal zu einem Mordfall befragt wurde. Das hatte er in einer älteren Akte zur Mordsache Gelis noch vor zwei Tagen gelesen. Dem Polizisten war es egal, wer hier wen um die Ecke brachte, aber Mord war Mord und er und sein Kollege mussten die Verantwortlichen zur Rechenschaft ziehen. Das war ihr Beruf.

„Selbstverständlich habe ich bei meinem Bischof nicht nur einmal interveniert, aber man schmetterte meine Forderung ab und meinte, dass man zwei kleine Dörfer ohne große Schwierigkeiten gleichzeitig mit geistlichem Beistand versorgen könne."

„Das werden wir überprüfen", äußerte Montagne.

Für die Beiden stand fest, dass Bérenger mit allen Wassern gewaschen zu sein schien. Man musste sich genau überlegen, wie man weiter vorgehen würde. Auch wenn Leclerc nur zufällig die Täter überrascht hatte, konnte Saunière trotzdem damit in Zusammenhang stehen, wer weiß?

„Na gut", meinte Durac. „Ich sehe schon, wir kommen vorerst nicht weiter. Wenn Sie so freundlich wären und uns noch die Adresse des Dorfbewohners geben könnten, den Sie besucht haben. Wie war nochmal sein Name?"

„Arsenault, Melville Arsenault. Es ist ganz leicht zu finden, Sie laufen die Dorfstraße hinunter Richtung Ortsausgang und biegen in die Rue du Marronnierre ein, Er wohnt ziemlich am Anfang, auf Hausnummer 5. Sie können es nicht verfehlen."

Die Gendarmen nahmen noch Constances Personalien auf. Zwar hatten sie die ganze Zeit über keinerlei Fragen an sie, aber dennoch gehörte es zur Routine.

Bérenger dagegen war sichtlich froh, die beiden Schnüffler wieder loszuwerden.

Als sie die Villa verlassen hatten, brach Marie ihr bisheriges Schweigen. „Bérenger …“

„Nein, Marie, wir sprechen heute Abend darüber.“ Damit wollte er vermeiden, dass Constance weitere Details mitbekam. Wer weiß, was sie im Dorf herumerzählen würde. Gerüchte breiteten sich für gewöhnlich schnell aus und sie hatte sowieso schon zuviel mitbekommen.

Bérenger ließ die Beiden einfach stehen und machte sich eiligst auf den Weg zu seinem Turm, dem einzigen Zufluchtsort, wenn es galt, aufgetretene Schwierigkeiten zu meistern.

KAPITEL 26

Durac und Montagne schlenderten gemächlich durchs Dorf. Sie genossen jeden Schritt, denn es herrschte große Ruhe um die Mittagszeit, die zwischendurch vom lauten Knurren ihrer Mägen unterbrochen wurde. Nach einer Weile bogen sie in die Rue du Marronniere ein. Dort verbarg sich hinter der Hausnummer 5 ein ärmliches Anwesen, was typisch für die Gegend war. Monsieur Arsenault wohnte in einem Natursteinhaus, das im Sommer einigermaßen gegen die Hitze schützte, im Winter jedoch nur schlecht als recht wärmte. Die meisten Einwohner lebten von den Erzeugnissen auf ihrem Acker, der sich im Normalfall hinter dem Haus befand, und von ein paar Nutztieren wie Schafe oder Ziegen. Bereits seit dem Mittelalter war es so und hatte sich bis heute nicht geändert.

Monsieur Arsenault war ein freundlicher älterer Herr, der trotz aller Gebrechlichkeit noch seine fünf Sinne beisammenhatte. Seine Frau lud die beiden Polizisten ein, am Küchentisch Platz zu nehmen, wo sie ihnen zwei Gläser mit Wasser einschenkte.

„Tja, der Abbé Sauniére, manchmal frage ich mich, wie er sein riesiges Arbeitspensum bewältigt. Ich habe großen Respekt vor ihm. Aber nun hat er endlich Verstärkung bekommen, Gott sei´s gedankt. Abbé Leclerc ist anscheinend ein schüchterner junger Mann, der keiner Fliege etwas zuleide tun kann. Außerdem ist er sehr hilfsbereit, was den Umgang mit uns alten Leuten angeht. Aber, verraten Sie mir doch den Grund Ihres Besuches. Hat man den Abbé Saunière vielleicht bestohlen? Ich finde es sehr merkwürdig, dass die Gendarmerie in unserem Dorf aufkreuzt. Sie müssen wissen, es geht hier normalerweise sehr friedlich zu und ein Gendarm lässt sich in der Regel nur einmal im Jahr blicken, nämlich dann, wenn Abbé Saunière eines seiner Bankette für die Dorfbevölkerung gibt. Gleichzeitig ist es auch unser Dorffest.“

„Ich habe nur eine Routinefrage: Abbé Sauniére verriet uns, dass er Sie heute Vormittag besucht haben soll. Wann war das genau?“

„Warum möchten Sie das wissen?“

Montagne wollte schon erwidern, dass gefälligst er die Fragen stelle, aber gegenüber einem älteren Menschen, der so freundlich zu ihnen war, wollte er sich beherrschen. Er gab klein bei und suchte nach einer Ausrede, die Saunière nicht gleich als Tatverdächtigen erscheinen lassen würde. Überhaupt wollte er den Mord an Leclerc unter keinen Umständen erwähnen. Deshalb druckste er herum. „Naja, im Nachbardorf, in Rennes-les-Bains, wurde bekanntlich im Pfarrhaus eingebrochen. Um uns ein umfassendes zeitliches Bild machen zu können, müssten wir wissen, wo sich die beiden Abbés zum Tatzeitpunkt befanden. Natürlich verdächtigen wir Abbé Saunière keinesfalls. Wie gesagt, es ist nur eine reine Routinefrage.“

Der Gendarm geriet ziemlich ins Schwitzen. Besonders wohl war es ihm nicht dabei.

Melville Arsenault kaufte ihnen die Erklärung ab. „Es müsste so zwischen zehn und elf Uhr gewesen sein, als Abbé Saunière bei uns hereinschneite. Meiner Ansicht nach schien er nicht besonders gut gelaunt zu sein. Aber seine Grille besserte sich dann zusehends, weil es mir gelang, ihn etwas aufzuheitern. Auf die Art haben wir uns dann ungefähr eine Stunde angeregt unterhalten. Kurz nach elf Uhr ist er dann wieder verschwunden. Hilft Ihnen das weiter, Messieurs? Eine Gegenfrage: Hat man von den Dieben schon eine Spur, beziehungsweise, was haben sie denn gestohlen? Überhaupt hat es meine Frau und mich ziemlich erschreckt, zu erfahren, dass es wieder mit Einbrüchen losgeht. Was gibt es denn so Wertvolles, dass es sich lohnt, dort einzubrechen?“

„Die selbe Frage haben wir uns auch gestellt und ehrlich gesagt, wir kommen da nicht weiter. Haben Sie vielleicht einen Tipp für uns, beziehungsweise haben sie irgendwelche verdächtige Subjekte in Ihrem Dorf beobachtet?“

„Also, wenn man schon einbrechen will, dann könnte man vermutlich am ehesten bei uns in Rennes-le-Château fündig werden. Immerhin ist ja der Reichtum unseres Abbés keine Neuigkeit mehr. Aber bitte, das ist nur meine ganz persönliche Meinung. Fremde haben sich hier jedenfalls schon lange nicht mehr blicken lassen, wenn Sie das meinen.“

Arsenault fasste für sie zusammen, was ihm über Saunières Reichtum bekannt war. Das verlangten sie zwar nicht, aber dennoch waren sie neugierig geworden. Woher das ganze Geld stammte, musste er ihnen allerdings schuldig bleiben. Da hatte er genauso wenig Ahnung wie die anderen im Dorf. Ihn störte es auch nicht weiter, denn jeder im Dorf profitierte davon. Über dem Rathaus dagegen würde der Pleitegeier kreisen, setzte er noch hinzu. Der Bürgermeister schwinge zwar große Reden, aber es sei nur heiße Luft dahinter. Aber einer musste es ja machen und er beneidete Caclar trotz allem nicht.

Sie hatten aufmerksam zugehört und Montagne hatte sich alles fleißig notiert. Trotzdem konnten sie Arsenaults Ausführungen im Augenblick nicht großartig in ihre Ermittlungen einbringen. Artig bedankten sie sich bei dem alten Mann, nicht ohne vorher noch zwei Gläser Pastis zu leeren. Wie überall in Frankreich trank man das berühmte Elixier in Gesellschaft.

Die beiden suchten danach in leicht angeheitertem Zustand ihre Kalesche auf, wobei Alkohol am Steuer zu dieser Zeit noch keine große Rolle spielte. Dessen wurde allerdings verstärkt, weil Durac und Montagne seit heute früh nichts Essbares mehr zu sich genommen hatten.

Als sie die Gendarmerie in Couiza erreicht hatten, beschlossen sie, ihre Amtsstube zunächst links liegen zu lassen und, mittlerweile unsicheren Ganges und ausgehungert, eines der wenigen Restaurants aufzusuchen.

Die Einrichtung dort zeigte sich gediegen, es existierten sogar Tischdecken, was nicht unbedingt eine Selbstverständlichkeit bedeutete. Immerhin sah es sehr sauber aus und die Böden und die Holzvertäfelung an der Wand schienen neu zu sein. Die gesamte Inneneinrichtung hinterließ einen frisch renovierten Eindruck.

Die Tische und Stühle waren in kleinere Separées aufgeteilt, wo man sich ungestört zurückziehen konnte, ohne dass man am Nachbartisch etwas mitbekam. Genau richtig für ihre nicht mehr ganz nüchterne Besprechung, dachten sie. Dennoch wollten sie auf Nummer sicher gehen zogen sich in die hinterste Ecke des Lokals zurück.

Kaum, dass sie sich am Tisch niedergelassen hatten, erschien eine junge und hübsche Bedienung und fragte, was sie trinken wollten. Sie verzichteten auf weitere alkoholische Getränke, da sie sonst nicht mehr in den Genuss des guten Essens gekommen wären.

Leicht benebelt versuchten sie krampfhaft, sämtliche Sinne zu sortieren, um mit ihrer Besprechung beginnen zu können.

„Saunière und immer wieder Saunière. Hat er nun oder hat er nicht, ich meine, etwas damit zu tun? Dassss der Ermordete ausgerechnet bei ihm im … im … im Haus gewohnt hat, isss doch kein Zufall, oder?" Durac hatte leichte Schwierigkeiten, sich zu artikulieren.

„Isch bitte disch, wo hätte er denn sonss wohnen sollen? Und nach allem, was wir … hick! … wissen, hat doch das Opfer die Täter ungewollt überrascht. Anderenfalls müssten sie sonss schon gezielt auf ihn gewartet haben, um ihn umzubringen. Dass erscheint mir als siemlich weit hergeholt. Außerdem haben wir noch immer kein Motiv für die … für die Tat."

Sie versuchten krampfhaft, sich zusammenzunehmen, aber der Alkohol setzte seine Wirkung immer mehr durch. „G-Gut, falls es ein sufälliger Mord war, wie du sagss, müssen wir … müssen wir herausfinden, was sie gesucht haben. Was gibt es in dieser Gegend an besonderen Geheimnissen, für die ess sisch lohnt, einen Mord su begehen?"

„Die gleiche Frage hat man sich vor einigen Jahren gestellt, da verhielt es sisch ähnlich. Dass Ergebnis war mehr als … als … kläglich und alle Ermittlungen verliefen damals im Sand." Während dieser Bewegung vollführte Montagne eine ausgreifende und aberwitzige Armbewegung, die fast dazu führte, dass er sein Wasserglas über den Tisch ausgegossen hätte. Alles einschließlich Durac blieb nochmal trocken, trotzdem konnte er nicht verhindern, dass ihm ein leichtes Bäuerchen entfuhr.

Durac zog die Stirn in Falten und stierte auf sein Wasserglas als wollte er es hypnotisieren. Dann machte er einen Vorschlag. „Ich finde, wir s-s-sollten uns nochmals die Akte über die damaligen Ergebnisse der … der Ermittlungen beschaffen und sie ausgiebig sch-studieren. Vielleicht bringt uns das ja weiter. Punkt!" Mit seinem Mittelfinger stach er auf den Tisch, als wollte er eine Ameise zerdrücken.

Ihre Diskussion wurde wiederum von der attraktiven Kellnerin unterbrochen, die sie mit einem koketten Augenaufschlag fragte, was sie ihnen zu essen bringen dürfte. Ein Blick zum Nachbartisch genügte, um ihnen das Wasser im Mund zusammenlaufen zu lassen. Einträchtig bestellten sie Coq au vin. Bildlich betrachtet hing ihnen die Zunge schon bis zur Tischkante hinunter vor Hunger. Ob dem Vieh weiterer Alkohol hinzugefügt wurde, war ihnen inzwischen piepschnuzegal geworden Die junge Frau hatte Mitleid und versprach, so schnell wie möglich für ihr Essen zu sorgen. Sie erntete dafür dankbare Blicke.

Da die beiden von Berufswegen neugierig waren, hielten sie sich in ihrem Zustand an der Tischkante fest und betrachteten mit glasigen Augen das Publikum an den Nachbartischen. Es war buntgemischt, von vornehm bis leger war alles vertreten.

„Wie lange k-können wir eigentlich die Kollegen in Toulouse noch hinhalten? Wenn wir nich schleunigss

Ergebnisssse vorlegen, wird man uns den Fall entsie-siehen. Dann wird die Gendarmerie in Couiza end-end-endgültig in die Bedeutungslosigkeit versinken. Das wäre fatal für uns, w-weil sie dann d-die eine oder andere Stelle streichen.

Sie hatten ein ernsthaftes Problem, und das war nicht nur ihr augenblicklicher Zustand. Ihr einziger Anhaltspunkt war Saunière und damit standen sie auf wackligen Füßen.

Trübe Gedanken hingen wie dunkle Wolken über ihrem Tisch. Erst, als die Bedienung ihr Essen brachte, hellten sich ihre Mienen wieder einigermaßen auf.

Durac zündete sich eine Pfeife an und bald hüllte sich alles in einen Nebel der Zufriedenheit. Wenigstens einmal am Tag wollte man sich für ein paar Minuten entspannen. Abschließend genehmigten sie sich eine Tasse Kaffee, dann musste man wieder an den Aufbruch denken. Im Büro wartete die Arbeit. Wenigstens waren sie wieder einigermaßen nüchtern geworden.

Unterwegs beschlossen sie, sich am Nachmittag nochmals nach Rennes-les-Bains zu begeben, routinemäßige Zeugenbefragungen standen bevor. Vor ihrer Abfahrt ließen sie sich vom diensthabenden Kollegen die Mordakte aus dem Jahr 1897 heraussuchen. Der freute sich wegen der willkommenen Abwechslung und machte sich ohne Umschweife auf den Weg ins Archiv.

Bei der Fahrt, die sie die Serpentinen nach Rennes-le-Château und dann weiter nach Rennes-les-Bains hinaufführte, genoss man das herrliche Panorama. Es war diesig, ein Zeichen dafür, dass das Wetter weiterhin schön bleiben würde. Die Hitze des Sommertages setzte den beiden Reisenden spürbar zu. Besonders wenn man vom schattigen Wald herausfuhr und von einem Moment auf den anderen der prallen Sonne ausgesetzt war, wurde es fast unerträglich.

Etwa eine Stunde dauerte die Fahrt, bis sich dem Ortseingang von Rennes-les-Bains näherten. Sie fuhren die Rue de la Mairie entlang und passierten das Rathaus an der rechten Straßenseite. Dann bogen sie links in die Rue de la Poste ein, um auf die Rue de l`Eglise zu stoßen, die sie direkt zur Kirche des Ortes führte. Dort stellten sie ihr Gefährt ab, um ihren Weg per pedes fortzusetzen.

Durac und Montagne wollten vor allem die Nachbarn des Pfarrhauses befragen. Unvermeidlicherweise riss man dabei manchen Dorfbewohner aus dem wohlverdienten Mittagsschlaf. Die Arbeit konnte warten, denn erst gegen Abend ließ die Wärme etwas nach.

Die beiden Polizisten waren deshalb die Einzigen, die auf der Straße unterwegs waren. Dazu trugen sie unvorteilhafte Kleidung, die sie aus allen Poren schwitzen ließ.

Sie gelangten zum Anwesen des Monsieurs Adolphe Louis, der schräg gegenüber der Kirche wohnte. Er sollte als Erster mit der Befragung an der Reihe sein. Louis erhielt Verstärkung von seiner Frau Sophie, die sich, neugierig wie Ehefrauen nun mal sind, kurzerhand in das Gespräch einmischte. Beide lieferten ihnen den ersten Anhaltspunkt. „Vor der Kirche stand heute früh eine Kalesche, die nicht dem jungen Abbé gehören konnte. Der hatte mir nämlich erzählt, dass er immer am Ortseingang parke, um sich zu Fuß auf den restlichen Weg hierher zu machen. Er hatte gemeint, dass er die frische Luft liebe und sich unterwegs gerne mit uns Dorfbewohnern unterhalte. Nein, sie musste einem Fremden gehören."

„Schon, aber hier sieht doch eine wie die andere aus, oder?“, war Montagnes Einwand.

„Eben nicht! Die hatte ein besonderes Merkmal.“

Die beiden Gendarmen sahen sich an.

Monsieur Louis genoss die Spannung, die er erzeugt hatte. „Sehen Sie, ich kenne mich da ziemlich gut aus, da ich früher Dorfschmied war und, sehr zum Leidwesen meiner Frau, damit aufgehört habe.“ Dabei warf er ihr einen spöttischen Blick zu.

„Das Pferd, das vorgespannt war, lahmte leicht. Eigentlich ist es Tierquälerei, aber nachdem man im Nachhinein weiß, welches Gesindel damit herumfuhr, wundert einen gar nichts mehr. So viel lässt sich sagen, der arme Gaul war nicht mehr der Gesündeste.“

Durac nickte anerkennend. „Das ist wirklich ein sehr wesentliches Detail und Sie haben uns damit einen Schritt weitergebracht. Gab es sonst noch Auffälliges?“

Louis und seine Frau verneinten. Da die Gendarmen sichergehen wollten, dass Louis alles richtig beobachtet hatte, wollten sie noch weitere Nachbarn zu aufsuchen. Von ihnen erhielten sie die Bestätigung, dass es stimmte. Je länger sie unterwegs waren, umso zuversichtlicher wurden sie und desto weniger störte sie die Hitze.

Nach getaner Arbeit suchten sie ein Wirtshaus auf, wo sie endlich ihre ausgetrockneten Kehlen mit einem kühlen Glas Rotwein laben konnten. „Schön und gut, wir sind jetzt einen Schrittt vorangekommen. Aber theoretisch müssten wir folglich alle Pferdeställe der Umgebung absuchen, in dem ein lahmer Gaul steht“, gab Durac zu bedenken.

„Man sollte nichts unversucht lassen und vielleicht ist es ja gerade der Zufall, der uns dabei unterstützt, wer weiß?“

„Wir müssen bei unseren Befragungen auf jedes noch so winzige Detail genauestens eingehen, dann werden wir auch Erfolg haben. Außerdem bin ich immer noch der Meinung, dass zwischen dem alten und dem neuen Mordfall ein Zusammenhang besteht." Durac blieb optimistisch und es gelang ihm, seinen Kollegen anzuspornen. Denk postitiv, war seine Devise und damit hatte er bislang meistens richtiggelegen.

„Du hast recht. Einen Versuch ist es allemal wert und mehr wie schiefgehen kann es nicht."

Die angenehme Kühle in der Gaststube wirkte sich anregend auf die kleinen grauen Gehirnzellen der Ermittler aus und so überlegte man sich, wie man am besten bei der Suche nach dem Gaul vorgehen könnte.

Wohlweislich tat man es gleich, weil man wusste, dass es wahrscheinlich nicht bei einem Bier bleiben würde. Man hatte Durst und je mehr man trinken würde, desto schwerer würde der Verstand arbeiten.

Montagne zog aus dem Futter seiner Jacke einen kleinen Notizblock mit Bleistift hervor. Er wollte mit seinem Kollegen einmal mehr über den ungeklärten Mord an Abbé Gelis aus Coustaussa reden, wenn man so wollte ihre zweite „Baustelle". Er schrieb zuerst jeden Namen auf, der ihnen zu der Mordsache einfiel. Selbstverständlich durfte nicht Bérenger Saunières Name fehlen. Ebenfalls ziemlich weit vorne stand Eugene Caclar. Von ihm wusste man, dass er damals auch schon am Rand einer Festnahme stand und seinen Kopf gerade noch so aus der Schlinge ziehen konnte. Aber warum er damals mit Gelis in Streit geraten war, hatte man bis heute nicht herausfinden können. Aber es war ihm seit damals alles zuzutrauen.

Die weiteren Verwandten von Gelis, deren Namen in den Akten standen, waren zwischenzeitlich weggezogen. Außerdem gab es noch diesen großen Unbekannten, der mit seinen beiden Gehilfen am 1. November des Jahres 1897 ebenfalls am Tatort gesehen wurde. Kaum zu glauben, aber von ihm hatte man bis heute keinen Namen und die beiden Bonnet-Brüder, die ihn begleitet hatten, schwiegen eisern. Das Einzige, was man herausgefunden hatte, war, dass der Kerl nicht von hier stammte. Der damalige Wirt des Gasthauses, in dem sich das Gesindel getroffen hatte, hatte ausgesagt, dass er auswärtigen Dialekt sprach. Tatsache war, dass die drei Gelis nicht ermordet haben konnten, weil sie von der zeitlichen Abfolge her erst später am Tatort eingetroffen waren.

Man tappte im Dunkeln und es gab nur noch wenige Verdächtige, die damals übriggeblieben waren. Es half nichts, man musste ihnen erneut auf den Zahn fühlen, wollte man vorankommen. Irgendetwas mussten speziell diese Pfaffen vor der Öffentlichkeit verbergen, das war Montagnes Meinung und sein Kollege Durac stimmte ihm zu. Für heute jedoch wollte man die Befragungen einstellen.

Die Laune der Polizisten besserte sich stetig, je mehr Alkohol sie konsumierten. Auf der Heimfahrt nach Couiza wären sie fast auf dem Kutschbock eingeschlafen. Gezwungenermaßen hielten sie auf halber Strecke an, um sich auf einem schattigen Aussichtsplatz im Gras niederzulassen, um kurz danach einzunicken. Jeder, der an ihrer Kutsche vorbeikam wunderte sich darüber, als er zwei schlafende Gestalten auf einer Liegewiese vorfand. Es warf verständlicherweise kein besonders gutes Licht auf die Gendarmerie.

KAPITEL 27

Brütende Hitze lag über dem Dorf und sein Bürgermeister saß mit hochrotem Kopf an seinem Schreibtisch. Er hatte zwar alle Fenster geöffnet, aber in seinem Büro wurde es nur unmerklich kühler. Als er dazu noch die Zahlen in den Geschäftsbüchern der Gemeinde betrachtete, fasste er sich unwillkürlich an den engen Kragen seines Hemdes, um sich Erleichterung zu verschaffen. Manchmal hasste er seinen Beruf als Bürgermeister, vor allem in solchen Situationen. Andererseits verfügte er über den unausgesprochenen Respekt seiner Mitbürger, weil er der Einzige war, der die undankbare Aufgabe des Regierens übernommen hatte. Derjenige, der ihm dabei ab und zu in die Quere kam, war der Pfarrer seiner Gemeinde. Nein, er würde sich in hundert Jahren nicht mit ihm verstehen. Ergänzt wurde seine Abneigung durch dessen politischen Ansichten, denn Saunière war ein eiserner Monarchist und bekam zwischendurch Besuch aus erlauchten Kreisen.

Den Gemeindepräsidenten ließ man dabei links liegen. Man tat so, als würde es ihn überhaupt nicht geben. Dass das Dorf mit Schulden zu kämpfen hatte, interessierte sowieso keinen von ihnen.

Caclar war zu stolz, um den Abbé um finanzielle Unterstützung zu bitten. Auch zu den Banketten, die der Geistliche für die Dorfbevölkerung gab, blieb er aus Prinzip fern. Insgeheim war er dennoch neidisch auf ihn, ließ sich aber nichts anmerken.

Gedankenversonnen sah er aus dem Fenster. Dann drehte er sich der gegenüberliegenden Wand zu, an der sich mehrere Bilder und Zeitungsausschnitte befanden, die schon ein paar Jahre alt waren. Für ihn stellten sie allerdings im Augenblick nur Belanglosigkeiten dar. Vielmehr verfolgte er die Risse an der Wand, die an der Decke beginnend bis tief herunter Richtung Boden zu erkennen waren. Noch ein paar Jahre und das gesamte Rathaus würde zu einer Ruine zusammenfallen. Da könnte er gleich in die Überreste des Château Blanchefort umziehen.

Apropos, er erinnerte sich an diesen seltsamen Menschen, der ihn in der Vergangenheit kurz vor dem Mord an dem Pfarrer in Coustaussa aufgesucht hatte. Er hatte sich angemasst, sich ihm als direkter Nachfahre des ortsansässigen Adelsgeschlechtes vorzustellen. Nach anfänglichem Misstrauen hatte ihm Caclar interessiert zugehört und mit ihm einen Pakt hinsichtlich Sauniéres Dokumente geschlossen. Gérard de Blanchefort verpflichtete sich, sie ihm zu beschaffen, wenn Caclar im Gegenzug dessen Château wiederaufbauen ließe.

Bekanntlich verlief alles ganz anders und er hatte nie mehr etwas von diesem Menschen gehört. Was ihm blieb, war seine unendliche Sehnsucht nach den Dokumenten. Deren Besitz wäre die ultimative Rettung für sein Dorf, um aus der finanziellen Misere herauszukommen.

Deshalb hatte er einen erneuten Versuch gestartet, um ihrer habhaft zu werden, notfalls mit Gewalt. Da fiel ihm ein, was war eigentlich mit Thierry und seinem einfältigen Kumpel? Er hatte seit ein paar Tagen nichts mehr von ihnen gehört und musste außerdem alle Botengänge selbst übernehmen, weil seine Sekretärin freigenommen hatte.

Niedergeschlagen grübelte er vor sich hin, als plötzlich im Vorgarten eines der Nachbarhäuser eine laute Unterhaltung zu ihm drang. Sie klang aufgeregt und so, als könne man sich nicht beruhigen. Er begab sich zum Fenster und konnte zwei Nachbarsehepaare erkennen, die sich am Zaun gegenüberstanden. Stritten sie etwa miteinander? Er wurde eines Besseren belehrt, als sich einer aus der Gruppe löste und sich auf das Rathaus zubewegte.

Caclar befiel ein ungutes Gefühl und sollte recht behalten. Kurze Zeit später stand Roch Migneault vor Caclars Schreibtisch.

„Guten Tag, Roch. Was ist passiert?"

„Bürgermeister, stell dir vor. Es ist ein schreckliches Unglück geschehen."

„Ich höre." Er versuchte, den Geduldigen zu spielen, obwohl er vor Neugier platzte.

„In Rennes-les-Bains hat man jemand umgebracht, allerdings nicht irgendjemand, sondern …, sondern … den dortigen Pfarrer."

Caclar erschrak. „Abbé Boudet?"

„Nein, den nicht, sondern den anderen, ich meine, dessen Vertretung, der bei uns …. Ach, du bringst mich ganz durcheinander. Himmelherrgott, den jungen Abbé meine ich, den, der bei Abbé Saunière wohnt."

Caclar fiel augenblicklich die Kinnlade herunter. „Wer hat das getan, ich meine, weiß man etwas Genaueres?"

„Man erzählt sich, er habe Einbrecher überrascht, die sich am helllichten Tag im Pfarrhaus zu schaffen machten.“

Caclar wurde kreidebleich und brachte nur ein spontanes „Merde!“ zustande. Er wusste in diesem Moment nur zu gut, wer die Mörder gewesen sein konnten, durfte sein Wissen aber nicht preisgeben. Vielmehr rang er wieder nach Luft und zerrte an seinem Kragen. Die Nachricht gab ihm den Rest.

„Eugene, ist dir nicht gut?“ Die Frage seines Nachbarn klang besorgt, für Caclar schien sie weit weg zu sein. Sein Herz schlug wie ein Hammerwerk.

„Hat man … ich meine, hat man die Mörder schon geschnappt? Oder hat man sie erkannt?“

„Soviel mir bekannt ist, weiß man nichts Näheres. Meine Frau und ich haben es von unseren Nachbarn erfahren, die haben es wiederum in der Boulangerie aufgeschnappt. Es hat sich wie ein Lauffeuer ausgebreitet. Man sagt, die Gendarmerie würde in wenigen Stunden bei uns im Dorf eintreffen. Sie suchen überall nach den Tätern. Ob sie konkrete Hinweise haben, kann ich dir nicht sagen. Aber wenn ich etwas weiß, halte dich auf dem Laufenden.“ Wenig später war Migneault wieder verschwunden.

Zurück blieb ein sichtlich verunsicherter Gemeindepräsident, dessen Gedanken langsam in einen Tobsuchtsanfall ausarteten. „Diese Idioten!“, brüllte er und schlug mit der Faust auf seinen Schreibtisch. Dabei war es ihm egal, ob man es draußen hören konnte oder nicht. Wie kann man nur so blöd sein, dachte er sich und schickte ein verzweifeltes „Was mache ich jetzt nur?“ hinterher. Sollte die Sache auffliegen und er sich als Auftraggeber herausstellen, dann gute Nacht.

Für den Rest des Vormittags war er bedient. Er hatte keine Ahnung, wo die beiden Dummköpfe im Moment steckten. Wer weiß, ob sie überhaupt nochmal bei ihm vorbeikommen würden und wenn, dann waren sie wahrscheinlich zu dumm, um es unauffällig anzustellen. Das hatten sie ja in Rennes-les-Bains unter Beweis gestellt. Die ganze Sache war eskaliert und Unheil braute sich über seinem Kopf zusammen. Was also konnte er tun? „Denk nach", feuerte er sich an.

Er verließ sein Büro und ging zum gegenüberliegenden Aussichtspunkt, wo er sich auf einer Bank niederließ. Vielleicht würde ihm bei einem entspannten Blick in die Ferne die rettende Idee kommen. Aber irgendetwas blockierte sein Gehirn.

Als er wieder zu seinem Büro zurückkehren wollte, sah er zwei Männer die Villa Bethania verlassen. Er erkannte sie sofort, es waren die beiden Schnüffler. Aber warum kamen sie aus dem Pfarrhaus? Hatten sie den Abbé im Verdacht? Oder war es, weil der junge Pfarrer zuletzt dort gewohnt hatte?

Vielleicht sollte er versuchen, den Verdacht auf Saunière zu lenken. Es war eine Chance. Er kehrte in sein Büro zurück. Dort hatte er die nötige Ruhe, um sich einen Plan zu überlegen.

KAPITEL 28

Bérenger Saunière, der Geistliche von Rennes-le-Château tigerte unruhig in seinem Bibliotheksturm auf und ab. Zwischendurch hielt er oft inne, um ans Fenster zu treten und nachdenklich hinauszusehen. Es war seine Pflicht, den Bischof in Carcassonne zu verständigen. Man wusste wahrscheinlich noch nichts vom Ableben des jungen Abbés Leclerc. Gleichzeitig war es die Chance für ihn, die beiden Pfarreien wieder offiziell zu übernehmen? Man musste seine Suspendierung aufheben, denn eine weitere Vertretung würde man sicher nicht so schnell hierherschicken.

Die Gendarmerie in Couiza würde wahrscheinlich auch keine Mitteilung an den Bischof senden. Dazu war man viel zu sehr in den Ermittlungen vertieft.

Er überlegte, wie es verlaufen wäre, wenn er sich statt des jungen Abbè zum Tatzeitpunkt in Rennes-les-Bains aufgehalten hätte. Bérenger hätte sich garantiert nach Leibeskräften gewehrt und eine reelle Chance gehabt. Er hatte als junger Heißsporn schon manchen Dorfbewohner verprügelt. Sie hatten ihn schnell als einen schlagkräftigen Pfarrer und somit als einen der ihren zu schätzen gelernt.

Komisch, dachte er sich. Warum ließ ihn der kaltblütige Mord an Leclerc nur kalt? Er kam zu keinem Schluss. Dann ließ er sich an seinem Schreibtisch nieder und setzte ein Schreiben an seinen Dienstherrn auf, in welchem er ihn aufforderte, umgehend zu handeln. Zum Schluss ergänzte er noch seinen eigenen Vorschlag, es war für ihn die einzige richtige Alternative. Der Bischof musste ihn rehabilitieren, das war er ihm schuldig. Bérenger war fest davon überzeugt, er habe sich nichts zuschulden kommen lassen. Im Gegenteil, die Mitglieder seiner Gemeinde liebten und brauchten ihn, sie konnten sich keinen besseren Seelsorger vorstellen. Das hatten sie ihm oft bestätigt. Er war eine feste Institution in Rennes-le-Château geworden und das würde er über Jahre hinaus bleiben.

Außerdem hatte er große Pläne. Sie waren etwas, worüber man auch weit entfernt in Paris sprechen würde. Bisher hatte er sein Vorhaben hinausgezögert, hatte Selbstzweifel bekommen, ob er es tatsächlich durchführen solle. Aber seit er die bewusste Chronik in Lyon erworben hatte, riss ihn ihr Strudel immer tiefer mit, denn Seite für Seite erfuhr er darin Neues.

Es sollte sich um eine Sache handeln, die mit der christlichen Lehre zusammenhing, die Dinge in ungeheuerlicher Weise auf den Prüfstand stellte und die ihn persönlich an seinem bisherigen Glauben zweifeln ließ.

Überhaupt, war dieses Buch vielleicht nur ein Blendwerk des Teufels? Andererseits war es eine Bestätigung all seiner Vermutungen, die ihm während seiner Ausbildung zum Priester kamen. Er war schon damals einer der kritischsten Schüler und man erkannte früh, dass großes Potenzial in ihm steckte.

Aber wie so oft gab es auch dort Neider, die es ihm nicht gönnten. Es genügte der kleinste Anlass, dass man ihn „in die Wüste" schickte. Aus diesem Grund kam er 1885 nach Rennes-le-Château, einem gottverlassenen Nest, dessen Armut erkennbar an den Häusern und an der ungeteerten Straße zu Tage trat.

Aber nun hatte er die einmalige Gelegenheit, Rennes-le-Château seine wahre Größe und Schönheit zu verleihen und er wusste auch, wie. Seine Laune hellte sich auf, je mehr er sich in seine Planungen vertiefte. Dann blätterte er weiter in der geheimnisvollen Chronik.

In seiner Bibliothek hatte er alles über Maria Magdalena zusammengetragen und zusätzlich seine geliebten Dokumente hinzugezogen. Als er alle Fakten auf einem Blatt Papier notiert hatte, war er zu dem sensationellen Schluss gekommen, dass die Heilige mit Jesus von Nazareth verheiratet gewesen sein musste. Die Magdalena war tatsächlich nach Südfrankreich gekommen, ihre beiden Töchter und ihr Bruder befanden sich mit an Bord. Ausgemergelt von den Strapazen einer langen und gefährlichen Überfahrt, waren sie mit einer Nussschale von Boot an der Küste Südfrankreichs gestrandet.

Boudet hatte ihm erzählt, dass er die Grotte besucht hatte, wo Maria von Bethanien, wie man sie noch nannte, der Legende nach ihren Lebensabend verbracht haben soll. Er überlegte scharf, wie der Ort geheißen hatte. Nach mehreren Sekunden fiel ihm der Name wieder ein – La Sainte Baume. Boudet meinte damals, dass sie große Strapazen auf sich genommen haben musste, um zu dem abgelegenen Ort vorzudringen. Ein steiler Aufstieg habe sie erwartet, den man heute einigermaßen bequem über 150 Stufen erreichen kann. Es sei ein Ort der Stille, der heutzutage von vielen Touristen, meistens Gläubige aber auch Esoteriker, die in der Grotte die Energie der Heiligen in sich spüren wollten, aufgesucht werde.

Welches Leid hatte sie ertragen müssen, als man ihren Ehemann brutal ans Kreuz nagelte? Man kann es sich nicht vorstellen.

Saunières Chronik war in lateinischer Sprache abgefasst und er tauchte bei deren Studium umso tiefer in ein Stück biblischer Geschichte ein, das so gänzlich anders erschien. Eine Geschichte, die mit den Evangelien aus dem Neuen Testament nur teilweise übereinstimmte. Sie erschuf ein Bildnis, das die Heilige Familie in einem völlig anderen Licht erscheinen ließ.

Hätte Bérenger im Mittelalter gelebt, wäre er als Ketzer angeklagt und mitsamt dem Buch auf dem nächsten Scheiterhaufen verbrannt worden. Die Chronik wäre als Teufelswerk angesehen worden, eine Schrift, die von dem Herrn der Hölle persönlich verfasst zu sein schien. Sie war von einem Katharer verfasst worden und gehörte zum Geheimnis der mysteriösen Glaubensgemeinschaft. Wer sie in seinen Händen hielt, schwebte in Lebensgefahr.

Kaum zu glauben, mehrere Jahrhunderte später betrachtete man sie als nur eines von vielen historischen Büchern. Fest stand: Ihr Verfasser musste akribisch alle Fakten und Legenden gesammelt und daraus seine eigenen Schlüsse gezogen haben.

Saunière war von dem Werk wie hypnotisiert und vergaß seine Umwelt völlig. Streng genommen musste es ihm ungeheuerlich erscheinen, was er da las. Andererseits plagte ihn wissenschaftliche Neugier auf jede neue

Seite, die er zu lesen bekam. Der absolute Höhepunkt der Schrift sollte allerdings ein paar Seiten später folgen.

Das Kapitel über Maria Magdalena war von ihm vollständig durchgearbeitet worden. Was dann folgte, versetzte ihn in maßloses Staunen und mündete in einen heftigen Schweißausbruch. Die Rede war von Josef von Arimathäa, einem der einflussreichsten Männer, die es zu Lebzeiten des Jesus von Nazareth gab. Er war ein glühender Verehrer des jüdischen Propheten und steigerte sich in eine ohnmächtige Wut, als er von der Verurteilung des Erlösers erfuhr. Soweit stimmte Bérengers Chronik mit der biblischen Geschichte überein. Was der Geistliche aber dann las, konnte er zunächst nicht glauben. Zwar hatte er im Testament der Maria Magdalena, das Bestandteil seiner Dokumente war, gelesen, dass ihr Mann die grausame Folter der Römer überlebt haben soll. Aber Bèrenger hatte bis zum Auftauchen der Chronik keinerlei Bestätigung über dessen Wahrheitsgehalt.

Josef von Arimathäa soll Pilatus gebeten haben, dass er den Verurteilten noch vor Sonnenaufgang vom Kreuz abnehmen dürfe, was den Römern wegen des bevorstehenden Passahfestes sehr entgegenkam. Die Chronik behauptete ganz im Gegensatz zu den vier Evangelisten, dass Jesus zu diesem Zeitpunkt noch gelebt haben soll.

Angespannt las Bérenger weiter und traute seinen Augen nicht. Es war unglaublich. Da hieß es nämlich, dass der Arimathäer Jesus gesund gepflegt haben soll. Saunière begann vor Aufregung am ganzen Körper zu zittern. Hatte er bisher nur die vage Vermutung, dass Jesus und Josef einige Zeit später das Heilige Land verlassen hätten und in fernen Gefilden gestrandet wären, so bekam er mit der Chronik die Bestätigung, dass sie der Wahrheit entsprach. Der Beschreibung nach konnte es sich nur um Südfrankreich handeln. Sogar die Gegend wurde vom Chronisten exakt beschrieben, es war an der Cote Vermeille. Gleichzeitig kam ein Dorf namens Perillos zur Sprache, wo sich die Spur der Beiden dann offensichtlich verlieren sollte.

Bèrenger war derart in die Lektüre seiner Chronik versunken, dass er gar nicht bemerkte, wie sich unten die Eingangstüre öffnete und jemand ohne anzuklopfen eintrat. Es war Marie, die sich erst gar nicht die Mühe machte, sämtliche Stufen des der Wendeltreppe hochzusteigen.

„Bérenger!", rief sie von unten. Keine Antwort.

„Bérenger!"

Er antwortete zögerlich. „Marie, gibt es etwas Wichtiges?"

„Constance und ich werden nach Rennes-les-Bains fahren. Der Tod von Abbé Leclerc lässt uns keine Ruhe."

„Wenn ihr euch etwas davon versprecht, Reisende soll man bekanntlich nicht aufhalten."

Marie entgegnete, dass sie pünktlich zum Abendessen zurück sei, der Herr solle schließlich nicht verhungern.

„Nun verschwindet schon, bevor ich es mir noch anders überlege", war seine lapidare Antwort. Dann wurde es wieder ruhig.

Eigentlich hatte er vor, sich weiter seiner Chronik zu widmen, aber irgendetwas hielt ihn davon ab. Ihn beschäftigte plötzlich der Tod seines Kollegen Leclerc, der ihn bisher relativ kalt gelassen hatte. Erneut kam ihm in den Sinn, dass sie nichts anderes als seine Dokumente gesucht haben könnten. Aber warum ausgerechnet in Rennes-les-Bains? Sicherlich hnadelten sie im Auftrag von jemand Bestimmten und dafür kamen nur wenige infrage. Einer davon könnte sein Kontrahent Eugene Caclar, der Bürgermeister sein, ein anderer Gérard de Blanchefort.

Überhaupt Blanchefort, der ihn vor kurzem genervt hattte. Saunière konnte sich gut vorstellen, dass er weiter in der Gegend herumschnüffelte. Am besten wäre es, wenn er ihn endlich loswerden könnte. Aber wie?

Da! Plötzlich durchzuckte ihn ein Geistesblitz. Es fiel ihm wie Schuppen von den Augen. Nichts war naheliegender, als dass er ihn den beiden Gendarmen als Verdächtigen präsentieren könnte. Es war keinesfalls abwegig, dass die Mörder von Gérard de Blanchefort angeheuert wurden. Er brauchte ihnen nur von dem geführten Gespräch zu erzählen und dass er sich von Blanchefort unter Druck gesetzt fühle. Bérenger musste mit offenen Karten spielen, es blieb ihm nichts anderes übrig. Nebenbei könnte er noch erwähnen, dass er ihn in Lyon kennengelernt habe und er schon damals zwei Strauchdiebe anheuerte, um an die Dokumente zu kommen. Ein schlüssiges Motiv wäre es allemal, um einen Menschen umzubringen. Selbst, wenn sich Blancheforts Unschuld herausstellen sollte, würde er es nicht mehr wagen, noch einmal bei ihm aufzukreuzen.

Er rieb sich die Hände und ein teuflisches Grinsen umspielte seine Mundwinkel. Bliebe nur noch abzuwarten, bis die beiden Ermittler wieder bei ihm vorbeischauten. Er hatte eine Sorge weniger und sein Tag war gerettet.

KAPITEL 29

Die beiden Frauen fuhren schweigend nach Rennes-les-Bains. Beide waren in Gedanken vertieft und vorallem war es Marie, die krampfhaft überlegte, was die Mörder in Boudets Pfarrhaus wollten.

Constance dagegen schien verzweifelt, denn sie war auf dem besten Weg gewesen, den jungen Priester für sich zu gewinnen. „Wen könnte man fragen?", meinte sie.

„Ich weiß es nicht. Ich denke, wir sollten zuerst einmal das Pfarrhaus aufsuchen. Es könnte sein, dass dort noch ein paar Leute anzutreffen sind." Sie übte sich in Zuversicht, weil es das aktuelle Tagesgespräch war und fast jeder darüber garantiert Bescheid wüsste.

Wenig später hatten sie die Rue de l`eglise erreicht und kamen vor der Kirche zum Stehen. Das Pfarrhaus daneben war ein einfaches und schnörkelloses Gebäude. Jedoch war die Eingangstür versiegelt worden, denn niemand sollte unabsichtlich Spuren verwischen können.

Marie ging rechts vom Haus vorbei und sah, dass sich einige Menschen gerade um das Pferd kümmerten, das zu Leclercs Kalesche gehörte. Eine günstige Gelegenheit für sie, mit ihnen ins Gespräch zu kommen. Gerade wollte sie auf sie zugehen, als sie von hinten eine laute Stimme hörte. „Na, wenn das nicht die kleine Marie Dénarnaud aus Rennes-le-Château ist, dann will ich einen Besen fressen."

Die Angesprochene brauchte sich nicht umzudrehen, um zu wissen, wem die Stimme gehörte. „Und wenn das nicht mein alter Schulfreund Xavierre Théberge aus Rennes-les-Bains ist." Sie drehte sich um und stand einem großen vierschrötigen Mann gegenüber, der schwarzes Kopfhaar und einen gepflegten Vollbart trug. Seine himmelblauen Augen ließen ihn noch gutmütiger erscheinen, als sie ihn sowieso schon von früher kannte. Beide umarmten sich, machten sich gegenseitig Komplimente und Marie beschlichen kurzzeitig Frühlingsgefühle. Es erinnerte sie daran, dass sie vor unzähligen Jahren einmal eine Affäre mit ihm hatte.

„Nun, erzähl mir bloß nicht, dass du rein zufällig hier aufgekreuzt bist und dann auch noch wegen mir." Er lachte dröhnend und stürzte die Dénarnaud in Verlegenheit. Mittlerweile war Constance zu ihnen gestoßen und entzückte Xavierre mit ihrer Anmut.

„Willst du mich der Mademoiselle nicht vorstellen, Marie?"

Marie machte die beiden miteinander bekannt und Xavierre gab ihrer jungen Freundin einen Handkuss. Er schien immer noch der alte Charmeur zu sein. Constance fiel jedoch ohne Umschweife mit der Tür ins Haus. „Können Sie uns etwas sagen wegen der Ermordung des jungen Abbè, Monsieur?"

„Hab ich`s mir doch gedacht. Abbé Saunière hat euch also geschickt."

„Wir kommen nicht in seinem Auftrag. Es interessiert uns einfach, denn Abbé Leclerc hat bei uns im Pfarrhaus gewohnt. Wer könnte ihm so was antun? Er war doch ein lammfrommer schüchterner Mensch, der keiner Fliege etwas zuleide tun konnte." Während Maries Rede brach ihre jüngere Freundin sichtlich in Tränen aus. Marie nahm sie einmal mehr tröstend in die Arme.

„Das war verdammt hinterhältig von den Kerlen. Mir dürften sie nicht in die Quere kommen, ich würde kurzen Prozeß mit ihnen machen." Aus Xavierres Worten sprach eine gehörige Portion Wut.

„Kannst du uns wenigstens etwas verraten, was man bisher noch nicht wusste?"

„Na ja, ich zwar nicht, aber wenn ihr mal mit einem der Nachbarn des Pfarrhauses redet, die gegenüber dem Pfarrhaus wohnen, könnt ihr vielleicht noch Einiges erfahren." Damit machte er eine ausladende Handbewegung in Richtung der umstehenden Häuser. „Die haben zwar inzwischen einen Teil ihres Wissens an die Gendarmen weitergegeben, aber möglicherweise gibt es noch das eine oder andere Detail. Aber jetzt erzähl mal, Marie, wie geht es dir? Wir haben uns schließlich lange nicht mehr gesehen. Es kommt selten vor, dass man dich in Rennes-les-Bains antrifft. Man erzählt sich, du wohnst weiter in Rennes-le-Château bei Abbé Saunière, stimmts?"

„Das stimmt", bestätigte Marie. Dann gab sie ihm einen kurzen Abriss ihrer Lebensgeschichte in dem kleinen verschlafenen Ort, vermied es allerdings, ihm von ihrem Verhältnis mit dem Priester zu erzählen.

Als sie fertig war, war Xavierre an der Reihe, der ebenfalls nicht über Rennes-les-Bains hinausgekommen war. Aber immerhin sei er inzwischen glücklicher Familienvater, der als Dorfschreiner in Rennes-les-Bains gebraucht werde. Er und seine Familie führten einglückliches und vor allem gesundes Leben. Alles Andere finde sich von selbst.

Marie hatte aufmerksam zugehört und dachte an ihren Bérenger, mit dem sie hoffentlich noch einige glückliche Jahre verbringen könnte.

Die Beiden waren dermaßen in ihr Gespräch vertieft, dass sie nicht bemerkten, wie Constance ungeduldiger wurde. Bis sie es nicht mehr aushielt und Marie zum Aufbruch drängte.

Man verabschiedete sich voneinander und hoffte, dass es nicht wieder ein halbes Leben dauern würde, bis man sich erneut über den Weg lief.

Wenig später unterhielten sich die beiden Frauen mit den Passanten, die um Saunières Kalesche standen. Marie nahm sich vor, Felix noch heute Abend nach Rennes-les-Bains zu schicken, damit er die Kalesche abholen solle.

Die Nachbarn konnten ihnen nicht entscheidend weiterhelfen. Übereinstimmend war man zu der Ansicht gelangt, dass das Pferd lahmte, welches die Kalesche der Mörder gezogen hatte. Aber das hatte man schon der Gendarmerie verraten. Eine genaue Personenbeschreibung sei leider nicht möglich gewesen, da die Flucht sehr schnell vonstattenging.

Den beiden Frauen blieb die Hoffnung, dass die Gendarmerie mit ihren Ermittlungen besser vorankommen würden als sie. Wohl oder übel trat man die Heimreise wieder an. Marie hatte zufrieden registriert, dass sich in Rennes-les-Bains seit ihrer Jugend nicht viel geändert hatte. Seit dieser Zeit waren die Straßen staubig und in einem erbarmungswürdigen Zustand, nicht viel anders als in ihrem Heimatort. Die gesamte Region litt unter chronischem Geldmangel und das war nicht nur der Politik alleine zuzuschreiben. Man erhielt einfach keine Unterstützung aus Regierungskreisen. Als sie auf die Grand Rue einbogen, hofften sie, dass sie keinen Achsbruch erleiden würden.

Der Abend war angebrochen, als man in Rennes-le-Château eintraf. In den Häusern gingen nach und nach die Lichter an. Inzwischen hatte Marie Constance vor der Haustüre ihrer Mutter abgeliefert, wo die drei Frauen ein kurzes Damenkränzchen abhielten. Dann wurde es endgültig Zeit für die gute Seele an den heimischen Herd zurückzukehren. Der Herr des Hauses würde sicherlich bald in der Villa auftauchen und sich nach dem Abendessen erkundigen. Bèrenger legte nämlich nicht nur großen Wert auf geistige Dinge, ein ordentliches Essen war ihm genauso wichtig.

KAPITEL 30

Gérard de Blanchefort leistete sich ein Mittagessen in einem Gasthaus in Couiza. Nach dem Ärger mit dem Abbé von Rennes-le-Château war es ihm egal, dass seine Reisekasse weiterhin schrumpfte. Aus Frust gönnte er sich dazu eine Flasche Rotwein in der Hoffnung, dass danach die Welt annehmbarer für ihn aussehen würde.

Während er auf sein Essen wartete, dachte er mit einem mulmigen Gefühl darüber nach, wie man damals nach ihm gesucht hatte. Er war der große Unbekannte, der mit den Bonnet-Brüdern am Tatort in Coustaussa vor ein paar Jahren eingetroffen war, allerdings erst nach dem Mord an Abbé Gelis. Noch heute hatte er den Anblick des toten Pfarrers vor sich, eine Erinnerung, die ihm für den Rest seines Lebens bleiben würde.

Seine beiden Komplizen hatte man danach festgenommen, musste sie jedoch mangels Beweisen wieder freilassen. Gérard, ihren Anführer verrieten sie nicht. Dennoch hatte er zunächst befürchtet, man könnte ihn als Mörder verdächtigen und war so schnell wie möglich nach Lyon zurückgefahren, wo er sich die ganzen Jahre über versteckt hielt.

Jetzt sah er die Zeit gekommen, wo endgültig Gras über die Sache gewachsen sei. Er konnte seine Suche nach den vermaledeiten Dokumenten fortsetzen. Nach den Gesprächen mit dem Abbé und dem Bürgermeister war ihm klargeworden, dass es sich um keine x-beliebigen Schriftstücke handeln konnte. Deshalb wollte er sie so bald wie möglich in seinen Besitz bringen. Noch nach dem Mittagessen würde er wiederum nach Rennes-le-Château aufbrechen.

Durch den verstärkten Weinkonsum mutig geworden, musterte er neugierig alle Neuankömmlinge im Restaurant. Allerlei buntes Volk war anwesend. Vielleicht würde er unter ihnen einige Komplizen finden, die ihn bei seiner Suche unterstützen könnten. Ihm war klargeworden, dass er systematisch vorgehen müsse. Noch während des Essens dachte er darüber nach, wie er es am geschicktesten anstellen könnte. Oder sollte er zunächst ganz unbefangen fragen, ob jemand etwas von „gewissen" Papieren wüsste? Käme er dabei voran, könnte er sich die weitere Strategie überlegen.

Dann erinnerte er sich wieder an Lyon, seine alte Heimat. Ohne Frage hatte er zwar eine feste Anstellung bei der Kommunalverwaltung, wollte aber nicht für sein restliches Leben dort versauern. Denn er war ein Adeliger und sein Buch, das er immer bei sich führte, hatte ihm bislang wertvolle Dienste geleistet. „Aujourd'hui – les nobles" war der aufschlussreiche Titel. Im Nachhinein ärgerte es ihn immer noch, dass der damalige Einbruch in Coustaussa gründlich in die Hose gegangen war, denn sonst könnte er schon längst Schlossherr auf seinem neu erbauten Landsitz ein. Ihm kam die Abmachung mit dem Bürgermeister von Rennes-le-Château in den Sinn, nach der er ihm die Dokumente aushändigen und Caclar im Gegenzug die Burg der Blancheforts wiederaufbauen sollte.

Nachdem es nicht geklappt hatte, wollte Gérard nun einen neuen Versuch starten. Wäre er in den Besitz der Papiere gelangt, würde er sie ihm nochmals zum Kauf anbieten, natürlich nur, wenn er noch Interesse daran hätte.

In der Zwischenzeit war es durch die zunehmende Zahl der Gäste im Lokal lauter geworden. Angestrengt verfolgte er die Gespräche an den Nachbartischen. Was er hören konnte, ließ ihn aufhorchen, denn es war die Rede von einem neuerlichen Mord. Wiederum war das Opfer ein Geistlicher, diesmal in Rennes-les-Bains. Er konnte seine Neugier nicht mehr beherrschen und fragte drei junge Männer am Nachbartisch, ob er sich zu ihnen setzen dürfe. Von ihnen hatte er mitbekommen, dass sie sich intensiv über dieses Verbrechen unterhielten.

Sie hatten nichts dagegen und behandelten ihn angesichts seines vornehmen Benehmens sehr respektvoll. Daraufhin klärten sie ihn umfassend auf, was sich ereignet hatte.

„Das ist ja schrecklich. Wer ist zu so einer Tat fähig?“, fragte Gérard scheinheilig.

„Das wissen wir leider auch nicht. Es muss heute Vormittag passiert sein. Wir hatten gerade in Rennes-les-Bains in der Nähe des Pfarrhauses gearbeitet, als wir plötzlich Schreie hörten. Ganz so, als würde ein Schwein abgestochen. Dann haben wir alles stehen und liegen gelassen und rannten, so schnell wie möglich, zum Pfarrhaus. Kurz darauf standen wir vor der Leiche des Pfarrers, zugegeben, ein nicht gerade schöner Anblick. Er lag auf dem Bauch in seinem eigenen Blut. Uns sitzt der

Schreck noch immer in den Gliedern", meinte der eine von ihnen.

Sein Kollege fügte hinzu, dass die Täter offensichtlich zu zweit gewesen waren, als man sie flüchten sah. Man hätte sie nur von hinten gesehen und das aus einer Entfernung von etwa zweihundert bis dreihundert Metern. Trotzdem wären die Drei unschlüssig gewesen, ob sie die Verfolgung aufnehmen sollten.

Gérard konnte es im Prinzip egal sein, denn er hatte ein reines Gewissen. Dennoch musste er unwillkürlich an jene Horrornacht vor einigen Jahren in Coustaussa denken.

„Hat die Gendarmerie Ihnen gegenüber vielleicht einen Verdacht geäußert?"

„Glauben sie, Monsieur, das werden die gerade uns auf die Nase binden?" Der junge Mann hatte recht, die Ermittlungen wurden streng geheim durchgeführt und wenn man einen Verdacht hätte, dann würde man es kaum der Dorfbevölkerung verraten. Das war Gérard mittlerweile klargeworden. Also musste er selbst seine Schlüsse daraus ziehen.

Ob dieser Mord etwa im Zusammenhang mit Abbè Saunières Dokumenten stehen könnte? Wenn ja, dann musste Blanchefort umgehend handeln und das bedeutete, dass er den Einbrechern zuvorkommen musste. Notfalls bliebe ihm nichts anderes übrig, als das Ding alleine durchzuziehen. Wo sollte er auf die Schnelle auch Komplizen herbekommen, ein eher unwahrscheinlicher Gedanke.

„Eine abschließende Frage noch: Hat man festgestellt, ob etwas gestohlen wurde? Das werden Ihnen die Gendarmen doch ausnahmsweise verraten haben, oder?"

„Nein, man hat uns nur gefragt, ob es etwas besonders Wertvolles geben würde, was sich im Pfarrhaus befinden könnte. Aber keiner von uns hat eine Ahnung, auch nicht die Nachbarn.“

Gérard unterließ es, weitere Fragen zu stellen. Er wollte nicht als verdächtig erscheinen. Zu guter Letzt spendierte er seinen neuen Bekannten noch ein Bier und verabschiedete sich.

Der Nachmittag war angebrochen und die Straßen präsentierten sich wie ausgestorben. Es war die Zeit, wo man sich für gewöhnlich nicht aus der Kühle des Schattens herauswagte und Siesta hielt. Nur Gérard quälte sich mühevoll auf den Kutschbock seiner Kalesche und schlug erneut den Weg nach Rennes-le-Château ein. Unterwegs machte er sich Gedanken, wo er seine Suche starten könnte, dabei legte er keinen gesteigerten Wert darauf, dem dortigen Pfarrer über den Weg zu laufen. Er fürchtete ihn und war sich sicher, dass er den Besitz der Dokumente notfalls mit der nötigen Durchschlagskraft verteidigen würde.

Wo könnte er sie aufbewahren? Das war die entscheidende Frage. Besaß er vielleicht einen Safe? Er wollte sich nochmals unauffällig umsehen. Könnten die Dorfbewohner etwas wissen? Eher unwahrscheinlich, die hatten bestimmt ihre eigenen Probleme, hauptsächlich, wie sie ihre Familien tagtäglich durchbringen könnten.

Wenn ihm überhaupt jemand weiterhelfen konnte, dann war es wahrscheinlich der überhebliche Dorfbürgermeister. Wie hieß er noch gleich? Ihm fiel der Name nicht mehr ein, aber da tauchte eine andere Frage auf: War er überhaupt noch im Amt? Er wurde ja auch nicht jünger und möglicherweise hatte er schon abgedankt, befand sich also im Ruhestand.

Trotzdem würde er das Rathaus aufsuchen und sich den jetzigen Gemeindevorsteher vorknöpfen. Natürlich so, dass er keinen Verdacht schöpfen würde, um was es Gérard eigentlich ging.

Als er in Rennes-le-Château eintraf, ließ er sein Pferd gemächlich dahintraben. Er wollte kein Aufsehen erregen. Auch hier war es am Nachmittag ruhig geworden.

Einige Kinder, die auf der Straße spielten, grüßten ihn höflich. Sie machten trotz der augenscheinlichen Armut ihrer Eltern einen zufriedenen und glücklichen Eindruck auf ihn.

Unwillkürlich fiel ihm wieder sein früheres Vorhaben ein, das darin bestand, das Château seiner Vorfahren in neuem Glanz erstrahlen zu lassen. Mit dem nötigen Kleingeld hätte er es bewerkstelligen können. Der damalige Dorfbürgermeister, an dessen Namen er sich einfach nicht mehr erinnern konnte, hatte ihm versprochen, ihn zu unterstützen, wenn er ihm die Dokumente beschaffen würde. Aber leider war es bekanntlich ganz anders für ihn verlaufen.

Gérard hielt an. Was sollte er am besten vorgehen? Sich vorsichtig erkundigen, ob es den Gemeindepräsidenten noch gab? Vielleicht würde er sich an die Abmachung von damals erinnern und sein Versprechen erneuern. Nur er könnte Gérard einen Tipp geben, wo er mit seiner Suche beginnen solle.

Guten Mutes fuhr er bis zur Ortsmitte. Dort stellte er sein Gefährt in der Nähe der Kirche ab und machte sich zu Fuß auf den Weg zum Rathaus. Er schwitzte heftig und

zog seine Jacke aus, darunter kam ein weißes Hemd mit
darübergespannten Hosenträgern zum Vorschein. Nun
war es erträglicher, und er ging die Straße ein Stück berg-
auf, bis er endlich vor der Eingangstür der Mairie stand.

KAPITEL 31

Marie fuhr einen kleinen Umweg, um noch bei Felix vorbeizuschauen. Sie wollte ihn bitten, am nächsten Morgen Saunières andere Kalesche aus Rennes-les-Bains zu
holen. Zwar gefiel es ihr gar nicht nicht, dass sie dort
unbeaufsichtigt herumstand, aber sie wollte ihn wegen
der einbrechenden Dunkelheit heute nicht mehr dort hin-
schicken.

Dann fuhr sie zur Villa. Sie wollte unbedingt mit
Bérenger reden. Es ging um Abbé Leclerc. Er hatte ihr zu
Lebzeiten, wie befremdlich das für sie klang, einen Zettel
gegeben, auf dem die genaue Adresse seiner Eltern stand.
Sie war sich nicht sicher, ob die Gendarmen überhaupt
daran gedacht hatten, sie vom Ableben ihres Sohnes zu
verständigen. Außerdem hatte man ihr bei ihrem Aufenthalt in Rennes-les-Bains nicht sagen können, wo man die
Leiche hingebracht hatte. Sie vermutete, entweder nach
Carcassonne oder gar Toulouse. Sie konnte sich nicht erklären, warum, aber irgendwie fühlte sie sich mitschuldig
am Tod des jungen Mannes. Wenn sie daran dachte, dass
Bérenger dasselbe hätte passieren können, drehte sich ihr
der Magen um. Das konnte doch alles nicht wahr sein.

Beim Essenzubereiten gelang es ihr nur schwer, sich zu beruhigen. Sie musste sich förmlich dazu zwingen, zur Tagesordnung überzugehen. Es ärgerte sie maßlos, dass der Herr des Hauses bisher so teilnahmslos geblieben war. Er hatte seit seiner Suspendierung nur noch seine Studien im Kopf. Sie nahm sich vor, mit ihm darüber zu sprechen, ob man Abbé Leclercs Eltern per Telegramm verständigen und sie nach Rennes-le-Château einladen solle. Falls sie dazu nicht finanziell in der Lage wären Mittel hätten, müsse sich Bèrenger für sie die Kosten übernehmen. Das wäre das Mindeste, was er für sie tun könne.

Saunière dagegen war bester Laune, als er zum Pfarrhaus kam. Er gab Marie einen dicken Kuss auf die rechte Wange und flötete, ob denn ihr köstliches Essen schon fertig sei. Allerdings hatte sie keinerlei Verständnis für dessen gute Laune. „Bérenger, ich muss mit dir reden. Es geht um Abbé Leclerc. Ich mache mir Vorwürfe und das solltest du auch tun.“

Der aber blickte sie nur verständnislos an.

„Schließlich hätte dir das auch passieren können, wenn du nach Rennes-les-Bains gefahren wärst“, setzte sie hinzu.

„Marie, das war nicht meine Entscheidung, dass man ihn in zu uns versetzt hat. Schuld war Bischof Beauséjour.“

„Darum geht es doch nicht, sondern dass er statt deiner nach Rennes-les-Bains gefahren ist. Du weisst genau, dass es eigentlich deine Aufgabe war. Oh, Bérenger, ich habe solche Angst, dass sich sowas wiederholen könnte.“

„Jetzt mal nicht den Teufel an die Wand. Ich weiß noch immer, mich zu wehren, wenn mir jemand ans Leder will. Du weißt, dass ich es schon mit ganz anderen Kalibern aufgenommen habe.“

„Aber doch nicht, wenn sie bewaffnet sind. Dann hättest auch du keine Chance.“

„Sag mal, was willst du eigentlich von mir?“ Langsam wurde es ihm zu bunt und seine gute Laune näherte sich dem Nullpunkt.

„Was ich möchte? Ganz einfach, ich will, dass wir uns um die Angehörigen des jungen Mannes kümmern. Wahrscheinlich wissen sie noch gar nichts von seinem Tod. Ich finde, wir sollten unbedingt Kontakt mit ihnen aufnehmen. Gleich morgen früh werde ich ihnen ein Telegramm schicken. Sie werden bestimmt hierherkommen wollen, auch um die Sterbeformalitäten zu erledigen.“ Dann wurde sie konkret. „Wenn sie kein Geld dafür haben, dann solltest du ihre Reisekosten übernehmen. Das ist das Mindeste, was du für sie tun kannst.“

Beide schwiegen kurz.

Saunière schnaufte tief durch. „Na gut, vielleicht hast du recht. Ich will kein Unmensch sein, schließlich bin ich ein Christ und unterstehe dem Gebot der Nächstenliebe.“

„Ich lade sie zu uns ein. Aber du solltest herausfinden, wo sie den Leichnam hingebracht haben.“

„Einverstanden, wahrscheinlich bleibt mir nichts anderes übrig, als mit den beiden Gendarmen zu reden, damit sie es mir verraten. Aber das trifft sich nicht schlecht, denn ich habe ihnen sowieso etwas mitzuteilen.“

Marie sah ihn fragend an. „Ich dachte, du wolltest sie loswerden.“

„Schon, aber manchmal muss man der Staatsgewalt auf die Sprünge helfen, wenn man etwas zur Aufklärung des Falles beitragen kann.“

Insgeheim meinte er damit, dass man sich manchmal mit seinem Feind verbünden musste, um seine Widersacher loszuwerden.

„Du sprichst in Rätseln."

„Ganz einfach. Wer hat denn in der Vergangenheit nichts unversucht gelassen, um in den Besitz der Papiere zu kommen?"

„Du meinst wahrscheinlich Caclar."

„Den zwar auch, aber der ist ein zahnloser Tiger. Er redet nur davon, hat aber bisher kein einziges Mal versucht, mit Gewalt in deren Besitz zu gelangen. Man muss ihn deshalb nicht ernst nehmen."

„Ich weiß nicht. Er ist ein hinterhältiger Mensch."

„Nein, Marie. Ich rede von jemandem, der fähig ist, deswegen einen Mord zu begehen. Zwar hatte er bei unserem ersten Aufeinandertreffen einen eher schüchternen Eindruck hinterlassen, aber als ich ihn das letzte Mal hier aufkreuzen sah, wirkte er entschlossen und gewalttätig."

Marie verstand gar nichts mehr. „Mein Gott, Bérenger, von wem redest du? Das ist ja entsetzlich. Ich wusste nicht, dass du dich in solcher Gefahr befindest."

Ging das schon wieder los! Sie war entsetzt, als sie seine Äußerungen hörte. Und das Schlimme war, dass er davon redete, als ginge es um völlig banale Dinge. Er wirkte gefasst und keineswegs nervös.

„Du kennst ihn nicht persönlich und du brauchst auch kein gesteigertes Interesse zu haben, ihn kennenzulernen. Erzählt habe ich dir schon von ihm, es handelt sich um diesen Blanchefort. Wie du weißt, hat er damals in Lyon behauptet, er habe einen legitimen Anspruch auf alles, was seiner Familie jemals gehörte.

Übrigens frage ich mich immer noch, wie er in den Besitz eines Adelstitels gelangt ist. Und das Mysteriöse ist, dass er von den Papieren weiß. Wenn er meint, ich würde sie freiwillig herausrücken, dann werde ich ihm diese Suppe ordentlich versalzen. Wahrscheinlich steckt ja er hinter den Einbrüchen. Wie du siehst, schreckt er auch nicht vor Gewalt zurück.“

Marie war schockiert über das, was Bérenger da von sich gab. „Du kannst ihn doch nicht ohne jegliche Beweise als Mörder denunzieren. Außerdem wurde doch in Rennes-les-Bains und Coustaussa eingebrochen und nicht hier bei uns“

„Papperlapapp, der Kerl ist gefährlich und es kann nicht schaden, wenn ihm die Gendarmerie auf den Zahn fühlt. Außerdem sehe ich nicht ein, dass ich dauernd den Sündenbock spielen soll. Man hat sich schon damals bei Gelis getäuscht und mich verdächtigt, und jetzt soll ich es wieder gewesen sein? Nein, danke. Ich werde ihnen die Wahrheit präsentieren und dann müssen sie ihn einfach festnehmen.“

Marie blieb kritisch. „Du sagst, dass er dich aufgesuchte. Hat er dir gedroht?“

Bérenger zuckte zusammen, denn eigentlich wollte er ihr nichts weiter von seiner Begegnung mit Blanchefort erzählen, sich aber blöderweise vorher verplappert.

„Ja, leider ist es so. Aber ich schwöre, dass ich ihm kein Wort verraten habe. Vielmehr erklärte ich ihm, dass er hier im Dorf an der falschen Stelle sei. Aber wie auch immer, ich werde jedenfalls die Gendarmerie sobald wie möglich in Kenntnis davon setzen. Selbstverständlich verrate ich ihnen nichts von den Dokumenten. Das geht sie nichts an.“

„Aber wenn du ihnen von Blanchefort erzählst, dann werden sie dich doch fragen, wonach er möglicherweise gesucht haben könnte. Außerdem werden sie sicher ihren alten Fall von Gelis Ermordung neu aufrollen. Meinst du nicht?“

„Nein, das sind zwei verschiedene Paar Schuhe. Obwohl, warte …“, er dachte nach. „Vielleicht war ja Blanchefort der große Unbekannte, nach dem man damals gesucht hatte, wer weiß? Das wäre sogar noch besser.“ Bérenger wusste nichts davon, dass Blanchefort zwischenzeitlich für unschuldig erklärt worden war. Er war der Meinung, man würde immer noch nach ihm suchen.

„Du hast recht, möglicherweise war Blanchefort schon damals in den Mord an Gelis verstrickt, ohne dass man es wusste. Das ließe die ganze Sache in einem völlig neuen Licht erscheinen. Marie, du bist ein Schatz.“

Er nahm spontan ihren Kopf in seine Hände und hinterließ einen dicken Schmatz auf ihrer linken Wange.

Marie geriet in Verlegenheit. Aber sie blieb skeptisch, denn es gefiel ihr absolut nicht, was er vorhatte. Sie kannte Blanchefort zwar nicht, aber man sollte ihm nicht etwas unterstellen, was man gar nicht beweisen könnte. Hinzu kam, dass sie Saunière gut genug kannte, um von ihm zu wissen, dass er alles unternahm, um lästige Widersacher auf seine Art und Weise aus dem Weg zu räumen.

„Bérenger, bitte überleg es dir genau, was du tust. Das könnte schnell zum Bumerang für dich werden.“

„Ach was, ich habe der Gendarmerie damals meine Unschuld beweisen können und auch jetzt können sie mir nichts anhaben. Sie sollten endlich damit aufhören, immer an der falschen Stelle zu graben. Gut, sie wissen, dass ich wohlhabend bin, aber gerade deswegen macht es keinen

Sinn, mir etwas zu unterstellen. Im Gegenteil, eigentlich bin ich derjenige, der ständig in der Angst leben muss, bestohlen zu werden. Es kann ihnen nur nützlich sein, wenn ich ihnen Verdächtige präsentiere. Nein, ich bin über jeden Verdacht erhaben. Außerdem, warum sollte ich ein Interesse daran haben, einen Priesterkollegen, dessen Unterstützung ich dringend benötigte, umzubringen?"

Damit war die Sache für ihn vom Tisch und man konnte seiner Meinung nach zum gemütlichen Teil übergehen. Inzwischen war es draußen stockfinstere Nacht geworden und man konnte die Hand nicht mehr vor Augen sehen, da Neumond war.

KAPITEL 32

Durac und Montagne hatten sich wieder von ihrem Schlafplatz, irgendwo auf einer Wiese zwischen Rennes-le-Château und Couiza, ausgeruht erhoben. Bevor sie losfuhren, rauchten sie noch eine Zigarette. Jeder von ihnen machte sich dabei seine eigenen Gedanken zu dem Mord. In der Gendarmerie in Couiza wartete inzwischen eine Menge von Aktenmaterial auf sie und ihre Begeisterung dazu hielt sich in Grenzen.

Wären sie hundert Jahre später auf die Welt gekommen, hätten sie ohne großen Aufwand anhand von Gentests die Täter feststellen und überführen können. So aber gab es wenige Spuren, denen sie nachgehen konnten. Die von Zeugen abgegebenen Täterbeschreibungen hielten sich in bescheidenen Grenzen und stimmten nicht wirklich überein.

Als Erster durchbrach Montagne das Schweigen. „Also, was sollen wir deiner Meinung nach als Nächstes tun?"

„Wenn wir nur endlich herausfinden könnten, hinter was die Strolche her waren. War es Geld oder war es etwas anderes? Auf jeden Fall scheint es sehr wertvoll zu sein."

„Du wiederholst dich. Aber gut, mir fällt leider auch nichts Besseres ein."

„Wenn wir in Couiza sind, sollten wir uns nochmal den Obduktionsbericht zu Gemüte führen, der müsste inzwischen vorliegen. Darüber hinaus müssen wir das Pfarrbüro in Rennes-les-Bains genauestens unter die Lupe nehmen. Es könnte sein, dass es dort ein Geheimfach gibt, auf das die Spurensicherung noch nicht gestoßen ist. Jedenfalls gebe ich die Hoffnung nicht auf." Durac übte sich in Optimismus.

„Gibt es dort einen Tresor? Hast du etwas in der Richtung mitbekommen?"

Durac schüttelte den Kopf. „Ich denke, den hätten die Täter gleich gefunden. Sie haben ihre Zeit genutzt und alles gründlich durchwühlt. Es scheint wirklich so zu sein, dass der Abbé zur falschen Zeit am falschen Ort erschienen ist, also ein Zufallsmord."

Montagne schnaufte tief durch und drängte zum Aufbruch.

Eine halbe Stunde später saß man vereint im Büro der Gendarmerie und trank Kaffee. Von alkoholischen Sachen hatte man für den Rest des Tages Abstand genommen. Außerdem wollte man beim Aktenstudium wach bleiben.

Montagne kehrte zum damaligen Mord an Gelis zurück. Es war ein verzweifeltes Hin- und Herspringen zwischen damals und heute, weil sie davon überzeugt waren, dass es eine Paralele geben musste und sie es irgendwann herausfinden würden. „Hier steht, dass im Pfarrhaus von Coustaussa ein Tresor existierte. Was befand sich darin?"

„Laut Akte waren es unwichtige Papiere, wie zum Beispiel Rechnungen, Lieferscheine und so weiter. Wegen so etwas lohnte es sich nicht, einen Mord zu begehen. Aber weil du fragst: Wir sollten herausfinden, ob es in der Gegend überhaupt jemanden gab oder gibt, bei dem sich ein Einbruch lohnt.“

„Gute Idee. Ich werde die Kollegen fragen, ob ihnen etwas bekannt ist.“

Montagne verschwand kurz und kehrte dann wieder zurück. „Damals wie heute war es Abbé Saunière in Rennes-le-Château. Der war übrigens auch in die Mordsache Gelis verstrickt. Um ein Haar hätte man ihn festgenommen, wenn ihm seine Haushälterin nicht ein Alibi gegeben hätte. Man durfte es nur nicht an die große Glocke hängen, Befehl von oben.“

„Ich erinnere mich wieder. Du hast recht.“

„Sag ich doch, aber es gibt ein Problem.“

Durac blickte ihn fragend an.

„Komisch daran ist nämlich, dass die Einbrüche bisher nur in Coustaussa oder Rennes-les-Bains geschahen. Ausgerechnet den reichsten Ort hat man in beiden Fällen bis jetzt verschont. Setzt man voraus, dass Saunières Reichtum über die Dorfgrenzen von Rennes-le-Château hinaus bekannt ist, dann muss man sich fragen, was das Ganze eigentlich soll.“

Wie man es drehte und wendete, alles blieb ein Rätsel. Waren die Überfälle eine Art Ablenkungsmanöver, um Saunière in Sicherheit zu wiegen? Hoffte man, dass der Abbé leichtsinnig werden würde? Man konnte nur spekulieren, eine Antwort fand man nicht.

Es war das Gebot der Stunde, Saunière nochmals auf den Zahn zu fühlen. Sie wollten ihn solange bearbeiten, bis er endlich damit herausrückte, nach was man suchte.

„Irgendwo in den Akten muss doch etwas über das Vermögen des Geistlichen stehen. Wenn er es sich illegal beschafft hat, dann könnte er auch Gewalt angewendet haben." Montagne ließ nicht locker. Wahrscheinlich würde er diese Nacht nicht schlafen können. Sie waren in der gleichen Situation wie im Jahr 1897.

„Vielleicht besteht ja ein indirekter Zusammenhang zwischen damals und heute, und es sind wieder dieselben Täter wie damals."

Montagne meinte, dass er sich nicht an solchen Spekulationen beteiligen wolle. Vielmehr gehe es ihm um richtige Fakten, insgeheim dachte er auch an eine Beförderung und die einmalige Chance, der gottverlassenen Gegend entfliehen zu können. Er fühlte sich zu Höherem berufen, wenn man ihm nur die Gelegenheit dazu geben würde. Jetzt bot sie sich ihm an, aber er wusste noch nicht, wie er sie nutzen sollte.

Dann studierten sie den Obduktionsbericht, der soeben eingetroffen war. Demzufolge war Leclerc mit einem spitzen Gegenstand erstochen worden, über den man allerdings nur Vermutungen anstellen konnte. Möglich wäre ein Messer oder vielleicht ein Brieföffner. Von der Tatwaffe fehlte jede Spur.

Aber sie waren noch nicht fertig. Als Durac den zweiten Kaffee gekochte hatte, zog Montagne seine Notizen aus der Tasche und breitete die Zettelwirtschaft auf seinem Schreibtisch aus.

„Da gibt es noch etwas, was wir bisher übergangen haben?"

„Und das wäre?"

„Da ist die Sache mit dem lahmenden Pferd. Theoretisch müssten wir die Ställe aller Kaleschenbesitzer in der Umgebung durchsuchen. Dazu haben wir aber gar nicht das Personal. Folgedessen können wir nur darauf vertrauen, dass uns der Zufall in die Hände spielt, wenn wir uns morgen in einem der Dörfer aufhalten."

„Das glaubst du doch selbst nicht. Meinst du, das Pferd samt Kutsche läuft uns dann einfach über den Weg? Oh, Pierre, träum weiter. Die müssen doch damit rechnen, dass es jemandem aufgefallen ist. Möglicherweise haben sie es sogar bereits beseitigt, um Spuren zu verwischen."

„Man soll die Hoffnung nie aufgeben. Schon die blödesten Zufälle haben so manchen Mörder überführt."

Der Kaffee war fertig und Durac stellte die vollen Tassen auf den Schreibtisch. Auch wenn es im Büro nicht gerade kühl war, benötigten sie das wohltemperierte Getränk trotzdem. Erst später beim Abendessen würden sie sich ein kühles Bier gönnen, um die nötige Bettschwere zu erreichen, aber bis dorthin wollten sie die Zeit nützen, um sich in die vorliegenden Akten zu vertiefen.

Durac schnappte sich der Reihe nach Akte für Akte, um relevante Seiten daraus aufgeschlagen vor sich hinzulegen. Es kam einiges zusammen. Auf einem Blatt Papier notierten sie in StichpunktenDann nahm man sich ein Blatt Papier und notierte in Stichpunkten, was man für die beiden Fälle darin fand. Dabei wurde ihnen schnell klar, dass es Parallelen zwischen den beiden Morden gab.

„Also nochmal, was war in Gelis Safe?", wollte Montagne wissen.

„Nichts, außer einigen wertlosen Papieren, wie Rechnungen, und dazu etwas Bargeld. Aber es fehlt einfach der entscheidende Hinweis, der uns eine Brücke in die Gegenwart schlagen könnte."

„Vergleicht man es mit dem Mord in Rennes-les-Bains, dann muss man feststellen, dass sich dort auch nur wertlose Papiere auf dem Schreibtisch des Priesters befanden."

„Also ist anzunehmen, dass die Kerle noch nicht fündig geworden sind und deshalb vorhaben, noch in Rennes-le-Château vorbeizuschauen. Natürlich nur, wenn sie so dreist sind."

Durac schnappte hörbar nach Luft.

„Ich kann mir vorstellen, was du denkst. Unsere Personaldecke erlaubt es nicht, einen ständigen Posten beim Pfarrhaus in Rennes-le-Château abzustellen. Habe ich recht?"

Durac brummte mürrisch und gab zu, dass ihm nichts Besseres einfallen würde. Allerdings wollte man es zunächst mit den Kollegen ausmachen, weil sie wussten, dass der Vorschlag wahrscheinlich nicht gerade auf viel Gegenliebe bei ihrem Chef stoßen würde.

Sie behielten recht, denn ihr Vorgesetzter, Charles Despins, zeigte zuerst eine strikt ablehnende Haltung gegenüber dem Vorschlag. Trotzdem ließen sie nicht locker und beknieten ihn förmlich, der Idee zuzustimmen. Es dauerte eine Stunde, bis sie ihn überzeugt hatten, dass es die einzige Möglichkeit sei, weitere Morde und Einbrüche zu verhindern. Überhaupt hatten sie Glück, dass Despins noch in seinem Büro anwesend war. Da er nämlich kurz vor der Pensionierung stand, nahm er es mit seinem Dienst nicht mehr so ernst. Er war gerade dabei, heimzugehen, weil seine Frau von ihm verlangte, dass er ihr bei diesem schönen Wetter mit der Gartenarbeit helfen solle. Aufgrund der Verzögerung konnte er sich garantiert wieder etwas von ihr anhören. Deswegen war er nicht gerade bester Laune, als die beiden Gendarmen in seinem Büro aufgetaucht waren.

Nachdem er den beiden die Genehmigung erteilt hatte, einen Beamten nach Rennes-le-Château zur Bewachung des dortigen Pfarrhauses abzustellen, packte er im Zeitraffertempo seine Siebensachen zusammen und flitzte gleich nach der Besprechung mit der ärgerlichen Bemerkung „Ach, machen Sie doch, was Sie wollen“, los.

Durac und Montagne grinsten sich gegenseitig an und begaben sich, nach dem sie in ihrer Amtsstube ihre Aktendeckel zugeklappt hatten, gemeinsam zum Abendessen ins nächstgelegene Restaurant. Nun stand einem gemütlichen Abend nichts mehr im Wege.

KAPITEL 33

Die Nacht war über Rennes-le-Château hereingebrochen und tauchte sämtliche Häuser des Dorfes in ein fahles unheimliches Licht. Für eine ordentliche Straßenbeleuchtung reichte der Gemeindeverwaltung das Geld hinten und vorne nicht. Caclar, der Bürgermeister, hatte zwar unermüdlich eine Menge von Anträgen an das zuständige Department weitergeleitet, jedoch bekam er immer die gleiche abschlägige Antwort, dass man auch hier sparen müsse. Seine einzige Hoffnung war Bérenger Saunière, der Pfarrer des Ortes. Der hatte jedoch andere Pläne. Ihm schwebte seit Jahren vor, dass er die Hauptstraße in Rennes-le-Château teeren lassen wollte. Eine Straßenbeleuchtung würde sich dadurch von selbst ergeben.

Bérenger spielte schon lange mit dem Gedanken, aber es kam ihm regelmäßig etwas dazwischen und so schob er sein Vorhaben all die Jahre vor sich her. Außerdem wollte er Caclar damit ärgern, obwohl unter der stetigen Auseinandersetzung der beiden Honoratioren die Bevölkerung am meisten zu leiden hatte.

Beiden lag es trotzdem fern, durch ihre Ausnahmestellung ihr „Volk" in der Wahl der richtigen Partei zu beeinflussen. Es existierte eine unausgesprochene rote Linie, die man nicht zu überschreiten wagte.

Im Dorf war es inzwischen ruhig geworden, nur ab und zu wurde die Stille nur von verhaltenen tierischen Lauten unterbrochen, die von den Hügeln der Corbières ins Dorf drangen.

Saunières Turm ragte gespenstisch aus der Dunkelheit und die beleuchteten Fenster im obersten Stockwerk flackerten wie Irrlichter in einer verwunschenen Welt. Ab und zu konnte man oben den geisterhaften Schatten einer Gestalt sehen, die unruhig hin und her huschte. Es war der Abbé, der sich ein ums andere Mal die Nacht um die Ohren schlug.

Unterhalb auf der Straße, in der sich das Pfarrhaus befand, tauchten plötzlich zwei dunkle Schatten wie aus dem Nichts auf und bewegten sich zu einem Haus mit einem gepflegten Vorgarten. Sie öffneten leise das Gartentor und eilten zur Haustüre, wo sie zaghaft klopften. Als von innen keine Geräusche zu vernehmen waren, wurden sie lauter. Dann schlich einer von den beiden ums Haus herum zur Veranda und klopfte dort ebenfalls.

Im Innern der Wohnung ging jetzt Licht an und eine Gestalt, die im weißen Nachthemd und einer Schlafmütze auf dem Kopf wie ein Gespenst aussah, begab sich zur Hintertüre.

„Wer ist da?“ fragte Eugene Caclar.

„Ich bin`s, Thierry“, erwiderte eine Stimme.

„Schscht, nicht so laut, du Idiot. Warte.“

Caclar öffnete die Türe, mit einer stummen Geste gab er ihm zu verstehen, dass er hereinkommen solle. Inzwischen hatte sich auch sein Albert zu ihnen gesellt.

„Wart Ihr das in Rennes-les-Bains?" Caclar gab sich die Antwort selbst. „Oh, ich hätte es mir ja denken können, dass Ihr zu dumm seid, einen Einbruch ohne große Pannen zu begehen."

„Das stimmt nicht. Wir konnten nicht wissen, dass uns der Pfaffe in die Quere kommt. Es stand für uns fest, dass das Pfarrbüro momentan unbesetzt ist. Schließlich haben Sie uns selbst gesagt, dass Abbé Boudet verschollen ist. Deshalb fühlten wir uns dementsprechend sicher."

Caclar schüttelte den Kopf. „Damit habe ich doch nicht gemeint, dass niemand im Büro vorbeischauen würde. Und überhaupt, was musstet ihr ihn gleich umbringen? Ihr hättet ihn doch auch so überwältigen können, indem ihr ihm eins über die Rübe gezogen hättet. Da muss man doch nicht gleich eine Waffe verwenden. Mit was habt ihr ihn umgebracht, mit einem Messer?"

„Nein, so was hatten wir nicht mit. Es war ein stinknormaler Brieföffner, der auf dem Schreibtisch lag. Ehe ich Albert zurückhalten konnte, hat er schon zugestochen. Der Pfaffe hat sich gewehrt und es war die einzige Möglichkeit, ihn uns vom Leib zu halten. Glauben Sie uns, wir wollten das alles nicht."

Thierry machte eine bedauernde Geste, indem er beide Hände aufs Herz legte. Er sah zu Albert, weil er von ihm erwartete, ihn bei seiner Ausrede zu unterstützen. Der aber blieb stumm wie ein Fisch und glotzte nur dämlich, das Unpassendste, was er im Moment tun konnte.

„Eine schöne Bescherung. Euch dürfte klar sein, dass Ihr schleunigst verschwinden müsst. Wenn es rauskommt, dass ich mit Euch unter einer Decke stecke, bin ich erledigt."

„Wir werden nichts ausplaudern, versprochen. Allerdings umsonst machen wir es nicht. Schließlich brauchen wir Geld, wenn wir abhauen sollen.“

Eugene Caclar schluckte, an Geld hatte er gar nicht gedacht. Was sollte er ihnen erzählen? Dass die Gemeinde fast pleite war und er selbst auch nicht viel besaß? Zwar war er ein Meister der leeren Versprechungen und konnte sich oft herauswinden, aber diesmal war er zu tief in die Angelegenheit verstrickt. In seinem Kopf arbeitete es fieberhaft. Er musste sich etwas einfallen lassen. Was ihm entgegenkam, war die Einfalt der Beiden, die seines Wissens nicht besonders intelligent waren. Das war die einzige Chance, die er hatte und die wollte er nutzen.

„Hört zu, ich habe wenig Bargeld im Haus. Deswegen kann ich Euch im Moment nicht viel geben. Es reicht nur für den Kauf von Zugfahrkarten. Achtet darauf, dass Ihr möglichst weit weg von Rennes-le-Château aus dem Zug steigt. Dann meldet Ihr Euch bei mir und ich werde Euch weiter finanzielle Unterstützung zukommen lassen. Anders geht es im Moment nicht.“

Es war für ihn die einzige Möglichkeit, sie sich vorerst vom Leib zu halten. Wie er an Geld kommen würde, wollte er sich in den nächsten Tagen in Ruhe überlegen. Auf Dauer war es dennoch keine gute Lösung. Irgendwann später müsste er wohl oder übel zu drastischeren Mitteln greifen. Wer garantierte ihm, dass man sie am Ende nicht doch schnappte? Caclar steckte bis zum Hals in Schwierigkeiten, die sich nun schlagartig vergrößert hatten.

„Wer garantiert uns, dass Sie keine leeren Versprechungen machen? Und wo sollen wir hinfahren?“ Thierry wollte sich nicht so einfach abspeisen lassen, andererseits konnte er ihn auch nicht erpressen, weil alle

Drei in die Mordsache verstrickt waren. Mitgefangen – mitgehangen.

„Was ich sage, gilt. Ihr könnt Euch auf mich verlassen." Er versuchte, ein ehrliches Gesicht zu machen, erntete aber nur   skeptische Blicke.

„Na gut, ich werde etwas aufsetzen. Setzt Euch inzwischen." Er ging in sein Arbeitszimmer und setzte sich an den Schreibtisch. Nach einer Viertelstunde kam er zurück. „Hier, ich habe es sogar unterschrieben. Setzt Eure Unterschrift ebenfalls darunter. Dann sind wir fertig für heute." Beide glänzten nicht gerade damit, was das Lesen und Schreiben anging und so befand sich am Ende ein unleserliches Gekrakel auf dem Schriftstück.

„Nochmals: Wo sollen wir Ihrer Meinung nach hinfahren? Wo erkennt man uns nicht gleich?"

„Ich kann Euch beruhigen, bisher hat niemand außerhalb des Razés eine Ahnung von dem Mord. Das weiß ich aus erster Hand, weil ich meine Informanten habe. Mein Vorschlag: Ihr fahrt Richtung Osten, vielleicht solltet Ihr Euch bis nach Italien durchschlagen. Dorthin gibt es eine Zugverbindung. Im Nachbarland könnt Ihr dann beruhigt eine Existenz gründen. Da werden immer Leute gesucht. Ihr braucht Euch bloß als Wanderarbeiter auszugeben."

Das leuchtete ein und so beschlossen sie, noch in derselben Nacht nach Couiza hinunterzulaufen, um am Morgen den ersten Zug zu nehmen. Vorher verlangten sie Caclars Kalesche, der aber blieb standhaft und meinte, das wäre viel zu laut und verdächtig, vor allem mitten in der Nacht. Nachdem er ihnen einige Banknoten ausgehändigt hatte, verschwanden sie in der Dunkelheit. Danach wurde es wieder ruhig in Caclars Haus. An Schlaf war für ihn jedoch in der restlichen Nacht nicht mehr zu denken.

KAPITEL 34

Der Morgen des nächsten Tages war angebrochen und für manchen Bewohner des Dorfes brachte er einige Sorgen mit sich. Das Wetter zeigte sich unverändert und die anhaltende Hitzewelle hatte den Ort bereits am Morgen fest im Griff.

Bérenger Saunière war wie jeden Tag früh unterwegs, nachdem er eine seiner Lieblingsbeschäftigungen hinter sich gebracht hatte, nämlich bei seiner „Marinette", wie er sie nannte, ein opulentes Frühstück zu sich zu nehmen. Vorher hatte er zufrieden eine Zigarette in der Küche der Villa Bethania geraucht, was Marie dazu veranlasste, sofort das Fenster weit aufzureißen. Sie konnte es auf den Tod nicht ausstehen, dass man ihr die Bude vollqualmte und deshalb begab er sich eiligst in die Kirche, um sich nicht ihren lautstarken Protest anhören zu müssen.

Er war spät dran und hatte nur noch wenige Minuten bis zum Beginn des Gottesdienstes zur Verfügung. Allerdings spielte es keine große Rolle, da der Abbé wie auch die Gottesdienstbesucher eigentlich nur eines im Sinn hatten, nämlich möglichst schnell der sich ansteigenden Hitze zu entfliehen. Trotz der in die Höhe kletternden

Temperaturen lauschten sie andächtig der Predigt Bérengers, dem es einmal mehr gelang, seine Ansprache nicht langweilig ausfallen zu lassen.

Nach dem Gottesdienst stellte er sich an die Eingangstüre der Kirche, um jeden Besucher mit ein paar freundlichen Worten und einem Händedruck in den Tag zu entlassen. Dennoch zwängte man sich ängstlich an der Dämonenstatue des Asmodis vorbei, die direkt neben Saunière mit ihren kalten blauen Augen stand, gerade so, als würde sie Bérenger bei der Verabschiedung unterstützen wollen. Mancher warf ihm deswegen einen gereizten Blick zu, er jedoch blieb gelassen. „Ich weiß, was Ihr sagen wollt, aber das hat schon seinen Grund, dass Asmodis hier steht." Daraufhin unterließ man es in der Regel, weitere Fragen zu stellen.

Als sich der letzte Kirchenbesucher entfernt hatte, schritt Bérenger voller Erwartung zum Tour Magdala, wo er leichtfüßig die Wendeltreppe erklomm. Dann stürzte er sich sofort über seine Chronik, weil er an einer besonderen Stelle angelangt war, die ihn seit gestern in Anspruch nahm.

Eine gute Stunde später fasste er einen Entschluss: Er würde in die Nähe von Perpignan reisen. Von dort aus würde sich ein serpentinenreicher Weg zu einem Plateau hochschlängeln, auf dem sich ein halbverfallenes Dorf befinden solle. Die Rede war von Perillos. Saunière hatte zuvor nicht viel darüber gelesen, nur dass es über einen historischen Hintergrund verfügte, der zudem von Sagen und Mythen umrankt war. Aber das war es nicht, was ihn in seinen Bann schlug, sondern eine bestimmte Behauptung, die mit Nachdruck in der Chronik unterstrichen war. Einer dieser Legenden zufolge sollten sich dort nämlich die Gräber zweier bedeutender Männer aus dem ersten Jahrhundert befinden, die Rede war von Josef von Arimathäa und – Jesus Christus. Bérengers Wissen dazu hatte die ganzen Jahre über nur auf Vermutungen basiert.

Seltsamerweise wurde es jetzt aber in der Chronik mit einer Vehemenz herausgestellt, dass ihm nichts anderes übrigblieb, als selbst vor Ort Erkundigungen einzuholen. Sein unermüdlicher Forscherdrang zwang ihn dazu.

Er war wie hypnotisiert von dem, was er da gelesen hatte und tauchte in eine fremde Welt ein, eine Welt der Antike, die schon lange untergegangen war. Es war schier unglaublich, was man in der Chronik zusammengetragen hatte und es las sich ähnlich wie die Bibel. Seite für Seite stieß er auf neue Impulse. Sie barg aber auch eine Gefahr in sich, denn sie entfernte sich Schritt für Schritt vom christlichen Glaubensbild und stellte vieles, was im Neuen Testament als absolute Wahrheit hingestellt wurde, infrage. Die Autoren waren unbekannt, wie aus dem nichts war das Buch vor langer Zeit aufgetaucht. Vor allem gab es für zahlreiche Behauptungen nicht einmal Beweise. Saunière hatte auch keinen Nachweis dafür, dass zum Beispiel die Geschichte der vier geflüchteten Katharer aus der Burg Montsegur der Wahrheit entsprach. Gewiss, dass sie in einem solch alten Werk detailgetreu beschrieben wurde, bestärkte ihn, sie als wahres Ereignis anzusehen, aber entsprach sie wirklich der Wahrheit?

Wie auch immer, Bérenger war in jenem Augenblick felsenfest davon überzeugt, dass es stimmte, was er darin über Jesus von Nazareth gelesen hatte. Sobald wie möglich wollte er nach Perillos reisen. Alles, was ihn momentan noch zurückhielt, war, dass er niemanden hatte, der ihn in der Zeit seiner Abwesenheit vertreten würde.

Hierzu musste er in Carcassonne Druck machen. Wäre Leclerc noch am Leben, wäre es überhaupt kein Problem für ihn, aber so …?

Er nahm eine seiner zahlreichen Enzyklopädien und versuchte unter dem Begriff Perillos nachzuschlagen. Vielleicht würde er darin noch mehr Informationen zu diesem Thema erhalten. Aber es existierte lediglich ein Eintrag über einen gewissen Ramon de Perillos, dem dortigen Lehnsherrn, der im 14. Jahrhundert an einem Kreuzzug teilgenommen hatte. Der Ort selbst wurde nur am Rande erwähnt. Bérenger bekam wenigstens eine genaue Beschreibung der Lage. Am besten würde man ihn von Perpignan aus entweder zu Fuß oder mit einer Kalesche über Serpentinen hinauf zu einem Hochplateau erreichen.

Amüsiert las er von einer Legende aus der Gegend. Sie erzählte von einem Ungeheuer, das im Mittelalter gewütet und Schafe, Ziegen und kleine Kinder gefressen haben soll. Man nannte es Babaos und Ramon de Perillos soll es nach seiner Rückkehr vom Kreuzzug in die Enge getrieben und getötet haben. Was Bérenger allerdings hellhörig werden ließ, war die beiläufige Bemerkung, dass Babaos bestimmte Gräber zu bewachen hatte und jeden vernichtet sollte, der es wagte in deren Nähe zu kommen.

„Das wird ja immer interessanter", sagte er halblaut zu sich selbst. Seine Ungeduld stieg, vor allem, weil jede Legende einen wahren Kern besaß. „Nur nichts überstürzen, du musst besonnen vorgehen", ermahnte er sich.

Obwohl er nicht an uralte Legenden glaubte, las er weiter. Offensichtlich waren die Gräber der beiden Männer das Wertvollste, was die Gegend besaß. Das Hinterland von Perillos war nämlich bitterarm gewesen. Es gab keinen einzigen Baum, sondern nur Büsche und unendlich viele Steine. Nicht einmal Gras existierte, was bedeutete, dass man kein Kleinvieh wie Ziegen oder Schafe halten konnte. Kein Obst, kein Gemüse, keinerlei Fruchtbarkeit.

Er musste sich unbedingt nach einer Zugverbindung nach Perpignan erkundigen, gleich heute Nachmittag würde er es in Angriff nehmen.

„Bérenger!" War das nicht Maries Stimme?

„Bérenger!" Sie riss ihn aus seinen Tagträumen. Als er zur Treppe eilte, kam sie ihm entgegen gestürmt. Mit einer Hand hielt sie den Saum ihres Rockes fest, um nicht zu stolpern, in der anderen wedelte sie mit einem Blatt Papier, das sich als Brief entpuppte.

„Das hätte doch bestimmt Zeit bis später gehabt, das musst du mir doch nicht extra hierherbringen."

„Oh doch." Sie drückte ihm das Schriftstück an die Brust, als sie außer Atem vor ihm stand. „Lies selbst."

Alleine der Absender genügte schon, um sein Gesicht rot anlaufen zu lassen. Der Brief kam direkt aus Rom. Am Siegel konnte man es erkennen.

„Bestimmt wollen sie mich wieder als Pfarrer haben. Du wirst sehen, es hat sich alles in Wohlgefallen aufgelöst." Er öffnete ihn und begann zu lesen. Je länger es dauerte, desto mehr verdunkelte sich sein Gesichtsausdruck. Marie ließ ihn keine Sekunde aus den Augen.

„Das ... das ist unerhört!" Auf seiner Stirn bildeten sich Zornesfalten und er schnaube vor Wut wie ein wilder Stier. Dann stampfte er mit dem rechten Fuß auf den Boden, dass sie erschrak. „Wie kommen die dazu? Ich habe mir doch nichts zu Schulden kommen lassen!", schrie er.

„Was wirft man dir vor?"

„So lies doch selbst." Er drückte ihr das Papier in die Hand und schüttelte den Kopf. Er war nur noch genervt. Marie überflog das Schreiben und als sie fertig war, schlug sie die rechte Hand vor den Mund. Sie war nicht weniger entsetzt als er.

„Bérenger, was hast du getan?"

„Ich? Wieso ich? Wie kommen die dazu, mich wegen Betrugs anzuklagen? So ein ausgemachter Blödsinn. Aber das lasse ich mir nicht bieten. Die sollen mich kennenlernen!"

Marie las es nochmals. Dann blätterte sie auf die nächste Seite, was er noch gar nicht getan hatte. „Hast du eigentlich schon die zweite Seite gelesen? Da hängt noch ein Schreiben vom bischöflichen Ordinariat in Carcassonne dran."

Er war nicht mehr imstande, weiterzulesen. Deshalb verlangte er, sie solle es ihm vorlesen.

Bischof Monsignore Beauséjour befahl ihm, sich in Kürze in Coustouge, einer kleinen Gemeinde, etwa 60 Kilometer nordöstlich von Rennes-le-Château, einzufinden. In der Zwischenzeit würde ein neuer Abbé mit dem Namen Henri Marty im Dorf eintreffen.

Das gab ihm den Rest.

„Dem Kerl werde ich einen gesalzenen Brief schreiben. Na warte!", tobte er. Saunière wusste zwar, dass der Bischof ihn nicht leiden konnte. Dass er jedoch zu solch drastischen Maßnahmen greifen würde, das besaß eine ganz neue Qualität. „Er will Krieg, also soll er ihn haben, ich lasse mich nicht von ihm kleinkriegen."

„Was willst du ihm sagen?" Marie war besorgt, dass dieser Hitzkopf sich in seiner Wut im Ton vergreifen könnte. Bisher hatte sie stets darauf vertraut, dass er die richtige Wortwahl treffen würde, nun aber bekam sie richtiggehend Angst. Und überhaupt, ihn von hier weggehen sehen zu müssen, würde ihr das Herz brechen. Nein, sie musste ihn unbedingt in seinem Widerspruch unterstützen.

„Ich muss dir übrigens etwas sagen. Ich werde in den nächsten Tagen eine kleine Reise unternehmen. Ich denke, sie dürfte nur wenige Tage dauern. Aber vorher werde ich noch ein Kampfschreiben an den Bischof loslassen, das sich gewaschen hat. Den Brief kannst du während meiner Abwesenheit absenden.“

„Darf man erfahren, wohin du willst?“

„Du lässt mich sowieso nicht eher in Ruhe, bis du es erfährst.“ Er spielte auf ihre Neugier an.

„Na gut, ich werde nach Perpignan reisen. Von dort habe ich vor, eine kleine Wanderung zu unternehmen. Ich möchte den Kopf freibekommen, damit ich mir überlegen kann, wie ich dieses Problem mit der Obrigkeit in den Griff bekomme.“ Es war nur die halbe Wahrheit, aber sie brauchte nicht alles zu wissen. Hauptsache, ihre weibliche Neugier war damit fürs Erste gestillt, dachte er.

Marie war leicht verwundert, dass er ausgerechnet dorthin fahren wollte, um nachdenken zu können. Aber andererseits kannte sie ihn gut genug, um zu wissen, dass er etwas im Schilde führte.

„Sei so lieb und pack mir ein paar Sachen zusammen. Ich bringe dir auch ein Geschenk aus Perpignan mit, versprochen.“

Falls er daran dachte! Denn das war bei ihm so eine Sache. Manchmal war er von seinem Forscherdrang derart beseelt, dass er alles um ihn herum vergaß.

Sie verließ den Turm, nicht ohne ihn zu ermahnen, er solle pünktlich zum Mittagessen erscheinen, es würde nicht mehr lange dauern.

Er wandte sich wieder seiner Lieblingslektüre zu. Den Brief des Vorgesetzten warf er achtlos in eine Ecke, ohne ihn weiter eines Blickes zu würdigen. Im Moment hatte er Wichtigeres zu erledigen. Ein ums andere Mal las er die bewusste Stelle in der Chronik, die besagte, dass Jesus Christus und Josef von Arimathäa auf der Flucht vor den Römern nach Südfrankreich gereist sein sollen. Aber noch ein anderer, viel triftigerer Grund spielte eine wichtige Rolle: Wahrscheinlich war der Gekreuzigte auf der Suche nach Maria Magdalena, seiner Ehefrau!

Bérenger wollte vor seiner Abreise noch einmal nach Rennes-les-Bains fahren, um dort einen Gottesdienst abzuhalten. Unterwegs war ihm eingefallen, dass beide Gemeinden für ein paar Tage ohne christlichen Beistand auskommen mussten, aber das konnten sie seiner Meinung nach schon verkraften.

KAPITEL 35

In Rennes-les-Bains war es später Vormittag geworden. Die Hitze war ins Unerträgliche gestiegen und Mensch und Tier hatten deshalb Zuflucht an einem kühlen und schattigen Ort gesucht.

Auch ins Pfarrhaus hatte die Wärme Einzug gehalten. Trotzdem musste man mit den Putz- und Aufräumarbeiten im Pfarrbüro durchführen. Keinesfalls konnte man den Blutfleck am Boden lassen. Von der Gendarmerie war alles für den Normalbetrieb freigegeben worden und so machten sich Odette und der Mesner Jean-Luc an die Arbeit. Die Alte hatte schon einiges erlebt, auch harmlose Einbrüche zählten dazu, aber ein Mord im Pfarrhaus ihres Heimatortes war auch für sie neu. Mit ihren 82 Jahren gehörte sie zu den ältesten Bewohnern des Dorfes, war aber noch sehr rüstig und vor allem geistig voll auf der Höhe. Nichts schien sie umbringen zu können, auch nicht der anfängliche Schock, den sie durch die Bluttat erlitten hatte.

Jean-Luc, der Mesner, zählte erst zum sogenannten „Mittelalter". Mit seinen 49 Jahren verrichtete er für gewöhnlich Hausmeisterarbeiten und musste ab und zu als

Ministrant aushelfen. Im Normalfall jedoch übernahmen diese Aufgabe die Kinder des Ortes. Ihnen machte es großen Spaß, dem Abbè bei seiner Gottesdiensttätigkeit zur Hand zu gehen. Vor allem, wenn Abbé Saunière aus dem Nachbarort vorbeischaute, um eine Messe abzuhalten, rissen sie sich darum, ihm behilflich zu sein. Der Geistliche war sehr beliebt und hinterher immer spendierfreudig, indem er ihnen so manches Geldstück in die Hand drückte. Außerdem konnte er sehr gut mit Kindern umgehen.

Jean-Luc und Odette hatten nichts unversucht gelassen, um die hartnäckigen Blutflecken gründlich zu beseitigen. Sie putzten und schrubbten stundenlang, bis nichts mehr davon zu sehen war. Schweißüberströmt und zufrieden betrachteten sie ihr Werk. Es hatte auch für sie eine Art Symbolcharakter, weil man die Spuren des Bösen beseitigt hatte und die Reinheit des Glaubens Einzug halten konnte.

Nach getaner Arbeit beschlossen sie, sich für ein paar Minuten vor dem Haus auf einer schattigen Bank auszuruhen. Jean-Luc nahm eine leere Glasflasche, die er im Büro gefunden hatte und sagte zu Odette, er wolle zum Dorfbrunnen gehen, um sie mit Wasser zu füllen. Odette fand, es sei eine gute Idee, denn sie habe ziemlichen Durst bekommen.

Es dauerte ein paar Minuten, bis der Mesner zurückkehrte. Gerade als er sich niederlassen wollte, hörten sie in der Ferne das Rasseln einer Kutsche, das schnell näherkam.

„Welcher Verrückte fährt denn bei so einer Hitze noch in der prallen Sonne spazieren?" Odette war genauso ratlos wie Jean-Luc. Als das Gefährt in Sichtweite war, erkannten sie eine schwarze Gestalt auf dem Kutschbock.

Die Kalesche kam zum Stehen und ihr Besitzer hüpfte leichtfüßig herunter. Odette traute ihren Augen kaum, als er vor ihr stand. Dann stieß sie einen heiseren Freudenschrei aus. „Nein, das glaube ich jetzt nicht!" Am liebsten hätte sie ihn umarmt.

„Doch, liebe Odette, ich bin es", lachte er.

Jean-Luc war der Einzige, der bis jetzt immer nur Bahnhof verstanden hatte. Verständlich, denn als Abbé Henri Boudet das Dorf verlassen hatte, war der junge Mann noch ein Kind.

Die Alte hatte ihre anfängliche Zurückhaltung nun gänzlich aufgegeben und fiel ihrem Pfarrer glücklich um den Hals.

„Halt, du erdrückst mich ja noch", lachte Boudet. Als er sich mit Jean-Luc bekannt gemacht hatte, trug er ihm auf, sich um Pferd und Kalesche zu kümmern.

Odette konnte es immer noch nicht fassen, es grenzte für sie an ein Wunder, ihren alten Abbé wieder zu treffen.

Boudet forderte sie freundlich auf, mit ihm in den Schatten seines Büros zu kommen, wo sie ihm in aller Ruhe erzählen sollte, was sich in den vergangenen Jahren ereignet hatte. Dort wollte sie gar nicht mehr damit aufhören, ihm jedes noch so unwichtige Detail zu schildern, ein Zeichen dafür, dass ihr Gedächtnis noch voll funktionsfähig zu sein schien.

Nach einer Stunde bremste sie Boudet sanft herunter und bat sie, ihn alleine zu lassen. Er müsse sich erst zurechtfinden, meinte er. Nebenbei bemerkte er, dass ihm der Entschluss nicht leichtgefallen sei, an seine vorherige Wirkungsstätte zurückzukehren. Dann nahm er sich vor, eine Depesche nach Carcassonne zu senden, um dem Bischof mitzuteilen, dass er sich vollständig imstande fühle, sein Amt als Priester weiter auszuüben. Ohne eine Antwort abzuwarten, wollte er unverzüglich damit beginnen, denn er sprühte vor Tatendrang. Überhaupt merkte man ihm sein fortgeschrittenes Alter nicht an, denn der lange Urlaub hatte wahre Wunder bewirkt.

Boudet wusste, dass es dem Bischof nur recht sein konnte, wenn er keine neue Vertretung nach Rennes-les-Bains schicken musste. Dann freute er sich insgeheim auf das überraschte Gesicht seines Amtskollegen aus Rennes-les-Château, wenn er zum Nachmittagsgottesdienst erscheinen würde. Zunächst jedoch besah er sich die Vorräte in der Speisekammer des Pfarrhauses, denn er hatte Hunger bekommen.

Wenige Minuten später stand er am Herd, wo eine einfache Gemüsesuppe vor sich hin köchelte. Währenddessen nahm er sich vor, sich am Nachmittag bei den Dorfbewohnern zurückzumelden.

Als er sich gestärkt hatte, suchte er zunächst wieder sein Büro auf. Es kam ihm wie gestern vor, als er seine Heimatgemeinde unter dubiosen Umständen verlassen hatte, ja verlassen musste. Nichts hatte sich auf den ersten Blick seit damals verändert, es schien, als ob die Zeit stehen geblieben wäre.

Den wahren Grund seines überstürzten Aufbruches hatte er nach all den Jahren weitestgehend verdrängt, nur ab und zu hatte er während der Zeit seiner Abwesenheit Alpträume bekommen. Er sah darin häufig den blutüberströmten Gelis vor sich, wie er ihm flehend die Hände entgegenstreckte. Er selbst stand wie zu Stein erstarrt vor ihm, unfähig, Gnade walten zu lassen.

Was würde Saunière dazu sagen, wenn er auf ihn treffen würde? Wie war es ihm inzwischen wohl ergangen? Dessen Gewissen musste doch genauso belastet sein wie seines.

Sicher, er hatte es sich woanders gutgehen lassen, war durch den Norden des Landes gereist, hatte mal da einen Kuraufenthalt angetreten, mal dort Verwandte, darunter seine Schwester, besucht. Selbstredend hatte er ihr nicht erzählt, warum er seine Pfarrstelle in Rennes-les-Bains verlassen hattte, gab nur gesundheitliche Gründe an. Er sah damals sehr schlecht und angeschlagen aus. Genauso hatte er sich auch die ganze Zeit über gefühlt. Seine kräftige Figur hatte einiges an Umfang eingebüßt. Aber mit der Dauer seiner Reise besserte sich sein Zustand.

Seufzend setzte er sich und nahm sich Blatt für Blatt des herumliegenden Papierkrams an. Inzwischen hatte es an der Tür geklopft und Jean-Luc kam mit der Reisetasche Boudets herein. Es waren nicht viele Sachen, die meisten befanden sich noch bei seiner Schwester, weil er den Entschluss, an seine ehemalige Wirkungsstätte zurückzukehren, aus einer nicht losgewordenen Gewissensnot heraus spontan gefasst hatte. Als er bei seiner Rückkehr festgestellt hatte, dass es bis zum heutigen Tag keinerlei Nachfolger in Rennes-les-Bains für ihn gab, schloss er daraus, dass man in Carcassonne keinerlei Interesse für die Pfarrgemeinden am Fuß der Pyrenäen hegte.

Boudet war im Zwiespalt, denn noch auf der Herfahrt hatte er beschlossen, sich nur kurz aufzuhalten und nach ein paar Tagen wieder abzureisen. Aber als er sah, dass man Saunière offenbar völlig alleine mit zwei Pfarrstellen gelassen hatte, bekam er ein schlechtes Gewissen.

Kurz darauf stand sein Entschluss endgültig fest, er werde hierbleiben. Den weiteren Nachmittag verbrachte er damit, einige Gemeindemitglieder zu besuchen. Jedem musste er natürlich erzählen, wie es ihm in der Zwischenzeit ergangen war und was seine Gesundheit machte. Zwei Stunden später kehrte er zur Kirche zurück, wo er alles für den Nachmittagsgottesdienst vorbereitete.

Von draußen hörte er plötzlich das laute Rasseln einer Kutsche. Sein Herz machte Freudensprünge, das konnte nur Sauniére sein. Er beschloss, nicht sofort hinaus zu gehen, weil er damit nicht zeigen wollte, dass er ihn vermisst hatte. Eigentlich hatte er ein schlechtes Gewissen, weil er seinen Kollegen damals mit der Mordsache Gelis alleine gelassen hatte. Wie konnte er das jemals wiedergutmachen?

Dann hörte er Schritte. Er schaute zur geöffneten Tür und erkannte im Zwielicht tatsächlich die Silhouette Saunières.

„Na so was. Sehe ich jetzt schon Gespenster?" Bérenger war leicht erschrocken, weil er es zunächst gar nicht glauben konnte, wen er da vor sich hatte. „Sind Sie es wirklich, Henri?"

Boudet gab einen tiefen Seufzer von sich. „Sie täuschen sich nicht, mein Freund, ich bin es."

Saunière hatte sich wieder gefangen und umarmte ihn mit gerührter Herzlichkeit. „Willkommen, Kamerad. Sie schickt mir der Himmel."

„Es war in eine Eingebung, die mich zufällig hierherführte. Umso mehr sehe ich jetzt, dass man mich dringender benötigt denn je. Obwohl ich, ehrlich gesagt, davon ausging, dass man in Rennes-les-Bains schon längst einen neuen Abbé hätte."

„Davon konnten wir alle nur träumen. Aber vielleicht hat man im Ordinariat damit gerechnet, dass Sie bald wieder zurückkehren würden.“

„Bald ist in diesem Fall ein relativer Begriff. Es sind immerhin mehrere Jahre vergangen und ich wollte dem Priesteramt entsagen, auch um für den Rest meines Lebens Buße zu tun. Das schlechte Gewissen, das ich habe, bedrückt mich sehr und hat mich zermürbt. Trotzdem kommt es mir vor, als wäre es erst gestern gewesen.“

„Tja, der arme Gelis. Gott hab´ ihn selig. Aber sagen Sie selbst, was blieb uns anderes übrig, als so zu handeln?“ Er flüsterte dabei. Draußen sollte es niemand hören.

„Nein, Saunière, wir hätten es nicht tun dürfen. Es war der schlimmste Fehler meines Lebens und ich kann ihn nicht wiedergutmachen.“

Wo blieb das Selbstbewusstsein des Geistlichen von Rennes-les-Bains? Der intrigante, stets im Hintergrund agierende und allwissende Abbé war nur noch ein Schatten seiner selbst. Das war Saunière aufgefallen und deshalb beschloss er, das Thema zu wechseln. „Wie es auch sein mag, Henri, verraten Sie mir, wo Sie sich in den letzten Jahren aufgehalten haben. Sie müssen viel erlebt haben, oder? Derweil können wir gemeinsam den Gottesdienst vorbereiten. Ihre Gemeinde wird sich bestimmt freuen, Sie wiederzusehen, wenn Sie plötzlich vor ihr stehen, um die Predigt zu halten. Ich werde nur den stillen Zuhörer abgeben. Ich hoffe, Sie haben es nicht verlernt.“ Bérenger lächelte zu der scherzhaften Bemerkung und freute sich auf die verdutzten Gesichter der Gottesdienstbesucher.

Boudet dagegen wunderte sich, dass die ganze Angelegenheit offenbar spurlos an seinem Kollegen vorbeigegangen war, unterließ es jedoch, einen Kommentar abzugeben. Er war dankbar, dass Bérenger im Augenblick nicht weiter darüber reden wollte und begann, von seinen Reiseerlebnissen zu erzählen. Er erwähnte, dass seine Gesundheit noch nicht vollständig hergestellt sei, aber das würde ihn nicht abhalten, sein Amt weiter auszuüben. Dem Bischof könne es nur recht sein.

Bérenger stimmte zu und erwähnte seinerseits, dass er sich mit seiner suspendierung herumschlagen müsse und zusätzlich noch ein Gerichtsverfahren auf ihn warte. Das ließe er sich nicht gefallen. Er werde es ihnen schon zeigen, meinte er.

Über Perillos ließ er Boudet gegenüber kein einziges Wort verlautbaren. Er wollte es nachholen, wenn er sich seiner Sache erst ganz sicher wäre. Er meinte nur, dass er in den nächsten Tagen eine kleine Wanderung in einer neuen Umgebung unternehmen wolle. Er müsse einmal ausspannen und ein Ortswechsel könne ihm nur guttun. Er bat Boudet, solange seine Vertretung zu übernehmen.

Dann war es soweit und der Gottesdienst konnte beginnen. Saunière amüsierte sich über die erstaunten Gesichter der Kirchenbesucher, als sie ihren alten Pfarrer erblickten.

Boudet gab zunächst eine kurz und verständliche Erklärung ab, wo er sich die ganze Zeit über aufgehalten hatte und warum er sein Dorf verlassen habe. Dies rief bei den Anwesenden eine große Anteilnahme hervor, wovon er so gerührt war, dass ihm für einen kurzen Moment Tränen in die Augen schossen. Endlich hatte er erkannt, wohin er gehörte.

„Aber lasst uns zur Tagesordnung zurückkehren. Schließlich sind wir hier, um unseren Herrn zu loben und zu preisen." Nach dem Gottesdienst blieb er noch eine Weile in der Kirche, um sich mit seinen Zuhörern zu unterhalten. Damit dauerte die Versammlung länger wie ursprünglich geplant, aber der Abbé ließ es gerne über sich ergehen. Man war froh, die Durststrecke der ständigen Vertretungen überwunden zu haben und endlich wieder einen richtigen Ansprechpartner für besondere Belange zu haben.

Saunière hatte sich zu ihnen gesellt und sie wieder allein waren, sah er seinem Kollegen an, dass ihm einige entscheidende Fragen auf den Nägeln brannten, die er bisher bewusst ausgeklammert hatte.

Wenig später war es soweit. „Was ist eigentlich mit den Dokumenten? Wie ich Sie kenne, haben Sie noch immer keinen Tresor angeschafft. Befinden Sie sich noch an der besagten Stelle?"

„Sie kennen mich bestens, Henri. Es ist wirklich so, wie Sie sagen. Damals habe ich Ihnen verraten, dass sie nach dem Erwerb der Chronik umso wertvoller für mich geworden sind. Gott sei Dank ist bisher niemand aufgetaucht, der unangenehme Fragen gestellt hätte. Mit einer Ausnahme."

Boudet sah ihn fragend an.

„Nun, leider ist es nicht die Gendarmerie, denn die tappt sicher nach wie vor im Dunkeln. Weder haben sie ein Motiv gefunden, noch wissen sie, wer für den Mord an Gelis infrage käme. Sie können in der Hinsicht also beruhigt sein. Selbst wenn die Gesetzeshüter Sie irgendwann besuchen sollten, so brauchen Sie keine Befürchtungen zu haben, denn offiziell waren Sie zum Tatzeitpunkt schon abwesend. Falls Sie wider Erwarten ein Alibi benötigen sollten, so werde ich Ihnen behilflich sein. Mein Wort darauf.

Aber ich meine eigentlich jemand anderen. Vielleicht erinnern Sie sich daran, dass ich damals in Lyon einen seltsamen Menschen kennengelernt habe und er mir zunächst nur ein harmloser Spinner zu sein schien. Allerdings änderte sich das schlagartig, als er sich als angeblicher Adeliger aus der Familie der Blanchefort zu erkennen gab." Er machte eine Kunstpause.

Boudet nickte. „Stimmt, so langsam kehrt meine Erinnerung zurück. Sie müssen wissen, dass ich nicht mehr der Jüngste bin. Sie erzählten mir damals belustigt von ihm."

„Genau, jedenfalls dachte ich mir hinterher, er würde schon nicht in meinem Dorf auftauchen und bin darüber hinweggekommen, bis … ja, bis er vor wenigen Tagen auf einmal vor mir stand und mir verriet, dass er noch immer auf der Suche nach den Dokumenten sei. Er äußerte den Verdacht, dass sie sich hier in der unmittelbaren Umgebung befinden müssten. Daraufhin habe ich versucht, ihn möglichst davon abzubringen. Dennoch werde ich den Verdacht nicht los hege, dass er es mir nicht vollständig abgekauft haben könnte."

„Das bedeutet?"

„Das bedeutet, dass wir weiterhin strickte Geheimhaltung wahren müssen. Damals machte er zwar einen harmlosen Eindruck auf mich. Wenn aber jemand nach so langer Zeit seine Suche fortsetzt, dann kann davon ausgegangen werden, dass er vielleicht auch Gewalt anwenden könnte, um sein Ziel zu erreichen. Außerdem habe ich eine schreckliche Befürchtung."

Boudet zuckte zusammen. Was er da gehört hatte, behagte ihm ganz und gar nicht. „Erzählen Sie weiter", forderte er seinen Kollegen auf. „Ich bin ganz Ohr."

„Es könnte durchaus der Fall sein, dass er mit jemandem Bestimmten aus Rennes-le-Château unter einer Decke steckt oder ihm eine Kooperation angeboten hat."

„Nun machen Sie es doch nicht so spannend."

„Ich sage nur einen Namen: Caclar."

„Was, ist der immer noch Bürgermeister?"

„Oh ja, weil bisher sonst niemand bereit war, diese undankbare Aufgabe zu übernehmen. Man munkelt, dass ihm und der Gemeinde das Wasser bis zum Hals steht. Deswegen liegt die Vermutung nahe, er könnte sich durchaus unkonventioneller Mittel bedienen, um sich Geld zu beschaffen."

„Moment mal, Sie meinen doch damit wohl nicht, dass der Mord an Abbé Leclerc auch damit in Zusammenhang stehen könnte?"

„Warum nicht? Für uns ergibt sich daraus die einzigartige Chance, die Gendarmerie auf die beiden aufmerksam zu machen. Damit könnten wir sie endlich loswerden, obschon ich aus christlicher Nächstenliebe niemanden denunzieren dürfte. Aber sagen Sie selbst. Welche Möglichkeiten haben wir?"

Kurzes Schweigen trat ein, in welchem beide ihren Gedanken nachhingen.

Boudet beendete die Überlegungen. „Also, welche Strategie schlagen Sie vor?"

„Zunächst einmal müssen wir uns in absoluter Verschwiegenheit üben. Selbst gegenüber Marie dürfen wir nichts verlautbaren lassen. Dann müssen wir abwarten, bis die beiden Gendarmen erneut auftauchen und das werden sie mit Sicherheit. Der Ehrgeiz hat sie gepackt, beide Morde aufzuklären und sie sind dankbar für jeden Tipp, den sie bekommen."

„Vielleicht sollten wir einen Köder auslegen, um sie auf die Spur der beiden Hauptverantwortlichen zu locken."

„Da liegen Sie schon richtig, Henri. Das Dumme dabei ist nur, dass ich im Augenblick noch keine konkrete Idee habe, wie wir vorgehen könnten. Aber vielleicht fällt ja Ihnen in den nächsten Tagen etwas ein. Ich schlage vor, wir schlafen eine Nacht darüber. Dann sprechen wir uns nochmals vor meiner Abreise."

Boudet war einverstanden.

„Sie haben recht, ich freue mich schon auf mein Bett und will heute bald den Schlaf des Gerechten antreten. Die Strapazen der Reise, Sie verstehen. Eine letzte Frage noch, entschuldigen Sie meine Neugier. Wohin gedenken Sie in den nächsten Tagen aufzubrechen?"

„Das werde ich Ihnen bald genug wissen lassen. Vorerst möchte ich es für mich behalten. Au revoir."

Mit diesen Worten verabschiedete sich Saunière von ihm und ließ ihn stehen. Boudet zuckte nur die Schultern und schlurfte in sein Büro. Als er an seinem Schreibtisch saß, dachte er darüber nach, dass sich Saunière ihm gegenüber eigentlich sehr seltsam verhalten hatte. Früher war es keine Frage, dass er ihm sofort alles verraten hätte, was es an Geheimnissen in seinem Dorf gab. Aber jetzt? Was war passiert, dass sein Misstrauen so gestiegen war? Vielleicht würde sich ja alles wieder von selbst einrenken, er wollte abwarten.

Wie dem auch sei, er musste an Wichtigeres denken und sich intensiv mit seiner Pfarrei auseinandersetzen. Das würde die nächsten Tage vollkommen in Anspruch nehmen. Er nahm sich vor, noch ein bis zwei Stunden zu arbeiten, dann wollte er sich etwas zu essen machen und ins Bett gehen, damit er am nächsten Morgen ausgeruht ans Werk gehen könne.

Zum Glück war die Wohnung im Pfarrhaus bis jetzt leer gestanden und er musste nicht erst nach einem Zimmer im Dorf suchen, wo er unterkommen konnte. Odette hatte sich die ganzen Jahre über darum gekümmert und so fand er sie sauber und aufgeräumt vor. So mancher Gegenstand dort ließ ihn an die Zeit vor seiner überstürzten Abreise erinnern, sodass er sich schnell wieder heimisch fühlte.

KAPITEL 36

Ein Geflecht von Lügen und Intrigen baute sich langsam aber stetig auf. Die Hauptrollen spielten wieder einmal zwei altbekannte Akteure, Abbé Bérenger Saunière und Abbé Henri Boudet. Immer noch ging es um Bèrengers geliebte Dokumente, die er mit niemandem teilen wollte. Alle anderen hatten seiner Meinung nach kein Recht darauf, sie zu bsitzen. Wiederum begann er damit, den Geistlichen aus Rennes-les-Bains mit in einen Abwärtsstrudel zu ziehen. Dabei hatte sowieso schon schwere Schuld auf sich geladen. Aber war das überhaupt noch möglich?

Sie brauchten sich gegenseitig, um das schreckliche Geheimnis, das auf ihnen wie ein Fluch lastete, besser ertragen zu können. Saunière besaß angesichts seiner Besessenheit eine gewisse Kaltblütigkeit und Boudet hatte versucht, es mit seiner Flucht in einen langen Kuraufenthalt in den Griff zu bekommen.

In der Gendarmerie von Couiza hatte man die Ermittlungen in der Mordsache an Gelis ad acta gelegt. Es wäre auch weiterhin so geblieben, wenn nicht etliche Jahre später ein neuer Mord an einem Pfarrer stattgefunden hätte. Aufgrund der augenscheinlichen Sinnlosigkeit war es naheliegend, einen Zusammenhang zwischen beiden Ereignissen zu vermuten.

Zwar hatte ihr Vorgesetzter diesbezüglich noch nichts geäußert, aber Montagne und Durac war dennoch klar, dass man nicht mehr lange zuschauen werde, wenn sich kein schneller Erfolg einstellen sollte.

Es war gegen sieben Uhr am Morgen und bereits hell draußen. Der Sommer war endgültig im Razés angekommen und wenigstens war die Luft noch relativ frisch um die Tageszeit. Je später es werden würde, desto mehr würde die Hitze unaufhörlich Einzug halten.

Durac und Montagne waren Frühaufsteher und wollten sich um den Personenschutz für Abbé Sauniere und seine Haushälterin kümmern, bevor sie nach Rennes-le-Château fuhren. Die Beiden wussten zwar nichts von ihrem Glück, aber man würde sie schon überzeugen können, dass es das Beste für sie sei. Bevor sie also starteten, hatte sich Montagne in das Zimmer seiner Kollegen begeben, die ihm noch reichlich verschlafen anglotzten. „Wer von euch übernimmt heute den Dienst in Rennes-le-Château?", rief er. Keine Antwort. Er wiederholte seine Frage.

„Hä? Was meinst du mit Dienst in Rennes-le-Château?" Einer der Anwesenden sah gnädigerweise von seinem Schreibtisch auf.

„Dachte ich es mir doch. Hat euch der Alte mal wieder nicht informiert. Alles muss man selber machen." Er erklärte es ihnen und sie waren nur widerwillig einverstanden.

„Na toll, das bedeutet Schichtdienst rund um die Uhr", meinte Bayard Méthot, ein junger Kollege.

„Wenn ich Schichtdienst machen soll, dann nur am Tag. Ich bin nicht mehr der Jüngste", protestierte Audric Duclos, sein Gegenüber am Schreibtisch.

„Hört mal, Durac und ich sind ja schließlich auch noch da", versuchte Montagne, sie zu beruhigen. „Also, wer fängt an?"

Duclos war einverstanden und sie kamen überein, dass Méthot ihn am Abend ablösen solle, da er noch keine Familie hatte.

Wenig später fuhren sie zu dritt los. Unterwegs schilderte ihnen Duclos schwärmerisch, was er sich für den ersehnten Ruhestand alles vorgenommen hatte. Durac und Montagne beneideten ihn deswegen ein wenig und ließen ein paar scherzhafte Bemerkungen los.

Sie genossen unterwegs die herrliche Aussicht und waren einmal mehr froh darüber, dass man hier Dienst tun dürfe. Unterschwellig hatten Durac und Montagne Beförderungsgedanken, denn möglicherweise würde ja einer von beiden Despins Posten übernehmen können. Die Befähigung dazu hatten sie, davon waren sie felsenfest überzeugt.

Als sie vor dem Pfarrhaus ankamen, trafen sic nur Marie Dénarnaud an. Sie schickte sie weiter zum Tour Magdala, wohin sich Saunière wie üblich zurückgezogen hatte. Duclos war bei Marievgeblieben, nachdem man sie informiert hatte, dass es das Beste für sie sei.

Der Gottesdienst war vorüber und Bérenger wollte letzte Vorbereitungen für seine Abreise nach Perillos treffen. Deshalb war er nicht besonders begeistert von dem Besuch. Die beiden Ermittler warfen neugierige Blicke auf die Bücher, die fein säuberlich in den Regalen an der

Wand standen. Ihr überwältigender Anblick nötigte ihnen einen gewissen Respekt ab.

„Was kann ich für Sie tun, Messieurs?"

„Hochwürden, wir müssen nochmals den Mord an Abbé Lecler zur Sprache bringen. Da hätten wir gerne Ihre Hilfe."

„Tun Sie sich keinen Zwang an und fragen Sie."

„Also", begann Durac. „Wir fragen uns schon die ganze Zeit, welches Motiv der oder die Täter gehabt haben könnten, um Ihren Kollegen umzubringen. Wir sind zu dem Schluss gekommen, dass der arme Geistliche rein zufällig ermordet wurde, weil er sie überrascht hatte. Denn sie müssen nach etwas Bestimmten gesucht haben. Um Geld kann es sich nicht gehandelt haben, da offenbar dort keine größere Summe deponiert war." Montagne machte eine Pause, um seine Behauptung auf Saunière wirken zu lassen.

Bérenger ließ mit seiner Antwort nicht lange auf sich warten. „Sie meinen also, dass es sich um etwas anderes gehandelt haben muss?"

„Davon sind wir inzwischen überzeugt", antwortete Durac. „Deshalb möchten wir gerne wissen, ob Sie uns einen Tipp geben könnten?"

„Nichts ist es wert, dass man dafür einen Menschen in den Tod schickt", entgegnete ihnen Bérenger philosophisch. „Leider kann ich Ihnen da nicht weiterhelfen." Damit war die Sache für ihn erledigt und er wollte sie hinauskomplimentieren, als Montagne ihm eine Frage stellte, mit der er absolut nicht gerechnet hatte.

„Verzeihen Sie die Frage, aber man erzählte uns, dass Sie über einen nicht unbeträchtlichen Reichtum verfügen würden. Hätten Sie vielleicht die Güte, uns mitzuteilen, woher er stammt." Und dann ergänzte Durac noch: „Das wäre sehr wichtig für unsere Ermittlungen."

„Ich verstehe nicht, was die Frage soll, Messieurs. Vor allem, in welchem Zusammenhang sie mit dem Mord an Abbé Leclerc stehen soll."

„Nun, wenn man sich hier so umsieht, dann könnte man annehmen, dass sich hier einige wertvolle Sachen befinden, zugegeben, für einen Landpfarrer sehr ungewöhnlich."

Bérenger zuckte zusammen, sie hatten ohne es zu wissen, einen empfindlichen Nerv bei ihm getroffen. Er begann zu schwitzen. War es die ansteigende Hitze oder war es seine Nervosität? Er hatte keine Ahnung. Er wusste nur eines, nämlich dass er diese beiden Schnüffler möglichst schnell loswerden musste. Was sollte er ihnen antworten? Es reichte ihm schon, dass man ein Gerichtsverfahren gegen ihn einleitete, weil er sich standhaft weigerte, den Ursprung seines Reichtums preiszugeben. Und jetzt auch noch das.

„Ich kenne einige sehr einflussreiche Menschen, denen ich es zu verdanken habe, dass ich die Kirche renovieren lassen konnte. Von dem Rest, der übriggeblieben ist, habe ich das Pfarrhaus erbaut und mir einen Bibliotheksturm gegönnt. Aber ansonsten besitze ich keinen Franc zuviel." Bérenger war jegliche art von Rechtfertigung zuwider. Warum konnten sie ihn nicht in Ruhe lassen? Es ging sie nichts an und den Mord an Leclerc konnte man ihm sowieso nicht in die Schuhe schieben. Er hatte es nicht nötig, des Geldes wegen in fremde Häuser einbrechen zu lassen.

„Da haben wir uns missverstanden, Hochwürden. Es geht nicht nur um Geld. Wir möchten von Ihnen nur wissen, ob Ihnen Ihr Reichtum erlaubt, noch bestimmte, vielleicht weitaus wertvollere Dinge bei sich aufzubewahren." Montagne versuchte, sich herauszuwinden, ließ aber dennoch nicht locker.

„Wie gesagt, ich habe nicht viel davon. Außer den Gemälden und Schnitzereien, die sich in der Kirche befinden besitze ich nichts weiter, außer …" Die beiden Beamten sahen ihn gespannt an. Außer meiner Bibliothek, hier im Tour Magdala. Aber jeder Dieb würde sofort auffallen, wenn er mit einem Stapel Bücher unter dem Arm aus dem Turm herausspazieren würde. Tagsüber, wenn ich nicht anwesend bin, sperre ich unten zu. Und nachts schlafe ich meistens dort auf dem Sofa. Also macht es das für einen Einbrecher nicht gerade einfacher. Sind Sie nun zufrieden mit meiner Antwort?"

„Na gut, dennoch eine letzte Frage: Gibt es in der näheren Umgebung vielleicht wertvolle Gegenstände in den anderen Pfarrhäusern, die es lohnen könnten, dass man sie mitgehen lässt? Wissen sie vielleicht etwas darüber?"

„Die Pfarrhäuser und Kirchen der Kollegen sind eher ärmlich und bescheiden ausgestattet. Soweit mir bekannt ist, hat auch niemand etwas Wertvolles daheim unter der Matratze liegen."

Sie kamen nicht weiter, weil sie das Gefühl nicht loswurden, dass der Abbé ihnen nur die halbe Wahrheit erzählt hatte. Irgendetwas musste existieren, und sie würden es schon noch herausfinden.

Sie hatten eine letzte Frage an Bérenger: „Haben sich hier in den vergangenen Tagen irgendwelche verdächtigen Subjekte herumgetrieben, die von woanders herkamen? Als Pfarrer kommen Sie doch viel mit der hiesigen Bevölkerung in Kontakt?"

Saunière kam plötzlich eine geniale Idee. „Jetzt wo Sie es sagen, gibt es tatsächlich jemanden, der vor ein paar Tagen bei mir vorsprach. Lassen Sie mich kurz nachdenken, dann fällt mir sein Name wieder ein." Bérenger nahm demonstrativ eine nachdenkliche Haltung ein. Er täuschte vor, dass er angestrengt überlegen würde, dabei wusste er genau, was er tat.

Dann erlöste er seine Gesprächspartner. „Ein gewisser Gérard de Blanchefort hat mich kürzlich besucht. Er erzählte mir, er komme aus Lyon und sei aus privaten Gründen hier. Er wollte mir weismachen, er sei ein Nachfahre des bekannten Adelsgeschlechts." Die beiden Polizisten kannten den Namen Blanchefort, weil sie hier aufgewachsen waren. Sie wussten, dass die beaagten Adeligen hier vor mehreren Jahrhunderten gelebt hatten. Allerdings war ihnen auch bekannt, dass die letzte Nachkommende im 18. Jahrhundert gestorben war und keine Erben besaß. Dass jetzt ein angeblicher Nachfolger auftauchte, wunderte sie genauso wie Saunière.

„Ich verstehe nicht, was das mit dem unserem Fall zu tun haben soll", meinte Durac.

„Ganz einfach, es ist wohl so, dass er behauptete, es gäbe in dieser Gegend einige wichtige Dinge, die ihm zustehen würden und nach denen er suche. Er fragte mich, ob ich vielleicht etwas darüber wüsste. Leider musste ich seine Frage verneinen und erkundigte mich, was er damit meinen würde, aber er wollte es mir nicht verraten."

Montagne ließ sich von Bérenger eine genaue Personenbeschreibung geben und wollte von ihm noch wissen, welchen Eindruck Blanchefort auf ihn gemacht habe. „Sah er vielleicht wie jemand aus, der nicht vor Gewalt zurückschrecken könnte, um seine Ziele durchzusetzen? Was meinen Sie?"

„Schwer zu sagen, aber ich habe vergessen, zu erwähnen, dass er mir das erste Mal vor mehreren Jahren in Lyon über den Weg gelaufen ist und da bereits nach etwas Bestimmten gesucht hat. Ich habe das natürlich nicht ernst genommen, aber als dann der Mord an dem damaligen Kollegen in Coustausssa, Gott habe ihn selig, folgte, da bin ich darüber einigermaßen erschrocken. Vielleicht war er darin verstrickt."

Jetzt wurden die beiden hellhörig. „War das etwa im Jahr 1897, als sie ihn getroffen haben? Bitte versuchen Sie, sich zu erinnern, das könnte uns sehr behilflich sein."

„Lassen Sie mich überlegen. Doch, das müsste so gewesen sein. Es war sogar wenige Tage, bevor diese ... diese widerliche Tat geschah." Waren Durac und Montagne dem zwielichtigen Abbè bisher äußerst skeptisch begegnet, so wurden sie jetzt immer freundlicher zu ihm.

„Hochwürden, Sie haben uns einen entscheidenden Schritt vorangebracht. Dennoch eine abschließende Frage: Gibt es hier in Rennes-le-Château vielleicht noch einige Dinge, außer Ihrem Geld natürlich", alle drei lachten herzlich, „die aus dem früheren Besitz der Blanchefort stammt?" Durac gab die Hoffnung nicht auf.

„Wenn ich es mir genau überlege, haben Sie sogar recht. Es existiert ein Gemälde, das in unserer Kirche hängt. Es trägt den Titel ‚Die Hirten von Arkadien', stammt von dem Maler Nicolas Poussin und ist allerdings eine Kopie. Der damalige Geistliche Abbé Bigou hat es von der letzten Blanchefort geschenkt bekommen. Allerdings habe ich keinerlei Ahnung, welchen Wert es hat. Wenn Sie wollen, zeige ich es Ihnen gerne."

Man führte einen Ortswechsel durch und die drei Männer watschelten im Gänsemarsch zur Kirche. Dort standen sie wenige Augenblicke später vor dem besagten Gemälde.

„Voila, das ist es. Vielleicht ist Blanchefort tatsächlich scharf auf dieses Bild.“

„Das könnte durchaus der Fall sein. Aber wir haben vorgesorgt.“

Bérenger schaute sie fragend an.

Montagne fuhr fort: „Wir haben einen Gendarmen hier postiert, die Kirche und das Pfarrhaus werden ab sofort rund um die Uhr bewacht.“ Damit deutete er auf einen Kollegen, der sich etwa zwanzig Meter entfernt auf der Straße herumdrückte und zu ihnen hersah.

Saunière wollte bereits widersprechen, als man ihm zu verstehen gab, dass es aus Gründen seiner und Maries Sicherheit unabdingbar sei. Sein Plan war aufgegangen, jedoch wollte er sich die Freude darüber nicht anmerken lassen. Aber das genügte ihm noch nicht. Deshalb verriet er ihnen, dass Eugene Caclar, der Bürgermeister des Dorfes, ebenfalls seit längerer Zeit hinter dem Besitz des Gemäldes her sei. Ein weiterer Verdächtiger bot sich den Gendarmen an. „Ich empfehle ihnen, Monsieur Caclar ebenfalls zu befragen, vielleicht kann er Ihnen noch Weiteres verraten. War`s das, Messieurs?“

Durac und Montagne sahen sich an, keiner hatte weitere Fragen. Deshalb bedankten sie sich und wünschten ihm einen schönen Tag. Bérenger sah ihnen eine Weile nach, dann ging er leicht und beschwingt zum Tour Magdala zurück. Außer Sichtweite des Wachpostens machte er einige kindische Freudenhüpfer und freute sich über seinen genialen Einfallsreichtum.

KAPITEL 37

Caclar kämpfte mit der Müdigkeit, während er an seinem Schreibtisch saß. Seine Sekretärin hatte ihm in aller Herrgottsfrühe einen starken Kaffee gekocht, aber genützt hatte es nicht viel, es drohten ihm wieder die Augenlider zuzufallen. „Ich muss mich unbedingt aufs Ohr legen, spätestens am frühen Nachmittag gehe ich nach Hause und lege mich ins Bett", nahm er sich vor. Bis dahin musste er durchhalten, da am Vormittag eine Bürgersprechstunde bevorstand. Das bedeutete, jeder in seiner Gemeinde konnte mit Problemen zu ihm kommen und er würde sich alles geduldig anhören. Außerdem waren im kommenden Herbst Wahlen und da er weit und breit der einzige Kandidat war, musste er trotzdem darauf achten, dass sein Wahlergebnis akzeptabel ausfallen würde. Es sollte seine Position gegenüber dem Landkreis stärken.

Aber im Moment war es ruhig und noch keiner hatte sich ins Rathaus verirrt. Vielleicht hatte er Glück. Wenig später wurde seine Hoffnung jäh zerstört, als er einen äußerst unangenehmen Besuch bekam, der die Vergangenheit in ihm aufleben ließ.

Es klopfte und seine Sekretärin Julie, ein junges zierliches Ding von zweiundzwanzig Jahren, spitzte mit ihrer hübschen kleinen Nase zur Tür herein.

Caclar versuchte, trotz aller Müdigkeit freundlich zu bleiben. „Was gibt es, mein Kind?", flötete er.

„Monsieur Maitre, ein vornehmer Herr wünscht, Sie zu sprechen. Darf ich ihn hereinbitten?"

„Na, wenn es denn sein muss." Caclar seufzte gespielt. Kurz darauf kam ein Mensch herein, der ihm irgendwie bekannt vorkam.

„Guten Morgen, Monsieur Maitre, erinnern Sie sich vielleicht an mich?"

Caclar musterte ihn von unten bis oben. „Hmh, ich muss sagen, Sie sind mir nicht ganz unbekannt. Aber helfen Sie mir auf die Sprünge, wann und wo haben wir uns schon einmal getroffen? Wie ist Ihr Name?"

„Ich heiße Gérard de Blanchefort und ich war vor einigen Jahren schon einmal in Ihrem Büro zu Gast."

Caclar dachte nach, der Name Blanchefort war ihm natürlich nicht unbekannt. Langsam dämmerte es ihm.

„Ach ja, ich erinnere mich in der Tat an Sie." Plötzlich zog er ihn am Ärmel zu sich heran und flüsterte: „Es ging um gewisse angebliche Dokumente, stimmt`s?"

„Wieso angeblich? Damals verrieten haben Sie mir brühwarm verraten, dass es sie gab und Sie wüssten genau, wo sie sich befinden."

Caclar erschrak. Er erinnerte sich, dass er den Kerl damals nach Coustaussa geschickt hatte. Er sollte Saunières Dokumente für ihn „besorgen". Hätte Blanchefort sie dann bekommen, wollte er sie ihm abkaufen. Denn: Der Adelige brauchte damals Geld, viel Geld. Der Grund dafür war einleuchtend, er wollte den Familiensitz wiederaufbauen lassen. Aber gleichzeitig kam ihm ein schrecklicher Verdacht. Sollte Blanchefort etwa der gesuchte Mörder von Gelis sein? Möglich wäre es. Caclar wollte diplomatisch vorgehen.

„Na gut, aber helfen Sie mir auf die Sprünge. Sie müssen verstehen, mein Gedächtnis ist nicht mehr das beste. Also, was habe ich damals zu Ihnen gesagt?"

„Sie haben mich nach Coustaussa zu einem Abbè Gelis geschickt. Sie behaupteten, er habe wertvolle Dokumente in seinem Safe, die von seinen Vorfahren stammen würden. Der Rest dürfte Ihnen bekannt sein."

Caclar seufzte. Trotzdem, aus dessen Äußerungen wurde er nicht schlau. War er der Mörder oder war er es nicht? Zu gerne hätte er es herausgefunden.

„Ich weiß nur, dass der Pfarrer von Coustaussa umgebracht wurde. Wer es getan hat, weiß bis heute keiner. Wenn Sie ihn aufgesucht haben sollten, dann machen Sie sich verdächtig. Deshalb empfehle ich Ihnen, möglichst schnell das Weite zu suchen, auch wenn Sie ein reines Gewissen haben sollten. Also, darf ich Sie nun bitten, wieder zu gehen." Er machte dabei eine abweisende Handbewegung.

Gérard blieb hartnäckig und ließ sich nicht so einfach abspeisen. „Oh nein, Monsieur, so leicht kommen Sie mir nicht davon. Ich gehe davon aus, dass Sie nach wie vor bescheid wissen, wo sich die Papiere befinden. Deswegen bleibe ich hier, bis Sie es mir verraten haben. Also ..."

„Das ... das ist unerhört. Was bilden Sie sich ein? Nehmen Sie sich in Acht. Ich kann Sie rauswerfen zu lassen."

„Nur zu, tun Sie sich keinen Zwang an. Aber dann werde ich allen verraten, dass Ihre Strauchdiebe überall nach den Dokumenten suchen und … dabei nicht vor einem Mord zurückschrecken“, antwortete Gérard genüsslich.

Eugene Caclar wurde kreidebleich. Was wusste der Kerl? War er wohl in Rennes-les-Bains, als die beiden Dummköpfe den Abbé ermordeten? So ein Mist, dachte er sich. Was mache ich jetzt nur? Er musste Klarheit bekommen, bevor er entsprechende Schritte unternahm.

„Was haben Sie beobachtet? Erzählen Sie“, meinte er kleinlaut.

„So gefallen Sie mir schon besser. Ich bin mir sicher, dass wir beide wieder ins Geschäft kommen. Schließlich möchten Sie die Dokumente und ich brauche Geld.“

Dann erzählte er ihm haarklein, was er beobachtet hatte. Dass er sich zum Beispiel am besagten Tag des Mordes zufällig in der Nähe des Pfarrhauses aufgehalten habe und durch lautes Rumpeln und Geschrei aufmerksam geworden sei. Er sei, so schnell er konnte, dorthin gelaufen und habe dann durchs Fenster gesehen, wie der eine von den Einbrechern dem Abbè einen spitzen Gegenstand in den Oberkörper gerammt habe. Gérard konnte sich gerade noch verstecken, als die Mörder das Pfarrhaus eiligst verlassen hatten. Als sie dann mit der Kutsche davonfuhren, habe er gesehen, dass ihr Pferd leicht lahmte. Beides, die Kalesche und das Pferd habe er sich genau eingeprägt.

„Ich verstehe immer noch nicht, wie Sie darauf kommen, dass die Einbrecher angeblich in meinem Auftrag gehandelt haben sollen. Das müssen Sie mir erklären.“

Es war der letzte verzweifelte Versuch Caclars, sich gegen das unabwendbare Schicksal aufzubäumen, dennoch wurde seine Hoffnung jäh zunichtegemacht.

„Ganz einfach, ich habe mir erlaubt, mich in den hinter
dem Rathaus befindlichen Anbau zu schleichen, um Ihre
Kutsche genauestens unter die Lupe zu nehmen. Sie war
identisch mit derselben, die ich beobachtet habe. Den
endgültigen Beweis fand ich, als ich mir Ihr Pferd genauer angesehen habe. Es lahmt weiterhin und ich empfehle
Ihnen, diesen Zustand schnell zu beseitigen. Die beiden
Schnüffler von der Gendarmerie sind nicht dumm und
werden ihnen bald auf die Schliche kommen, wenn sie
nichts dagegen unternehmen. Wenn Sie wollen, kann ich
das für Sie übernehmen oder sagen wir, Ihnen zumindest
helfen, die Beweismittel zu entsorgen.“

„Natürlich völlig uneigennützig, kann ich mir denken.
Na gut, nennen Sie mir Ihren Preis.“

„Es freut mich, dass Sie vernünftig sind. Meine Forderung ist dieselbe wie damals. Ich besorge Ihnen die
Dokumente. Dann verkaufe ich Sie Ihnen gegen eine
gewisse Geldsumme, die es mir ermöglicht, mein Château wiederaufzubauen, beziehungsweise Sie werden
mir mit Ihrem Personal unter die Arme greifen. Für Rennes-le-Château kann es nur von Vorteil sein, wenn sich
ein Adeliger hier niederlassen sollte. Oder meinen Sie
nicht?“

„Was bleibt mir anderes übrig, Sie haben gewonnen.“
Caclar dachte mit einem mulmigen Gefühl daran, dass es
sicherlich nicht zur Entspannung seiner prekären finanziellen Lage beitragen würde, ganz abgesehen davon, dass
er einer eiskalten Erpressung auf den Leim gegangen
war. Immerhin noch besser, als wenn er sich im Gefängnis wiederfinden würde. Blanchefort hatte sich zu einem
Gauner gemausert, der mit allen Wassern gewaschen war.
Das musste er neidlos anerkennen. Dass sich wenig spä-

ter weiteres Unheil über seinem Kopf zusammenbrauen
würde, ahnte er zu diesem Zeitpunkt nicht.

Es half nichts, man musste den Gaul so schnell wie
möglich beseitigen. Sie verabredeten sich für den frühen
Abend, wenn die Dämmerung einsetzte und es ruhiger
im Dorf werden würde. Bliebe nur die Überlegung, wie
man ein Pferd möglichst unbemerkt verschwinden lassen
könne. Gérard versprach, sich etwas einfallen zu lassen.
Für den Vormittag war alles besprochen und so verdrück-
te sich der Mann aus Lyon unauffällig.

Caclar dagegen war am Boden zerstört. Er schimpfte und fluchte ein ums andere Mal, dass seine Leute so
dämlich gewesen waren, einen Mord zu begehen. Zwar
versuchte er, sich auf seine Arbeit zu konzentrieren, aber
es wollte ihm nicht mehr gelingen. So saß er regungslos
mit verschränkten Armen da und beschloss, einen kleinen Spaziergang zu unternehmen, um seinen Kopf frei
zu bekommen.

Er nahm seinen Zylinder und verließ das Rathaus.
Dann steuerte er den Aussichtspunkt in die Corbières
an, die von den gleißenden Strahlen der Sonne bedeckt
wurden. Was für ein herrlicher Anblick, dachte er. Nur
eine Entspannung wollte sich nicht bei ihm einstellen.
Also was tun? Er drehte sich um 180 Grad und wanderte gemächlichen Schrittes die Dorfstraße hinunter. Dabei näherte sich der Villa Bethania. Als er in Höhe der
Eingangstüre vorbeikam, öffnete sie sich plötzlich. Aber
weder Saunière noch Marie waren es, die herauskamen.
Urplötzlich stand er den beiden Gendarmen aus Couiza
gegenüber. Er war vom Regen in die Traufe gekommen.

KAPITEL 38

Bérenger überlegte, dass er Boudet eigentlich noch vor seiner Abreise nach Perillos in seine Pläne einweihen müsste. Vor allem brannte er darauf, ihm zu erzählen, wie er auf geniale Art und Weise die Polizei auf die „richtige" Spur gebracht hatte. Es war ein Husarenstück, auf das er stolz war. Um die beiden Schnüffler, Caclar und Blanchefort, loszuwerden hatte er es so hingebogen, wie es für ihn am besten passte. Und wer weiß, vielleicht steckten ja beide tatsächlich hinter dem Mord an Abbé Leclerc. Das musste Boudet unbedingt erfahren. Es gelang ihm nicht mehr, sich auf das Studium seiner Chronik zu konzentrieren. Deswegen eilte er die Treppe im Tour Magdala hinunter, um nach Felix zu suchen. Er hastete zu Marie, sie konnte ihm allerdings nicht verraten, wo der „Junge" steckte. Bérenger hätte daraufhin normalerweise zu schimpfen begonnen, dass man alles selbst machen müsse. Aber heute meinte er nur „Macht nichts, dann erledige ich es eben selber."

Damit gemeint war das Anspannen seiner Kalesche. Er holte das Pferd aus dem Stall, ein mittlerweile in die Jahre gekommener Gaul namens „Simon", der eigentlich sein Gnadenbrot verdient hatte. Jedoch wollte Saunière kein neues Pferd anschaffen, da er vorhatte, sich in Zukunft ein modernes Automobil zuzulegen.

Danach unterrichtete er Marie davon, dass er zu Abbè Boudet fahren werde, dann war er unterwegs nach Rennes-les-Bains. Er hoffte, seinen Kollegen in dessen Büro anzutreffen, denn es gab bestimmt eine Menge von liegengebliebenem Papierkram zu erledigen.

Boudet war tatsächlich anwesend und wunderte sich, dass er Besuch von Saunière bekam.

„Bérenger, ist etwas passiert, weil Sie hier unvermittelt aufkreuzen?"

„Seien Sie beruhigt, nichts, weswegen man Angst haben müsste. Im Gegenteil, ich habe gute Nachrichten." Dann erzählte er ihm von dem Gespräch mit den Ermittlern. Boudet hörte anfangs skeptisch zu, im weiteren Verlauf hellte sich seine Miene immer mehr auf.

„Da ist es Ihnen gelungen, zwei Fliegen mit einer Klappe zu schlagen. Ich kann mir vorstellen, dass die beiden Denun ... äh, Verdächtigen ziemliche Probleme bekommen werden. Wer weiß, vielleicht steckt ja wirklich einer von ihnen hinter der ganzen Sache."

„Wenn man in der Gendarmerie eins und eins zusammenzählt, dann müsste man bald dahinterkommen, dass Blanchefort und Caclar es auf die Dokumente abgesehen haben. Denn wer sonst könnte noch ein Interesse haben? Hören Sie, Henri, ich möchte ein für alle Mal meine Ruhe vor den Schnüfflern haben und da ist mir jedes Mittel recht." Bérenger kam einem vor wie eine mehrere Jahre später erfundene Comic-Figur, die ständig Angst um ihren Geldspeicher hatte.

„Das müssen wir feiern." Boudet öffnete eine Schranktür und nahm eine Cognacflasche mit zwei Gläsern heraus. Im Gegensatz zu früher schien das erholsame Leben in der Fremde seine Spuren bei ihm hinterlassen zu haben. Bérenger trank normalerweise um diese Zeit keinen Alkohol, aber jetzt machte er gerne eine Ausnahme und so prosteten sich die beiden Intriganten verschmitzt zu.

„Ach, bevor ich es vergesse. Sie wollten doch von mir wissen, wo ich in den nächsten Tagen hinfahre. Angesichts der erfreulichen Entwicklung habe ich mich entschlossen, es Ihnen zu verraten. Kennen Sie einen Ort namens Perillos?"

Boudet überlegte scharf, allerdings musste er passen. Er zuckte mit den Schultern.

„Sie müssen ihn schon einmal gehört haben im Zusammenhang mit der Kreuzigung von Jesus Christus."

Er dachte erneut nach. „Tut mir leid. Wann soll das gewesen sein? Wissen Sie, mit zunehmendem Alter leidet bei mir das Gedächtnis. Immerhin bin ich nicht mehr der Jüngste." Da hatte er recht, denn sein „Kuraufenthalt" hatte stolze zehn Jahre gedauert. Es war für ihn das Privileg des Alters, einmal etwas vergessen zu dürfen. „Lassen Sie mich bitte nicht dumm sterben", fügte er hinzu.

„Wie Ihnen ja hinlänglich bekannt sein dürfte, bin ich gerade dabei, die Chronik, die ich damals in Lyon erworben habe, ausgiebig zu studieren. Dabei stoße ich öfters auf einige interessante Dinge. Manches darin hört sich auf den ersten Blick ketzerisch an, aber es scheint mir durchaus einer eingehenden Untersuchung wert zu sein. Dazu muss ich aber in dem speziellen Fall vor Ort recherchieren, was sich nicht ganz unauffällig bewerkstelligen lässt. Aber ich möchte es dennoch versuchen, denn es lässt mir keine Ruhe mehr."

„Was ...? Wovon reden Sie denn die ganze Zeit?"

Saunière hatte die Spannung mit seiner Geheimniskrämerei auf den Höhepunkt getrieben. Es bereitete ihm ein diebisches Vergnügen.

„Nun, ich will sie nicht länger auf die Folter spannen. Ich rede von ... dem Grab des Christus." Jetzt war es heraußen und er amüsierte sich über den schockierten Gesichtsausdruck seines Gegenübers.

„Ich verstehe immer noch nicht. Was ... was hat das mit Perillos zu tun?"

„Henri, was ist los mit Ihnen? Vor Jahren haben wir schon einmal über jene uralte Legende gesprochen, erinnern Sie sich nicht? Um es nochmals aufzugreifen, meine Chronik erwähnt es als unumstößliche Tatsache, dass sich die Gräber von Jesus Christus und Josef von Arimathäa in der Umgebung von Perillos befinden sollen. Aus diesem Grund will ich der Sache nachgehen und herausfinden, ob es der Wahrheit entspricht."

Man war wiederum auf dem besten Weg, Grenzen zu überschreiten. Dessen war man sich bewusst, ließ sich jedoch allzu gerne in den Strudel neuer Abgründe hineintreiben.

Bei Boudet war die Erinnerung zurückgekehrt, trotzdem wollte er Vernunft walten lassen. „So gerne ich es möchte, ich kann Sie leider nicht begleiten, Saunière. Es gibt in meiner Pfarrei vieles zu erledigen, was in den Jahren meiner Abwesenheit vernachlässigt wurde. Das wissen Sie selbst. Außerdem kann ich nicht schon wieder auf Reisen gehen, das würde nicht unbedingt dazu beitragen, das Vertrauen der Bevölkerung und vor allem

Bischof Beausejours in mich zu stärken. Aber sie müssen mir unbedingt berichten, was Sie herausgefunden haben. In der Zwischenzeit werde ich natürlich Ihre Vertretung übernehmen."

„Etwas anderes habe ich nicht von Ihnen erwartet, Henri. Aber was Perillos angeht, so scheint es mir der Logik zu entsprechen, dass Jesus und Josef von Arimathäa damals nach Südfrankreich gelandet sein müssen. Denn Maria Magdalena ist überall in Südfrankreich gegenwärtig. Dass Jesus hier nach seiner geliebten Frau gesucht hat, erscheint mir mehr als verständlich. Ganz im Gegensatz zu mir, hielt dieser Mann sehr viel von ehelicher Treue." Bérenger machte ein verlegenes Gesicht.

Boudet grinste über die Bemerkung seines Freundes. Derlei Selbstkritik hatte er von ihm nicht erwartet. Saunière schien ihm in diesem Augenblick menschlich reifer vorzukommen. Es war für ihn gleichzeitig ein Zeichen der Einsicht im Alter, obwohl Saunière erst um die fünfzig Jahre alt war.

„Sie sind also der Meinung, Ihre Mission könnte von Erfolg gekrönt sein?"

„Davon gehe ich aus. Und ich werde nicht müde werden, es in der Öffentlichkeit bekanntzugeben, sobald ich Beweise dafür habe. Lange genug ist die katholische Kirche dem Irrglauben mit dem Tod Jesu am Kreuz aufgesessen. Es wird Zeit, damit aufzuräumen."

Da waren sie wieder, Bérengers kritische häretische Gedanken, die ihn in Schwierigkeiten bringen konnten. Gleichzeitig verstand er es aufs Neue, seinen Kollegen Abbé Boudet für die Sache zu gewinnen. Zwar hatte es in der Vergangenheit schon einmal tödliche Folgen, aber in diesem Moment dachte keiner von beiden daran. Man hatte sich ein neues Ziel gesetzt und wollte es so schnell wie möglich erreichen.

Saunière erwähnte noch, dass er schon übermorgen abreisen werde, instruierte Boudet mit dem Nötigsten und verabschiedete sich dann von ihm. Er hatte es eilig und der arme Simon musste trotz seines Alters ein verschärftes Tempo mit der Kalesche an den Tag legen.

Kaum, dass er in Rennes-le-Château angekommen war, sprang er vom Kutschbock herunter und eilte zum Tour Magdala. Unterwegs erntete er dabei die anerkennenden Blicke einiger Greise, die auf einer Bank saßen und ihn beobachteten. Er war nach wie vor bei guter Kondition und nahm die 22 Stufen zur Bibliothek hinauf wie im Flug. Er hatte sich auf der Herfahrt vorgenommen, in der Chronik nachzulesen, wo er in Perillos mit seiner Suche ansetzen müsse.

Konzentriert studierte er, was man über Jesus und Josef von Arimathäa geschrieben hatte und wie sie den anstrengenden Weg von Perpignan nach Perillos eingeschlagen hatten.

Dabei stieß er auf eine unglaubliche Behauptung: Jesus soll einen Zwillingsbruder namens Thomas gehabt haben, der sich für ihn ans Kreuz nageln ließ. Er habe diese Tortur tatsächlich überstanden und sei danach nach Madras in Indien geflüchtet, wo er im stolzen Alter von 80 Jahren gestorben sei. Bérenger nahm sich vor, unbedingt noch vor seiner Abreise Boudet davon zu unterrichten. Ob man ihn deswegen als Ketzer hinstellen würde, war ihm in jenem Moment vollkommen egal. Zu sensationell war seine Entdeckung.

Plötzlich klopfte es unten und ohne eine Antwort abzuwarten, rannte Marie die Stufen der Wendeltreppe herauf. „Bérenger, Bérenger, du hast wieder einen Brief vom bischöflichen Ordinariat erhalten." Sie wedelte mit dem bewussten Papier vor seiner Nase herum.

„Zeig her." Er riss es ihr aus der Hand und öffnete es. Sie las neugierig mit. Es war die amtliche Versetzung nach Coustouge. Man ließ nicht locker, ihn wegen seines Reichtums zu nerven. Aber er gab sich nicht geschlagen. Noch vor seiner Abreise nach Perillos nahm er sich vor, eine entsprechende Antwort an den Bischof aufzusetzen.

KAPITEL 39

Caclar hatte die beiden Polizisten zwar noch nicht persönlich kennengelernt, aber er wusste sofort, mit wem er es zu tun hatte. Am besten freundlich grüßen, dachte er, und so unbefangen wie möglich an ihnen vorbeispazieren.

„Bonjour, Messieurs.“

Die beiden erwiderten den Gruß. Als er schon fast außer Reichweite war, zwinkerte Durac seinem Kollegen zu.

„Monsieur, warten Sie doch bitte mal.“ Montagne brachte ihn ruckartig zum Stehen. „Darf man erfahren, mit wem man es zu tun hat?“

Caclar kam sich vor wie ein kleiner Junge, den man ertappte, dass er gerade etwas angestellt hatte. „Aber … aber gern. Ich … ich bin der Dorfbürgermeister.“

„Dachte ich es mir doch“, meinte Montagne. „Schon an Ihrer Kleidung hätte ich es erkennen müssen.“

„Wie meinen sie das?“

„Für einen normalen Dorfbewohner sind sie zu elegant gekleidet. Darf man vielleicht Ihren Namen erfahren?“

„Ich heiße Caclar, Eugene Caclar.“

Die beiden Gendarmen stellten sich ihm vor und baten ihn um die Erlaubnis, ihm ein paar Fragen zu stellen.

„Eigentlich habe ich keine Zeit", er schwitzte aus allen Poren, dabei wusste er nicht mehr, ob es der Hitze oder seiner ansteigenden Nervosität zuzuschreiben war.

„Nun, wir können sie gerne ein Stück begleiten, das macht uns nichts aus."

„Na gut", seufzte er. „Dann kommen Sie eben mit." Er musste sich etwas überlegen, ein Ziel suchen. Ihm fiel nichts Besseres ein, als zu seinem Büro zurückzukehren. Die Gendarmen waren leicht verwundert, weil er plötzlich eine völlig entgegengesetzte Richtung einschlug. „Sie wollten doch dorthin." Durac fuchtelte mit der Hand vor ihm herum.

„Sch ... schon, aber ich habe es mir anders überlegt, das ... das hat Zeit. Ich stehe Ihnen gerne in meinem Büro zur Verfügung. Da können wir uns besser unterhalten."

Die beiden Ermittler waren misstrauisch geworden, ließen es sich allerdings nicht anmerken.

„Es geht um den Mord in Rennes-les-Bains. Sie haben bestimmt schon davon gehört. Wir gehen jeder noch so winzigen Spur nach, das müssen Sie verstehen. Können sie sich vielleicht vorstellen, was die Diebe im Pfarrhaus von Rennes-les-Bains gesucht haben?"

„Warum wollen Sie das gerade von mir wissen?"

„Es ist nur eine routinemäßige Frage. Wir gehen davon aus, dass die Mörder bei dem Einbruch überrascht wurden und möglicherweise zunächst gar nicht die Absicht hatten, jemanden umzubringen. Also, nochmal, was könnten sie dort gesucht haben?"

„Lassen Sie mich überlegen." Caclar setzte gespielt eine angestrengte Miene auf. „Soweit mir bekannt ist,

ist unsere Nachbargemeinde nicht sonderlich reich und schon gar nicht ihr Pfarrer." Damit machte er eine Anspielung auf Saunière. „Das Einzige, was ich mir vorstellen könnte, ist ein Buch, das der frühere Abbé von Rennes-les-Bains einmal geschrieben hat, irgendetwas über die alten Kelten oder so."

Seine Absicht lag auf der Hand, er wollte so gut wie möglich von Rennes-le-Château und seinen heimlichen Reichtümern ablenken.

„Ist das dieser Abbé Boudet oder wie er heisst? Aber der soll doch schon seit Jahren nicht mehr hier vorbeigekommen sein." Durac schüttelte ungläubig den Kopf.

„Wie gesagt, Sie haben mich gefragt und ich kann Ihnen nichts anderes sagen." Er gab sich leicht beleidigt.

„Nein, Monsieur Maire, wir reden zum Beispiel von Gemälden, Dokumenten etc., nicht von materiellem Besitz. Ist Ihnen darüber etwas bekannt?"

„Da können sie in Rennes-les-Bains lange suchen, Sie werden nichts finden, leider. Dazu müssten sie schon einmal die Mühe machen, in die Kirche unseres Abbè hier im Dorf zu schauen. Dort befindet sich einiges Interessantes, was sich für Diebe lohnen würde."

Montagne ließ die Katze aus dem Sack. „Das hat uns Abbè Sauniere auch schon verraten, dass es da beispielsweise wertvolle Gemälde gibt. Er meinte sogar, dass Sie selbst schon öfters beabsichtigt hätten, sie in Ihren Besitz zu bringen. Bisher auf legalem Weg, versteht sich. Habe ich recht?"

Caclar würgte an seinem Kragen, eine verdammte Zwickmühle, in die er sich da hineinmanövriert hatte. Die beiden Ermittler wussten nicht, dass es ihm nur um die Dokumente ging, aber einmal verdächtig – immer verdächtig, dachte er sich. „Wie komme ich da nur wieder heraus?", war seine Überlegung. Da kam ihm die rettende Idee.

„Wenn sie mich schon verdächtigen, dann möchte ich von Ihnen zumindest wissen, warum ich dann ausgerechnet in Rennes-les-Bains danach suchen sollte, wenn ich weiß, dass die genannten Sachen in Saunières Kirche sind? Können sie mir das plausibel erklären?"

„Das werden wir noch herausfinden, verlassen Sie sich darauf. Auf alle Fälle kommen wir nun öfter, Monsieur Caclar, und wir empfehlen Ihnen, sich eine gute Ausrede zurechtzulegen. Apropos, wo befanden haben sie sich eigentlich zum Tatzeitpunkt?"

„Ich, äh … ich … ich war in meinem Büro wie immer."

„Gibt es Zeugen?"

„Meine Sekretärin."

„Wir werden das überprüfen."

„Bitteschön. Haben sie noch Fragen?"

Durac verneinte und man empfahl sich, nicht ohne abermals eine Warnung an den Bürgermeister auszusprechen.

Wenig später saßen sie auf einer Bank vor Caclars Rathaus. Ganz entspannt ließen sie den Blick in die Ferne schweifen und sie unterhielten sich.

„Was für ein ekelhafter, schleimiger Typ. Den haben wir ganz schön zum Schwitzen gebracht." Montagne hielt mit seiner Abneigung nicht hinter dem Berg, sein Kollege Durac nickte zustimmend.

„Ja, aber wenn wir ehrlich sind, hat uns das nicht besonders weitergebracht. Saunière hat ihn uns zwar als dringend Tatverdächtigen empfohlen, einen genauen Punkt, an dem wir ansetzen könnten, gibt es leider immer noch nicht."

„Bleibt uns noch Möglichkeit Nummer Zwei. Dieser ... dieser ... wie hieß er nochmal?“

„Blanchefort. Wir wissen zwar, dass er sich aktuell in der Gegend befinden soll, haben aber keine genaue Ahnung, wo.“

„Richtig. Man soll niemanden verurteilen, bevor man nicht mit ihm gesprochen hat oder konkrete Beweise gegen ihn vorliegen. Da aber liegt das eigentliche Problem. Ich gehe mal davon aus, dass er in Rennes-le-Château oder den Nachbardörfern beobachtet wurde. Er ist fremd hier und es fällt auf, wenn er am helllichten Tag herumspaziert.“ Montagne klang optimistisch.

„Das bedeutet Fleißarbeit für uns alle. Wir werden stichprobenartig bei der Befragung vorgehen. Dem einen oder anderen ist Blanchefort bestimmt aufgefallen.“ Durac seufzte angesichts des zu erwartenden Zeitaufwandes. Und nicht nur das, weitere Überstunden warteten auf sie. Jede Befragung verlief gleich, meistens erzählte man ihnen zuerst alles Mögliche, von kleinen Diebstählen bis hin zu Nachbarschaftsstreitigkeiten. Zum eigentlichen Thema kam man erst ganz zum Schluss und nur durch intensive Nachfrage oder gar durch Zufall.

Montagne hatte eine Idee. „Möglicherweise hat er im Dorf ein Zimmer gemietet oder ist in Couiza in einem Hotel abgestiegen. Gibt es hier so etwas?“

„Meines Wissens nicht, aber in Couiza haben wir eine größere Chance. Lass uns heute Abend in einem der dortigen Gasthäuser einkehren, auf Spesen versteht sich.“ Durac grinste.

„Was hast du vor?“

Er erklärte es ihm. Er wollte das Personal in den Gasthäusern befragen. Sie könnten ihnen Auskunft geben, wenn ein Fremder aufgetaucht wäre. Auf die Art könne man das Angenehme mit dem Nützlichen verbinden.

„Trotzdem sollten wir in den nächsten Tagen diesem Caclar weiter auf den Zahn fühlen, der verschweigt uns garantiert etwas. Ich traue dem Kerl nicht über den Weg." Montagne war wieder zur Sache gekommen. Montagne wollte sich nicht geschlagen geben.

Der Nachmittag neigte sich stetig seinem Ende zu und man beschloss, den Weg nach Couiza einzuschlagen. Mit der Befragung der Dorfbevölkerung, einschließlich Caclar, wolle man gleich morgen beginnen. Ihnen graute davor, ihren Kollegen beizubringen, dass ihnen akribische Ermittlungsarbeit bevorstand. Garantiert würden sie die Ausrede anbringen, dass man zu wenig Personal habe. Trotzdem waren Montagne und Durac weisungsbefugt, also müssten sich ihre Mitarbeiter wohl oder übel zähneknirschend fügen Der Fall wurde immer schwieriger für sie und sie mussten sobald wie möglich Ergebnisse vorlegen. Ohne Erfolg wären ihre Tage in Couiza gezählt.

KAPITEL 40

„Verflixt, verflixt!", schimpfte er, als Marie wieder verschwunden war. „Ich habe ja sonst nichts zu tun, als mich
um lästigen Papierkram zu kümmern. Vielleicht sollte
ich einen persönlichen Sekretär einstellen." Aber das
traute er sich nicht, wollte er nicht zusätzlichen Ärger mit
seinem Vorgesetzten heraufbeschwören. Eigenes Personal konnte sich von seiner Stellung her nur der Bischof
erlauben. Bérenger stand so etwas nicht zu. Es war auch
keine Frage des Geldes, davon hatte er genug. Nein, es
verlangte einfach der Anstand.

Außerdem war Saunière äußerst beliebt bei seinen
„Schäfchen" und das sollte so bleiben. Eine völlige Ver-
bannung, seiner Meinung nach war es nichts anderes,
kam für ihn absolut nicht infrage und schon gar nicht
nach Coustouge. Wo lag das überhaupt? Da fiel es ihm
ein, er hatte schon einmal davon gehört. Es war ein Dorf
mit gerade mal hundert Einwohnern in der Region Minervois. Vom Minervois war ihm bekannt, dass es ein
beliebtes Weinbaugebiet war, aus dem er öfters Wein
bezog. Nein, keinesfalls wollte er dorthin, auch wenn
es dazu verlockte, jeden Abend in weinseligem Zustand

ins Bett zu fallen. Aber es gab Wichtigeres für ihn. Seine Dokumente zum Beispiel durften keinesfalls aus der Kirche entfernt werden, auch nicht durch einen Wechsel der Pfarrei.

Je länger er nachdachte, desto mehr geriet er in Rage. Den daraus entstandenen Dampf musste er so schnell wie möglich ablassen.

Er nahm einen Bleistift und ein Blatt Papier. Dann setzte er zu schreiben an: „Wenn es unsere Religion gebietet, in erster Linie nur unsere geistigen Interessen zu berücksichtigen, kann man mir nicht befehlen, meine materiellen Interessen zu vernachlässigen, die ebenfalls ausschließlich in Rennes-le-Château und nirgendwo anders sind. Ich sage Ihnen, mein Herr, mit aller Entschiedenheit eines respektvollen Sohnes: Nein, ich gehe nicht. Mein Hauptaugenmerk liegt immer noch auf Rennes-le-Château, woran mich meine Interessen auf Dauer binden."

Eine kurze und entschiedene Stellungnahme, die er mit einer schwungvollen Unterschrift unterstrich. Damit war die Sache für ihn erledigt. Sollte Beauséjour es doch versuchen, ihn zu versetzen. Er werde schon sehen, was dann passieren würde.

Pikanterweise bekam er in seiner Auseinandersetzung Unterstützung von Caclar höchstpersönlich. Der Bürgermeister hatte nämlich auf Umwegen von Saunières Versetzung erfahren. Da er Angst um die Dokumente bekam, schrieb er einen Brief an den Bischof, worin er ihm eröffnete, dass die Gemeinde mit Saunière inzwischen einen Mietvertrag über weitere fünf Jahre abgeschlossen habe und dieser keinesfalls vorzeitig gekündigt werden könne. Eine selbstverständlich völlig uneigennützige und selbstlose Aktion von Caclar für das Gemeinwohl.

Für Saunière war die Sache erledigt. Er nahm sich vor, Marie zu instruieren, dass sie den Protestbrief unmittelbar nach seiner Abreise abschicken solle. Zufrieden rieb er sich die Hände und vertiefte sich in seine Chronik.

Eine Stunde später schrieb er einen kurzen Brief an Boudet, den er ihm noch heute zukommen lassen wollte. Hinterher eilte er die Treppe hinunter, um nach Felix zu suchen. Er erwischte ihn, als er gerade losziehen wollte, um ein paar Schafe, die auf der Weide ausgebüxt waren, einzufangen. Bérenger lief aufgeregt mit einem Stück Papier in der Hand wedelnd auf ihn zu.

„Abbé Saunière!"

„Felix, ich brauche deine Hilfe. Du musst etwas für mich erledigen."

„Ich wollte mich um das Vieh auf der Weide kümmern. Ist es wichtig?"

„Das kann man sagen. Bring den Brief so schnell wie möglich zu Abbé Boudet, dann kannst du immer noch zur Weide."

Felix war nicht sonderlich begeistert von dem Auftrag, aber was blieb ihm anderes übrig? Schließlich unterstützte ihn Saunière und zeigte sich sehr spendabel. Die beiden gingen zurück zum Tour Magdala, wo ihm Saunière die Nachricht für Boudet in die Hand drückte und ihm befahl, unverzüglich aufzubrechen. Schon wenige Minuten später fuhr Felix los.

Irgendwo auf Bérengers Schreibtisch musste noch ein Fahrplan für den Zug nach Perpignan herumliegen. Er suchte und fand ihn. Zusätzlich breitete er eine Landkarte vor sich aus, um nachzuschauen, wo das Dorf Perillos genau lag. Als er es gefunden hatte, musste er feststellen, dass von Perpignan aus ein längerer steiler Anstieg auf ihn warten würde. Er stöhnte, dann jedoch traten seine wissenschaftliche Neugier und sein Forscherdrang hervor. Dann musste man sich eben eine Kalesche mieten, weil man zu Fuß einen ganzen Tag unterwegs wäre und das in der prallen Sonne.

Er wollte sich morgen im Zug überlegen, wie er weiter vorgehen könnte. Schließlich war anzunehmen, dass man in dem Dorf nicht einfach bereit wäre, Auskunft zu erteilen, wo sich die beiden bewussten Gräber befinden würden. Vielleicht wusste man auch gar nichts davon. Er musste mit allem rechnen.

Die Geschichte von Perillos hatte vor ungefähr eintausend Jahren begonnen. Wenn es Jesus und Josef tatsächlich hierher verschlagen hatte, dann wären deren Gräber uralt und möglicherweise gar nicht mehr existent, aber vielleicht wusste man noch einiges über den bewussten Ort, wo es der Legende nach gewesen sein könnte. Bérengers Vorfreude stieg und er war aufgeregt wie ein kleines Kind.

Er sah auf seine Taschenuhr, Zeit zum Abendessen. Hatte Marie schon seine Reisetasche gepackt? Er wollte ihr noch einige Instruktionen geben. Selbstverständlich würde sie ihn wiederum fragen, was er vorhabe, aber er wollte sich damit Zeit lassen, es ihr zu erklären. Das konnte er immer noch tun, wenn er zurückkam.

Beide saßen schweigend am Esstisch. Er wunderte sich heimlich darüber, dass sie ihn nicht ausfragte wie sonst auch.

„Was hast du?", fragte er vorsichtig. „Du bist so ruhig."

„Die Sache mit deiner geplanten Versetzung liegt mir Magen. Für mich würde eine Welt zusammenbrechen, wenn du unser Dorf verlassen müsstest. Das würde keiner verstehen, einschließlich meiner selbst. Kann man denn gar nichts dagegen tun?"

„Ich habe einen Brief an den Bischof geschrieben, dessen Inhalt er akzeptieren muss. Rennes-le-Château braucht mich genauso, wie ich es brauche. Von mir aus kann er verlangen, dass ich eine größere Summe nach Carcassonne überweise, aber aus meinem Amt vertreiben kann er mich nicht. Ich habe ihm das klipp und klar gesagt. Basta!" Er steigerte sich in einen Wutanfall hinein, er war eben ein Hitzkopf. Marie fürchtete wie immer in der letzten Zeit, dass ihm das zu arg aufs Herz schlagen könnte. Vor einigen Jahren hatte er schon einmal Probleme deswegen.

„Beruhige dich bitte, Bérenger. Wir werden das gemeinsam durchstehen. Du kannst immer auf mich zählen, das weißt du."

„Da du es gerade erwähnst, ich werde endlich Nägel mit Köpfen machen, wenn ich zurück bin. Wir gehen dann beide zu einem Notar und ich werde dir meinen vollständigen Besitz überschreiben. Ich habe das ja schon vor längerer Zeit angedeutet. Dann kann mir kein Bischof der Welt mehr etwas anhaben wegen meines Reichtums. Es ist eine logische Konsequenz aus dem ganzen Ärger."

„Aber was werden die Leute sagen? Sie werden hoffentlich nicht denken: Jetzt hat sie ihn endlich so weit, dass er ihr seinen gesamten Besitz vermacht. Ich möchte das nur sehr ungerne, Bérenger."

„Sei nicht so bescheiden. Lange genug haben wir ein Verhältnis miteinander und ich werde wahrscheinlich eher sterben als du. Deshalb sollst du abgesichert sein und danach keine Not mehr leiden müssen."

Sie war empört, dass er so lapidar daherredete, und wollte ihm aufs Neue widersprechen, sah jedoch ein, dass es keinen Sinn hatte. Aber für sie war das Thema noch lange nicht beendet und sie würde ihn in der nächsten Zeit nochmals darauf ansprechen.

Er hatte es erwähnt, als wäre es das Selbstverständlichste für ihn. Hatte er vielleicht wieder massive Herzprobleme und sie wusste es nicht? Eigentlich konnte es nicht der Fall sein, denn er würde es ihr sagen.

Sie ließ einen letzten Seufzer los und ging wieder zur Tagesordnung über. Dabei fragte sie ihn, was er alles für die Reise benötige und wie lange er in Perillos bleiben wolle.

Er konnte es ihr nicht sagen, weil er es nicht wusste. Keinerlei Informationen lagen ihm über das Dorf vor, er hatte nur noch in Erfahrung bringen können, dass seine Bewohner sehr arm waren, möglicherweise noch ärmer als in Rennes-le-Château.

Streng genommen ein unvorstellbarer Gedanke, dass der Prophet des Herrn ausgerechnet dort begraben sein sollte. Andererseits war er zu Lebzeiten immer auf der Seite der Armen gewesen.

Bérenger hatte sich auch für einige Zeit mit dem Koran beschäftigt, der Glaubensgrundlage der Muslime. Es gab darin viele Parallelen zur christlichen Religion, unter anderem wurde am Rande auch die Kreuzigung erwähnt, deren zufolge der christliche Prophet aus dem Heiligen Land geflohen sein soll. Bérenger wollte sich nach seiner Rückkehr aus Perillos unbedingt nochmals mit dem Thema befassen.

Beide blieben noch eine Weile am Tisch sitzen und unterhielten sich über belanglose Dinge. Dann verließ Bérenger die Villa und zog sich in seinen Turm zurück. Er wollte zeitig zu Bett gehen, da morgen ein Tag voller neuer Eindrücke auf ihn wartete.

KAPITEL 41

Henri Boudet hatte starke Zweifel, ob er weiterhin geeignet sei, die Pfarrstelle in Rennes-les-Bains auszufüllen. Immerhin hatte er letztes Jahr seinen 70. Geburtstag gefeiert, auch wenn es nur im kleinen Rahmen geschehen war. Inzwischen spürte er jedes zusätzliche Jahr. Sein Entschluss stand fest: „Ich werde den Bischof informieren, dass die Zeit für mich gekommen ist, abzutreten. Er weiß sowieso noch nicht, dass ich wieder zurückgekehrt bin. Er soll mir einen Nachfolger schicken, den ich nach und nach einarbeiten kann", murmelte er vor sich hin. Er wusste nicht, ob es das Alter oder die Sache mit Gelis war, die ihm zusetzte.

Noch vor einer Stunde hatte ihn Odette darauf angesprochen, dass er nicht gut aussehen würde. Und wenn Odette das sagte, musste man es ernst nehmen, war sie doch selbst über achtzig Jahre alt, aber körperlich wesentlich besser beieinander als er. Hier in seiner Pfarrei wieder alles auf Vordermann zu bringen, würde anstrengend genug für ihn werden. Dazu noch die Gottesdienste und der soziale Dienst an den Dorfbewohnern, das alles würde seine volle Konzentration erfordern. Gelis zum

Beispiel war zu Lebzeiten drauf und dran, es richtig zu machen, der hatte gewusst, wann er abtreten musste.

Er grübelte und grübelte, als sich die Tür des Pfarrbüros öffnete und Jean-Luc hereinschneite. „Hochwürden, ich sollte Sie daran erinnern, dass Sie heute noch einen bestimmten Krankenbesuch durchführen wollten."

„Danke, Jean-Luc, ich komme gleich."

Er schob noch ein paar Papiere auf dem Schreibtisch von rechts nach links, unschlüssig, mit was er zuerst beginnen sollte. Dann erhob er sich und verließ das Pfarrhaus, frische Luft konnte ihm nicht schaden.

Im gleichen Augenblick fuhr eine Kalesche, die ihm bekannt vorkam, direkt auf die Kirche zu. Zuerst meinte er, es sei Saunière. Dann erkannte er, dass es Felix war.

Boudet blieb geduldig stehen, bis der Gemeindearbeiter aus Rennes-le-Château die Kalesche „eingeparkt" hatte. Derjenige sprang leichtfüßig vom Kutschbock und lief schnell auf ihn zu. „Guten Tag, Hochwürden. Schön, Sie wieder in Rennes-les-Bains zu sehen."

„Ganz meinerseits, Felix, ich freue mich auch, dich wiederzutreffen." „Abbé Saunière schickt mich, ich soll Ihnen diesen Brief übergeben. Er meinte, es sei sehr eilig, dass Sie ihn lesen."

„Na, dann zeig mal her, was mir der Gute schreibt." Er öffnete ihn. Eigentlich hatte er keine Zeit, aber wenn Saunière ihm einen Brief überbringen ließ, war es wichtig. Gegenüber früher hatte sich da nichts geändert und er begann zu lesen. Aber je länger er las, desto mehr erschrak er.

„Gibt es Probleme, Hochwürden?" Felix wollte nicht neugierig erscheinen, aber das Verhalten Boudets war ihm aufgefallen.

„Nein … nein, es ist nichts Schlimmes. Du kannst heimfahren. Es handelt sich nur um eine Information, was die nächsten Tage angeht. Grüße deine Familie von mir."

Boudet blieb noch lange wie angewurzelt stehen. Was er da gelesen hatte, war die Behauptung Saunières, er hätte in seiner Chronik gelesen, dass Jesus angeblich einen Zwillingsbruder gehabt hätte. Er hatte es nur beiläufig erwähnt, weil es ihm nicht weiter wichtig erschien. Tatsache sei jedenfalls nach wie vor, dass Jesus in Südfrankreich gestrandet sei.

Boudet erinnerte sich an eine Entdeckung, die er damals bei seinen ausgiebigen Wanderungen mit seinem Bruder Edmond durch die Umgebung der beiden Rennes gemacht hatte. Genauer gesagt war es eine halb verwitterte Grabplatte unter einem zugewachsenen Busch. Gemeinsam hatten sie damals versucht, sie vom Wuchs der Pflanzen zu befreien.

Was darauf stand, war umso sensationeller. Es handelte sich um ein paar Worte, die für die Beiden derart furchterregend waren, dass sie es augenblicklich unterließen, weitere Nachforschungen anzustellen. Auf der Platte fanden sie die Initialen „I.X.Q.I.S", übersetzt JESUS CHRISTUS GOTTES SOHN ERLÖSER. Darunter konnten die beiden noch einen Zusatz erkennen, der allerdings ziemlich verblasst zu sein schien: „Bruder des Thomas".

Zunächst hielten sie es für einen üblen Scherz, aber je länger sie die Platte betrachteten, desto mehr kamen sie zu dem Schluss, dass dieser Stein möglicherweise vom Alter her keltischer Zeit entsprungen sein könnte.

Wenn Saunières Chronik nun zusätzlich behauptete, dass Jesus einen Zwillingsbruder hatte, so bekam er jetzt von anderer Seite her die Bestätigung für diese Theorie.

Die Gebrüder Boudet verpflichteten sich damals, Stillschweigen zu bewahren. Auch später, als Boudet Bérenger kennenlernte, hatte er ihm nie davon erzählt. Vielleicht hätte er ihm sagen sollen, dass er gar nicht nach Perillos reisen müsse, es könnte ja durchaus sein, dass …

Automatisch dachte er an sein Werk „Die wahre Sprache der Kelten und der Kromleck von Rennes-les-Bains", das er 1886 geschrieben hatte, inzwischen kam es ihm wie eine Ewigkeit vor. Er wollte unbedingt nach ihnen sehen, hatte er sie doch aufgrund seiner Altersvergesslichkeit gänzlich aus den Augen verloren. Das sollte sich ändern.

Aber zunächst musste er seiner Pflicht als Gemeindehirte nachkommen, denn ein älterer Dorfbewohner wartete auf ihn. Er steckte Saunières Brief unter seine Robe und ging schnellen Schrittes in Richtung Hauptstraße, wo er schon bald vor dem Natursteinhaus des Alten ankam.

Eine Dreiviertelstunde später hatte er es wieder verlassen und spazierte gemächlich zum Pfarrhaus zurück. Es fiel ihm auf, in welch erbärmlichen Zustand es sich befand. Bei der Rückkehr von seiner Reise hatte er es zunächst gar nicht bewusst registriert, jetzt, da er Zeit hatte, sprang es ihm umso deutlicher in die Augen. Er schüttelte den Kopf und nahm sich vor, eine Renovierung seiner Kirche sobald wie möglich in Angriff zu nehmen. Dass es größerer finanzieller Mittel bedürfte, stand auf einem anderen Blatt. Vielleicht könnte ihm Sanière als sein alter Freund und Weggefährte das nötige Geld leihen.

Wenig später kam ihm wieder der doppelte Jesus in
den Sinn. Deshalb stieg er in den ersten Stock hinauf
und öffnete die Tür eines unscheinbaren Zimmers, das
sich auf den ersten Blick wie eine Abstellkammer präsentierte. Alles war staubig, angefangen von den Gegen-
ständen des täglichen Lebens bis hin zu alten Akten, die
in furchtbarer Unordnung verstreut herumlagen. Er hatte
große Mühe, alles auf die Seite zu räumen, bis er sie endlich fand. Es waren Dutzende von Büchern, die auf den
ersten Blick älter erschienen, bei näherer Betrachtung jedoch nur den Anschein erweckten, als kämen sie aus einem vergangenen Jahrhundert. Es handelte sich um seine
eigenen Bücher, die er geschrieben hatte. Er nahm eines
davon in die Hand, blies den abgelagerten Staub herunter
und begab sich damit in sein Büro. Der Geistliche legte
es auf dem Schreibtisch ab und ging in die Küche, um
sich eine Tasse Kaffee zu kochen.

Dann setzte er sich auf seinen Bürostuhl und blätterte
in dem Buch, bis er zu einer bestimmten Stelle gelangte.
Der gesamte Text des Buches war in kryptischer Form
gehalten und auch für einen Fachmann schwer verständlich. Nur Saunière war darin eingeweiht, konnte aber nie
recht glauben, was ihm Boudet dazu erklärt hatte. Bis
eben zu jenem Tag, als er es selbst in seiner Chronik gelesen hatte. Wenn man so wollte, war es eine Bestätigung
von dritter Seite, die der Behauptung neue Nahrung lie-
ferte.

Boudet las noch länger darin und es wurde inzwischen
dunkel draußen. Dann legte er das Buch zur Seite und
widmete sich den liegengebliebenen Briefen. Darunter
fand er auch einen Brief Beausejours. Er öffnete ihn und
bekam nach den ersten Sätzen einen heftigen Schweiß-

ausbruch, der keinesfalls auf den heißen Kaffee zurückzuführen war. Der Bischof forderte Boudet auf, alle noch vorhandenen Exemplare seines Buches zu vernichten. Es dürfe nicht mehr in den Handel gelangen. Das Buch sei häretisch und deshalb unverzüglich ohne jeglichen Widerspruch zu verbrennen. Würde er dem nicht Folge leisten, müsse er mit ernsthaften Konsequenzen rechnen. Das Kuriose allerdings war, dass das vorliegende Schreiben bereits vor sieben Jahren ausgefertigt worden war.

Der Abbé schluckte gehörig. Was sollte er tun? Er wollte keinen Ärger mit seinem Vorgesetzten bekommen, auch wenn er wie Saunière eine Abneigung gegen ihn hatte. Aber dass er das Werk, an dem er jahrelang gearbeitet hatte, vernichten sollte, dagegen sträubte sich alles in ihm. Er wollte abwarten, bis Saunière wieder zurückkäme, um es mit ihm zu besprechen. Bis dahin musste sich der Bischof gedulden, auf ein paar Tage hin und her kam es nicht mehr an.

KAPITEL 42

Ein neuer Morgen kündigte sich an, mit Temperaturen, die kurz nach Sonnenaufgang im Begriff waren, in rasantem Tempo nach oben zu steigen. Selbst der morgendliche Weckruf des Federviehs lief bereits im Spargang und man hörte nur ein leises Krächzen. Den Schafen hatte man eine Sommerfrisur verpasst, um sie nicht unnötig leiden zu lassen. Auch die Wasserstände der Dorfbrunnen in den Gemeinden drohten rapide zu sinken.

Durac und Montagne waren wenig davon begeistert, ihre am Vortag beschlossenen Nachforschungen anzutreten. Ihr Vorgesetzter, der Polizeikommandant von Couiza, Monsieur Charles Despins, hatte zwar Verständnis für ihr Vorhaben, konnte ihnen jedoch nur eine Unterstützung von zwei Gendarmen zur Verfügung stellen. Er begründete es erneut damit, dass man mit Personalknappheit zu kämpfen habe. „Wir sind eben nicht Toulouse oder Carcassonne", meinte er und komplimentierte sie hinaus aus seinem Büro. Die Aufklärungsquote von Gewaltverbrechen war miserabel. Zwar gab es nur zwei Morde und einige Diebstähle in den vergangenen zehn Jahren, aber gerade die Gewalttaten wurden bis zum heutigen Tag nicht aufgeklärt. Despins war es inzwischen ziemlich egal, ob man durch eine höhere Quote möglicherweise mehr Personal erhalten würde. Er hatte nur noch Augen für seine Pensionierung.

„Was glaubt der eigentlich, was wir tun? Wir reißen uns den Arsch auf und reden uns den Mund fusselig, weil wir tagtäglich eine Befragung nach der anderen bei dieser verstockten Dorfbevölkerung durchführen und er sitzt mit verschränkten Armen hinter seinem Schreibtisch und wartet auf Ergebnisse. Ist das vielleicht gerecht?" Durac war wütend, weil man die beiden lapidar abgebügelt hatte. Hinzu kam, dass sie mit den beiden Kollegen, die man als ihre Unterstützung vorgesehen hatte, eine längere Diskussion auszutragen hatten.

„Ruhig, Pierre, lass uns erstmal in einem Gasthaus frühstücken. Bei der Gelegenheit können wir das Personal gleich nach dem Möchtegernadeligen fragen. Vielleicht haben wir Glück." Montagnes Vorschlag stimmte seinen Kollegen versöhnlicher und so machten sie sich auf den Weg.

Sie landeten im „Deux Singes", einem etwas gepflegteren Lokal. Vielleicht hatte man dort schon etwas von Blanchefort gehört beziehungsweise gesehen. Es war das einzige Restaurant, das um die Zeit bereits geöffnet hatte und man bot ein Frühstück zu einem relativ günstigen Pauschalpreis an. Es bestand aus drei Croissants, mehreren Baguettescheiben, verschiedenen Marmeladen, Butter, zwei hartgekochten Eiern und wahlweise Kaffee oder Tee.

Die beiden Polizisten langten genussvoll zu und je länger sie frühstückten, desto versöhnlicher zeigte sich ihnen der anbrechende Tag.

„Eigentlich sollten wir jetzt auch etwas arbeiten", meinte Montagne. Deshalb baten sie die junge und sehr ansehnliche Bedienung zu sich an den Tisch. Da Durac sich ausführliche Notizen über das Aussehen Blancheforts gemacht hatte, konnte sich das Mädchen schnell vorstellen, um wen es sich handeln könnte. Blanchefort war am Vorabend tatsächlich als Gast hier gewesen. Er habe eine ordentliche Zeche hinterlassen und sich wenig mit den anderen Gästen unterhalten. Ihr selbst habe er ein ordentliches Trinkgeld gegeben und sei dann etwa gegen 22 Uhr aufgebrochen. Wohn er ging, konnte sie nicht sagen, da um diese Zeit im Lokal immer noch Hochbetrieb herrschte. Aber seinem Zustand nach zu schließen sei es bestimmt nicht weit von hier gewesen.

„Na, das ist doch schon mal was", resümierte Durac optimistisch und bedankte sich höflich bei ihr. Das bedeutete, dass man die Suche nach ihm eingrenzen konnte.

Wenig später standen sie auf der Straße und begaben sich in den nächstgelegenen Schatten.

„Und jetzt?", wollte Montagne wissen. „Was schlägst du vor?"

„Jetzt geht es an die Arbeit. Wir werden uns eines der Dörfer vornehmen."

„Die Kollegen wollten mit Coustaussa beginnen. Also könnten wir nach Rennes-les-Bains fahren. Was meinst du?"

„D`accord."

Sie suchten den „Fuhrpark" der Gendarmeriestation auf und ergatterten gerade noch das letzte Gespann mit einem ziemlich betagten Gaul, bei dem man Angst haben musste, dass er wegen der Hitze zusammenbrechen könnte. Deshalb mussten sie eine langsame und gemütliche Fahrt den Berg hinauf nach Rennes-les-Bains in Kauf nehmen. Mensch und Tier kämpften unterwegs mit der penetranten Wärme. Vor allem ihr Pferd musste sich zusätzlich mit lästigen Bremsen herumschlagen, die es nach Blut lechzend umschwirrten.

Eine quälende Stunde später hatten sie Rennes-les-Bains erreicht. Sie hatten keinen festen Plan, wo sie die Befragung beginnen sollten. Unterschwellig hofften sie, dass ihnen auf dem Weg durchs Dorf der eine oder andere Bewohner über den Weg laufen könnte. Je weiter sie jedoch vordrangen, desto mehr löste sich ihre Hoffnung in Luft auf. Erst als sie beim Pfarrhaus um die Ecke bogen, sahen sie mehrere Menschen, welche die Kirche verließen. Der Gottesdienst war gerade zu Ende gegangen und Henri Boudet stand händeschüttelnd vor dem Gotteshaus. Er wollte mit jedem Zuhörer noch ein paar freundliche und aufmunternde Worte wechseln.

Die beiden Gendarmen hüpften von ihrer Kalesche herunter und mischten sich unters Volk. Durac übernahm das Kommando und meldete sich mit lautstarker Stimme zu Wort. Er erklärte ihnen, warum sie hier seien, was er sich eigentlich hätte sparen können. Denn selbstverständlich konnte es nur um den Mord an Abbé Leclerc gehen. Er beschrieb ihnen das Aussehen des Tatverdächtigen und wirklich, man hatte Blanchefort noch vor wenigen Tagen gesehen. Allerdings konnte keiner von ihnen erklären, was er hier machte beziehungsweise ob er im Dorf eventuell jemanden aufgesucht haben könnte.

Boudet hatte alles mitbekommen und mischte sich ins Gespräch ein. Er kramte tief in seinem Gedächtnis, weil er den bewussten Namen bereits irgendwo gehört hatte. Da fiel es ihm ein, Saunière hatte ihn vor Jahren erwähnt, als er in Rennes-les-Bains zu Besuch weilte. Damals lebte Abbè Gelis noch. Es war im Zusammenhang mit dem Tempelrittergeschlecht, das früher im Razés lebte. Näheres wusste Boudet aber nicht. Auch konnte er ihnen nicht verraten, was Blanchefort gesucht haben könnte. Es sei aber durchaus vorstellbar, dass er an den Schätzen in der Kirche von Rennes-le-Château interessiert sei, meinte er. Vielleicht wäre er der Ansicht, dass manches davon sein Eigentum sein könnte.

„Wissen Sie, Messieurs, ich bin alt und war lange Jahre im Krankenstand. Erst vor kurzer Zeit bin ich zurückgekommen, deshalb kann ich Ihnen auch nicht sagen, was sich inzwischen alles ereignet hat. Aber möglich wäre es, dass der Kerl auch mein Büro durchwühlt hat. Allerdings ist unser Pfarrhaus in einem erbarmungswürdigen Zustand und wertvolle Schätze gibt es weder hier noch in der angrenzenden Kirche. Ergo hat er an einem völlig falschen Ort gesucht. Umso ärgerlicher ist es, dass mein junger Vorgänger für nichts und wieder nichts umgebracht wurde." Boudet sah damit seinen Beitrag zur Aufklärung des sinnlosen Mordes erfüllt. Durac und Montagne nahmen es resigniert zur Kenntnis.

Kurz darauf schlichen sie enttäuscht die Hauptstraße entlang und versuchten es noch an so mancher Tür. Von keinem der Bewohner erhielten sie jedoch einen brauchbaren Hinweis.

sie ließen sich konsterniert auf einem Brunnenrand nieder, der im Schatten stand und begannen zu resümieren.

„Aktuell scheint er sich nicht mehr im Dorf aufzuhalten. Wahrscheinlich hat er seine Suche woanders fortgesetzt. Die Frage ist nur, wo? Vielleicht haben die Kollegen mehr Glück als wir." Es kam ihnen vor wie ein lästiges Insekt, das auf seiner Flucht von einem Zimmer ins nächste geflogen war.

Montagne tupfte sich mit einem Taschentuch den Schweiß von der Stirn, selbst das Reden fiel ihm bei den Temperaturen schwerer. Würden sie nicht bald etwas zu trinken bekommen, erginge es ihnen mit dem Denken genauso.

„Es hilft nichts, aber wahrscheinlich müssen wir nach Rennes-le-Château aufbrechen. Vielleicht treffen wir ihn spätestens heute Abend in einem der Gasthäuser von Couiza. Wir können ihn zwar aktuell nicht festnehmen, ihn aber zu einer Zeugenbefragung auf die Wache mitnehmen. Möglicherweise verstrickt er sich dort in Widersprüche und dann haben wir ihn." Durac war für sofortiges Aufbrechen, man konnte dort vielleicht in einem Café einkehren.

Rennes-le-Château lag in der prallen Sonne, als sie eintrafen. Sie parkten ihre Kutsche auf dem Dorfplatz, auf dem mehrere Schatten spendende Bäume standen. Den Weg zur Kirche hinunter legten sie zu Fuß zurück. Auf den ersten Blick schien deren Türe verschlossen zu sein. Dessen ungeachtet probierte Durac, sie zu öffnen und siehe da, der Schein hatte getrügt. Sofort strömte ihnen kühle Luft entgegen. Um die Hitze draußen zu lassen, zogen sie die Türe sofort wieder hinter sich zu.

Plötzlich ließ Montagne einen unterdrückten Schrei los. Er hatte das unheimliche Gefühl, dass hinter ihm jemand stand. Augenblicklich dreht ere sich um und der Dämon starrte ihn höhnisch grinsend mit seinen entsetzlich kalten Augen an. Asmodis hatte es mal wieder geschafft, Besucher gehörig zu erschrecken. So etwas hatten die Gendarmen, die einiges gewöhnt waren, noch nicht gesehen. Obwohl sie bei näherem Hinsehen registrierten, dass es sich nur um eine Holzstatue handelte, war ihnen äußerst mulmig zumute. Was sind wir für Angsthasen, dachte sich Durac.

Als sie sich wieder unter Kontrolle hatten, begannen sie mit einem Inspektionsgang im Inneren des Gotteshauses. Da hingen und standen mehrere interessante und kunstvoll gearbeitete Dinge. Angefangen von Gemälden bis hin zu Statuen war so manches Sammlerstück vertreten. Keiner von ihnen war ein Kunstexperte und wäre imstande gewesen, deren Wert festzulegen. Aber weil sie wussten, dass Abbè Saunière ein reicher Mann war, würden sie bestimmt wertvoll sein. Was ihnen Kopfzerbrechen bereitete, war, auf welchen Gegenstand es Blanchefort abgesehen haben könnte. Darüber wollten sie sich nochmals mit dem Pfarrer unterhalten. Sie ließen sich auf einer Kirchenbank nieder.

„Tja, man könnte hier einfach sitzenbleiben und hoffen, dass die Tür aufgeht und Blanchefort hereinspaziert. Aber das wäre Zufall und ich glaube kaum, dass er es uns so einfach machen wird.“

„Wer von den Kollegen macht hier eigentlich Dienst? Ich habe vorhin niemanden gesehen, du vielleicht?“

„Ach lass ihn, bei der Hitze kann ich es verstehen, wenn er sich im Schatten aufhält. Jeder von uns würde so denken.“ Montagne wollte Nachsicht üben und erinnerte sich, dass er schon öfters in einer ähnlichen Situation war.

Audric Duclot stand tatsächlich einige Meter entfernt im Schatten. Zwischendurch setzte er sich auf eine kleine Mauer, um die Beine zu entlasten. Als seine Kollegen nach dem Kirchenbesuch ins Freie traten, winkte er ihnen und sie setzten sich neben ihm. Er meldete, dass bisher alles ruhig geblieben sei. Weder Blanchefort noch andere Personen hätten sich blicken lassen.

Da anzunehmen war, dass in der nächsten Zeit auch niemand vorbeikommen würde, das Dorf präsentierte sich wie ausgestorben, beschloss man, gemeinsam ein Café aufzusuchen. Sie brauchten nicht lange suchen, um fündig zu werden. Das „Café Jardin" befand sich ein paar hundert Meter unterhalb an der Hauptstraße und hatte geöffnet. Sie suchten einen schattigen Terrassenplatz und ließen sich eine große Karaffe Wasser bringen. Gierig stürzten sie sich auf das köstliche Nass. Hinterher ging es ihnen wieder besser. Von hier hatten sie eine fantastische Aussicht auf die umliegende Landschaft.

Duclos beschwerte sich bei ihnen, dass im Ort buchstäblich der Hund begraben sei und wollte wissen, ob es denn überhaupt weiter Sinn machen würde, Beobachtungen anzustellen.

Montagne beschwichtigte ihn, meinte aber, solange der Mord nicht aufgeklärt sei, müsse man alles Verdächtige unter die Lupe nehmen. Glücklicherweise sei auf der Dienststelle momentan nichts Besonderes los.

„Du kannst ja ab und zu das Innere der Kirche aufsuchen, wenn es dir zu heiß ist. Wir müssen nämlich davon ausgehen, dass der oder die Täter möglicherweise nach Kunstgegenständen suchen. In der Kirche befinden sich einige davon." Montagne stellte sich heimlich amüsiert das erschrockene Gesicht seines Kollegen vor, wenn er die Türe des Gotteshauses öffnen sollte.

„Richtig, deswegen wurde auch im Pfarramt in Rennes-les-Bains eingebrochen. Alle anderen Motive scheiden aus." Durac bestätigte die Vermutung. Dann zogen sie über sie ihren Vorgesetzten her, weil er ihnen kürzlich erzählt hatte, was er sich alles nach seiner Pensionierung vorgenommen habe.

Mitten in ihrer angeregten Unterhaltung hörten sie plötzlich ein lautes Rasseln, eine Kalesche fuhr auf der Straße vorbei. An sich nichts Ungewöhnliches, hätte nicht Montagne beiläufig einen Blick darauf geworfen. Die Person, die sie lenkte, war der Bürgermeister des Dorfes. Was Montagne dabei mit scharfem Adlerblick bemerkt hatte, war, dass das Pferd, das sie zog, leicht lahmte. Geistesgegenwärtig sprang er auf, dass das Wasser aus ihren Gläsern schwappte, und rannte nach draußen. „Halt! Stehenbleiben!", schrie er.

Caclar brachte seine Kalesche langsam zum Stehen. Durac und Duclos hechelten hinterher und konnten ihm nur schwer folgen. Montagne jedoch befand sich bereits in Höhe der Kutsche. Als Caclar die Polizisten erkannte, wurde er schlagartig kreidebleich im Gesicht. Das hatte ihm gerade noch gefehlt. Wie konnte er nur so leichtsinnig sein und sich vornehmen, seinen Gaul beschlagen zu lassen, anstatt ihn umgehend zu entsorgen.

KAPITEL 43

Weitere Jahre vergingen. Der Sommer war vorüber und hatte erfrischender Kühle Platz gemacht. Es war Oktober, man brachte die Ernte ein und bereitete sich auf den Winter vor, der im Roussillon meistens sehr mild ausfiel. Die Ausnahme bildete eine bestimmte Zeit Ende September, wo regelmäßig eine Schlechtwetterfront von Spanien über die Pyrenäen heraufzog und dabei auch die Region um Rennes-le-Château streifte.

Im Razés war Ruhe eingekehrt. Der Mord an Abbé Leclerc gehörte der Vergangenheit an und schien aufgeklärt zu sein. Rennes-le-Château mutierte zum beschaulichen Dorf und alle Bewohner konnten wieder ruhig schlafen, was zur Folge hatte, dass sich die Gendarmerie nur noch selten blicken ließ.

Henri Boudet, der Pfarrer von Rennes-les-Bains, war mit seinem Gesuch beim Bischof ausnahmsweise auf offene Ohren gestoßen. Man hatte ein Einsehen damit, dass Boudet amtsmüde geworden war, und sandte ihm einen Nachfolger, den er einarbeiten sollte.

Sein Name war Joseph Rescanières, ein junger Mann, der auf Boudet einen eher unscheinbaren Eindruck machte.

Der alte Abbé hatte ihn zuerst im Dorf herumgeführt, um ihn jedem vorzustellen. Dann erklärte er ihm alle Aufgaben, die er zu tätigen hätte und stellte ihn zu guter Letzt seinem Amtskollegen Bérenger Saunière vor, bei dem er auf Anhieb einen positiven Eindruck hinterließ. Der Geistliche beglückwünschte Boudet wegen des gelehrigen jungen Mannes und beneidete ihn heimlich, dass er in den wohlverdienten Ruhestand gehen durfte.

Überall im Dorf herrschte Zuversicht und die Bevölkerung hatte Abbé Rescanières schnell in ihr Herz geschlossen.

Da der junge Mann sehr aufgeschlossen und wissbegierig erschien, beschloss Boudet, ihm zusätzlich Einiges von seinem Wissen beizubringen. So unterrichtete er ihn jeden Tag in der englischen Sprache. Nach Ansicht Boudets war sie die kommende Weltsprache und keiner würde sich ihr in Zukunft verschließen können. Die beiden Männer verstanden sich immer besser und Rescanières erhob seinen älteren Kollegen zu seinem geistigen Mentor, von dem er noch viel lernen wollte.

Boudets Gesundheit verschlechterte sich schleichend und er benötigte zwischendurch öfters eine Auszeit, bis er eines Tages seinen Nachfolger offiziell in sein Amt einführte und endgültig in den Ruhestand übertrat.

Das Pfarrhaus war groß genug, um zwei Geistlichen genügend Platz zu bieten. Boudet zog sich mehr und mehr zurück und sprang nur sporadisch ein, wenn Abbé Rescanières für ein paar Tage dienstlich oder privat verhindert war, sein Amt auszuüben. Ansonsten befasste sich Boudet den lieben langen Tag mit weiteren Nachforschungen zu seinem Buch oder unternahm ausgiebige Spaziergänge. Beauséjour, der Bischof von Carcassonne, hatte zwar nochmals angeordnet, dass Boudet die bislang nicht verkauften Exemplare seines Buches endlich vernichten solle, aber niemand kam aus Carcassonne, um es zu kontrollieren. Boudet verzichtete nach wie vor bewusst darauf, sein Werk zu verbrennen. Im Gegenteil, er forschte zum Trotz weiter, da er nun mehr Zeit dafür hatte.

Seine Freundschaft zu Saunière blieb ungebrochen. Die beiden verbrachten eine Menge Zeit damit, die Köpfe zusammenzustecken, um laufend neue Theorien auszuhecken, die, so sie an die Öffentlichkeit gelangen würden, die Grundfesten des christlichen Glaubens erschüttern könnten.

Der frühere Abbé von Rennes-les-Bains weilte inzwischen jeden zweiten Tag in Rennes-le-Château und war Stammgast in Saunières Tour Magdala, wo man die ganze Zeit über wissenschaftliche Dispute führte. Es grenzte an ein Wunder, dass es Boudet trotz seiner angegriffenen Gesundheit schaffte, jedes Mal 22 Stufen in Bèrengers Turm hochzusteigen. Saunière war ernsthaft um ihn besorgt und wurde nicht müde, ihm vorzuschlagen, dass er auch nach Rennes-les-Bains kommen könne.

„Nein, unser junger Freund soll sich vollständig auf die Ausübung seines Amtes konzentrieren können. Wir beiden Wirrköpfe würden ihm dabei nur im Weg stehen“, war Boudets Reaktion darauf.

So verging die Zeit und es hätte alles so weitergehen können, wäre nicht langsam erneutes Misstrauen in Rennes-les-Bains entstanden. Boudet hatte sich nämlich im Obergeschoss des Pfarrhauses ein kleines Büro eingerichtet. Dort bewahrte er eine Menge Papiere auf, so auch

Aufzeichnungen, die in unmittelbarem Zusammenhang mit Saunières Dokumenten standen. Auch die Bücher, die er geschrieben hatte und offiziell nicht mehr existieren durften, befanden sich darunter. Außerdem führte er eine Aufstellung über Zahlungen, die er heimlich an Marie Dènarnaud geleistet hatte. Es waren Aufzeichnungen, von denen sein Arbeitgeber in Carcassonne nie jemals etwas erfahren durfte. Zu gefährlich schien es ihm, sie auf seinem Schreibtisch offen herumliegen zu lassen.

Aber seit einigen Tagen hatte er das unbestimmte Gefühl, dass offenbar während seiner Abwesenheit sein Büro durchsucht worden war. Zuerst wollte er es nicht glauben und hatte gedacht, dass ihm sein Gehirn vielleicht einen Streich spielen würde. Aber da es nicht nur einmal vorkam, wurde er immer unruhiger.

Verzweifelt suchte er nach einem neuen Versteck. Das Dumme war allerdings, dass es in seinem Büro nicht viele Möglichkeiten hierfür gab. Nicht einmal seinen Schreibtisch konnte er abschließen, weil er vor Jahren den Schlüssel verloren hatte. Vielleicht sollte er sich beim Schreiner in Couiza einen neuen Sekretär anfertigen lassen, überlegte er. Oder noch besser: Einen Safe. Er wollte mit Saunière darüber reden, denn seine Meinung war ihm wichtig.

Boudet wollte sein Geheimnis keinesfalls seinem jungen Nachfolger Rescanières anvertrauen. Was aber würde geschehen, wenn er nicht mehr leben würde? Er musste dafür Sorge tragen, dass er vorher alle wichtigen Unterlagen nach Rennes-le-Château zu Saunière schaffen konnte. Es duldete keinen Aufschub mehr.

Was die Schnüffelei in seinem Büro anging, so war er ratlos. Gab es jemanden im Dorf, der dazu imstande

316

wäre? Eher unwahrscheinlich. War vielleicht Blanchefort hier aufgetaucht? Aber warum suchte er Saunières Dokumente dann ausgerechnet in Rennes-les-Bains?

Von Blanchefort hatte er seit der Verhaftung Caclars nichts mehr gehört. Er war wie vom Erdboden verschluckt. Anscheinend hatte die Verhaftung der Mörder des jungen Abbés Leclerc eine angenehme Nebenwirkung für die Gegend. Aber Boudet gab sich keinen falschen Hoffnungen hin, Subjekte wie Blanchefort würden wahrscheinlich niemals lockerlassen. Er musste Saunière informieren, vielleicht wusste er Rat. Vorher würde er sich jedoch um ein neues Versteck bemühen.

KAPITEL 44

Der Abbé von Rennes-le-Château war wieder im Dorf unterwegs. Gesellschaft leistete ihm dabei Elias Bot, sein Freund und persönlicher Architekt.

Bérenger hatte die ersten grauen Haare bekommen, was ihn in seiner Eitelkeit leicht kränkte. Marie fand es interessant und redete ihm bei jeder Gelegenheit ein, dass es ihn noch attraktiver machen würde. Sicher, als Priester hatte man eigentlich auf pure Äußerlichkeiten nichts zu geben, aber schließlich war er nur ein Mann und mitten in der Midlife-Crisis angekommen. Außerdem hatte er noch eine weitere Geliebte in Paris, mit der er sich in den letzten Jahren zwar nicht mehr so oft getroffen hatte, aber dennoch entflammte zwischen ihnen das Feuer der Liebe von Mal zu Mal aufs Neue. Vielleicht lag es auch an Paris, wer von beiden konnte das schon wissen?

Bot und Saunière waren in der Mitte des Dorfes angekommen. Es war ein kleinerer freier Platz, auf dem vor Jahren einmal eines der charakteristischen Natursteinhäuser gestanden hatte, für welche die Gegend so bekannt ist. Seine Bewohner hatten es aufgegeben und waren weggezogen. Das Haus war verfallen und es blieben nicht einmal mehr die Grundmauern übrig. Die Gemeinde hatte das Grundstück in Beschlag genommen und so wuchs darauf üppiges Unkraut.

Überhaupt konnte Bérenger mittlerweile befreit neue Projekte angehen. Einer seiner ärgsten Widersacher, Eugene Caclar, der frühere Bürgermeister, wurde vor ein paar Jahren als Auftraggeber für den Mord an Abbé Leclerc entlarvt und festgenommen. Caclar hatte sich selbst verraten, nachdem er dummerweise mit einer Kalesche, deren Zugpferd lahmte, an zwei Gendarmen vorbeigefahren war. Genau dieses Gefährt hatte man nach dem Mord in Rennes-les-Bains beobachtet.

Nach einem längeren Verhör war der Bürgermeister zusammengebrochen und hatte alles gestanden. Seine beiden Komplizen, die tatsächlichen Mörder, verriet er der Polizei. Niemand in Rennes-le-Château und Umgebung hatte ihm eine solche Bluttat zugetraut, man war entsetzt. Nur er selbst kannte den Grund, verriet ihn jedoch keinem Menschen.

Caclars Stelle übernahm sein damaliger Stellvertreter, ein bescheidener und zurückhaltender älterer Herr, der mangels anderer Kandidaten aus der Neuwahl als Sieger hervorging. Mit Bérenger verstand er sich sehr gut, weil man sich gegenseitig respektierte und schon gesetzteren Alters war. Vor allem wusste er nichts von Saunières Dokumenten. Bèrenger hatte es bis jetzt unterlassen, ihn von seinen größenwahnsinnigen Bauvorhaben in Kenntnis zu setzen.

Das andere Problem Bèrengers war Gérard de Blanchefort, der sich nach Caclars Verhaftung für eine Weile nach Lyon zurückgezogen hatte. Erst zwei Jahre später reiste er ein weiteres Mal nach Rennes-le-Château, hegte jedoch keinerlei Absichten mehr, Bèrengers Papiere in seinen Besitz zu bringen. Er hatte gelernt, wann man verloren hatte. So stand er nur noch in Verhandlungen mit dem Maire wegen des Wiederaufbaus seiner Ahnenburg. Blanchefort überlegte sogar, ob er nicht vielleicht Frieden mit Saunière schließen solle, er wollte sich ihn als möglichen Geldgeber für sein Vorhaben warmhalten. Allerdings kannte er Saunières Zukunftspläne nicht.

Genau aus diesem Grund standen nun Bauherr und Architekt an der besagten Stelle in der Mitte des Dorfes. Bot hielt eine Mappe mit ein paar Blättern in der Hand, auf die er mit einem Bleistift alle Messergebnisse schrieb. Zwischendurch bewegten sich die beiden mit ausholenden Schritten kreuz und quer über das Grundstück. Die Situation selbst hatte etwas Skuriles an sich, vor allem als Bérenger wie ein Storch mit fliegenden Rockschößen über den Platz stakste.

Jahrelang hatte er es vor sich hergeschoben, jetzt war es für ihn an der Zeit, endlich Nägel mit Köpfen zu machen, wobei die finanziellen Mittel keine Rolle spielten. Es war ein Quell, der nie versiegte, denn er bekam auch Überweisungen aus höchsten Kreisen, sogar aus dem benachbarten Ausland, genauer genommen aus dem Hause Habsburg. Und nicht nur das, ab und zu besuchten sie ihn auch, natürlich inkognito. Der alte Grundsatz, dass Geld noch mehr Geld anzieht, kam zum Tragen. Und nicht nur das, Saunière erhielt zusätzlich Geldleistungen von seinem Freund und Kollegen Henri Boudet, wenn auch aus ganz anderem Grund.

„Elias, ich könnte mir vorstellen, den Tempel hier zu errichten. Um die Mauer, die das Dorf umschließen wird, werden wir uns später kümmern. Was meinen Sie dazu?"

„Nun, von der Statik aus betrachtet muss die Grundlage eben sein. Sie müssen sich außerdem klar darüber werden, in welcher Himmelsrichtung sich der Eingang befinden soll. Haben Sie das in Erwägung gezogen?“

„Er soll sich im Osten befinden, da das Heilige Land in östlicher Richtung von uns liegt. Es soll eine Einladung an den Besucher sein, sich zu öffnen, quasi neue Wege zu beschreiten.“

„Bérenger, Sie sprechen für mich in Rätseln. Bisher haben Sie mir auch kein einziges Mal verraten, was Sie hier an Wertvollem aufbewahren wollen.“

„Ich weiß, aber gestehen Sie mir zu, es momentan noch als Mysteriosum für mich zu behalten, vielleicht auch als das eigentliche Geheimnis von Rennes-le-Château. Außerdem bin ich mir noch nicht im Klaren über das, was ich entdeckt habe. Nur so viel sei erwähnt, es wird wie ein Blitz einschlagen und nichts mehr wird so sein wie vorher. Aber bis dahin bitte ich Sie, sich zu gedulden. Ich verspreche Ihnen, Sie sollen zu den Ersten gehören, die es erfahren, alleine schon, weil Sie Jude sind.“

Bot sah ein, dass es im Augenblick keinen Sinn machte, weitere Fragen zu stellen. Er ging zur Besprechung der technischen Details über und breitete Pläne auf dem Boden aus, die er angefertigt hatte. Für ihn bedeutete es eine große Herausforderung und es war für ihn eine Ehre, dass er von seinem Freund einen gigantischen Auftrag erhalten hatte. Bérenger hatte ihm wie üblich zu verstehen gegeben, dass Geld für ihn keine Rolle spielen würde und Bot somit alle erdenklichen baulichen Freiheiten genieße.

Die beiden hatten sich in der prallen Herbstsonne auf dem Boden niedergelassen und studierten die vor ihnen ausgebreiteten Pläne. Da erkannte Bérenger in der Ferne ein Gefährt, das sich rasch auf sie zubewegte. Wer konnte das sein?

Eine schwarze Gestalt mit Zylinder saß auf dem Kutschbock. Einige hundert Meter trennten die beiden noch von dem Besucher, dann erkannte ihn Bérenger, es war Boudet.

Als die Kalesche vor ihnen zum Stehen kam, staubte es. Der Boden war ausgetrocknet, weil es in den letzten Monaten wenig geregnet hatte, der Wasserstand des Dorfbrunnens blieb anhaltend niedrig, aber das war man gewohnt im Roussillon.

Sie begrüßten sich und Boudet meinte, er müsse unbedingt mit Saunière reden. Es sei von äußerster Wichtigkeit.

Bérenger bat ihn, etwas Geduld zu haben, denn er sehe ja selbst, dass man hier Wichtiges zu besprechen habe. Wenn er wolle, könne er inzwischen in der Villa Bethania auf ihn warten.

„Ach, das macht mir nichts aus, ich geselle mich gern zu Ihnen. Geht es um Ihre Bauvorhaben, Bèrenger?"

Bérenger nickte und fragte ihn, was er von dem Standort für seinen Tempel halte.

„Sie geben wohl nicht auf. Haben Sie denn inzwischen neue Beweise vorliegen?" Boudet wusste, dass er Bot nicht verraten durfte, um was es ging. Trotzdem wollte er mit seiner Frage Saunière aus der Reserve locken, auch deswegen, weil er gerade dazu aufgelegt war.

„Wie Sie wissen, war das, was ich damals in Perillos entdeckt habe, nicht gerade das Gelbe vom Ei. Trotzdem gebe ich die Hoffnung nicht auf, diese bestimmte ‚Sache‘ noch zu finden. Dann würde ich sie bergen und direkt hierherbringen lassen."

„Wenn das der alte Caclar erleben könnte, was Sie in Rennes-le-Château veranstalten, würde er wahrscheinlich verrückt darüber werden."

„Der Kerl sitzt Gott sei Dank hinter Schloss und Riegel und kann froh sein, dass man ihn nicht dem Henker übergeben hat." Bérenger grinste süffisant.

„So sehe ich das auch. Aber ich fürchte, wir kommen dennoch nicht zur Ruhe und gerade deshalb bin ich zu Ihnen gekommen." Boudet zog seine Stirn krauss, was Bérenger vermuten ließ, dass sich neues Unheil anbahnte. Hatte das denn nie ein Ende?

Saunière drängte zur Eile, obwohl er wusste, dass man sich für Vermessungen unbedingt Zeit nehmen müsse. Boudet hatte ihn aber nervös werden lassen.

Wenig später begaben sich die beiden einträchtig zum Tour Magdala. Mit Elias Bot hatte Bérenger vorher noch einen erneuten Termin vereinbart.

Boudet und Saunière saßen sich in der Bibliothek gegenüber und der eine klärte den anderen darüber auf, was er Beunruhigendes im Pfarrhaus von Rennes-les-Bains entdeckt hatte. Das klingt nicht gut, dachte sich Bérenger.

„Und Sie sind sich ganz sicher?"

„Ich befinde mich zwar bereits in einem fortgeschrittenen Altersstadium, aber dennoch möchte ich behaupten, dass ich noch immer meine sieben Sinne beisammenhabe."

„Wie lange das schon so geht, können Sie mir nicht sagen, oder?"

„Wenn ich es wüsste, wären wir ein wesentliches Stück schlauer, Saunière."

„Gut, dann müssen wir uns genau überlegen, was zu tun ist oder besser gesagt, wer dort herumspioniert. Vor allem ist die Frage, nach was die Person sucht. Besitzen Sie ein geheimes Versteck?“

Ein besonderes Versteck existierte nicht, denn Boudet war genauso uneinsichtig wie sein Kollege aus Rennes-le-Château. Der weigerte sich seit ewigen Zeiten, sich einen Safe anzuschaffen.

„Ein bisschen Nervenkitzel braucht man ab und zu“ war seine Standardantwort, wenn Marie ihm wieder einmal Vorwürfe wegen der Dokumente machte.

Und Boudet? Er blieb standhaft bei seiner Meinung, dass er nichts Wertvolles aufbewahren würde.

„Sie können ihm nur eine Falle stellen. Mehr fällt mir dazu nicht ein. Was könnte er suchen? Denken Sie scharf nach, Henri.“

Endlich rückte er mit der Sprache heraus, denn er hatte anfänglich gezögert, ob er es ihm sagen sollte. Er druckste herum. „Eigentlich, wenn Sie so wollen, wäre da zum Beispiel mein Buch, das ich geschrieben habe. Beauséjour ist vielleicht der Meinung, ich hätte es, wie von ihm verlangt, bis auf das letzte Exemplar vernichtet, aber das stimmt nicht. Genauso wie ich Aufzeichnungen über geleistete Zahlungen führe, darunter auch jene an Sie beziehungsweise an Marie Dénarnaud.“

„Sind Sie wahnsinnig! Wir haben doch darüber Stillschweigen vereinbart. Wie kommen Sie dazu, es schriftlich festzuhalten! Wenn es herauskommt, bekommen wir massive Probleme.“ Bérenger regte sich furchtbar darüber auf und dachte nicht an sein Herz, obwohl er wusste, dass er krank war. Niemand sollte von seinem angeschlagenen Gesundheitszustand erfahren, auch nicht Marie.

„Ich weiß nicht, was Sie wollen. Das sind persönliche Aufzeichnungen ausschließlich für mich. Es ist mir wichtig, meine finanzielle Situation im Griff zu haben. Ich denke, ihm eine Falle zu stellen, ist vorerst nicht nötig. Wenn es sich tatsächlich um das handelt, was er sucht, dann kommt dafür nur eine Person infrage. Aber ich will ihr nichts unterstellen. Ansonsten kenne ich niemanden im Dorf, der Knall auf Fall zum Spion werden könnte. Ich werde denjenigen genau unter die Lupe nehmen, darauf können Sie Gift nehmen. Wenn sich mein Verdacht wider Erwarten bestätigt, bleibt uns nichts anderes übrig, als Gegenmaßnahmen zu ergreifen."

Da war er wieder, der „alte Boudet", der es bereits in der Vergangenheit mit seinen „Gegenmaßnahmen" übertrieben hatte.

Bérenger blieb nichts anderes übrig, als ihn zu ermahnen, bei der Wahl seiner Mittel ein gesundes Maß beizubehalten.

KAPITEL 45

Joseph Rescanères konnte sein Glück immer noch nicht
fassen, endlich hatte man ihm eine Pfarrstelle zugewie-
sen, wenn auch mit bestimmten „Auflagen". Wie oft hatte
er den Bischof bekniet, er möge ihm eine Chance geben.
Keinesfalls wollte er als einer von vielen Schreiberlingen
enden, die den ganzen Tag über an das Ordinariat gerich-
tete Anfragen bearbeiten mussten.

Das bischöfliche Ordinariat verfügte über wenig Geld
und deswegen war es dem Bischof ein Dorn im Auge,
wenn zum Beispiel ein kleiner Landpfarrer wie Saunière
Prunkbauten in seinem Dorf errichten ließ. Hinzu kam
auch noch der Ärger über diesen Abbé Boudet aus dem
Nachbardorf, der es wagte, ketzerische Schriften gegen
seinen Arbeitgeber in Buchform zu verbreiten. Zwar
verstand Beausejour zunächst gar nicht, was der eigentliche Inhalt der Bücher sei, aber als man ihn darüber
aufklärte und zu dem Schluss kam, dass sie die Heilige
römisch-katholische Kirche in Gefahr bringen könnten,
befahl er ihm, sie augenblicklich und ohne Widerspruch
zu vernichten. Als er außerdem erfahren hatte, dass der
Pfarrer von Rennes-les-Bains auch nicht gerade arm sein

sollte, wurde er zusätzlich stinksauer. Es reichte ihm, was man im Razès trieb. Es war höchste Zeit, dem Treiben einen Riegel vorzuschieben.

Beauséjour hatte schon längere Zeit das Gesuch Boudets, in den Ruhestand eintreten zu dürfen, vorliegen, aber jetzt bot sich ihm die einmalige Gelegenheit, in Rennes-le-Château und seinen Nachbardörfern hinter die Kulissen blicken zu können. Dazu kam ihm nämlich dieser nervtötende Wicht Rescanières gerade recht.

Trotzdem hatte Beausejour vorher eine Menge Überzeugungsarbeit zu leisten, um den jungen Priester als Spion anheuern zu können.

Rescanières sträubte sich zwar anfangs mit Haut und Haar dagegen, aber letzten Endes war die Verlockung für ihn zu groß, endlich als Abbé eine Gemeinde in eigener Regie übernehmen zu dürfen.

Sein Auftrag stand fest: Der Bischof hatte ihm befohlen, mindestens einmal in der Woche nach Carcassonne zu telegrafieren und ihn über alle ungewöhnlichen Funde und Ereignisse dort auf dem Laufenden zu halten. Rescanières sah es als Chance, die er nutzen musste, um sich auf Dauer für weitere verantwortungsvolle Aufgaben zu empfehlen.

Obwohl Boudet seinen Nachfolger zunächst misstrauisch beäugte und sich eigentlich erhofft hatte, keinen „Frischling", sondern einen gestandenen Kollegen als Nachfolger zu bekommen, gelang es Rescanières in relativ kurzer Zeit, dessen Vertrauen zu erwerben. Der junge Priester war zunächst fest entschlossen, sich ausschließlich seiner eigentlichen Aufgabe als Gemeindeseelsorger zuwenden. Die Spionagetätigkeit, welche Beauséjour von ihm verlangt hatte, wollte er erst später aufnehmen. Bis dahin musste sich sein Chef gedulden. Wer weiß, vielleicht waren dessen Bedenken auch völlig unbegründet. Rescanières hatte er schon einiges über Boudet und vor allem dessen Kollegen aus dem Nachbardorf gehört, aber in der ersten Zeit seiner Pfarrtätigkeit konnte er nichts Auffälliges feststellen. Jeder von beiden ging seinen Amtsgeschäften mit angestrengtem Enthusiasmus nach.

Schon bald verstand er sich mit Boudet glänzend und gelangte zu der Ansicht, dass eine Betriebsspionage nicht erforderlich sei. Er wollte es Beauséjour auch mitteilen.

Aber es kam anders: Der Bischof blieb hartnäckig und bestand darauf, endlich Ergebnisse vorgelegt zu bekommen. Wenn er nichts in dieser Richtung zu hören bekäme, dann müsste Rescanières unvermittelt nach Carcassonne zurückkehren.

Was sollte er tun? So ging es dem jungen Abbé durch den Kopf. Was versprach sich der sture Alte davon? War er etwa neidisch auf die beiden?

Rescanières kämpfte mit seinem Gewissen, es sträubte sich alles in ihm, wenn er an diese lästige Aufgabe dachte. Schließlich nahm er sich vor, ein paar Mal Boudets Schreibtisch zu durchsuchen.

Boudet selbst war währenddessen damit beschäftigt, alle unerledigten Dinge bis zu seiner Pensionierung in zwei Monaten hinter sich zu bringen. Der Berg an Papieren in seinem Büro schrumpfte deshalb täglich um ein paar Blätter. Als sich der junge Priester dort heimlich während Boudets Abwesenheit zu schaffen machte, konnte er nichts Auffälliges feststellen. Es war ganz normaler Papierkram, der herumlag. Zweimal hatte er die Ausflüge ins Büro seines Kollegen unternommen und immer kam nichts dabei heraus. Es genügte dem jungen

Priester, um Beauséjour zu kontaktieren, und somit dessen Bedenken zu zerstreuen.

Der Bischof allerdings ließ nicht locker. Der junge Mann hatte eine Antwort von ihm bekommen, die ihm gar nicht gefiel. Beauséjour teilte ihm mit, dass er unbedingt nach einem bestimmten Buch suchen solle, dass eigentlich nicht mehr existieren dürfte. Er nannte ihm den Titel und fügte hinzu, dass Boudet schon vor längerer Zeit von ihm den Befehl bekommen habe, jedes noch vorhandene Exemplar umgehend zu vernichten. Sollte Rescanières auch nur eine Ausgabe davon in Boudets Büro finden, so solle er es ihm umgehend melden. Außerdem solle er sich genauestens Boudets Kontostand ansehen. Der Bischof wolle sich Einblicke über Boudets Vermögen verschaffen, denn er traue ihm nicht über den Weg.

Rescanières war im Zwiespalt und wusste nicht, was er tun sollte. Einerseits wollte er es sich nicht mit Boudet verscherzen, dachte aber andererseits an seine Karriere als Priester. Dass er oberflächlich herumgeschnüffelt hatte, war das eine. Dass er jetzt noch alles genauestens unter die Lupe nehmen sollte wegen eines mysteriösen Buches, das ging ihm augenscheinlich zu weit. Vor allem konnte er mit niemandem darüber reden, er musste alleine entscheiden, ob er es tun solle. Vielleicht könnte er etwas Zeit vergehen lassen und danach dem Bischof mitteilen, dass er nichts gefunden habe. Das wäre sicher das Beste. Jedoch kannte er Beauséjour, denn er hatte ihn als seinen Vorgesetzten in Carcassonne ertragen müssen. Er wusste von ihm, dass er bestimmt hartnäckig bleiben und nicht lockerlassen würde.

Wo steckte eigentlich Boudet? Er war ihm heute noch nicht über den Weg gelaufen. Rescanières wollte gerade seine Wohnung verlassen, um sich zur Kirche zu begeben, als er auf der Türschwelle einen Zettel fand. „Wollte Sie nicht stören. Ich bin nach Rennes-le-Château zu Abbè Sauniere gefahren, komme erst am Nachmittag zurück. Gruß H. Boudet“ stand darauf.

Die Gelegenheit schien günstig zu sein, trotzdem würde er sich nach dem Gottesdienst nur widerwillig und mit einem schlechten Gewissen in Boudets Büro schleichen.

Eine Stunde war vergangen und die wenigen Gottesdienstbesucher waren nach Hause gegangen. Der junge Geistliche ging zurück zum Pfarrhaus, wo alles ruhig zu sein schien. Er sah sich zunächst vorsichtig um und drückte dann leise den Türöffner zu Boudets Büro nach unten. Es war nicht abgesperrt. Wo sollte er anfangen zu suchen?

Unvermittelt meldete sich sein Gewissen, wie eine unüberwindliche Wand war es präsent. „Herrgott, hilf mir, eine Entscheidung zu treffen.“ Er schickte ein Stoßgebet zum Himmel, hoffte, ein Zeichen zu bekommen. Nichts tat sich, alles blieb ruhig. Mehrere Minuten lang kämpfte er mit sich. Eine mit Händen greifbare Spannung baute sich auf.

Urplötzlich war es vorbei. Wie mechanisch und fremdgesteuert nahm er sich akribisch eine Ecke nach der anderen vor. Alte, teilweise mit Staub bedeckte Akten kamen zum Vorschein, aber nichts, was für Beauséjour von Interesse sein könnte und schon gar keine Bücher. Dann war er beim Schreibtisch angelangt, versuchte, jeden erdenklichen Lärm zu vermeiden, zog jede einzelne Schublade auf – nichts! Wo konnte der alte Fuchs die Sachen nur versteckt haben, wenn überhaupt? Wären es mehrere Bücher, könnte man sie nicht so leicht verschwinden lassen.

Gut, Aufzeichnungen über Kontobewegungen würde man normalerweise in einem Ordner abheften. Aber er hatte sie alle durchgeblättert – ohne Ergebnis. Eine halbe Stunde war vergangen und seine Nervosität stieg.

„Ich muss abbrechen", sagte er sich. „Vielleicht sollte ich mir erst in aller Ruhe überlegen, welche Möglichkeiten es noch gibt." Vorsichtig legte er jedes einzelne Blatt Papier, das er in die Hand genommen hatte, wieder zurück an seinen Platz, beziehungsweise, wo er meinte, dass es sich vorher befunden haben könnte. Ach was, es wird ihm schon nicht auffallen, dachte er.

Der junge Priester war leichtsinnig geworden. Er hielt Boudet für schon etwas senil, weil er sich bestimmt nicht mehr erinnern könnte, wo sich jedes Stück genau befunden hätte. Schließlich war er bereits siebzig Jahre alt und nicht mehr der Jüngste. Hätte der junge Abbé gewusst, zu was sein Amtsvorgänger noch immer fähig war, dann hätte er seine Spionagetätigkeit garantiert nicht angetreten. Aber so wusste er nichts davon und beging deswegen einen nicht wiedergutzumachenden Fehler.

Der Alte hatte ihm eine Falle gestellt. Er hatte einen unscheinbaren Brieföffner aus Holz dazu verwendet, den er auf seinem Schreibtisch in diagonaler Ausrichtung auf einem Stapel Papiere, der auf der rechten Seite lag, drapiert. Es war nur ein zaghafter Versuch Boudets, dafür mit umso größerer Wirkung.

Als Rescanières die Bürotür wieder leise hinter sich geschlossen hatte, war er froh, dass es niemandem aufgefallen war, was er hier trieb. Dennoch standen ihm ein paar Schweißperlen auf der Stirn, als er in seine Wohnung zurückgekehrt war. In den nächsten Tagen würde er einen weiteren Versuch starten, seine Hemmschwelle war endgültig überwunden.

KAPITEL 46

Bérenger Saunière tigerte nach alter Gewohnheit in seinem Turm auf und ab. Er musste an seine Reise nach Perillos denken, die für ihn so enttäuschend verlaufen war. Was ihn dabei hauptsächlich wurmte, war, dass seine Chronik dummerweise dieses Mal nicht recht behalten hatte. Immerhin hatte sie die schwerwiegende Behauptung aufgestellt, dass Jesus Christus und Josef von Arimathäa dort begraben seien. Im Geiste hatte er sich bereits ausgemalt, wie er weiter vorgehen wollte. Wäre er tatsächlich auf die Gräber gestoßen, so hätte er sie umgehend nach Rennes-le-Château überführen lassen. Hätte, könnte, würde – alles Begriffe, die ihm Hoffnung gaben, jedoch nicht in Erfüllung gingen. Auch Boudets Meinung hatte er ignoriert.

Bérenger wollte nicht aufgeben, das war er seinem unruhigen Forschergeist schuldig. Es gab schließlich noch andere Möglichkeiten, was er in seinem geplanten Tempel in der Mitte seines Dorfes würde unterbringen können. Da existierten zum Beispiel die Dokumente, aktuell verborgen in einem Pfeiler der Kirche von Rennes-le-Château, die für ihn genauso wertvoll waren wie der Leib des Herrn. Aber das waren Zukunftsvisionen. Trotzdem nahm er sich vor, die Suche nach dem Grab des Christus so bald wie möglich fortzusetzen. Dazu müsste er Boudet erneut konsultieren.

Sein Entschluss stand fest. Wenige Augenblicke später rannte er mit fliegenden Rockschößen die Stufen des Tour Magdala hinunter in Richtung Villa Bethania. Marie gab er zu verstehen, sie brauche nicht mit dem Mittagessen auf ihn zu warten, er fahre zu einer wichtigen Besprechung nach Rennes-les-Bains. Wie ein Verrückter trieb er den Gaul seiner Kalesche an und erreichte den Nachbarort in Rekordzeit. Dort traf er auf seinen jungen Kollegen Rescanières, der ihm nur vage Auskunft geben konnte, wo sich Boudet im Moment aufhalten würde.

„Er wollte zuerst zum Postamt und danach einen Krankenbesuch in der Nähe der Buchhandlung an der Hauptstraße machen. Fragen Sie mich aber nicht, bei wem. Fragen Sie sich einfach durch, bestimmt hat man ihn gesehen. Abbé Boudet verrät mir nicht immer, wo er hingeht. Es steht mir auch nicht zu, ihn deswegen auszufragen. Aber vielleicht haben Sie Glück. Mich dürfen Sie jetzt bitte entschuldigen, ich habe einiges zu erledigen."

Rescanières wirkte kurz angebunden. Gab es etwa Probleme mit Boudet? Vielleicht hing es damit zusammen, was kürzlich vorgefallen war. Er stellte sein Gefährt vor dem Pfarrhaus ab und spazierte los. Trotzdem ging ihm das Verhalten des jungen Abbés nicht aus dem Kopf.

Als er bei der Poststelle im Dorf angekommen war, verriet man ihm, dass er Boudet nur um ein paar Minuten verpasst hatte. Er sei die Hauptstraße in Richtung Norden entlanggegangen. Wenn er sich beeile, könne er ihn noch einholen. Bérenger spurtete los. Eigentlich bin ich kon-

ditionell noch gut beieinander, überlegte er während des
Laufens und fing sich manch anerkennenden Blick der
Dorfbevölkerung ein.

Kurz darauf holte er Boudet ein, der gemächlich vor
ihm hinschritt.

„Henri, warten Sie!“

Er drehte sich um und erkannte erfreut seinen Kollegen. „Na so was, Bérenger. Sie werden es nicht glauben,
aber an Sie habe ich gerade gedacht. Was für ein Zufall.
Ich wollte heute Nachmittag zu Ihnen fahren, aber das
hat sich jetzt erledigt.“

Bérenger meinte, dass es Wichtiges zu besprechen
gäbe. Boudet erwiderte, dass er noch einen Krankenbesuch durchführen müsse, dann stehe er dem geschätzten
Freund zur vollen Verfügung. „Begleiten Sie mich doch
bei meinem Besuch, dann wird Ihnen die Zeit nicht lang,
während Sie auf mich warten“, schlug er vor. Saunière
war einverstanden und eine halbe Stunde später wanderte man einträchtig zurück zum Pfarrhaus. Unterwegs begann Boudet mit der Schilderung seines Problems.

„Ich habe schlechte Neuigkeiten für uns. Mein Verdacht hat sich erhärtet und es gibt definitiv keinen Zweifel mehr. Ich werde ausspioniert und dafür kommt nur
eine bestimmte Person infrage.“

„Sicher?“

„Ganz sicher. Es kann sich nur um Rescanières handeln.“ Dann klärte er ihn darüber auf, wie er es bemerkt
und ihm eine Falle gestellt habe, in die er prompt hinein-
getappt sei.

„Haben Sie mit ihm gesprochen?“

„Nein, aber ich konnte mich nicht verstellen und habe
es mir ihm gegenüber anmerken lassen.“

Deswegen also sein seltsames Verhalten von vorhin, dachte sich Saunière.

„Dann kann er im Prinzip nur im Auftrag von Beauséjour gehandelt haben. Eine andere Möglichkeit gibt es nicht. Wobei ich gestehen muss, dass ich bis zuletzt gehofft habe, ihm unrecht getan zu haben. Ahnt er vielleicht, dass Sie ihm auf die Schliche gekommen sein könnten?"

„Wenn ich das wüsste. Aber wie auch immer, wenn er von diesen geheimen Zahlungen, die ich leiste, etwas erfährt, bin ich geliefert. Das muss auf jeden Fall verhindert werden. Verstehen Sie denn nicht, da stecke nicht nur ich mit drin, sondern auch Sie." Boudet hörte sich verzweifelt an. Vorbei schien es mit dem entspannten Leben als Pensionär zu sein.

Bérenger zog die Augenbrauen hoch und auf seiner Stirn bildeten sich Falten. Er sah wieder das ganze Drama vor sich, das sich damals um Gelis abspielte. Auch wenn es schon ewig her zu sein schien, kam es ihm so vor, als hätte es sich erst gestern ereignet. Aber deswegen einmal mehr gewaltsame Methoden anzuwenden, schien ihm keine Lösung zu sein. „Vielleicht sollten Sie ihn zur Rede stellen. Wenn er es abstreitet, können wir uns immer noch etwas überlegen."

„Damals standen wir einer gewissen Angelegenheit zunächst auch machtlos gegenüber. Ich weiß nicht, was ihm der Bischof versprochen hat, wenn er mich ans Messer liefert. Möglicherweise sieht es Rescanières sogar als Sprungbrett für seine Karriere. Die jungen Priester von heute sind wesentlich ehrgeiziger, als wir es damals waren. Bedenken Sie das."

Saunière zog seinen Kollegen zu sich und flüsterte ihm verschwörerisch ins Ohr: „Wo haben Sie die bewussten

Bücher und Papiere eigentlich versteckt? Besteht die Möglichkeit, dass er sie finden kann?“

Boudet zuckte die Schultern. „Keine Ahnung, aber selbst, wenn ich sie von hier fortbringe, wo soll ich sie dann aufbewahren? Bei Ihnen vielleicht?“ Damit machte er eine Anspielung auf Saunières „Geheimversteck“ in der Kirche von Rennes-le-Château. Wird schon nichts passieren, hatte Bérenger Boudet mindestens tausendmal entgegnet, bis dieser es aufgab, ihm weiter wegen der Anschaffung eines Tresors in den Ohren zu liegen. Dass es eines Tages erneut Probleme geben könnte, war so sicher wie das Amen in der Kirche. Schuld war einzig und allein Saunières falsche Sparsamkeit. Jetzt erhielten sie die Quittung dafür.

„Ach was, manifestieren Sie zuerst, dass Sie sich nicht geirrt haben. Stellen Sie meinetwegen nochmals eine Falle auf. Dann werden wir uns nochmals unterhalten und uns geeignete Gegenmaßnahmen überlegen.“

„Na gut, aber viel Hoffnung habe ich nicht, dass sich alles zum Guten wenden könnte. Das sage ich Ihnen gleich.“

Dann war Bérenger an der Reihe, ihm zu verraten, weshalb er nach Rennes-les-Bains gekommen war. „Ach, da wäre noch etwas anderes“, meinte er.

Boudet sah ihn fragend an.

„Wie Sie sich vielleicht erinnern, habe ich Ihnen damals von meiner kurzen Reise nach Perillos erzählt und davon, dass sie gar nicht zu meiner Zufriedenheit verlaufen ist.“

Boudets Gedächtnis ließ nach. Deshalb wusste er in diesem Moment auch nicht, von was sein Kollege da sprach. „Helfen sie mir auf die Sprünge. Es ist mir leider entfallen. War es etwas Wichtiges?"

„Das kann man wohl sagen." Und dann erzählte er ihm nochmals, was in seiner Chronik, die er in Lyon erworben hatte, über Jesus Christus gestanden war. Das Bemerkenswerte daran war, dass er in der Nähe von Perillos begraben sein sollte.

„Und was haben Sie dort gefunden? Erzählen Sie mir bloß nicht, dass Sie auf das bewusste Grab gestoßen sind. Warum soll Jesus Christus ausgerechnet dort begraben sein? Gibt Ihre Chronik auch dazu eine sinnvolle und einleuchtende Antwort?" Boudet sagte es mit einem ironischen Unterton.

„Ach Henri, lassen wir das doch erst einmal außer Betracht. Wäre es nicht eher logisch, dass Jesus nach Südfrankreich gekommen ist?"

„Welche Gründe sollte er dafür gehabt haben?"

„Überlegen Sie doch". Bèrenger war leicht verärgert. „Setzt man voraus, dass Maria Magdalena tatsächlich seine Ehefrau war, dann ist es doch logisch, dass er sie sucht, nachdem Gras über seine Kreuzigung im Heiligen Land gewachsen war. Außerdem habe ich, wie ich Ihnen und Gelis vor etlichen Jahren verraten habe, das Testament der Magdalena unter meinen Dokumenten in der Kirche von Rennes-le-Château entdeckt. Oder etwa nicht?"

„Sie haben es mir oft gezeigt, aber die Behauptung, dass er genau aus dem Grund hierhergeflohen wäre, erscheint mir etwas weit hergeholt. Finde ich zumindest."

Der alte Mann war im Lauf seines Lebens zum Skeptiker geworden. Es war eine Konsequenz aus dem Mord an Gelis, der in ihm nagte wie eine Ratte.

Es folgte eine Pause, in deren Verlauf Totenstille herrschte. Trotzdem blieb Boudet neugierig. „Jetzt spannen sie mich nicht länger auf die Folter und verraten mir endlich, wie Ihre Nachforschungen verlaufen sind. Sollten Sie es mir bereits erzählt haben, bitte ich um Nachsicht für meine Vergesslichkeit. Sie wissen ja, dass mein Gedächtnis nicht mehr das Beste ist."

Saunière schilderte ihm, wie er sich von Perpignan aus mit der Kalesche auf die Hochebene von Perillos gequält hatte. Dort angekommen habe sich ihm das Dorf wie ausgestorben präsentiert. Nach einer längeren Zeit des Umherirrens habe er endlich den ersten Bewohner angetroffen. Der habe ihn darüber aufgeklärt, dass ein Gottesdienst nur alle zwei Tage stattfinden würde, da die Zahl der Einwohner zu niedrig sei.

Gespenstisch und unheimlich habe sich ihm die Kirche präsentiert. Wenigstens einen kleinen Friedhof habe Perillos vorweisen können.

Es stand für ihn fest, dass sich die bewussten Gräber, so sie existierten, nur außerhalb des Ortes befinden konnten. Vorher wollte er wenigstens etwas über die Geschichte des Dorfes erfahren und habe eine ältere Frau, die in der Kirche nach dem Rechten sah, gefragt.

Sie berichtete ihm, dass die Ursprünge des Ortes ins Mittelalter zurückgehen würden. Irgendwann später versank der Ort in der Bedeutungslosigkeit und jeder überlege nun ernsthaft, ob er nicht von hier wegziehen solle, weil die Gegend keinerlei Landwirtschaft erlauben würde.

Bérenger fuhr fort. „Ich musste an die Gräber und die damit verbundenen eventuellen Höhlen und Grotten denken, die sich dort befinden könnten. Deshalb wollte ich von ihr wissen, ob es denn in der Gegend so etwas geben würde und siehe da, sie nannte mir eine Stelle, etwa einen Kilometer nördlich des Dorfes, wo sich tatsächlich so etwas befinden würde. Daraufhin wanderte ich in die genannte Richtung."

„Und?"

„Nun, es gab sie wirklich."

„Die Gräber?" Boudet platzte vor lauter Ungeduld.

„Nein, ich meine die Grotten. Sie waren meines Erachtens zwar groß genug, um Steingräber zu beherbergen, aber leider waren sie leer."

Was erwarteten die beiden? Bildete sich Saunière ein, man hätte nur auf ihn gewartet, dass er zweitausend Jahre später dort aufkreuzen und ein erfreutes „Heureka, ich hab`s gefunden!", ausstoßen könnte, das alles angesichts zweier zu Staub zerfallener Skelette. Boudet hatte das tatsächlich erwartet und war deswegen umso enttäuschter. zumindest dieser Meinung gewesen. Es wäre auch zu schön gewesen, kurz vor seinem Ableben noch Zeuge eines solch sensationellen Fundes zu werden.

„Alles umsonst", konstatierte er nüchtern.

„Wenn Sie so wollen."

„Und jetzt?"

„Genau deswegen bin ich hier. Ich wollte Sie um Rat fragen, wo wir noch suchen könnten."

„Wenn ich das wüsste, hätte ich es Ihnen längst verraten."

Es schien eine überflüssige Frage für Boudet zu sein. Andererseits kannte er seinen Kollegen. Wenn Saunière einmal Blut geleckt hatte, würde er so lange keine Ruhe geben, bis er auch nur das geringste Ergebnis vorweisen konnte. Also was tun?

Vor Boudets Pfarrbüro angekommen, standen sie sich in Gedanken versunken gegenüber.

„Sind Sie sicher, dass es sich wirklich um diesen Ort namens ... helfen Sie mir auf die Sprünge ...“

„Perillos.“

„... namens Perillos handeln würde, wo die beiden biblischen Figuren begraben sein sollen? Ich meine, Ihre Chronik wurde zu einem wesentlich späteren Zeitpunkt geschrieben und da kann sich inzwischen landschaftlich viel verändert haben. Vielleicht hat ja auch jemand die Gräber gefunden und sie klammheimlich woanders hinschaffen lassen. Stellen Sie sich bloß vor, was das für unsere Kirche bedeutet hätte.“

„Hätte man es an die große Glocke gehängt, dann wüssten wir es längst. Also kann noch nichts Gravierendes passiert sein. Außerdem: Woher hätte dieser „Jemand“ wissen sollen, um welche Art von Fund es sich handelt? Nein, Henri, für mich steht fest, dass Jesus in Südfrankreich gestorben ist und ich werde nicht länger ruhen, bis ich dessen Grab gefunden habe.“

Boudet dachte scharf nach, ob er früher einmal eine seltsame Grabplatte oder ähnliches entdeckt hatte. Es dauerte nicht lange und da fiel es ihm wieder ein. Sein Langzeitgedächtnis hatte ihn glücklicherweise nicht im Stich gelassen.

„Da gibt es etwas Merkwürdiges, das ich vor Jahren mit meinem Bruder Edmond, Gott hab ihn selig, im Wald von Rennes-les-Bains entdeckt habe. Wir waren damals oft in der Umgebung meiner Pfarrei unterwegs und nutzten jede freie Minute, um Berge und Wälder zu erkunden. Eines Tages stießen wir durch Zufall auf eine verwitterte Steinplatte, die von Gestrüpp bedeckt war. Notdürftig befreiten wir sie und es kam darauf eine Inschrift zutage, mit der wir nichts anfangen konnten, weil sie in einer uns völlig unbekannten Sprache verfasst war. Nur so viel schien uns klar zu sein, nämlich, dass sie sehr alt zu sein schien. Wir verzichteten absichtlich darauf, sie bergen und wiederherstellen zu lassen. Es hätte sein können, dass wir dadurch noch mehr kaputt gemacht hätten. Also ließen wir sie liegen und bedeckten sie sorgfältig mit Sträuchern, damit man sie in Ruhe lassen würde. Zwar zerbrachen wir uns eine ganze Weile danach noch den Kopf mit Spekulationen über den sich darunter befindlichen Inhalt, aber dann vergaßen wir sie irgendwann gänzlich. Wie gesagt, das ist viele Jahre her. Ich kann mir trotzdem nicht vorstellen, dass sie in der Zwischenzeit jemand entdeckt haben könnte. Aber das ist eine reine Vermutung und muss mit unserer Sache gar nichts zu tun haben. Schließlich war es in der Vergangenheit öfters der Fall, dass man Gräber mitten im Wald oder auf freiem Feld ausgehoben und jemand darin beerdigt hatte. Außerdem haben wir keinerlei Beweise dafür, dass es sich überhaupt um ein Grab handeln würde."

Während Boudet erzählte, hatte Saunière fasziniert zugehört und einmal mehr alles um sich herum vergessen. Als sein Kollege geendet hatte, zitterte er vor Aufregung und bedrängte Boudet, er solle ihm sobald wie möglich einen Lageplan zukommen lassen. Das wäre die Sensation, wenn sich die Überreste der beiden „Einwanderer" darin befänden. Bèrenger war vollkommen davon überzeugt, etwas anderes kam für ihn gar nicht infrage. Worauf er seine Überzeugung stützte, das wusste nur er selbst. Boudet dagegen blieb skeptisch, versprach aber, die Sache mit dem Plan umgehend zu erledigen.

Danach kam man auf das leidige Thema „Betriebsspionage" zu sprechen, jedoch nur im Flüsterton, da Rescanières unvermittelt auftauchen konnte. Ihm erneut eine Falle zu stellen, erschien ihnen als die einzige Alternative, die sie hatten.

Immerhin fühlte sich Saunière wieder besser und er fuhr gutgelaunt nach Hause.

KAPITEL 47

Joseph Marie Casimir Rescanières hatte schlecht geschlafen. Ein entsetzlicher Alptraum, der ihn mehrere Male schweißgebadet aufwachen ließ, hatte ihm zugesetzt. Er sah sich darin regungslos am Boden des Wohnzimmers seiner Pfarrwohnung liegen. Hatte er geträumt, er wäre tot?

Angespannt saß er am Küchentisch, während sich draußen ein neuer Tag mit fröhlichem Vogelgezwitscher ankündigte. Wollte man ihn umbringen, ihn, einen jungen Abbé, der das ganze Leben noch vor sich hatte? Er hatte doch niemandem etwas getan, war friedliebend und bei den Mitgliedern seiner neuen Gemeinde beliebt. Für jeden, der ihm über den Weg lief, hatte er ein paar freundliche Worte übrig.

Mit Abbé Boudet verstand er sich immer besser, obwohl ihm dieser in den letzten Tagen misstrauisch vorkam. Hatte er vielleicht etwas bemerkt? Er hatte doch alles versucht, keine Spuren zu hinterlassen. Eigentlich dürfte ihm nichts aufgefallen sein, oder etwa doch?

Ach was, das redete er sich nur ein. Es war ihm ja selbst zuwider, seinen Kollegen auszuspionieren. Aber was blieb ihm übrig? Der Bischof nervte ihn pausenlos mit Telegrammen, weil er endlich Ergebnisse sehen wolle. Natürlich würde man ihn versetzen, wenn seine Mission in Rennes-les-Bains abgeschlossen sei. Das hatte man ihm versprochen. Ihm winkte eine Pfarrstelle in Narbonne, einer Stadt an der Mittelmeerküste, bestimmt keine schlechte Umgebung, Aber trotzdem hegte er die leise Hoffnung, dass seine Suche im Sand verlaufen und sich alles in Wohlgefallen auflösen würde

Aber wer sollte ihn umbringen wollen? Der alte Abbé vielleicht? Unvorstellbar für ihn.

Erneut machte er sich Gedanken, wo er seine Suche fortsetzen könne. Im Büro des alten Priesters gab es absolut nichts, was von Wichtigkeit für den Bischof erschienen war, auch keine bestimmten Bücher, die Boudet geschrieben hatte.

Wo könnte er sie also noch aufbewahrt haben? Da fiel ihm ein, dass es über der Wohnung im ersten Stock noch einen Dachboden gab. Die Treppe, die zu ihm hinaufführte, war eng und steil. Es war kaum anzunehmen, dass Boudet in seinem Alter dort oft hinaufsteigen würde. Sicher war er aufgrund seines angegriffenen Gesundheitszustandes unfallgefährdet.

Welche Möglichkeiten gab es also noch? Bliebe eigentlich nur der Keller, dessen Treppe unmittelbar neben Boudets Wohnungstüre nach unten führte und wesentlich breiter war als die zum Dachboden. Rescanières nahm sich vor, umgehend damit zu beginnen.

Die Gelegenheit schien günstig, weil Boudet am Vortag erwähnt hatte, dass er heute in Couiza einiges zu erledigen habe. Rescanières solle am Morgen getrost den Gottesdienst ausfallen lassen, sie würden ihn gemeinsam später nachholen. Er hatte sozusagen „frei" genommen, sofern nicht ein Dorfbewohner zu ihm käme, um seinen Beistand zu erbitten.

Er versuchte, eine Kleinigkeit zu frühstücken, auch wenn es ihm angesichts der schlaflosen Nacht schwerfiel. Es sollte ihm für den bevorstehenden Tag die nötige Kraft verleihen.

Nach dem Frühstück zog er Zivilkleidung an, die er lieber trug als den Priesterrock und verließ so leise wie möglich die Wohnung. Im ganzen Haus herrschte Ruhe, Boudet war wahrscheinlich zeitig aufgebrochen. Mit klopfendem Herzen schlich er die Kellertreppe hinunter, horchte aber vorher an Boudets Wohnungstür. Kein Laut drang nach außen.

Im Keller fand er zwei Räume vor, die mit einer Tür aus Zaunlatten verschlossen waren. Sofort fiel ihm auf, dass deren Riegel über kein Vorhängeschloss verfügte.

Schon im ersten Abteil wurde er fündig. Dort stand in der rechten hinteren Ecke eine Truhe, deren Deckel etliche Jahre auf dem Buckel zu haben schien. Sollte Boudet hier tatsächlich aufbewahren, wonach er suchte? Sie verfügte zu Rescanières Erstaunen über kein Schloss. Was war dieser ehemalige Pfarrer für ein unvorsichtiger Mensch? Er konnte es nicht glauben. Eine dicke Schicht Staub auf ihr verriet, dass sie anscheinend schon lange nicht mehr geöffnet worden war. Rescanières fühlte sich, als hätte er einen Piratenschatz entdeckt.

Leise öffnete er sie und erkannte sofort mehrere Bücher darin. Und nicht nur das. Einige Blätter mit seltsamen Tabellen lagen daneben. Für Rescanières bestand kein Zweifel mehr, er hatte das Beweismaterial endgültig gefunden.

Zunächst fiel sein Blick auf Tabellen, in denen Geldbeträge mit entsprechendem Datum aufgeführt waren. Immer wieder tauchten dazu die gleichen Namensinitialen auf: M. D. Es handelte sich um große Geldsummen, von denen er als einfacher Priester nur träumen konnte. Sie hätten gereicht, um eine Gemeinde wie Rennes-les-Bains auf Dauer im Wohlstand leben zu lassen. Hinter jeder Zeile konnte man Boudets Unterschrift erkennen. Handelte es sich um Bargeldzahlungen?

Die Beträge begannen im unteren Bereich mit 1000 Francs und nach oben schien es keine Grenze zu geben. Der junge Mann kam aus dem Staunen nicht mehr heraus. Was musste Boudet für ein Vermögen angehäuft haben! Und warum stand da immer nur diese bestimmte Namensabkürzung? Er überlegte, um wen es sich handeln könnte. Zuerst wollte er sich einreden, dass ihn das Ganze nichts anginge und er die Listen nur an den Bischof weiterzuleiten habe, aber andererseits war da auch seine starke Neugier. Viel zu geheimnisvoll erschien ihm die Angelegenheit. Außerdem: Wie sollte er weiter vorgehen? Die Originale der Papiere konnte er keinesfalls entwenden, Boudet würde sofort Verdacht schöpfen. Es blieb ihm nur, Kopien an Ort und Stelle anzufertigen. Das musste unter größter Vorsicht geschehen. Er wollte sich Seite für Seite vornehmen und sie sorgfältig abschreiben, auch wenn es viel Zeit in Anspruch nehmen würde.

Rescanières gab sich keiner Illusion hin, dass er alles an einem Tag schaffen könnte. Er würde den Keller noch ein paarmal aufsuchen müssen, was blieb ihm anderes übrig? Zum Glück stand noch ein alter Sekretär mit einem Stuhl herum. Er wollte unverzüglich beginnen, solange Boudet außer Haus weilte.

So schnell es ging, stieg er nach oben zu seinem Büro, um sich Papier und Schreibzeug zu organisieren. Dann konnte es losgehen. Irgendwann später würde er Beauséjour von seiner erfolgreichen Mission Meldung machen müssen, aber das hatte Zeit. Zuerst wollte er hier alles zu Ende bringen. Danach würde er nach Carcassonne aufbrechen und dem Bischof alles vorlegen.

Zwischendurch legte er eine kleine Pause ein, in der er mit geschlossenen Augen von einer Stelle als Monsignore träumte.

„Abbè Rescanières, Abbè Rescanières!"

Er wurde jäh aus seinen Träumen gerissen. Die Stimme kam von oben. Was sollte er tun, sollte er sich ruhig verhalten? Nein, das konnte er nicht, schließlich würde man sehen, dass die Kellertüre offenstand und zu ihm herunterkommen.

„Ich komme gleich. Es dauert ein paar Minuten." Er hoffte, den Rufer damit hinhalten zu können. Hastig legte er wieder alles dahin zurück, wo er es vorgefunden hatte, dann stieg er die Treppenstufen hoch. Es war gerade nochmal gutgegangen.

KAPITEL 48

Boudet hatte beschlossen, nach Rennes-le-Château zu fahren. Seinem jungen Amtskollegen, dem vermeintlichen Spion, hatte er eine zweite Falle gestellt.

Außerdem war es für ihn die Gelegenheit, etwas Spannung in sein Pensionistendasein hineinzubringen. Er wollte nämlich auf die Anfertigung eines Lageplans verzichten und sich stattdessen selbst mit Saunière auf die Suche nach dem bewussten Grab begeben. So ungefähr hatte er den Fundort noch in Erinnerung, es dürfte für ihn deshalb keine größeren Probleme geben, ihn wieder zu finden, so dachte er.

Der Geistliche war zeitig an einem Montagvormittag losgefahren. Trotzdem musste er warten, bis ihm Saunière voll und ganz zur Verfügung stand. Es galt, zuerst den Frühgottesdienst abzuhalten. Das Hüten seiner Gemeindeschäfchen hatte für Bérenger oberste Priorität. Das war nicht immer so gewesen, denn es gab Zeiten, da hatte er alles liegen und stehen gelassen, wenn es galt, seinen Forschergeist zu befriedigen. Aber der Geistliche von Rennes-le-Château war inzwischen älter und reifer geworden.

So saß Boudet in Bérengers Turm vor der aufgeschlagenen Chronik. In den Augen ihres Besitzers hatte sie offensichtlich bereits einen höheren Stellenwert als die Bibel eingenommen. Boudet musste zugeben, dass man sich nur schwerlich davon loslösen konnte, wenn man sich erst einmal darin vertieft hatte. Es war ein faszinierendes, zugleich auch geheimnisvolles Werk, das seinen Leser geradezu fesselte. Der Inhalt der Chronik bestand aus einem geschichtlichen Bogen, der im Altertum bei den ersten Christen begann und bis ins Mittelalter zu den Katharern reichte. Alles wurde packend, dramatisch und vor allem ausführlich beschrieben, wobei es beim Leser ab und zu ein erstauntes Kopfschütteln hervorrief.

Die Zeit verging wie im Flug, als er darin las. Er brauchte nicht lange zu blättern bis er auf die Seite stieß, die Saunière im Augenblick Kopfzerbrechen bereitete. Staunend las er vom Grab des Christus, das sich angeblich in der Nähe von Perillos befinden solle. Saunière war dort gewesen und hatte es gesuchtt – mit negativem Erfolg.

Für Boudet erhärtete sich somit der Verdacht, dass es stattdessen in der Nähe von Rennes-les-Bains liegen könnte. Aber aus welchem Grund hatte man es dorthin geschafft? Ursprünglich wäre es durchaus denkbar gewesen, dass Perillos mit seiner Umgebung Jesus und seinem Begleiter Josef von Arimathäa als Aufenthalt gedient haben könnte, denn möglicherweise waren beide so von der Welt enttäuscht gewesen, dass sie nichts mehr mit ihren Mitmenschen zu tun haben wollten. Andererseits hätte sich Jesus auch in der Gegend von Sainte-Baume bei Aix-en-Provence niederlassen können, um seiner Ehefrau Maria Magdalena nahe zu sein. Es waren Fragen, auf die er gerne noch Antworten bekommen hätte, aber dazu würde ihm wohl die Zeit nicht mehr reichen.

Überhaupt trug er seit dem unseligen Mord an Gelis eine Schuld mit sich herum, die er für den Rest seines Lebens nicht mehr loswerden würde. Zwar überwies er als Wiedergutmachung stattliche Summen Geldes über eine dritte Person nach Coustaussa, aber es half ihm wenig, sein Gewissen auf Dauer zu beruhigen. Zu den Zahlungen hatte ihn Saunière überredet und die Übermittlerin war Marie Dénarnaud.

Warum ausgerechnet sie? Ganz einfach, sie war vermögend, weil Saunière ihr noch zu Lebzeiten sein gesamtes Vermögen überschrieben hatte. Deshalb konnte niemand Verdacht schöpfen, dass das Geld, welches nach Coustaussa auf Umwegen floss, eigentlich aus dem Besitz des Mörders von Abbé Gelis stammte. Sollte es jemand herausfinden, dann war Boudet geliefert. Deshalb durfte weder Rescanières noch sonst irgendjemand von den Zahlungen erfahren.

All jene Gedanken waren Boudet in den Sinn gekommen, als er vor der Chronik Bérengers saß. Zwischendurch blickte er nachdenklich aus dem Fenster.

Er hatte gerade einen erneuten Seufzer ausgestoßen, als er vernahm, wie sich unten die Eingangstüre des Tour Magdala öffnete.

„Henri, sind Sie noch da?“

„Ich bin hier oben, Bérenger.“

Saunière stieg langsam nach oben. Im Augenblick hatte er wieder Probleme mit der Lunge und bekam zu wenig Luft beim Treppensteigen. Noch vor kurzer Zeit schwebte er förmlich die Treppe hoch, so, als wäre er ein Teenager. Aber inzwischen hatte er seine Lebensmitte überschritten und merkte jedes Jahr. Oben angekommen ließ er sich als erstes auf ein schwarzes Ledersofa plumpsen, das direkt neben der Tür zu seiner Bibliothek stand.

„Wir sind schon ein seltsames Paar", konstatierte er scherzhaft. „Beide würden wir gerne die Welt aus den Angeln heben, wenn uns unser Körper nicht ab und zu einen Streich spielen würde. Aber gut, gegen das Alter kommt man eben nicht an. Deshalb müssen wir in Zukunft jeden Schritt genauestens bedenken. Energie sparen, lautet die Devise, und vor allem nichts überstürzen." Ob er das selbst glaubte, was er da von sich gab, war zu bezweifeln. Wer Saunière kannte, der wusste, dass er oft daranging, seine eigenen Grenzen auszutesten.

Sein Blick fiel auf seinen Schreibtisch. „Wie ich sehe, haben Sie bereits ein ausgiebiges Aktenstudium vorgenommen." Dazu grinste er ihm verschwörerisch ins Gesicht.

„In der Tat. Wobei ich mir nicht erklären kann, warum Jesus Chrsitus ausgerechnet in der Nähe von Perillos gestorben und begraben worden sein soll. Ihm zu Ehren hätte man doch später dort mindestens eine Kathedrale oder einen Dom errichtetn müssen."

„Aber nur unter der Bedingung, dass sich die Amtskirche mit ihrer Lehrmeinung um 360 Grad gedreht und endlich anerkannt hätte, dass er nicht am Kreuz gestorben sein kann."

Boudet blickte ihn an. „Es macht, wie bereits erwähnt, auch keinen großen Sinn, dass er ausgerechnet hier beerdigt sein soll. Vielmehr denke ich, dass man, wenn es tatsächlich so gewesen wäre, sein Grab entdeckt und ihn mit Sicherheit nach Rom überführt hätte."

Saunière zog die Augenbrauen hoch, schnaufte hörbar durch und stellte sich neben Boudet, der immer noch am

Schreibtisch saß. „Damit erhielte ihr heimlicher Fund in der Nähe von Rennes-les-Bains eine gewisse Brisanz. Sie sind sich sicher, dass Sie sich diese Suche zutrauen? Immerhin ist es nicht gerade ein Spaziergang.“

Boudet war schien fast schon beleidigt angesichts der Frage. Entrüstet entgegnete er: „Für so etwas fühle ich mich nie zu alt, Monsieur. Ein innerer Zwang treibt mich sogar dazu. Wissen Sie, Edmond und ich haben damals nichts darauf gegeben, weil es für uns ein unbedeutendes Grab zu sein schien. Wir gingen davon aus, dass es sich um eines von vielen handeln würde, die zahlreich über ganz Südfrankreich verstreut sind. Dass es sich in unserem Fall um einen derart wichtigen Fund handeln könnte, konnten wir damals nie und nimmer ahnen.“

„Gut, mein Freund, ich sehe schon, ich kann Sie nicht auf Dauer davon abhalten, mit mir danach zu suchen. Deshalb die Frage: Wann wollen wir aufbrechen?“

„Meinetwegen sofort.“

Bérenger war sichtlich überrascht. Ihm war klargeworden, dass er den ehemaligen Abbé von Rennes-les-Bains für heute nicht mehr loswerden würde.

Immerhin herrschte strahlendes Wetter, ideal für Ausgrabungen aller Art. Deswegen fuhr man wenig später mit zwei Schaufeln und einem Pickel bewaffnet in Richtung Rennes-les-Bains. Ein berauschendes Gefühl stieg in ihnen hoch, besonders für Boudet erschien es, als würden mindestens zwanzig Jahre einfach von ihm abfallen.

Trotzdem benötigten sie zunächst mehrere Versuche, bis Boudets Erinnerung sie auf den richtigen Pfad führte. Sie waren die Route Montferrand in östlicher Richtung gefahren und dann an der vierten Abzweigung nach rechts abgebogen, wo sie auf ein freies Feld stießen, das von wildwachsendem Gebüsch gesäumt war. Boudet hatte die Stelle wiedererkannt und sie wurde von einem großen Busch gänzlich zugedeckt. Aber es bestand kein Zweifel mehr, dass sich darunter die bewusste Grabplatte befinden würde.

„Hm, da haben wir ein schönes Stück Arbeit vor uns." Saunières anfängliche Euphorie hatte einen jähen Dämpfer erhalten.

„Aber es kann nur diese Stelle sein. Ich erinnere mich genau daran. Was ist, wollen Sie jetzt kurz vor dem Ziel aufgeben?"

Bèrenger brummte etwas Unverständliches. Außerdem machte ihm die Sonne zu schaffen, die auf die beiden unerbittlich herniederbrannte. Aber zurückrudern konnte er nicht mehr.

Man zog und zerrte gemeinsam an den Ästen des Gestrüpps, das sich hartnäckig weigerte, seinen Besitz freizugeben. Es nahm eine volle Stunde in Anspruch, bis man die Hälfte entfernt hatte. Langsam kam die stark verwitterte Inschrift, die sich auf der Grabplatte befand, zum Vorschein. Sie schien in einer unbekannten Sprache abgefasst zu sein. Aramäisch? Hebräisch? Man wusste es nicht. Es stand nur fest, dass sie sehr alt sein musste und je weiter man sie freilegte, desto mehr stieg die Hoffnung der beiden Abbés. Es konnte sein, dass man tatsächlich auf der richtigen Spur war. Was ihnen nur zu schaffen machte, war, dass der Name des Verstorbenen völlig unleserlich war. Aber wenn es sich wirklich um das gesuchte Grab handeln sollte, dann würde man Mittel und Wege finden, das vorliegende Rätsel zu lösen. Endlich war der Busch vollständig entfernt und man gönnte sich eine Verschnaufpause.

„Sagen Sie selbst, Henri, hätten Sie so etwas jemals erwartet, als Sie mit Ihrem Bruder hierhergelangten?"

„Wohl kaum. Es genügte mir damals, den Fund in einer Geschichte für mich niederzuschreiben. Eine von vielen übrigens, die ich als junger Geistlicher verfasst habe. Ich habe sie leider nur alle irgendwann aus den Augen verloren und sie später nicht mehr gefunden. Aber eines steht fest: Die Entdeckung ist nicht in meinem Buch, das ich geschrieben habe, erwähnt worden. Sie erschien mir zu unbedeutend. Aber jetzt weiß ich, dass ich unbeabsichtigt das Richtige getan habe. Denn stellen Sie sich vor, was hier los gewesen wäre, wenn es ein anderer gefunden hätte. Nicht auszudenken!"

Saunière schwieg und nickte nur. Dann zündete er sich eine Zigarette an und dachte nach, was als Nächstes zu tun sei. Keinesfalls konnte man die Grabplatte samt Inhalt am helllichten Tag durch die Dörfer transportieren. Das wäre zu auffällig. Für ihn stand trotzdem fest, dass alles nach Rennes-le-Château geschafft werden musste. Unwiderruflich!

Boudet riss ihn jäh aus seinen Überlegungen. „Bevor wir weitere Schritte unternehmen, müssen wir uns vergewissern, dass es sich wirklich um das Grab des Christus handelt. Haben Sie schon eine Idee? Ich denke da an die Schwierigkeiten, die uns damals Ihre Dokumente bereitet haben. Deshalb bin ich der Meinung, dass uns nur eine absolute Vertrauensperson, die über die nötige Bildung verfügt, weiterhelfen kann. Wen sollen wir zu Rate ziehen?"

Saunière brauchte nicht lange zu überlegen. „Da gibt es jemanden, dem ich damals im Priesterseminar in Saint-Sulpice begegnet bin. Er heißt Alfred Leslie Lilley, ist ein Kirchengelehrter und exzellenter Wissenschaftler.

Ich kann ihn getrost als meinen geistigen Mentor bezeichnen. Er war es, der sich meine Dokumente genauestens besah, mir zwar keine genaue Auskunft über ihren Inhalt geben wollte, aber empfohlen hatte, dass ich sie wieder nach Rennes-le-Château mitnehmen und sie dort gut unter Verschluss halten solle. Seitdem hatten wir häufig regen Briefwechsel miteinander und ich habe ihm nach und nach alles erzählt, was ich an Wissenswertem im Zusammenhang mit den Dokumenten herausgefunden habe. Zuletzt hat er mir alle meine Vermutungen bestätigt, indem er mir eröffnete, er habe schon immer den Verdacht gehabt, die Papiere könnten die gesamte Leidensgeschichte Jesu infrage stellen. Er musste es damals jedoch für sich behalten, weil man es ihm befohlen hatte."

Boudet stieß einen lauten Pfiff durch die Zähne aus. Neu war für ihn, dass es jemanden gab, mit dem sein Bérenger die ganze Zeit über kommuniziert hatte, obwohl er genau wusste, dass ihn dies in Teufels Küche bringen könnte.

„Warum haben Sie mir nichts davon erzählt? Hoffentlich haben Sie ihm nichts von der Sache mit Gelis verraten."

„Keine Angst, ich weiß, was ich für mich zu behalten habe. Aber jetzt sollte ich ihn umgehend benachrichtigen. Zwar habe ich seine aktuelle Adresse, aber ich werde ihm telegrafieren, weil das schneller geht. Er ist übrigens Brite."

„Da kann er nichts dafür", scherzte Boudet. „Abgesehen davon trifft es sich ausgezeichnet. Da kann ich endlich wieder meine Sprachkenntnisse auffrischen."

„Genau deswegen habe ich an Sie gedacht. Trotz des regen Briefwechsels mit ihm tue ich mich immer etwas schwer mit seiner Sprache. Wobei ich anmerken muss, dass Kanonikus Lilley umgekehrt besser Französisch spricht. Es dürften also keine Verständigungsschwierigkeiten bestehen."

Boudet lächelte zufrieden. „Na, da bin ich beruhigt. Aber erzählen Sie, was ist eigentlich aus dem Priesterseminar in Saint-Sulpice geworden? Ich war leider noch nie dort, obwohl ich bei aller Bescheidenheit ebenfalls über ein gewisses Fachwissen verfüge." Aus Boudets Stimme klang eine Enttäuschung. Zweifellos war er ein kluger Kopf, aber diejenigen Geistlichen, die zu diesem Seminar gehörten, waren Gelehrte und hatten den Auftrag, ausnehmlich das Neue Testament genau unter die Lupe zu nehmen.

„Nach allem, was ich von Lilley erfahren konnte, existiert das Seminar nur noch theoretisch und die Wissenschaftler wurden zurückbeordert. Er verriet mir nebenbei, dass man ihnen befohlen hatte, in Zukunft Stillschweigen über das Ergebnis ihres Forschungsauftrages zu bewahren."

„Heißt das, sie hatten etwas gefunden, das für unsere Religion unangenehme Folgen haben könnte?"

„Machen Sie sich Ihren eigenen Reim darauf, Henri. Ich darf Ihnen nicht mehr verraten, das habe ich Lilley versprochen."

Boudet blieb nichts anderes übrig, als es zu akzeptieren. Deswegen unterließ er es, seinen Kollegen weiter zu bedrängen.

Sie wandten sich wieder der vor ihnen liegenden Grabplatte zu. Im Geiste stellten sie sich vor, unter welch unsäglichen Strapazen die beiden Männer aus dem Heiligen Land nach Südfrankreich gekommen sein mussten.

Überhaupt existierte nur ein Grab, wo war das andere abgeblieben? Anscheinend war es im Dunkel der Geschichte verloren gegangen. Schade, denn man hätte dadurch bestimmt noch weitere Erkenntnisse gewonnen.

„Sollten wir es jetzt wagen, das Grab zu öffnen? Was meinen Sie?“ Boudet war hin und gerissen zwischen Neugier und Angstgefühlen. Er begann zu schwitzen und stülpte die Ärmel seines Gewandes hoch.

Saunière dagegen blieb zunächst regungslos, ohne dabei ein Wort zu verlieren. Nach einigen Minuten brach er sein Schweigen. „Wir sollten abwarten. Solange wir keine Gewissheit haben, brauchen wir erst gar nicht weiter tätig zu werden.“ Er seufzte. „Ich verspreche Ihnen, Henri, dass ich Lilley so schnell wie möglich herbeordern werde. Er kennt sich sehr gut mit alten Sprachen aus. Das Einzige, was wir im Moment tun können, ist, dass wir die Steinplatte so gut wie möglich säubern. Oder haben Sie eine andere Meinung?“

Boudet war trotz seiner drängenden Neugier einverstanden. Saunière hatte recht.

Sie machten sich schweigend über die vorsichtige Freilegung der Grabinschrift. Währenddessen stellten sie erfreut fest, dass sie immer deutlicher zu Tage trat. Nach endlosen Minuten waren sie fertig. Dann hieß es, die Platte wieder zu bedecken. Sie breiteten Äste und Zweige darauf aus und fertigten, bevor sie zur Kalesche zurückgingen, einen genauen Lageplan an.

„Das dürfte genügen. Ich bin ganz zufrieden. Was meinen Sie dazu, Henri?“

Was sollte Boudet darauf erwidern? Er rechnete damit, dass es noch eine Fortsetzung geben würde, wenn der Kanonikus aus

England erst einmal hier aufgetaucht wäre.

„Lassen wir uns überraschen", meinte er.

Wenig später fuhr man ohne Eile zurück. Unterwegs lud Bérenger Boudet spontan zu sich nach Hause ein. Er wollte das Ereignis mit einer Flasche Rotwein feiern. Marie solle dazu noch etwas Ordentliches zum Essen auf den Tisch zaubern, meinte er. Boudet protestierte anfangs verhalten, gab jedoch seinen Widerstand bald auf. Einer kleinen Feier stand nichts mehr im Wege.

KAPITEL 49

Es war ein Abend, den sie lange vermisst hatten, denn vor vielen Jahren saßen sie das letzte Mal in einer solch entspannten Runde beisammen. Boudet erzählte, wie er sich seinen Ruhestand vorstellen würde. Ganz im Gegensatz zu Gelis, der damals seine Zelte in Coustaussa abbrechen wollte, gab es für Boudet keinerlei Zweifel, dass er seinem Heimatdorf bis zum Ableben treu bleiben würde. Bérenger und er waren froh, ihre Alltagssorgen für ein paar Stunden hinter sich lassen zu können. Je länger sie zusammensaßen, Marie hatte sich zu ihnen gesellt, desto ausgelassener wurde die Stimmung. Der Alkohol, es gab den obligatorischen Roten aus dem Minervois, trug sein Übriges dazu bei. Zwar hatten sie eine ordentliche Grundlage geschaffen, weil es Cassoulet gab, aber die Absicht, sich beim Weingenuss etwas zurückzuhalten, wurde schon bald über beiseitegelegt.

Boudet wollte zu vorgerückter Stunde aufbrechen und Bérenger versuchte, ihn zu überreden, in der Villa Bethania zu übernachten. Der alte Abbé jedoch wollte partout nach Hause und Saunière erbot sich, ihn persönlich dort abzuliefern. Boudets Kalesche könne man am nächsten

Morgen aus Rennes-le-Château abholen lassen. Obwohl Bérenger ebenfalls kräftig gebechert hatte, ließ er sich nicht von seinem Vorhaben abbringen. Er konnte sowieso nicht schlafen, deshalb stellte es für ihn eine gewisse Abwechslung dar. Wären zu jener Zeit schon Alkoholkontrollen an der Tagesordnung gewesen, so hätte man die Beiden mit Sicherheit gezwungen, ihre weitere Reise zu Fuß fortzusetzen.

So aber kam man mitten in der Nacht vor dem Pfarrhaus in Rennes-les-Bains an, und Bérenger forderte den Alten auf, sich bei ihm einzuhängen. Dann führte er ihn zu seiner Wohnungstür. Das Ganze ging nicht gerade besonders leise vonstatten.

Als Saunière verschwunden war, suchte Boudet noch kurz sein Büro auf, um nachzusehen, ob Rescanières erneut Spionage betrieben hätte.

Sein erster Blick fiel auf den Schreibtisch, es befand sich noch alles an seinem Platz, genauso, wie er ihn am Morgen verlassen hatte. Nichts schien verändert zu sein.

„Das gibt`s doch nicht", murmelte er halblaut. „Habe ich ihm vielleicht Unrecht getan?" Er wusste nicht, was er davon halten solle. Wegen der aufkommenden Müdigkeit fiel ihm der Denkprozeß in seinem Gehirn sowieso schwer. Resigniert beschloss er, eine weitere Überprüfung auf Morgen zu verschieben. Schnurstracks begab er sich ins Schlafzimmer und ließ sich schwerfällig aufs Bett fallen, wo er im nächsten Moment ins Land der Träume hinüberglitt.

Einen Stock höher lag der junge Abbé in seinem Bett und konnte nicht nur wegen des Gepolters kein Auge zumachen. Zu beeindruckend war für ihn die Entdeckung, die er im Keller des Pfarrhauses gemacht hatte. Seit Stunden kämpfte er mit seinem Gewissen und konnte sich zu keiner Entscheidung durchringen. Im Prinzip hatte er nichts gegen Boudet, im Gegenteil, er mochte den alten Herrn, der zwar manche Marotte hatte, aber sich ihm gegenüber stets freundlich gezeigt hatte. Auch hatt er bisher eine Menge von ihm lernen können. Gerade praktische Dinge waren es, die man sich in keinem Priesterseminar aneignen konnte. So zum Beispiel die soziale Arbeit in der Gemeinde die sich einem erst nach und nach erschloss, das lernte man in keinem Unterricht.

Vielleicht sollte er zuerst Boudet mit seinen Entdeckungen konfrontieren, bevor er es an seinen Vorgesetzten weitermeldete. Möglicherweise beruhte ja alles auf einem Irrtum und es gab eine logische Erklärung. Er wollte bis nach dem Morgengottesdienst warten, vorausgesetzt, Boudet wäre daheim. Man würde sehen.

Dem alten Priester ging es in dieser Nacht nicht viel besser, denn er wachte schweißgebadet auf. Ein Alptraum hatte ihn geplagt. Er träumte, Saunière und Marie hätten ihn gemeinsam vergiftet, noch im Sterben wäre ihm Gelis erschienen und wollte ihn zur Rede stellen, warum er ihn umgebracht habe. Zu allem Übel hatte er rasendes Herzklopfen bekommen.

Er quälte sich aus seinem Bett, die Wirkung des Alkohols hatte nachgelassen, sorgte aber jetzt für furchtbare Kopfschmerzen. Er benötigte unbedingt frische Luft und schleppte sich zum Fenster seiner Schlafkammer, um es zu öffnen. Das hatte bisher meistens geholfen. Ein paar Minuten später vernahm er zu allem Übel mehrmals den Ruf eines Käuzchens. „Allmächtiger", murmelte er entsetzt. „Muss ich jetzt sterben? Ist es soweit? Herr, erweise mir die Gnade und nimm mich in Frieden auf." Aber nichts tat sich, er lebte weiter.

In der Kammer herrschte wieder bedrückende Stille. „Ach was, ich bin ein Hasenfuß. Das ist nur der verflixte Alkohol", redete er sich ein. „Beruhige dich, Henri."

Er legte sich in sein Bett und es gelang ihm, nochmals einzuschlafen.

Am Morgen war er gerade darüber, sein Frühstück zuzubereiten. Dazu hatte er seine Kaffeekanne ausnahmsweise doppelt so gefüllt wie sonst. Das heiße schwarze Getränk sollte ihn auf Vordermann bringen, auch wenn es nicht gerade gesund für sein altersschwaches Herz war. Er entschuldigte es damit, dass er so etwas nicht jeden Tag tue.

Plötzlich klopfte es zaghaft an der Wohnungstüre. Zunächst gab er keine Antwort, weil er seine Ruhe haben wollte. Als man allerdings nicht aufhörte, schlurfte er zum Eingang.

„Wer ist da?"

„Ich bin es, Monsieur Boudet." Es war Rescanières.

„Ist es dringend?"

„Oh, das kann man wohl sagen."

Boudet musste einsehen, dass er ihn nicht loswerden würde. Deshalb bat er ihn herein.

Rescanières erkannte sofort, dass er mitgenommen aussah. „Geht es Ihnen nicht gut? Soll ich vielleicht später nochmal kommen, Hoochwürden?"

„Nein, nein, es geht schon. Was haben Sie auf dem Herzen? Trinken sie eine Tasse Kaffee mit mir? Sagen Sie, ist der Gottesdienst schon beendet?"

„Abbé Boudet, wir haben bereits zehn Uhr!" Rescanières Stimme klang entrüstet.

Boudet zog seine Uhr aus der Hosentasche und stellte bestürzt fest, dass er lange geschlafen hatte. So etwas war ihm schon lange nicht mehr passiert, um nicht zu sagen, war es ihm sogar äußerst peinlich.

„Entschuldigung, war ja nur eine Frage. Also nochmals, um was geht es?"

„Nun, es ist mir sehr unangenehm, es ansprechen zu müssen, aber …"

„Aber was …?"

„Nun, ich war gestern im Keller unseres Pfarrhauses, weil ich etwas gesucht habe. Und da …"

Boudet wurde schlagartig kreidebleich im Gesicht und würgte kurzzeitig ein leises Stöhnen heraus. Sofort hatte er sich wieder unter Kontrolle.

„… und dann habe ich da eine Art Truhe entdeckt und sie geöffnet. Verstehen Sie mich bitte nicht falsch, ich wollte nicht neugierig erscheinen."

Lügen kann der Kerl auch noch, dachte sich Boudet. Gefühlt verging jetzt eine quälende Ewigkeit, da jeder sich genau überlegte, was er als Nächstes sagen könnte.

Endlich brach Boudet das Schweigen. „Wie kommen Sie dazu, in meinen Sachen herumzuschnüffeln?" Der Alte war wütend geworden, weil er genau wusste, dass es Rescanières volle Absicht war, ihn zu provozieren. Angriff war die im Augenblick die beste Verteidigung. Und den Auftraggeber im Hintergrund kannte er auch.

„Tut mir leid. Glauben Sie mir, ich wollte das nicht. Aber gerade deshalb muss ich mit Ihnen darüber reden."

„Den Teufel müssen Sie tun!" Boudet bekreuzigte sich angesichts der spontanen Äußerung. Dann kam er immer näher auf ihn zu und baute sich drohend vor ihm auf.

Rescanières wich ängstlich einen Schritt zurück. Beschwörend hob er beide Hände. „Jetzt beruhigen Sie sich doch, Hochwürden. Ich denke, wir können das klären. Wobei die Bücher, die ich gefunden habe, eine untergeordnete Rolle spielen. Aber Sie sollten unserem Arbeitgeber unbedingt die geleisteten Zahlungen an Mademoiselle Dènarnaud in Rennes-le-Château erklären. Verstehen Sie, es geht mich zwar nichts an, warum sie das getan haben. Aber es macht sich nicht gut, wenn Sie noch vor einiger Zeit gegenüber unserem Bischof behauptet haben, Sie und Ihre Gemeinde seien arm."

Natürlich konnte Rescanières nicht wissen, warum Boudet die Zahlungen geleistet hatte, aber der Bischof konnte sich dafür umso mehr einen Reim darauf machen. Am Ende würde er auch Marie zur Rede stellen und die handelte wiederum im Auftrag Saunières. Also würde das Ganze am Ende für alle Beteiligten ziemlich unangenehm ausgehen. Wenn dann die Gendarmerie davon Wind bekam, wären Saunière und er geliefert. Dabei sollte es für ihn nur eine späte Wiedergutmachung sein, um sein schlechtes Gewissen zu beruhigen. Auf keinen Fall durfte man in der Pfarrei von Coustaussa erfahren, von wem das Geld tatsächlich stammte.

Er kehrte zum Thema zurück. „Woher wollen Sie überhaupt wissen, dass ich so etwas gegenüber dem Bischof behauptet hätte?"

„Ganz einfach, ich fand kürzlich rein zufällig auf Ihrem Schreibtisch eine Kopie des Schreibens, das sie nach Carcassonne gesandt haben. Gut so, dachte ich mir, sollen die im bischöflichen Ordinariat ruhig erfahren, wie es in den Dörfern hier bestellt ist. Dass Sie ein solch infames Doppelspiel treiben, hätte ich jedoch nie und nimmer von Ihnen erwartet."

„Na und? Es ist mein Geld und darüber kann ich verfügen, wie ich will. Niemand kann mich zwingen, es dem Ordinariat zur Verfügung zu stellen."

„Natürlich nicht. Aber finden Sie Ihr Verhalten richtig? Wobei ich gar nicht wissen möchte, woher das Kapital stammt."

„Das werde ich Ihnen auch nicht verraten." Offenbar hat er Gott sei Dank noch nicht weitere Unterlagen gefunden, dachte Boudet bei sich. Wären ihm die Listen über nicht gehaltene, aber trotzdem mit Rom abgerechnete Messen zusätzlich in die Hände gefallen, dann könnte ich gleich Selbstmord begehen.

Es stand nicht gut für ihn, das wusste er und er würde unbedingt mit Saunière reden müssen. Vielleicht würde ihm eine Lösung einfallen, wie man sich aus der leidigen Affäre herauswinden könnte.

„Wie auch immer. Sie haben mich enttäuscht, Abbé Boudet, denn ich hätte Sie gerne als mein Vorbild angesehen. Jetzt muss ich zu meiner Enttäuschung feststellen, dass Sie in dubiose Machenschaften verstrickt sind. Wenn Sie unserer Amtskirche gegenüber noch Ihr Gesicht wahren wollen, dann tragen Sie bitte rasch zur Aufklärung bei. Das meine ich ernst. Ich gebe Ihnen zwei Tage Bedenkzeit. Sollten sie danach nicht bereit sein, den Bischof aufzusuchen und Abbitte zu leisten, dann werde ich es für Sie tun." Rescanières kannte sich im Augenblick selbst nicht mehr, denn noch nie war er so bestimmt gegenüber einem älteren Kollegen aufgetreten.

Boudet brummte nur ein unverständliches „Wir werden sehen" und wollte ihn wieder loswerden, aber Rescanières ließ endgültig die Katze aus dem Sack.

„Na ja, da wäre noch etwas …" Er räusperte sich. „Eine lose Notiz, die offenbar aus einem Tagebuch zu stammt. Sie befand sich zwischen den Büchern, die Sie ja eigentlich vernichten hätten sollen. Ich schwöre Ihnen, dass sie mir rein zufällig in die Hände gefallen ist."

Er macht es unerträglich spannend, dachte Boudet. Allerdings wusste er selbst nicht mehr, um was es ging. Ein Zettel? Von mir?

„Zeigen Sie her!", fuhr er ihn barsch an.

„Das werde ich nicht. Ich werde Ihnen aber vorlesen, was darauf steht." Rescanières machte einen Schritt rückwärts und zog ein Stück Papier aus seiner Soutane hervor. Dann begann er zu lesen, während Boudets Kopf sich immer röter färbte.

Als der junge Geistliche fertig war, stellte er sachlich fest: „Ich habe recherchiert und soweit mir bekannt ist, war der 1. November 1897 der Tag der Ermordung des Pfarrers von Coustaussa. Was ich hier habe, ist offensichtlich eine Art Schuldeingeständnis. Vergleiche ich nun die Schrift auf den von Ihnen geschriebenen Listen damit, so scheint sie identisch zu sein. Mit anderen Worten, die Zeilen müssen ebenfalls von Ihnen geschrieben worden sein."

Auf dem Papier stand zwar nur, dass Boudet in der Mordnacht Gelis besucht hatte, aber es reichte, um ihn unweigerlich mit dem Mord in Verbindung zu bringen. Dass er es niedergeschrieben hatte, war für ihn ein verzweifelter Versuch gewesen, sein Gewissen zu beruhigen. Er hatte es verdrängt, dass die Notiz noch existierte.

Vor allem erinnerte er sich nicht mehr, warum er sie aus dem Tagebuch entfernt hatte. Je mehr er aber darüber nachdachte, desto deutlicher hatte er es vor den Augen. Offenbar wollte er das bewusste Blatt vernichten und ließ es dann leichtsinnigerweise irgendwo liegen.

„Dies hier …", Rescanières deutete mit dem linken Zeigefinger darauf, „… müssen Sie mit Ihrem Gewissen vereinbaren, da kann Ihnen niemand dabei helfen. Was mich betrifft, so sollte ich damit eigentlich umgehend die Gendarmerie aufsuchen. Aber der Bischof soll darüber entscheiden, wie er mit Ihnen weiter verfahren will. Wie gesagt, ich gebe Ihnen zwei Tage Zeit, die Sie nutzen sollten."

Boudet war wie vor den Kopf geschlagen, vor allem deswegen, weil Rescanières ihm gegenüber auf einmal so selbstbewusst aufgetreten war. Vorbei war es mit der freundschaftlichen Zuneigung.

Wie auch immer, er musste umgehend handeln, am besten sofort Saunière konsultieren.

Er wollte Rescanières unbedingt loswerden. „War`s das?" war seine knappe Antwort. „Dnn darf ich sie jetzt bitten, zu gehen. Ich muss nachdenken."

„Das möchte ich Ihnen empfehlen. Nochmals, Sie haben mich schwer enttäuscht, Abbé Boudet."

Das saß. Boudet schnappte nach Luft. Er war nur noch ein Häuflein Elend, das leise vor sich hin schluchzte.

KAPITEL 50

Bérenger erging es ähnlich wie Boudet. Er hatte lange geschlafen und wurde ungeduldig zum Morgengottesdienst erwartet, sodass man sich im Dorf bereits Sorgen machte, wo er bliebe.

Schließlich schickte man Marie los, die aufgelöst zum Turm lief. In der letzten Zeit hatte sie immer denselben Alptraum, in dem sie Bérenger regungslos am Fuß der Treppe des Tour Magdala liegend sah. War es eine Todesahnung? Sie nahm sich vor, ihn sobald wie möglich zum Arzt nach Couiza zu schicken, dass er ihn ausgiebig untersuchen solle. Er hatte ein gesetztes Alter erreicht und zählte nicht mehr zu den Jüngsten. Aber wie sie ihn kannte, ging er wahrscheinlich sowieso nicht darauf ein, da könnte sie reden, was sie wollte. Nur wenn diese abgehalfterte Operndiva ihn zu sich nach Paris rief, ließ er alles stehen und liegen.

Marie war rasend eifersüchtig auf dieses Miststück, am liebsten hätte sie ihr die Augen ausgekratzt. Aber die wusste schon, warum sie Bérenger hier nicht mehr besuchen würde. Dafür hatte die Dénarnaud ausgiebig gesorgt. Vor allem hatte sie ihm eine Riesenszene gemacht, die er bis heute nicht vergaß.

Bérenger erwähnte um des lieben Friedens Willen ihren Namen nicht mehr in Maries Gegenwart, aber die war sich sicher, dass er noch heimlichen Briefkontakt mit ihr pflegen würde, denn jede Post kam zuerst zur Villa Bethania und an der Schrift, mit der die Adresse geschrieben war, konnte sie erkennen, von wem sie stammte, auch wenn kein Absender darauf stand.

Was war heute Morgen mit ihm los? „Bérenger!", rief sie nach oben, als sie an der Treppe des Tour Magdala angekommen war. Keine Antwort.

„Bérenger!"

Endlich hörte sie seine verschlafene Stimme von oben.

„Marie, was ist los?" Er hörte sich alles andere als munter an.

„Was los ist? Es ist zehn Uhr morgens und du hast dich noch nirgends blicken lassen. Weder bei mir noch bei deiner Gemeinde. Alle fragen nach dir. Geht es dir nicht gut?"

Sie war oben angelangt und er hatte sich bequemt, von seinem Schlafsofa aufzustehen. Sofort sah sie ihm an, dass sein derzeitiger Zustand weniger von seiner Gesundheit als vom feuchtfröhlichen Vorabend herrührte.

Er rieb sich die Augen. „Du kannst beruhigt sein, es geht mir sehr gut, weil ich endlich seit langer Zeit mehrere Stunden durchgeschlafen habe, wenn auch mit Hilfe des konsumierten Alkohols von gestern Abend. Allerdings habe ich leichtes Kopfweh."

Marie amüsierte sich leicht darüber, denn sie wusste, dass er so etwas nicht zur Gewohnheit werden lassen würde. „Na gut, ich werde es weitergeben. Möchtest du vielleicht noch frühstücken?"

„Keine schlechte Idee. Ich habe allerdings vorher etwas zu erledigen. Sagen wir in einer halben Stunde?"

Sie war einverstanden. Erleichtert stieg sie die Treppe hinab. Sie war froh, dass es sich „nur" um einen Kater handelte.

Als sie verschwunden war, nahm er ein Blatt Papier aus einer Mappe und suchte nach einem Bleistift. Er überlegte kurz, dann begann er einen Brief an Alfred Leslie Lilley, Kanonikus an der Kathedrale von Hereford, aufzusetzen. Er wusste zuerst nicht, wo er mit der Erörterung seines Problems und der damit verbundenen Bitte beginnen sollte. Er wollte nicht zu weit ausholen. Er schrieb und schrieb und konnte gar nicht mehr aufhören, obwohl ihm seine Hand bereits schmerzte. Bérenger erzählte von seiner Reise nach Perillos und Boudets Entdeckung im Wald von Rennes-les-Bains. Schließlich kam er zur Sache und bat Lilley, sich den Fund einmal anzusehen. Die Reisekosten würde Bérenger selbstredend in voller Höhe übernehmen.

Als er fertig war, faltete er zufrieden die Blätter zusammen, um sie in einen Briefumschlag zu stecken. Dann eilte er damit die Treppe seines Turms hinunter, dabei zwei Stufen auf einmal nehmend und rannte wie von der Tarantel gestochen zur Poststelle im Dorf.

Gutgelaunt kehrte er danach in der Villa Bethania ein, wo ihn ein herzhaftes Frühstück und eine dampfende Kanne Kaffees empfingen. Alleine dessen Geruch weckte schon seine Lebensgeister. Er fühlte sich heute so prächtig, wie lange nicht mehr. Ach, wenn es doch so bleiben könnte, wünschte er sich, aber man konnte eben nichts erzwingen. Mittlerweile war es fast Mittag geworden und er nahm sich vor, nach dem Frühstück zu einem

Spaziergang durchs Dorf aufzubrechen. Er war voller Tatendrang und sprühte vor Energie.

Als er sich gerade vom Tisch erheben wollte, vernahm er von draußen das Rasseln einer Kalesche. Wer konnte das sein?

Wenig später hatte sich seine Frage beantwortet – es war Boudet.

„Heute bleiben wir aber nüchtern, Henri", scherzte Bérenger, was Boudet veranlasste, ärgerlich abzuwinken.

„Ich finde das gar nicht witzig, Saunière. Meine gute Grille ist seit heute früh verflogen."

Saunière sah ihn fragend an und lud ihn ein, Platz zu nehmen.

„Also?"

„Wir sind geliefert, Bérenger. Es droht, alles aufzufliegen."

„Was …?"

„Rescanières hat alles entdeckt und sich als Spion Beauséjours zu erkennen gegeben. Wir sind leider richtig mit unserer Vermutung gelegen. Was das zu bedeuten hat, brauche ich Ihnen nicht zu erklären." Dann wandte er sich an die Dénarnaud. „Auch Sie hängen da mit drin."

Marie konnte unschwer erraten, um was es ging und schlug entsetzt die Hände vor den Mund. Auch sie stand unter Schock. Sie hatte es die ganze Zeit über befürchtet, aber Bérenger bestand trotzdem darauf, dass Boudet ihr Geld überweisen solle. Außerdem wusste sie, was in der Mordnacht des 1. Novembers 1897 geschehen war. Dass Bérenger darin verstrickt war, hatte sie ihm bis heute nicht verziehen. Noch schlimmer für sie war, dass er sie damals benutzt hatte, um ihm ein Alibi zu verschaffen.

Aber sie hielt aus reiner Liebe zu ihm und hoffte für sich, dass sie es irgendwann verdrängen konnte.

„Und es gibt keinen Zweifel?"

„Nein!", schrie Boudet, „er hat es mir doch selbst gesagt. Er weiß auch von dem Mord, obwohl er damals noch ein Jugendlicher war. Fragen Sie mich nicht, aber anscheinend hat er sich ausgiebig informiert, was mit Gelis geschah. Verstehen Sie denn nicht, wenn er zur Polizei geht, dann sind wir geliefert. Wobei es keine Rolle mehr spielt, ob Beauséjour davon erfährt oder nicht. Wir können dann höchstens noch als Seelsorger im Gefängnis arbeiten." Er lachte bitter.

Bérenger war frustriert. Ausgerechnet, wenn er einmal ausgeruht und guter Laune war, musste so etwas passieren.

„Ruhig Blut, Henri, wir dürfen uns nicht verrückt machen lassen. Es hilft uns gar nichts, in Panik auszubrechen."

„Aber so verstehen Sie doch, er hat mir ein Ultimatum gestellt." Boudet rang verzweifelt seine Hände. „Spätestens in zwei Tagen will er meine Entscheidung hören. Er verlangt von mir, dass ich mich selbst an Beauséjour wende und alles offenlege oder er tut es für mich. Oh Gott, oh Gott, oh Gott! Was für eine Katastrophe!" Er wirkte am Boden zerstört.

Saunière hatte sich trotz seiner guten Vorsätze von ihm anstecken lassen. Dann erhob er sich und ging nervös in der Küche auf und ab. Das tat er immer, wenn er im Moment nicht weiterwusste.

„Soll ich mit ihm reden? Vielleicht kann ich ihn ja zur Räson bringen. Ich denke, es muss auch in seinem Interesse liegen, dass keine Unruhe im Dorf entsteht und es so friedlich bleibt wie bisher. Die Leute wollen keine

Veränderung und es wird ihnen nicht gefallen, wenn man ihnen ihren beliebten Abbé einfach wegnimmt."

„Die Worte höre ich wohl, allein mir fehlt der Glaube, Saunière. Beausejour und der Gendarmerie ist das garantiert egal. Ihnen geht es um Gerechtigkeit und sie tun ihre Pflicht. Sie wissen außerdem genauso gut wie ich, dass wir beide dem neuen Bischof nicht erst seit gestern ein Dorn im Auge sind. Er ist zutiefst neidisch auf uns, weil wir vermögend sind. Er dagegen muss als ‚einfacher‘ Bediensteter seiner Kirche um jeden Franc aus Rom kämpfen. Oder sind Sie anderer Meinung?"

„Vielleicht haben Sie recht, Henri. Das ist aber lange kein Grund, uns in die Wüste zu schicken. Schließlich leisten wir gute Arbeit und die Mitglieder unserer Gemeinden bestätigen es uns jeden Tag. Wann immer es möglich war, haben wir sie unterstützt, sowohl in materieller wie auch in ideeller Hinsicht. Soll das jetzt alles umsonst gewesen sein? Ich für meinen Teil glaube jedenfalls felsenfest an meinen Beruf."

„Darf ich vielleicht auch einmal etwas sagen?" Marie war es zu bunt geworden und sie mischte sich jetzt ein. Die beiden hatten ihre Anwesenheit gänzlich übersehen. „Was Ihr da behauptet, ist völlig richtig. Trotzdem möchte ich zu bedenken geben, dass Ihr keinesfalls denselben Fehler begehen dürft wie bei Gelis. Lasst Euch um Gotteswillen nicht erneut zu einer Dummheit hinreißen. Da spiele ich nicht mehr mit." Das alte Trauma kam in ihr wieder hoch und sie war nah dran, einen Weinkrampf zu bekommen.

„So weit muss es ja nicht kommen. Ich bin überzeugt, dass ich unseren jungen Freund zur Vernunft bringen kann. Versprochen!"

Damit war nach Bérengers Meinung die Sache vom Tisch. Boudet wollte zwar noch manchen Einwand zu bedenken geben, aber Saunière hob die Hand, weil er keine weitere Diskussion mehr zulassen wollte. Am nächsten Morgen wollte er umgehend nach Rennes-les-Bains aufbrechen und Rescanières zur Rede stellen.

Marie dagegen kannte ihn und wusste, wie leicht dieser Hitzkopf explodieren konnte. Am liebsten würde sie mit ihm fahren, denn sie wollte ihn unbedingt von einer möglichen Straftat abhalten.

Sauniére komplimentierte Boudet hinaus mit der Begründung, er müsse noch einen Besuch im Dorf hinter sich bringen. Außerdem wollte er sich für den Rest des Tages nicht mehr mit diesem unangenehmen Thema belasten. Warum versuchte jeder, ihm Steine in den Weg zu legen, wenn er sich seinen Nachforschungen widmen wollte?

Er versuchte, sich auf die Grabplatte zu konzentrieren, die er gestern mit Boudet freigelegt hatte. Zusätzlich hielt er es nicht mehr aus vor Ungeduld, wegen Lilleys Antwort auf seinen Brief. Wenn es nach ihm ginge, könnte er bereits heute Nachmittag aufkreuzen, je eher desto besser. Andererseits wusste er, dass es nicht möglich sein würde. Dennoch war er aufgeregt wie ein Schuljunge.

Nachdem Boudet losgefahren war, verließ Bérenger die Villa, um zum Tour Magdala zurückzukehren. Sollte er heute Nachmittag vielleicht einen Spaziergang in den Wald unternehmen? Wer weiß, möglicherweise konnte er dadurch seine Nachforschungen vor Ort einstweilen ohne den Kanonikus aus England weiterführen. „Etwas frische Luft kann mir nicht schaden", redete er sich ein, als er sich am Schreibtisch niederließ. Dann vertiefte er sich erneut in seine Chronik.

Wer sich dagegen überhaupt nicht beruhigen konnte, war Boudet. Alles war ihm auf den Magen geschlagen. Unterwegs zu seinem Heimatdorf verwandelte sich seine anfängliche Verzweiflung in unbändige Wut. „Was immer Saunière erreichen sollte, ich werde meine Konsequenzen daraus ziehen und sei es mit Gewalt. Ich habe nichts mehr zu verlieren", beschloss er.

KAPITEL 51

Die nächsten Tage verliefen in gespannter Erwartung. Saunière hatte sich am Tag nach dem Gespräch mit Boudet morgens auf den Weg gemacht, um den jungen Abbé in Rennes-les-Bains aufzusuchen. Er traf ihn in seinem Büro an, wo er an einer Predigt für den Abend arbeitete.

Rescanières war kein oberflächlicher Mensch. Wenn er etwas tat, dann hatte es Hand und Fuß und musste gründlich funktionieren. Vor allem ging es ihm darum, dass seine Ansprachen bei den Zuhörern hängenblieben.

Eines Tages war er durch Zufall im Gespräch mit einem Mitschüler auf die Geschehnisse des Jahres 1897 in Coustaussa aufmerksam geworden. Die Geschichte hatte ihn derart fasziniert, dass er sämtliches Wissen um den Mord an Antoine Gelis, den Pfarrer des Dorfes, akribisch für sich zusammentrug. Er stieß auf die absurdesten Verschwörungstheorien. Später, als man ihn nach Carcassonne ins bischöfliche Ordinariat versetzte, wo er reine Verwaltungsaufgaben erledigen musste, hatte er seine Nachforschungen im Fall Gelis vorerst auf Eis gelegt.

Umso erfreuter war er, als man ihm die Pfarrstelle in Rennes-les-Bains anbot, verbunden mit der Auflage, dort einige Ungereimtheiten wegen der Amtsführung Boudets aufzudecken. Rescanières ahnte zu diesem Zeitpunkt nicht, dass es einen unmittelbaren Zusammenhang mit den damaligen Vorgängen in Coustaussa gab.

Saunière brauchte ihm deshalb nichts mehr vorzumachen, als er versuchte, ihn umzustimmen. Er stand für ihn genauso unter Verdacht wie Boudet. Rescanières wusste, dass es sich um das abgekartete Spiel zweier Intriganten handelte, die trotz ihres Berufes als Priester vor nichts zurückschreckten. Diesem Spiel wollte er ein Ende bereiten. Dass er sich dadurch in Lebensgefahr bringen könnte, ahnte er in seiner jugendlichen Naivität nicht.

So saß Saunière ihm nun an seinem Schreibtisch gegenüber, nachdem man sich freundllich begrüsst hatte.

„Einen Augenblick, bitte, Herr Kollege. Ich bin gleich soweit und stehe Ihnen dann voll und ganz zur Verfügung. Darf ich Ihnen etwas zu trinken anbieten?" Während Rescanières dies sagte, schaute er kein einziges Mal von seinem Schreibtisch auf. Deshalb bekam er auch nicht mit, dass Bérenger langsam ungeduldig wurde.

„Tun Sie, was Sie nicht lassen können. Allerdings habe ich nicht viel Zeit."

„Tut mir leid, aber ich muss die Predigt unbedingt fertigschreiben. Sie wissen ja, wie das ist. Wenn man einen spontanen Einfall hat, sollte man ihn sofort zu Papier bringen. Sonst löst er sich später in Luft auf."

Bérenger seufzte, was blieb ihm anderes übrig? Irgendetwas gefiel ihm nicht. War es die herablassende Art seines Gegenübers?

Nach ein paar Minuten war es soweit und der junge Priester fragte ihn, was er für ihn tun könne.

Bérenger fiel mit der Tür ins Haus. „Abbé Boudet kam gestern zu mir und hat mir einige unschöne Dinge erzählt."

„…?"

„Unter anderem ging es um ein mit Ihnen geführtes Gespräch. Sie wissen, wovon ich rede?"

Rescanières hatte bisher seinen Bleistift in der Hand behalten und drehte ihn nervös hin und her. Er ließ einige Sekunden vergehen, bis er ihm antwortete. „Abbé Saunière, mit der Sache ist es mir todernst. Was ich in den Unterlagen von Abbé Boudet entdeckt habe, zugegeben nicht ganz legal, überrascht mich sehr."

„Das sind wilde Spekulationen, die Sie da anstellen und absolut unhaltbar."

„Das sehen Sie so und ich kann es Ihnen nicht verbieten. Aber an höherer Stelle ist man sehr wohl in der Lage, entsprechende Schlüsse daraus zu ziehen."

„Gar nichts wird man!" Bérenger wurde böse. Da war er wieder, der aufbrausende okzitanische Hitzkopf. „Ich fordere Sie auf, das Ganze auf sich beruhen zu lassen, sonst …"

„Sonst was? Wollen Sie mir drohen?"

Bérenger musste einsehen, dass er so nicht weiterkam, also versuchte er es anders. „Sie müssen Abbé Boudet und mich verstehen. Wir haben die ganze Zeit über nur das Beste für unsere Gemeinden gewollt. Da wird man Ihnen unangenehme Fragen von Seiten der Dorfbevölkerung stellen. Außerdem habe ich Teile meines Vermögens in Rennes-le-Château investiert und auch Abbé Boudet hat sehr viel für seine Gemeinde getan. Das darf man nicht ignorieren." Er klang fast flehend.

Rescanières blieb hart, ein Charakterzug, den er sich augenblicklich selbst nicht zugetraut hatte.

„Das will ich nicht bestreiten, aber ich muss Sie beide
daran erinnern, dass Sie schwere Verfehlungen begangen
haben und es nicht mit einer einfachen Buße getan ist.
Alles, was ich für Sie tun kann, ist, Ihnen einen zeitlichen
Aufschub zu geben. Zwar habe ich Abbé Boudet bereits
zwei Tage zugestanden, weil ich jedoch sehe, dass es offenbar einer längeren Überlegung bedarf, will ich großzügig sein und Ihnen eine Frist von, sagen wir, vierzehn
Tagen, gewähren. Dann erwarte ich, dass Sie sich beim
bischöflichen Ordinariat selbst anzeigen. Und seien Sie
versichert, ich werde es nach Ablauf der Frist überprüfen.
Mehr kann ich im Moment nicht für Sie tun. Au revoir.“

Bérenger kam sich wie ein begossener Pudel vor. Was
bildete sich der arrogante Schnösel ein? Trotzdem blieb
er für seine Verhältnisse erstaunlich gelassen, obwohl er
ihn am liebsten an Ort und Stelle am Kragen gepackt und
vermöbelt hätte. Vielleicht hätte ihn das zur Vernunft gebracht oder zumindest eingeschüchtert.

Hinterher begab er sich einen Stock tiefer, um im Erdgeschoss heftig an die Wohnungstür seines älteren Kollegen zu klopfen. Augenblicke später saßen beide bei einer
Tasse schwarzen Kaffees zusammen und grübelten.

„Er meint es tatsächlich ernst.“ Boudets Herz klopfte
laut.

„Ich habe versucht, ihn davon abzubringen, aber er ließ
einfach nicht mit sich reden.“

„Verdammt!“ Der ehemalige Abbé von Rennes-les-
Bains schlug seine Faust mit voller Wucht auf den Tisch.
Als sich ein pochender Schmerz bei ihm meldete, tat es
ihm leid. „Verzeih mir, Herr“, meinte er zerknirscht.

„Bleiben Sie ruhig, wir dürfen jetzt nicht in Panik verfallen“, meinte Bérenger. „Wir haben vierzehn Tage Zeit, uns eine passende Strategie auszudenken. Möglicherweise fällt uns noch etwas ein, wie wir das drohende Unheil abwenden können."

Boudet erschien die Situation aussichtslos. Wie er es drehte und wendete, es war eine Bredouille, aus der man nur schwer herauskommen konnte. Man versprach, sich sobald als möglich wieder zu verabreden. Vielleicht würde man ja bis dahin einen Ausweg finden. Aber es blieb nur eine vage Hoffnung, an die keiner so recht glauben wollte. Das alte Sprichwort „Kommt Zeit, kommt Rat" schien im Moment in den beiden Dörfern nicht mehr besonders zutreffend zu sein.

Bérenger wollte einen vorläufigen Schlussstrich ziehen und setzte Boudet noch in Kenntnis, dass er Kanonikus Alfred Lilley kontaktiert habe.

Dann klopfte er ihm aufmunternd auf die Schulter und tröstete ihn noch einmal, dass er nicht den Kopf hängen lassen solle. Es werde schon schiefgehen. Für Boudet allerdings war der Rest des Tages versaut.

Als Bèrenger sich auf den Rückweg machte, schwebte er wieder in anderen gedanklichen Sphären. Bewusst legte er dazu keine große Eile an den Tag. Es würde sich bestimmt alles zum Guten wenden, dachte er. Und von seinen Nachforschungen, die sich in der heißen Phase befanden, würde ihn ein junger überheblicher Pfarrer sowieso nicht abbringen können. Das schwor er sich auf dem Heimweg und sein altes Selbstvertrauen hatte sich wieder eingestellt.

Gleich nach dem Mittagessen wollte er zu der sich im Wald befindlichen Stelle aufbrechen. Er würde die Grabplatte weiter freilegen und säubern, damit es Lilley bei seiner Begutachtung leichter haben würde.

Boudet dagegen nahm sich vor, den Rest des Tages außer Haus zu verbringen. Keinesfalls hatte er Lust, Rescanières über den Weg zu laufen. Im Nachhinein wunderte er sich, warum Saunière trotz der Hiobsbotschaft ruhig geblieben war. Bei einem Waldspaziergang wollte er auf eine Eingebung zur Lösung seines Problems warten. Er hatte nichts mehr zu verlieren.

Bereits nach wenigen Minuten reifte in ihm ein Entschluss, wie er das schäbige Spiel für sich entscheiden könne. Dazu musste er Rescanières unter einem Vorwand um ein weiteres Gespräch bitten, welches das Problem ein für alle Mal aus der Welt schaffen würde. Hierfür benötigte er einige Zutaten aus dem Wald. Er kannte sich aus und wusste, wo er sie finden würde.

KAPITEL 52

Es war gegen Mittag, als Bérenger den Bahnsteig von Montazels erreicht hatte. Er war zeitig losgefahren und hatte Marie wegen seines Gastes, den er erwartete, einige Instruktionen gegeben. Wie immer gab sie ihm das Gefühl, er hätte alles im Griff. In Wirklichkeit hatte sie bereits am Vortag alles hinter seinem Rücken veranlasst. Schließlich war es nicht der erste Übernachtungsgast, den man im Pfarrhaus von Rennes-le-Château empfing.

Bérenger war aufgeregt wegen des geplanten Vorhabens. Sein Besuch, Alfred Leslie Lilley, hatte telegrafiert, dass er um 11 Uhr 52 in Montazels mit dem Zug eintreffen werde.

Als der Abbé erwartungsvoll in die Richtung des ankommenden Zuges blickte, bekam er Fernweh. Es war bereits länger her, seit er das letzte Mal in Paris geweilt hatte. Deshalb schien es ihm an der Zeit, seine Esoterikfreunde wieder einmal zu besuchen, allen voran Emma Calvé, die berühmte Opernsängerin, die ihm jedes Mal den Kopf verdrehte, wenn er sie traf. Natürlich war ihm dabei bewusst, dass bei Marie die Alarmglocken läuten würden, wenn er vorhatte, nach Paris aufzubrechen.

Längst hatte sie ihn durchschaut und ihm regelmäßig eine Szene hingelegt. Irgendwann gab er es auf, nach Erklärungen zu suchen. „Es ist nicht so, wie du denkst" - dieser Spruch zog schon lange nicht mehr bei ihr und so ließ er sie einfach reden.

Überhaupt war sein Verhältnis zu Marie nicht mehr das Allerbeste, denn ihre Liebe hatte merklichen Schaden genommen, vor allem, als die unselige Geschichte mit Gelis geschehen war.

Emma Calvé hatte ihn in ihren Briefen aufgefordert, für klare Verhältnisse zu sorgen. Sie wollte, dass er später mit ihr nach Südamerika auswandern solle, da sie vorhatte, sich dort am Ende ihrer Karriere niederzulassen. Andererseits kannte sie ihn zu gut und wusste, dass sie seinen rastlosen Forschergeist nicht einfach aus seiner gewohnten Umgebung reißen konnte.

Der Zug war überpünktlich, was relativ selten vorkam. Lag es vielleicht am schönen Wetter oder vielleicht daran, dass ausnahmsweise keine Schafherde auf der Strecke zwischen Toulouse und Montazels die Schienen blockierte? Bérenger war voll gespannter Erwartung, als sich die Türen des Zuges öffneten. Erst ganz am Schluss stieg ein Mann mit Zylinder und einer etwas abgeschabt aussehenden schwarzen Tasche aus. Er war groß und schlank, fast hager und in Schwarz gekleidet, als käme er direkt von einer Beerdigung. Unter seinem Zylinder quoll schütteres braunes Haar hervor, das nach allen Seiten wegstand. Er war glattrasiert, was im Widerspruch zu der damaligen Mode stand, mindestens einen Schnurrbart als Gesichtszierde zu tragen. Auf seiner Nase thronte ein Monokel. Sein würdevolles Auftreten passte auf den ersten Blick nicht so recht in die hiesige Gegend.

Als er Bérenger erblickte, strahlte er über das ganze Gesicht und hüpfte leichtfüßig auf ihn zu. Sie umarmten sich, klopften sich gegenseitig auf die Schultern und schüttelten sich kräftig die Hände.

„Wonderful! Bèrenger, I must say, Sie sehen keinen Tag älter aus, als wir uns damals in Saint-Sulpice begegnet sind. Wahrscheinlich sind Sie immer noch der junge Heißsporn, als den ich Sie damals kennenlernen durfte", meinte er lachend in akzentfreiem Französisch.

„Das Kompliment kann ich nur zurückgeben, mein Freund. Sie haben sich auch prächtig gehalten, wie mir scheint. Offensichtlich ist die Luft jenseits des Kanals genauso gesund wie bei uns in Südfrankreich." Bèrenger war acht Jahre älter als er, aber man hatte sich sofort verstanden, als man sich vor Jahren kennenlernte.

Auf dem Weg nach Rennes-le-Château hatten sie sich viel zu erzählen und die Zeit verging wie im Flug. Selbstverständlich war man gleich zur Sache gekommen und Bérenger musste ihn umfassend über seine bisherigen Forschungsergebnisse unterrichten. Lilley wollte außerdem wissen, ob sich inzwischen etwas Neues bezüglich der Dokumente ergeben hätte, mit denen Saunière damals in Saint-Sulpice aufgekreuzt war. Er wollte sie sich gleich nach dem Mittagessen ansehen, aber Bèrenger wollte Prioritäten setzen und schlug vor, sich als erstes zum Wald bei Rennes-les-Bains zu begeben, um ihm den bewussten Fund zu zeigen. Er hielt es nicht mehr aus vor Neugier und vertrat die Meinung, seine Dokumente könnten ausnahmsweise einmal warten.

Marie war von dem neuen Gast mehr als angetan, denn immerhin war er jünger als Bérenger und er hätte ihr leicht den Kopf verdrehen können. Lilley jedoch wollte davon nichts wissen und entpuppte sich eher als besessener Wissenschaftler. Darüber war Bérenger hoch erfreut, war er doch ein Bruder im Geiste.

Nachdem man dem Gast ein üppiges Feiertagsmahl kredenzt und er kräftig zugelangt hatte, er war hungrig von der anstrengenden Zugfahrt, beschlossen sie, endgültig in Richtung Rennes-les-Bains zu fahren. Bereits nach einer Viertelstunde befand man sich an der bewussten Fundstelle. Zwischendurch staunte der Kanonikus aus England über die liebliche Landschaft, die sich vor ihm wie ein Buch auftat. Bérenger gegenüber geriet er ins Schwärmen, dieser hatte allerdings nur Interesse für seine Entdeckung.

Es war so weit. Gemeinsam legten sie die Grabplatte frei. Beim ersten Anblick blieb Lilleys Gesichtsausdruck unbeweglich. Als Sprachgenie, der nach wenigen Augenblicken wusste, in welche Richtung der Fund gehen könnte, betrachtete er minutenlang wortlos die Inschrift.

Bérenger verhielt sich anders, seine Ungeduld stieg von Minute zu Minute. Nervös sah er seinen Kollegen aus dem Augenwinkel heraus an, schließlich hielt er es nicht mehr aus.

„Können Sie schon etwas …?“

Der Kanonikus unterbrach ihn mit erhobener Hand und gebot ihm zu schweigen. Seine Gehirnwindungen arbeiteten unter voller Konzentration. Immer wieder tastete er mit den Fingern vorsichtig in den Vertiefungen, die sich im Stein abzeichneten, und murmelte Unverständliches vor sich hin. Es war eine unheimliche Szene, irgendwie erinnerte es an eine Beschwörung. Bérenger wollte seine Unruhe in den Griff bekommen und zündete sich zitternd eine Zigarette an, deren Rauch ungewollt vor Lilleys Gesicht drang. Dafür erntete er einen bösen Blick. Saunière bemerkte es und entfernte sich ein paar Meter.

Schließlich hielt er es nicht mehr aus. „Jetzt sagen Sie doch schon was. Ist es so, wie ich vermutet habe?"

Wie aus einer anderen Welt zurückgekehrt, schnaufte Lilley hörbar durch und wandte sich zu ihm. „Mein lieber Sauniére. Ich bin mir noch nicht hundertprozentig sicher, aber das, was wir hier vor uns sehen, könnte sich, vorsichtig ausgedrückt, um eine wissenschaftliche Sensation handeln. Dennoch wundert es mich, dass man das Grab noch nicht früher entdeckt hat."

„Also, ist es das, was ich annehme?"

Lilley sah ihm ins Gesicht. „Sie lassen nicht locker, stimmt`s?" Er schien sich darüber zu amüsieren, das machte Bérenger leicht wütend.

„Also gut, um Sie zu erlösen: Es könnte sich, wohlgemerkt vorerst nur zu achtzig Prozent, um das Grab eines Aramäers aus dem ersten Jahrhundert handeln."

„Aber ..."

„Womit ich noch nicht behaupten kann, dass es sich um eine bestimmte Person handeln könnte. Mir ist es beim ersten Versuch nicht gelungen, seinen Namen vollständig zu erkennen. Die Verwitterung hat dem Stein sehr zugesetzt. Wir müssen weiter versuchen, Jahrtausende alten Schmutz zu entfernen. Leider verfüge ich im Moment nicht über die nötigen Werkzeuge, um eine vollständige Reinigung fachgerecht durchführen zu können. Aber vielleicht haben wir Glück. Helfen Sie mir, bitte."

Sie begannen, den Stein mit den bloßen Händen zu bearbeiten. Es war die einzige Möglichkeit, über die sie verfügten. Mit Ästen oder Zweigen herumzuhantieren, würde die Inschrift nur weiter beschädigen. Sie arbeiteten in der prallen Sonne wie die Besessenen und nach endlos langen Stunden gelang es ihnen, die Inschrift deutlicher hervorzuheben.

Was zum Vorschein kam, trieb ihnen, gelinde gesagt, eiskalte Schauer über den Rücken, auf der Grabplatte kam der Name eines „Jehoschua aus Nazareth" zum Vorschein. Was darunter stand, übersetzte Lilley. Es erzählte kurz und präzise von einem Flüchtigen aus dem gelobten Land. Jeglicher Zweifel schien ausgeräumt.

Andächtig standen sie vor dem Stein. Dann fasste sich Bèrenger ein Herz. „Sollen wir versuchen, es zu öffnen?"

„Ich bin mir nicht sicher, was uns erwartet, möglicherweise nur Staub, höchstenfalls geringfügige Knochenreste. Auf keinen Fall dürfen wir damit in Berührung kommen, denn dann wäre alles umsonst gewesen. Für so etwas braucht man Spezialisten."

„Probieren wir es trotzdem", drängte Bèrenger und versuchte, Lilleys Einwand zu übergehen. Der gab schließlich nach, ermahnte seinen Kollegen aber nochmals, auf keinen Fall etwas anzufassen.

Die beiden Männer gruben vorsichtig wie zwei Maulwürfe in der Erde, um die Platte besser fassen zu können, aber es gelang ihnen nicht. Sie starteten mehrere Versuche, aber sie bewegte sich keinen Zentimeter. Schließlich kapitulierten sie.

„Und jetzt?", meinte Bèrenger und ärgerte sich.

„... benötigen wir Schaufeln und einen Pickel. Vielleicht noch einen dritten Mann."

Saunière war frustriert. Aber er musste sich gleichzeitig eingestehen, dass man für heute nicht mehr vorankam. Die Dämmerung hatte eingesetzt und in einer halben Stunde würde sich Dunkelheit über die gesamte Gegend legen.

Rasch deckten sie den geheimnisvollen Fund zu und fuhren zurück nach Rennes-le-Château. Unterwegs sprachen sie sich gegenseitig Hoffnung zu. Ganz sicher würde es ihnen am nächsten Tag gelingen, das Grab zu öffnen.

Marie wollte man noch nichts verraten, nur soviel, dass man im Wald Bérengers Fund untersucht habe, aber nichts Konkretes sagen könne. Trotzdem merkte sie, dass die beiden sehr optimistisch zu sein schienen, weil sie zur Feier des Tages eine Flasche Rotwein aus Bérengers gutbestücktem Keller köpften. Die beiden unterhielten sich über das Priesterseminar in Saint-Sulpice, wo sie sich kennenlernten und alles angefangen hatte. Es befand sich in der Nähe von Paris und war eine Ausbildungsstätte der römisch-katholischen Kirche, die von Jean-Jacques Olier gegründet wurde. Dessen Ursprünge gingen auf das Jahr 1642 zurück und seine Auflösung erfolgte 1906 aufgrund eines Gesetzes zur Trennung von Kirche und Staat. Lilley und Saunière waren sich allerdings einig, dass die wahren Gründe nicht an die Öffentlichkeit gelangen durften.

Lilley erzählte davon, dass sie eigentlich die Aufgabe bekommen hatten, das Neue Testament auf eventuelle Ungereimtheiten hin zu durchforschen. Tatsächlich waren sie auf verschiedene Aussagen gestoßen, die von ihrem Wahrheitsgehalt her eher der Fantasie entsprungen sein und mit geschichtlichen Fakten nicht mehr übereinstimmen konnten. Was dies im Einzelnen war, darauf wollte er nicht weiter eingehen.

Nur soviel stand fest: Als Bèrenger mit seinen Dokumenten aufgekreuzt sei, hätte dies das Fass buchstäblich zum Überlaufen gebracht. Deshalb schickten ihn die Gelehrten stante pede wieder nach Rennes-le-Château zurück mit der Empfehlung, er solle die Dokumente dort unter gutem Verschluss halten und niemandem etwas davon erzählen. Man sprach in Rätseln, weil man erwähnte, dass die Zeit noch nicht reif genug sei, um die Erkenntnisse aus Bérengers Dokumenten in die christliche Lehre mit einzubeziehen.

Lilley verriet nur soviel: Was man entdeckt hätte, würde mit der Kreuzigung Jesu zusammenhängen und mit dem heutigen Fund sei man in diesbezüglich ein gewaltiges Stück weitergekommen. Trotzdem unterbrach ihn Bérenger bei seinen Ausführungen, da er ihn daran erinnerte, Marie gegenüber vorerst nicht mehr zu verraten.

„Oh, da hätte ich mich jetzt fast verplappert", flüsterte ihm Lilley hinter vorgehaltener Hand zu. „Es soll wohl eine besondere Überraschung werden, nicht wahr?"

Bèrenger nickte nur seufzend, denn sie würde es über kurz oder lang sowieso herausfinden. Er versuchte, das Gespräch in eine andere Richtung zu lenken, und erzählte ihm von seinem Mitwisser in Rennes-les-Bains, der ebenso gespannt wartete, mehr davon zu erfahren.

Im Verlauf des Abends kamen sie auf Bérengers neueste Errungenschaft zu sprechen. „Sie erzählten mir etwas von einer geheimnisvollen Chronik. Kann man die mal sehen?"

„Selbstverständlich, aber zuerst müssen wir noch austrinken, den guten Rotwein sollte man keinesfalls stehen lassen. Danach führe ich Sie zum Tour Magdala, wo ich Ihnen meine Bibliothek zeigen möchte."

Sie befanden sich in weinseliger Stimmung und ihr Gangbild war nicht mehr sicher, als sie gegen 23 Uhr die Villa verließen. Noch vor ein paar Stunden war der Geistliche aus England hundemüde gwesen, jetzt aber, da es etwas Neues zu entdecken galt, schien er voll da zu sein.

Im Tour Magdala angekommen, bestaunte Lilley Bérengers Bibliothek mit den vielen Folianten in den Regalen. Dann fiel sein Blick auf die Chronik und er begann, eifrig zu blättern. Vieles hätte es noch zu besprechen gegeben, aber irgendwann siegte die Müdigkeit und sie verabredeten sich für den nächsten Morgen. Man nahm sich vor, gleich nach dem Gottesdienst wieder zu dem Fundort im Wald aufzubrechen. Es war Ehrensache für Saunière, dass er seinen Gast in der Dunkelheit zur Villa Bethania zurückbegleitete.

KAPITEL 53

Am nächsten Morgen hielt sich zäher Nebel im Dorf, was Saunière allerdings nicht abhielt, wie üblich den Morgengottesdienst durchzufüheren. Über dem Ort lag gespenstische Stille und nur in wenigen Häusern brannte bereits Licht. Es war empfindlich kalt geworden und die Zahl der fröstelnden Gottesdienstbesucher hielt sich in Grenzen. Bérenger hatte bei seiner Predigt einmal mehr sein Lieblingsthema aufgegriffen, die menschliche Gier. Hierbei immer mehr in Rage geratend beschrieb er ihre schlimmen Folgen. Andererseits kannte er von seinen Zuhörern, dass sie mit dem Wenigen, das sie besaßen, zufrieden waren und sich derart niedere Triebe bei ihnen in Grenzen hielten. Trotzdem konnte es, seiner Meinung nach, nicht schaden, sie zwischendurch zu ermahnen, nicht vom rechten Weg abzuweichen.

Eigentlich hatte er gehofft, sein derzeitiger Gast würde ihm die Ehre einer Teilnahme am Gottesdienst erweisen. Aber da es am Vorabend spät geworden war, brachte er Verständnis dafür auf, dass er sich noch nicht hatte blicken lassen.

Eine Dreiviertelstunde später war der Gottesdienst beendet und Bérenger eilte gespannt nach nebenan zur Villa Bethania.

„Wo ist Lilley?", war seine erste Frage, als er die am Herd stehende Marie antraf.

„Er schläft sicher noch."

„Dann bleibt mir nichts anderes übrig, als abzuwarten, bis sich der Herr aus dem Bett bequemt hat." Aus seiner Stimme klang ein leicht ärgerlicher Unterton. Kaum, dass er sich am Küchentisch niedergelassen hatte, begann er nervös mit den Fingern zu trommeln.

Marie war genervt. „Ihr kommt schon noch rechtzeitig zu der Fundstelle im Wald. Außerdem kann man draußen sowieso die Hand nicht vor den Augen sehen."

„Je eher wir aufbrechen, desto besser ist es, meine Liebe. Ich möchte nämlich, dass wir dabei unbeobachtet bleiben."

Marie verkniff sich weitere Kommentare. Sie schüttelte nur den Kopf. Dann begann sie, den Frühstückstisch für Lilley zu decken.

Endlich vernahm man im ersten Stock das Öffnen einer Tür.

Na endlich, dachte Saunière.

Als Lilley in die Küche kam, lobte er Marie angesichts des üppig gedeckten Tisches und ließ sich nicht zweimal bitten, zuzugreifen. In der Zwischenzeit begann der Nebel draußen sich zu lichten und für einen wolkenlosen Himmel den Platz zu räumen, ein weiterer sonniger Tag kündigte sich an.

Wenig später brachen sie auf und fuhren zuerst zum Haus, in dem Felix wohnte, der inzwischen ein stolzer Familienvater geworden war. Saunière instruierte ihm, dass man ihn unbedingt heute Vormittag benötigen würde. Man hätte im Wald zwischen Rennes-le-Château und Rennes-les-Bains ein paar Grabungsarbeiten durchzuführen. Er solle aber niemandem davon erzählen, es erfordere absolute Verschwiegenheit. „Hast du das verstanden?", drängte ihn Saunière. Felix nickte. Für ihn war die Geheimniskrämerei seines Pfarrers normal.

Man lud zwei Schaufeln und einen schweren Pickel auf die Kalesche, dann konnte es losgehen. Auf der Hinfahrt genoss Lilley die grandiose Aussicht, denn die im Tal verbliebenen Nebelschwaden ließen ein malerisches Bild entstehen.

Unterwegs erblickten sie in der Ferne eine Kalesche, die zügig auf sie zukam. Wer konnte das sein um diese Zeit? Als sie sich auf gleicher Höhe gegenüberstanden, erkannte Saunière ihren Lenker, es war Jean-Luc, der Mesner von Rennes-les-Bains.

„Abbé Saunière, ein Glück, dass ich Sie antreffe!" Er war vollkommen außer sich vor Aufregung. „Abbé Boudet schickt mich. Sie müssen unbedingt zu uns kommen. Es ist schon wieder ein Unglück geschehen."

Bérenger war nicht besonders erfreut, dass man ihn von seinem Vorhaben abbringen wollte. Trotzdem erkundigte er sich, was passiert sei.

„Abbè Rescanières - man hat ihn heute früh tot in seiner Wohnung aufgefunden."

„Was!?"

„Ja, man hat unverzüglich den Arzt geholt. Der konnte nur noch feststellen, dass der Ärmste wahrscheinlich Opfer eines Herzinfarkts geworden ist. Zwar hat er sofort versucht, ihn wiederzubeleben, aber es war zu spät. Mein Gott, das ist alles so schrecklich."

„Wie geht es Abbé Boudet?“

„Er scheint unter Schock zu stehen, denn er kann es genauso wenig fassen wie wir alle. Er möchte, dass Sie so bald wie möglich zu ihm kommen.“

„Das müssen Sie unbedingt tun“, redete Lilley auf ihn ein.

„Aber …“ Saunière versuchte zaghaft, zu widersprechen.

„Keine Widerrede, mein Freund, unser Vorhaben kann warten. Es gibt jetzt Wichtigeres.“

Ehrensache, dass Lilley sich anbot, seinen Kollegen zu begleiten. Bérenger traute sich nicht abzulehnen. Wie hätte er sich auch sonst verhalten sollen? Andererseits durften Boudet und er keinesfalls etwas von ihrer Auseinandersetzung mit Rescanières erwähnen. Saunière hatte zu allem Übel einen schrecklichen Verdacht, den er jedoch für sich behielt. Er musste sich zuerest Gewissheit verschaffen, indem er Boudet zur Rede stellen würde. Das nahm er sich vor.

Einige Zeit später war man am Pfarrhaus angekommen in Rennes-les-Bains, wo von weitem erkennbar war, dass dort Ausnahmezustand herrschte, denn das halbe Dorf hatte sich vor dem Eingang versammelt. Als man die beiden Geistlichen sah, machte man respektvoll Platz. Da Boudets Haustüre offen stand, traten Saunière und sein Kollege ohne Aufforderung ein. Boudet saß mit sorgenvoller Miene auf einem Sofa.

„Bonjour, Henri. Was ist passiert? Das ist übrigens Kanonikus Alfred Lilley aus England.“ Die beiden begrüßten sich mit einem Händedruck. Dann bot ihnen Boudet an, Platz zu nehmen.

„Es ist furchtbar“, begann er. „Heute früh sollte der Gottesdienst wie üblich stattfinden. Alles war vorbereitet und die Dorfbewohner saßen auf den Kirchenbänken. Es fehlte nur noch die Hauptperson, Abbé Rescanieres. Ich habe sogleich Jean-Luc zu ihm geschickt.

Dann warteten wir und warteten. Wiederum später stand Jean-Luc alleine am Eingang und winkte mich zu sich. Er schien mir sehr verstört zu sein. Deshalb fragte ich ihn, was passiert sei. Er erzählte mir, dass er zigmal an Rescanières Wohnungstür geklopft habe, aber keine Antwort erhielt.

Dann ging ich mit ihm hinüber, habe ebenfalls geklopft und dazu Rescanières Namen gerufen. Aber nichts – alles blieb still. Da ich einen Zweitschlüssel von Rescanières Wohnung besitze, holte ich ihn. Wir haben seine Wohnungstür aufgesperrt und dann – mein Gott, es war entsetzlich. Noch jetzt sehe ich es vor mir: Rescaniéres lag auf dem Rücken am Boden mit verdrehten Augen und atmete nicht mehr. Ich habe Jean-Luc sofort losgeschickt, um den Arzt zu holen. Derweil habe ich auf Rescanières eingeredet und ihn geschüttelt – aber nichts, er blieb regungslos. Endlich kam der Arzt und langte ihm an die Halsschlagader. Kurz darauf wandte er sich uns zu und schüttelte den Kopf. Verstehen Sie doch, ich konnte ihm nur noch die Sterbesakramente erteilen, mehr konnte ich nicht mehr für ihn tun. Dieser arme junge Mann, warum musste er sterben? Das Ganze ist für mich so unbegreiflich."

Saunière und Lilley waren schockiert, unfähig, irgendetwas zu entgegnen.

Bérenger hatte sich als Erster wieder unter Kontrolle. „Handelte es sich tatsächlich um einen Herzinfarkt?" Dabei sah er seinen Amtskollegen aus Rennes-les-Bains misstrauisch an.

Boudet schien zu überlegen, was er entgegnen solle. „Der Arzt meint jedenfalls, dass es die Todesursache gewesen sei. Es wäre zwar für einen jungen Mann wie Rescanières ungewöhnlich, aber man wisse nicht, ob er schon an einer Vorerkrankung gelitten habe. Mir schien er bisher gesund zu sein, wenn Sie das meinen.“

Was dann folgte, ließ Saunière aufhorchen. „Noch gestern Abend habe ich mit ihm eine Tasse Tee getrunken und mir fiel nichts Ungewöhnliches an ihm auf.“

„Liegt er noch in seiner Wohnung oder hat man ihn schon wegtransportiert?“

„Angeblich dauert es etwas, bis der Leichenbestatter aus Couiza kommt. Wenn Sie möchten, können Sie ihm die letzte Ehre erweisen.“

„Das werde ich“, meinte Bèrenger. Lilley wollte sich den beiden anschließen, die ganze Zeit über hatte er schweigend zugehört. Saunière und Boudet blickten sich in diesem Moment an, nickten sich unmerklich zu und überredeten Lilley, inzwischen nach oben in die Wohnung des Toten zu gehen. Man würde gleich nachkommen und hätte nur kurz etwas zu besprechen.

Als er fort war, stellte Bèrenger Boudet umgehend zur Rede.

Dem ehemaligen Abbé von Rennes-les-Bains blieb wieder einmal nichts anderes übrig, als ihm die Wahrheit zu gestehen, eine schreckliche Wahrheit, mit der beide für den Rest ihres Lebens auskommen mussten.

EPILOG

Wieder waren einige Jahre vergangen und der erste Weltkrieg tobte in Europa. Im Roussillon und vor allem in der Gegend um Rennes-le-Château spürte man wenig davon. Möglicherweise, weil man bisher weitestgehend darauf verzichtet hatte, junge Männer aus der Region an die Waffen zu rufen. Nach wie vor blieb alles ruhig.

Der Tod des jungen Priesters Rescanières von Rennes-les-Bains blieb ungeklärt. Man hielt an der offiziellen Behauptung fest, dass er einem Herzinfarkt erlegen sei. Damit bestand auch kein Grund für die Gendarmerie in Couiza, Ermittlungen aufzunehmen, obwohl es bekanntlich nicht der erste Geistliche war, der unter mysteriösen Umständen das Zeitliche gesegnet hatte.

Abbé Henri Boudet war mit seinen 77 Jahren inzwischen alt und gebrechlich geworden. Umso mehr plagte ihn sein Gewissen und er fand es an der Zeit, reinen Tisch gegenüber seinem Vorgesetzten in Carcassonne zu machen. Deshalb schrieb er noch im März des Jahres 1915, dass er eine Erklärung zum Tod Rescanières´ abzugeben habe.

Ein Abgesandter Beauséjours fuhr daraufhin umgehend zu Boudet, kam aber zu spät, denn er starb kurz vor dessen Ankunft an einem Hirnschlag. Angeblich soll der Abbé kurz vorher noch Besuch von zwei unbekannten Männern erhalten haben.

Boudet hatte vor seinem Ableben 42 Jahre als Pfarrer in Rennes-les-Bains gewirkt. Ende April des Jahres 1914 trat er endgültig von seinem Amt zurück. Wenig später erkrankte er an Darmkrebs und verfiel immer mehr in Agonie. Sein letzter Wunsch bestand darin, dass er nicht in Rennes-les-Bains, sondern in Axat neben seinem Bruder, begraben werden wolle.

Sein ganzes Leben stand unter dem Zeichen der Bescheidenheit und Genügsamkeit, obwohl man von ihm wusste, dass er reich war. Noch am 10. April 1914 schrieb er an einen Freund: „Ich liebe die Armut, sie und ich haben immer gut zusammengepasst." Dennoch gab es noch einen anderen Boudet, der dunkle Geheimnisse mit sich herumtrug.

Aber wie erging es Bèrenger Saunière, seinem langjährigen Freund und Mitverschwörer? 1914 gelang es ihm, den neuen Papst endgültig zu überzeugen, dass er seine Suspendierung wieder aufheben müsse. Seine Ausflüge zum Wald in der Umgebung von Rennes-le-Château wurden immer seltener, schon alleine deswegen, weil er am Ziel seiner Träume angekommen war. Natürlich musste ihm Kanonikus Alfred Leslie Lilley mindestens fünf Mal versprechen, das Ergebnis ihrer gemeinsamen Exkursion für sich zu behalten. Der Geistliche aus England war sich zwar nur zu 90 Prozent sicher, jedoch genügte es Bérenger, um entsprechende Maßnahmen einzuleiten.

Eigentlich hegte Bérenger noch große Pläne, aber der Tod seines Freundes Henri Boudet bremste ihn in seinem Tatendrang und so nahm er sich vor, erst im Januar des Jahres 1917 ein neues Projekt zu starten.

Aber es stand unter einem ungünstigen Stern, denn Wochen zuvor hatte er verstärkt Alpträume. Sie waren von einer derartigen Intensität, dass er am 17. Januar Marie plötzlich beim Mittagessen darauf ansprach und ihr erklärte, dass er in fünf Tagen nicht mehr unter den Lebenden weilen werde. „Marie, geh hinunter nach Couiza zum dortigen Tischler und verlange von ihm, dass er einen Sarg für mich anfertigen soll. Ich werde am 22. Januar, also in fünf Tagen, nicht mehr leben."

Sie war entsetzt. „Bérenger, wie kommst du auf so einen derartigen Unsinn? Noch vor einiger Zeit hast du behauptet, es gehe dir gesundheitlich so gut wie nie zuvor."

Sollte er ihr von seinen Alpträumen erzählen, wo er sich selbst Nacht für Nacht regungslos und mit aschfahlem Gesicht in seinem Bett in der Villa Bethania liegen gesehen hatte? Warum er das Datum so genau wusste? Er sah es im Traum an einem Kalenderblatt gegenüber seinem Sterbebett, außerdem erinnerte er sich daran, was er vor Jahren in einer Vision mit dem Dämon Asmodis vereinbart hatte. Bemerkenswert war dabei, dass Marie de Nègre d´Ables, die letzte legitime Nachfolgerin der Blancheforts und rechtmäßige frühere Besitzerin der Dokumente, ebenfalls an einem 22. Januar, wenn auch vor 136 Jahren starb. War es ein Fluch, der auf den Dokumenten lag, der Fluch von Rennes-le-Château?

Aber Bérenger hatte keine Lust, mit seiner Geliebten und Haushälterin zu diskutieren. „Tue, was ich dir sage", herrschte er sie barsch an.

Marie fehlten die Worte und sie bekam einen Weinkrampf. Er aber ließ sie stehen und verzog sich in seinen
Turm.

Aufgelöst und voller Tränen, die sich wie ein Schleier
über ihre Augen senkten, fuhr sie am selben Nachmittag
nach Couiza und betrat den Laden des Schreiners und
Sargmachers Christian Pinoche.

Pinoche nahm an, dass sie vielleicht wieder ein Mö-
belstück für Abbé Saunières Villa benötigen würde. Erst
beim zweiten Hinsehen fiel ihm ihr verzweifelter Zustand auf.

„Glauben Sie mir, es ist so schrecklich", schluchzte sie.
„Aber … aber unser Abbè … unser Abbé hat mir den
Auftrag gegeben, für ihn einen … einen Sarg anfertigen
zu lassen. Er hat mir gegenüber steif und fest behauptet,
dass er in fünf Tagen tot sein werde!" Endlich war es heraus und hinterher wurde sie fast ohnmächtig.

Monsieur Pinoche führte sie behutsam zu einem Stuhl,
auf dem sie sich niederließ. Dann bot er ihr ein Glas Wasser an.

Als sie sich einigermaßen gefangen hatte, fragte sie der
Tischler, ob es denn der vollkommene Ernst des Geistlichen sei. Marie nickte nur.

Pinoche hatte es die Sprache verschlagen und er
brauchte ein paar Minuten, um das Gehörte zu verdau-
en. „Na gut, des Menschen Wille ist sein Himmelreich
und wenn er der Meinung ist, er müsse dieses … dieses
Behältnis unbedingt haben, dann muss ich mich an die
Arbeit machen. Kommen Sie in - sagen wir drei Tagen
wieder und bringen Sie zwei starke Männer mit, denn es
handelt sich um schweres Eichenholz. Ich denke, bis dahin müsste es fertig sein." Als Marie den Laden verließ,

kratzte er sich am Hinterkopf. So etwas Seltsames war ihm noch nie untergekommen.

Auf dem Heimweg ging ihr vieles durch den Kopf, vor allem Bérengers Gesundheit brachte sie zum Grübeln. Seine Herzprobleme waren, glaubte man dem Arzt, geringfügig und daher nicht behandlungsbedürftig. Sogar sein aufbrausendes Wesen hatte sich gelegt und er war ruhiger geworden. Oder wollte er sich nur nichts anmerken lassen?

Wie sie es drehte und wendete, sie fand keine schlüssige Erklärung, wie und warum er ausgerechnet am 22. Januar sterben könnte. Das Schlimmste jedoch war, dass er es in einem Brustton der vollen Überzeugung von sich gab, obwohl er wusste, wie sensibel sie war. Es hatte sie ins Mark getroffen und einzelne Tränen liefen ihr ins Gesicht. Sie musste unbedingt nochmals mit ihm reden.

Beim Abendessen saßen beide schweigend am Tisch. Dann hielt sie es nicht mehr aus und fasste sich ein Herz. Sie wollte ihn überzeugen, dass es völliger Blödsinn gewesen sei, was er noch vor ein paar Stunden von sich gegeben hatte.

„Nein, es muss dabei bleiben. Ich weiß, wovon ich rede und jetzt Ende der Diskussion." Er klang wiederum nicht besonders freundlich, schlug zur Verstärkung sogar mit der Faust auf den Tisch.

„Aber nenne mir doch bitte nur einen vernünftigen Grund dafür!", beschwor sie ihn.

Er hatte genug, stand auf und verließ wortlos die Villa. Dabei ließ er die Haustüre hörbar ins Schloß fallen.

Einmal mehr stand sie da wie ein begossener Pudel, unfähig, auch nur einen klaren Gedanken zu fassen.

Die nächsten Tage vergingen ereignislos und keiner von beiden wollte mehr über die unangenehme Sache reden, bis er ihr eines Abends beim Essen eine neue Anweisung gab. „Marie, du weißt, dass ich mich jahrelang mit den Dokumenten, die ich in der Kirche gefunden habe, auseinandergesetzt habe. Gerade aus diesem Grund ist mir klargeworden, dass ich mit der Wahrheit, die sich in ihnen versteckt, nicht mehr länger hinter dem Berg halten kann. Noch bevor ich sterben werde, muss ich sie an jemanden, dem ich vertraue, weitergeben. Abbé Rivière aus Esperaza scheint mir dafür am geeignetsten zu sein. Niemand anderen als ihn sollst du in zwei Tagen holen, wenn es so weit ist. Hast du das verstanden?" Dann fügte er flüsternd hinzu: „Er soll, ja er muss die Wahrheit darüber erfahren, was für ein Geheimnis sich außerdem noch in Rennes-le-Château befindet. Du weißt, wovon ich rede."

Marie spürte, wie eine innere Aufregung Besitz von ihr ergriff. Schließlich konnte sie sich nicht mehr beherrschen und schrie ihn an. „Bérenger, versündige dich nicht! Du weißt, dass niemand seinen Tod voraussagen kann, auch du nicht! Das ist alles Unsinn, was du mir erzählst! Du musst nicht sterben!"

Er aber blieb ruhig. „Mach dir keine Sorgen, Marinette. Es ist alles so vorherbestimmt. Daran kannst auch du nichts ändern." Mehr hatte er nicht zu sagen.

Der bewusste Zeitpunkt rückte stetig näher. Marie war in ein Wechselbad der Gefühle geraten und versuchte, Saunières Äußerungen zu ignorieren, indem sie sich einredete, dass schon nichts passieren würde. An ihr nagten massive Zweifel und sie versuchte auf ihre Art, alles nur

Erdenkliche zu unternehmen, um den Tod des Priesters zu verhindern. Zum Beispiel nötigte sie ihn, noch mehr von seinem Lieblingstee zu trinken und mischte weitere Heilkräuter zur Stärkung hinein. Zusätzlich nutzte sie jede freie Minute, um in der Kirche für ihn zu beten. Sie liebte ihn, auch wenn sie wusste, dass sie ihn wahrscheinlich nie für sich alleine besitzen könne, da es in Paris immer noch dieses Flittchen gab. Sie hoffte inständig, dass sich alles zum Guten wenden würde. Die Zeit verging für Marie zäh und nervenaufreibend, Bérenger dagegen wurde immer einsilbiger.

Am Vorabend seines angeblichen Todes verabschiedete er sich wie immer von ihr, um zum Tour Magdala aufzubrechen. Er tat es so selbstverständlich, als würde er noch viele Jahre weiterleben.

Inzwischen hatte es zu schneien begonnen und war empfindlich kalt geworden. Trotz des dichten Schneefalls verzichtete er darauf, eine Laterne mitzunehmen, da er den Weg zum Tour Magdala schon tausende Male gegangen war und ihn im Schlaf kannte.

Marie konnte in jener Nacht kein Auge zumachen, traute sich aber nicht, nach ihm zu sehen. Erst am frühen Morgen hielt sie es nicht mehr aus und eilte zu Bérengers Turm. Ihr Herz klopfte, als wollte es schier zerspringen, während sie vorsichtig die Türklinke herunterdrückte. Kaum hatte sie die Türe halb geöffnet, rief sie nach ihm. „Bérenger … Bérenger!“ Es kam keine Antwort. Sie schluchzte. Dann nochmals: „Bérenger! Sag doch bitte etwas.“ Wieder nichts. Fahles, fast unheimlich wirkendes Licht fiel ihr entgegen. Die Kälte trieb ihr eiskalte Schauer über den Rücken.

Vorsichtig wagte sie ein paar Schritte auf die Treppe zu. Da erkannte sie den Lichtschein einer Lampe. Kurz vor der ersten Treppenstufe verharrte sie und sah etwas Dunkles auf dem Boden liegen. „Nein … nein!“, schrie sie entsetzt. „Lieber Gott, sag, dass das nicht wahr ist!“

Sein Gesicht war aschfahl, es sah aus wie das von einer Wachspuppe. Wie in Trance beugte sie sich zu ihm hinunter, spürte seinen schwachen Atem an ihrem Ohr, Gott sei Dank, er lebte noch! Sie kniete sich neben ihn, fasste nach seinem Kopf und legte ihn sanft in ihren Schoß. Er lächelte sie friedlich und wie entrückt von dieser Welt an, verzog jedoch immer wieder für kurze Zeit sein Gesicht, als sich der Schmerz bei ihm einstellte.

Was konnte sie tun? Ihn alleine lassen wollte sie nicht, andererseits benötigte er dringend einen Arzt.

„Bérenger, kannst du mich verstehen?“

„Es geht schon wieder“, flüsterte er unter Aufbietung aller Kräfte, obwohl er wusste, dass das nicht stimmte.

Sie griff ihm beherzt unter die Arme, hegte die schwache Hoffnung, dass alles wieder gut werden würde. Tatsächlich gelang es ihr, ihn einigermaßen aufzusetzen, sodass er mit dem Rücken an der Wand lehnte. Verflogen war die Kälte, die ungewohnte Anstrengung brachte sie leicht ins Schwitzen.

Irgendwo verloren im Nichts sagte sie, dass sie ihn ungern alleine lassen würde, aber sie wolle so schnell wie möglich den Docteur holen.

Er nickte nur und lächelte.

Kurze Zeit später kam sie mit dem Arzt zurück, der noch im Morgenrock steckte und darüber nur mit einem Mantel bekleidet war. Er untersuchte ihn kurz und gab ihm eine Spritze. Langsam schien sich Bérengers Kreislauf wieder etwas zu erholen, sein Zustand blieb jedoch unvermindert kritisch.

Zwei starke Männer trugen ihn in die Villa, wo sie ihn ins Bett legten. Vorsichtig fragte Marie den Docteur, ob denn Hoffnung bestünde, dass er wieder gesundwerden würde.

Der Mediziner seufzte nur kurz und erklärte ihr, dass Bérenger eine schlimme Herzattacke erlitten habe und er glaube, dass sein Schicksal jetzt in Gottes Hand liege. Sie brach daraufhin endgültig zusammen und der Arzt musste ihr ebenfalls etwas verabreichen.

Als sie nach endlosen Minuten vor seinem Bett stand, wieser sie mit schwacher Stimme darauf hin, was er ihr vor ein paar Tagen aufgetragen habe. „Marie, hole Abbé Rivière, uns bleibt nicht mehr viel Zeit.“

Sie schickte Felix los und drängte ihn, er solle sich beeilen. Das Ganze dauerte, denn er musste mit der Kalesche auf glatter und verschneiter Straße bis nach Esperaza den Berg hinunterfahren, eine lebensgefährliche Schlingerpartie. In der Zwischenzeit hatte Marie bange gehofft, dass sich wider Erwarten noch alles zum Guten wenden könnte, aber es war vergebens. Sein Zustand blieb unverändert ernst.

Als Abbé Jean Rivière endlich eintraf, schien er äußerst verstört und hatte es nicht fassen können, was Felix ihm auf dem Herweg erzählt hatte. Beim Anblick Bérengers seufzte er tief und bat darum, mit ihm allein gelassen zu werden.

Marie gelangte immer mehr zu der Erkenntnis, dass es mit ihm unumstößlich zu Ende gehen würde. Resigniert schloss sie die Schlafkammertüre hinter sich.

Es vergingen geschlagene zwei Stunden, in denen man hinter der Tür von Saunières Kammer ab und an ein lautes Stöhnen vernehmen konnte, von dem sie nicht wusste, wem es zuzuordnen war. Was ging dort vor?

Irgendwann öffnete sich die Tür und Rivière torkelte benommen heraus. Was er von Saunière gehört hatte, musste für ihn unfassbar gewesen sein. Der Abbé stützte sich an der Wand ab, murmelte beschwörend einige unverständliche Worte und bekreuzigte sich dazu immer wieder, ganz so, als wäre er dem Leibhaftigen begegnet.

Die Dénarnaud nahm ihn vorsichtig am Arm und führte ihn in die Küche, wo er sich völlig erschüttert auf der Fensterbank niederließ. Sie hatte eine Kanne Tee beim Herd stehen und schenkte ihm ein Glas davon ein. Es herrschte eine bedrückende Atmosphäre.

Sie entschuldigte sich halblaut bei ihm, dass sie ihn allein lassen müsste und begab sich niedergeschlagen zu Saunières Sterbezimmer.

Er sah mitgenommen aus, aber als er sie erkannte, huschte ein zufriedenes Lächeln über sein bleiches Gesicht. Sie setzte sich zu ihm an den Bettrand, nahm seine rechte Hand und streichelte zärtlich darüber. Bérenger erzählte ihr unter Aufbietung aller Kräfte, dass der Abbé aus Esperaza ihm vor lauter Schreck die Beichte verweigert hatte. Es musste entsetzlich für ihn gewesen sein, was er da zu hören bekommen hatte.

„Marie, meine liebe Marinette", hauchte Bérenger. „Du wirst sehen, es wird alles gut." Sie schluckte und kämpfte mit den Tränen, weil sie ihm ansah, dass ihm jeder Satz übermenschliche Anstrengung kostete. Dann gab er ihr zu verstehen, dass sie mit dem Ohr ganz nah an seinen Mund kommen solle. In kurzen Sätzen, zwischen denen er gequält nach Luft schnappte wie ein Fisch auf dem Trockenen, erzählte er ihr alles, was er seinem Beichtvater verraten hatte. Sein Gewissen sei jetzt erleichtert und er könne in Frieden Abschied nehmen.

Sie konnte sich nicht mehr zurückhalten, die Tränen liefen ihr wie ein Sturzbach herunter und benetzten auch sein Gesicht. Dann, als sie sich wieder aufzusetzen begann, erkannte sie jäh, dass es endgültig vorbei war.

Was Saunière Abbé Rivière verraten hatte, war, dass tief unter seiner Bibliothek ein Mann begraben lag, der den Namen Jeshua trug und der aus Nazareth stammte.

Rennes-le-Château besitzt ein weiteres großes Geheimnis, das man bis heute noch nicht gelüftet hat.

ENDE

DANKSAGUNG

Mit jedem neuen Buch, das man schreibt, lernt man dazu. Was aber nicht bedeutet, dass man bei einem Romanprojekt nicht mehr auf fremde Hilfe angewiesen ist.

Da gibt es zum Beispiel Jutta Dörnhöfer-Schneider, ohne deren Korrektorat mein Buch mit Rechtschreibfehlern gespickt wäre. Heutzutage ist es ja bei weitem keine Selbstverständlichkeit mehr, Bücher zu veröffentlichen, deren falsch geschriebene Wörter an einer Hand abgezählt werden können. Ich habe jedenfalls versucht, mich daran zu halten. Sollten Sie wider Erwarten auf mehr Fehler stoßen, dürfen sie sich gerne bei mir beschweren.

Wer da auch unbedingt erwähnt werden muss, ist Lea Katharina Schatz Abram, meine Lektorin, deren Streichkonzert bei meinem Text mich ganz schön unter Druck gesetzt hat. Aber was sein muss, muss eben sein und jeder Autor, der im Geschäft bleiben will, versucht sofort nach der Fertigstellung alles Überflüssige aus seinem Werk herauszuschmeißen. Wenn man das nicht selbst schafft, muss man sich eben fachkundige Hilfe holen. Lea hat mir in dieser Richtung wertvolle Unterstützung zukommen lassen.

Will man mit einem Buch die Aufmerksamkeit des Lesers erregen, dann braucht man ein ansprechendes Cover. Ich konnte hierbei auf die bewährte Hilfe von Timo Hollenfels zurückgreifen, bei dem ich inzwischen Stammkunde bin. Timo ist ein wirklicher Künstler auf seinem Gebiet und ich werde ihm auch in Zukunft treu bleiben.

Schlägt man ein Buch auf, dann sollte es sich in einem ordentlichen Layout darstellen. Ernst Heumann macht das sehr gut und ich gebe ihm immer gerne mein Manuskript zur Gestaltung.

Last but not least ist da natürlich auch meine Ehefrau Birgit, der ich mit meiner Schreiberei schon etliche graue Haare gekostet habe. Aber sie trägt es mit Fassung und hält zu mir, auch wenn es mit dem Verkauf mal nicht so gut laufen sollte.

Euch allen sei nochmals riesiger Dank ausgesprochen und selbstverständlich auch Ihnen, lieber Leser, der Sie das Buch gekauft haben und es hoffentlich mit Freude gelesen haben. Sollte es dennoch nicht so gut angekommen sein, bitte ich um Entschuldigung und gelobe beim nächsten Mal Besserung.